青年学术丛书·文化

YOUTH ACADEMIC SERIES-CULTURE

边缘的诗性追寻

——中国现代童年书写现象研究

谈凤霞 著

人民出版社

目　　录

绪论　担当启蒙要义的童年书写

在中国文学的发展历程中，关于童年生命的书写是自五四新文学运动起才真正开始出现的新兴文学现象，并在之后近一个世纪里逐渐发展壮大，形成一道独特的文学风景线。

"童年"是一个历史性概念，媒体文化研究者尼尔·波兹曼（Neil Postman）在《童年的消逝》中说："童年的概念是文艺复兴的伟大发明之一，也许是最具人性的一个发明。童年作为一种社会结构和心理条件，大约在16世纪产生，经过不断提炼和培育，延续到我们这个时代。"[①]　"童年"的被关注与童年之人即"儿童"的被发现紧密相关，当"儿童"被视作有着独立生命价值和地位的一类"人"，随之对儿童时期的外在生活和内在生命即童年人生的关注也就自然而生。在漫长的中国封建社会中，儿童处于君臣父子关系最底层，被当作"具体而微的成人"、"成人生活的预备"[②]，以某种未来的社会角色符号代码的形式出现在已被预设好的社会位置里。以伦理道德为核心的儒家文化湮没了儿童独立的个体生命价值，自然就放逐了对童年具体生命的观照。直到20世纪初的五四时期，在发现"人"的启蒙思潮的推进中，儿童作为"处于社会结构最底层的'人'"与妇女、农民一起被发现[③]，童年这一独特的生命风景也才真正浮出历史地表，并随之进入文

---

① ［美］尼尔·波兹曼：《童年的消逝·引言》，吴燕莛译，广西师范大学出版社2004年版，第2页。
② 周作人：《儿童的文学》，《中国儿童文学大系·理论》（一），希望出版社1988年版，第3页。
③ 钱理群：《试论五四时期"人的觉醒"》，《文学评论》1989年第3期。

学的大观园。

"童年"这个人生时段的概念，不仅包括与成人并列存在的当下儿童的人生现状，而且也包括成人在过去作为儿童时的人生经历。在儿童刚刚被发现的五四时期，在"救救孩子"的呐喊声中，觉醒之人以人道主义同情去关注现实儿童，出现了专门的"以幼者本位"的"儿童文学"。专为儿童读者而创作的这种单纯的"儿童文学"关注的主要是"现在时"的儿童，而对于"过去时"的儿童即成人往昔的童年经历的书写，则往往进入了成人文学，其写作立场是"成人本位"，而"追怀（童年这一生命来处）"则成为其写作心态。前者即儿童文学自诞生起就成为一个独立的文学分支，且对其的研究也已发展出了一个专门的学科；而后者即对过往的童年生命的书写，尽管自五四以来也断断续续地发展至今，而且长势日益繁盛，但因为其"混迹"于成人文学之中，所以这些关于童年生命的诉说多被儿童文学研究者所忽略。事实上，中国现代文学对童年生命完整、深入的表现乃由此二者共同构成。儿童文学因受"儿童本位"这一写作立场的限制，主要是以儿童有能力接受的形式（一般较为"平易"）来表现适宜给儿童看的内容（一般较为"积极"），由此影响了对复杂的童年生命进行真正全面、深刻、细致入微的挖掘和更丰富的艺术表现。而对童年生命进行深度挖潜，还被遮蔽的童年生命以真正的敞亮，主要是由成人文学中的童年书写来完成的，后者（童年书写）是对前者（儿童文学）的一种不可忽略的重要补充。对成人文学中童年书写现象进行考察，可以从中寻求推进中国儿童文学创作和研究的某些启示。同时，中国现代童年书写对于整个现代文学而言也具有独特的价值。它所承担的敞亮童年生命之要义，最终通向的是还被遮蔽的"人"与"自我"的整个生命以敞亮的重任，即担当着进行"人"与"自我"的生命启蒙、建构或救赎的意义。童年书写是始发于"五四"的"人的文学"的一个重要组成部分，不仅其创作意图始终与重视"人"与"文学"两重本体的"人的文学"之精神相契合，而且还以其独特的言说内容和方式，生成着现代文学某些新的内在精神和艺术特质。因此，对中国现代文学中童年书写现象的探讨具有横跨儿童文学与成人文学领域的两大研究价值。

本书的研究对象是成人文学中的童年书写，即关于童年的抒情或叙事类写作。这类书写中的"童年"，在时间上指向"过去"，创作主体在言说童年时都或隐或显地带有追怀过往童年的心态，这种"追怀"大致包含两个层面的内容：一是立足于人类发展层面上的追寻人类童年原初存在（多表现为追寻"失落的童心"），一是立足于个人成长层面上的追忆个人童年往事。这两种追怀统一在对"人"与"自我"生命来处的追寻这个基点上。

这里要说明"童年"的年龄范围。"童年"是个体生命在心理、生理的初始发育阶段，是没有完全的独立生活能力和社会责任的未成年期。联合国《儿童权利公约》中界定的儿童在 18 岁以下，现行的儿童文学理论把 18 岁以下的儿童当作主要受众群，心理学家埃里克森（Erik H. Erikson）认为童年一般延续到 16—17 岁。童年不仅是一个生理性、心理性的概念，而且是一个历史性、社会性的概念，随着社会文化环境的改变，童年的长度会有所改变（如尼尔·波兹曼认为童年到 20 世纪中叶开始逐渐消逝）。另外，不同的个人由于不同的人生经历，其童年期可能会延长或者提早结束。本书所论及的童年期的外延沿用一般的"18 岁以下的未成年期"，而"童年书写"则特指成人作家对童年生命的追寻与思量，是成人文学范畴中关于人类原初或个体过往的童年生命情态的追怀。

童年书写的文本一般包含两个层面的内容特征：

第一，在内容上以过去的童年生命本体形态为重要的表现对象，包括对其静态生命的描摹和抒情，也包括对其生命成长的动态轨迹的叙述和反思。它既包括作者对自我童年经历的真实回忆，也包括那些虽非自叙性，但在一定程度上糅合了作者童年经历或渗透了作者童年生命体验的记忆虚构，这些童年回忆在文本中并不总是以第一人称的形式展开。从文本对童年的涉及程度看，具体又有几种：一、把童年当作全部或主要的对象，如鲁迅的《社戏》、萧红的《呼兰河传》、端木蕻良的《早春》、骆宾基的《混沌》、苏童的"香椿街"系列小说、从维熙的《裸雪》、王安忆的《忧伤的年代》、王刚的《英格力士》等；二、把童年经历作为小说的一个重要部分集中出现且在全文中占有相当多的篇幅，如王安忆的《流水三十章》、陈染的《私人生活》这些长篇小说分别从女主人公的婴儿期或小学时期的生活写起，到成年前的这段成长叙述占了整部小说的近一半或超过一半的篇幅；三、在成年生活叙事中高频率地不断闪回、穿插、追忆童年具体的生命经历，并进而由之寻索成年生命困境的根源，如铁凝的《大浴女》、徐小斌的《羽蛇》、李冯的《碎爸爸》等。相较而言，第一类"集中"型的童年书写容易引人注目，而第二、三类"流散"型的则容易被忽略。总之，是否以过去的童年生命形态为重要的表现对象是判定一个文本是否为童年书写的首要依据。这里强调的"重要"，并不完全等于内容篇幅比重上的绝对性"主要"位置。"重要"是对"质"的评价，判断其"重要"的依据是：此童年生命的描绘对作品主题建构有着举足轻重的作用，在篇幅上占有一定的比例，且生成着文本的某种诗学特征。一个典型的例子是刘震云的四卷本巨著《故乡面和花朵》，作者称这部巨作"讲述三个成年人的梦魇和一个少年对特定一年的深情回顾……第一、二卷为前言卷，第三卷是结局，第四卷为正传"①。前三卷写的是成年生活，第四卷写叙事者小刘儿（即童年时期的白石头）的童年，相对于之前厚重的三卷成年故事的书写，末卷的童年书写承担着对全书的主题表达和艺术表现两个方面的独特且重要的建构。刘震云在小说中对此章节安排特地作了郑重说明："本书作者白石头说——你是三个大气球吗？（'三个大气球'指前三卷——引者注）现在要坠一个现实的对故乡一个固定年份的规定性考察为铅铊（"铊"应为"砣"——引者注）。或者哪怕它是一空桶呢，现在要在这空桶里装满水，去坠住那在天空中任意飘荡的三个气球或是干脆就是风筝，不使它们像成年之后的人一样过于张扬和飞向天外或魂飞天外，自作主张或装腔作势……白石头说，我就这个，来做你们所有回忆录的序言吧，雷电之下的村庄，毕竟托起过我们童年和少年的梦想；在我们成年之后的梦境里，它总是一个不变的背景；当我们出门远行走到一个陌生地段时，我们总拿它来校正我们的方向和丈量他们的距离，这时我们就已经在重回和温故我们的村庄了。"② "何况前边我写的（指前三卷——引者注）都是成年人的游戏，现在由你用孩子们的感觉来坠住前边的感觉也很合适。起码在艺术上就有弹性、反拨力，于是也就符合艺术的悖反原理——正是因为悖反，所以才叫并行不悖呢。"③ 从篇幅比重上看，尽管第四卷的童年书写只占了全作的四分之一，但由于它本身的特殊性

①　张英编著：《写作向彼岸靠近：刘震云访谈录》，《文学的力量：当代著名作家访谈录》，民族出版社 2001 年版，第 227 页。

②　刘震云：《故乡面和花朵》卷四，华艺出版社 1998 年版，第 1629 页。

③　刘震云：《故乡面和花朵》卷四，第 1658 页。

而被作者青眼相加、当作了压轴性的重要表现对象，它在全书的生命主题和艺术风格追求两方面都起着举足轻重的"铅砣"作用，这大概就是它被作者称之为"正传"的一个原因吧。类似的这种对过往童年经历的相对"少量"却是绝对"重量"级的书写也被纳入本书的考察范畴。

第二，童年书写表达的是创作者对人类童年原初状态或个人童年往事的追怀，这种童年是人类性或个人性的。由于追怀的是过去童年生命情态，因此文本带有回忆的意绪，这种回忆性在文本中或隐或显，具体表现为两大类：第一类是"明"的，追忆个人童年往事的文本一般都有着明显的提示语（如"记得小时候"或"那一年我十岁或者更小"之类的提示语），所以很容易判断。第二类是"暗"的，主要是追怀人类童年心性的文本，文本表层没有回忆性提示语，不出现明显的回忆视角，但文本内里却有着非常突出的追忆或怀旧心理，满蕴着创作主体对童年生命的深情忆念，作者也多曾明确表达过这种回忆性的创作心理。这一特殊门类的追怀性童年文本主要出自于有着"乡土——童年"替代心理的京派文人笔下，如沈从文的《边城》、汪曾祺的《受戒》等，它们多摒弃回忆性的告白，直接进入过去时空中童年生命的"本事"描述，表达的是对人类原初童年生命的认同和眷恋。这类文本虽没有外显的回忆性视角，但有分外突出的回忆性内视线，如汪曾祺称《受戒》是写自己"四十三年前的一些旧梦"，"四十多年前的事，我是用一个八十年代的人的感情来写的。"① 对于汪曾祺，此童年是隔了几十年的路向回看的。王一川称汪曾祺的《受戒》等作品"谱写出流失的往昔年华留下的余味深长的生命节奏，故其视线是回忆式的"②。这类追怀性童年书写是单纯的儿童文学基本没有涉猎的。鉴于以上种种原因，这种内隐的追怀旧梦的童年书写也被纳入本书的研究范围。"追忆"是此类童年书写的重要心理标志，创作主体以童年回望的方式来对人类和个体自我生存作精神上的溯源与建构。

为进一步明确童年书写这一文学现象的特征，需区分与之相近的其他几个常用概念，通过其不同内涵和外延的比较来把握童年书写的独特性。

---

① 汪曾祺：《关于〈受戒〉》，《晚翠文谈》，浙江文艺出版社 1988 年版，第 3 页。
② 王一川：《汉语形象美学引论》，广东人民出版社 1999 年版，第 71 页。

一、童年书写不同于一般的儿童文学。首先，从创作目的或创作者的对象意识来看，作为成人文学之外独立存在的儿童文学一般都明确针对少年儿童而创作，其创作立场有着非常鲜明的"儿童本位"意识，"儿童本位"正是单纯的儿童文学的质的规定性；而隶属于成人文学的童年回忆是为自己或成人读者而写，不考虑儿童读者，其创作立场是"非儿童本位"的。再者，从创作内容和书写时态来看，儿童文学大多表现儿童现时段的生活状态，一般是现在式表达；而童年书写大多表现过往的童年生活，一般是过去式的表达。不过，有些童年书写的文本尽管主观上不是为儿童读者而写，客观上却具有了能为儿童所阅读的部分表层特征，但因其作家将读者预设为成人的这一意识而赋予文本以不同于儿童文学的、更为深隐的思想内涵及更为复杂的艺术特征。

二、童年书写不等同于"儿童视角叙事"。二者的命名出发点不同："儿童视角"立足于叙事学层面，只要运用儿童视角的文本都属于这一类；而童年书写主要是就思想内容层面而言的，文本书写的重要内容是过往童年生命情态，这是判定是否属于童年书写的首要依据，这类文本中的儿童都是一种"本体性"的存在，有的也同时兼具某种"功能性"角色即担当叙事视角。在不同层面上提出的这两个相关概念在外延上时有交叉：童年书写包括以儿童视角和成人视角展开的涉及童年生命情状的书写，但排除仅把儿童当作视角而不展开对童年个体生命内察的写作。"儿童视角"的文本不一定都涉及童年内在生命情态，有的仅以儿童为视角，目的在写成人世界（如张炜的《童眸》、莫言的《祖母的门牙》等），这类文本中的儿童只是视角符号，承担叙事功能，大多不具有本体性意义。

童年书写的内容虽然兼及对过往儿童与现时成人生命形态相关性的关注，但长期以来在学术界的境遇是被"两头"遗忘：成人文学研究界往往因童年之"小"而忽略它（许多评论更关注的是文本中的成年故事），儿童文学研究界则又因其童年之"大"（属于成年生命的深度思悟）而鲜去触碰它。这种夹缝中的尴尬处境，使得童年书写长期未能得到充分的关注。随着20世纪80年代后期以来一大批童年题材小说的涌现，对此现象的评论日益增多，但大多以"儿童视角"为研究重点。若只重叙事视角的艺术性分析，有时会导致对创作者本意及书写内容本体的某种程度的忽视甚至误解。涉猎许多童年书写的当代作家王安忆认为："既是要由孩子来叙述这个故事，那么这个故事必定是属于孩子自己的，这个世界也必定是属于孩子自己的。"①即儿童视角叙事的意义其实不是仅仅借孩子的眼睛写大人的世界，不是仅止于"视角"，而是也应重在对孩子自身生命的体认。王安忆的这种认识表现了对孩子生命世界的真正尊重与关注。自古以来，孩子的心灵长期处于被成人漠视或被成年后的自己所遗忘的状态，而在近些年的文学创作和解读中又常被当作叙事视角而符号化。作为一个边缘性的特殊群体，儿童生命似乎成为主流文化这根"中枢神经"的末梢，但是这"末梢神经"却能敏锐而清晰地感应到整个机体细微的震颤。对童年的言说，首先就缘于对生命的内在感应，是基于生命意识产生的内驱力推动了对童年的追怀，而非仅仅为了变换文学技巧而觅得的新花样。因此，对童年书写的研究应该回归它的本体——生命言说，即首先应该考察它说了什么样的生命、生存、生活，然后才考虑它是怎样来说的，而不能仅仅满足于对形式上儿童视角叙事功能的条分缕析，而忽略了儿童本身和成年回忆者的心灵世界，否则，这种"错位"将会不自觉地形成对创作主体着意言说的生命意识的轻慢。

童年书写作为一种边缘性的、非主流的文学现象，有其独特的表征，同时又与现代文学诞生期倡导的"人的文学"这一现代性脉络密切相关，即具有生命的启蒙、文学的启蒙之要义。中国现代文学中童年书写这一现象的出现，是伴随着五四时期"人"的发现、"人的文学"的倡导而兴起的，在其诞生之时就与"人"的问题血脉相连，且其发展始终与"人"的自我认识休戚相关。童年与成年这一对时间概念的关系，有些类似于乡土与都市这一对空间概念之关系，后二者不仅是地理上的区分，同时也代表了价值观念的分界。同样，前二者也不仅是年龄时段上的区分，同时也代表了可能存在的生命质地上的分野。童年发展到成年，常被认为是从幼稚到成熟，即进化论意义上的"非我"到"本我/真我"，但事实上，这种发展往往反映的却是相反路径，即"真我"的丢失或异化为"非我"。对童年这一原初生命的追念，可为人类或个体从"非人"、"非我"状态中游离出来提供经验向导。此时间意义上的童年也同彼空间意义上的乡土一样，为探索"人"与"自

---

① 王安忆：《漂泊的语言·故事和讲故事》，《王安忆自选集之四》，作家出版社1996年版，第334页。

我"的生存问题提供着精神指向。

追怀人类或个体童年生命情态的童年书写，直接关乎"人"与"自我"的生命追寻这一具有较为纯粹的生命意识且带有形而上意味的问题。对童年的追寻，是人类与个体的一种自我寻根，内含着一种对于自我认同的焦虑，即追问"我是谁？我从哪里来？我向哪里去？"创作者努力要在过去的生活中找到继续前行的资源，确立个体的存在。童年书写是进入现代社会后才开始出现的文学现象。在封建社会中，童年生命的本体价值被忽略，自我意识则被纲常伦理文化所覆盖，人只能作为社会共同体的一分子而非作为个人来认识自己，自我依附于群体类别，基本不存在自我认同的独立探索。现代社会由于传统身份制度和伦理结构的瓦解，提供理解我们自己的框架也随之解体，自我认同的问题就凸现出来。从童年书写出发的自我认同是关乎人的生命之根的探寻，彰显着创作者的生命意识和主体意识。"文学是人类生命意识的表达，一部历史就是一部人对自身生命本相逐步'意识'的历史。"①中国现代文学中童年书写的发生发展从一个侧面映现着现代知识分子"心和梦"的历史、人对自身生命本相逐步意识的历史，而这一对"人"与"自我"的认识程度，决定着作为"人学"的文学可能达到的深度。立足于这一思考维度，研究童年书写现象便超越了单一的体察童年生命的狭窄层面，进而拓展到依托着童年的关乎整个"人"的文学的宽广视域。

"人的文学"是中国文学现代化的核心理念②，对从童年这一"人"的初始段出发的童年书写的考察，则成为衡量中国文学现代化进程中现代性建构的一个相对单纯而透明的角度。第一，在人学层面上，童年是人之初，是历来的文学所忽略的、也是最晚发现的一种"人"的存在。对儿童的人格发现直至内在生命的具体发现的程度，标志着"人"的发现的程度。从文化人类学意义来说，"令人'朦胧'的童年回忆不只进一步扩展了'遮蔽性记忆'的意义，同时它也和民族神话、传说的积累有着令人注目的相似之处"③。童年记忆往往承载着民族乃至整个人类的集体无意识，对童年生存

---

① 薛富兴：《文学是人类生命意识的表达》，《复旦学报》1996 年第 5 期。
② 朱德发：《人的文学：现代中国文学史核心理念重构》，《烟台大学学报》2002 年第 2 期。
③ ［奥］西格蒙德·弗洛伊德：《日常生活的精神病理学》，彭丽新译，国际文化出版公司 2000 年版，第 51 页。

现象的揭示，也标志着对民族、对人类生存的某种集体无意识的揭秘。童年是集合了个体和人类这两重意义的"人"之初的存在。"人的文学"其实不仅可以理解为周作人所谓的"个人主义的人间本位主义"①，而且还可以从文化人类学层面去得到阐释。尽管周作人在倡导儿童文学时也引进了西方的文化人类学学说，但未涉及荣格的关于集体无意识的研究成果。如若把此成果引进童年书写的研究，将是对文学之"人"的研究的一种拓展。另外，就创作者的主体精神而言，主体性的获得与丧失或部分丧失，都会影响到主体对人之初生命的书写选择，童年书写的创作过程充满了作家的生命体验和生存颖悟，同时也在言说过程中进行着主体性的建构。由此，童年书写也是考察创作主体精神状况的一个较为真实的依据。第二，在文学层面上，成年作家在追怀童年生命时，一般都会以较少的功利甚至完全摈除功利的心态去书写，这种对生命本真的书写更易接近纯粹的文学本体。中国现代文学在20世纪的发展中在不同程度上夹杂着外在的社会政治或经济功利，边缘性的童年书写则标示了较为纯粹的文学书写的存在，而且，童年书写还以其特有的言说方式生成着诗性的艺术特征，丰富着人的文学的表现形式。因此，童年书写的文学研究，也是考察现代文学审美现代性发展的一个独特的层面。

本书以五四以来中国现代童年书写为对象来作长时段的系统研究，从下列几个方面对此前相关研究进行补充、纠偏和超越：

第一，文本对象范围的拓展。在文本内容上，不仅关注显而易见的纯粹性、集中性的童年书写文本，而且也发现较为隐蔽的分散型的童年书写文本（童年作为文本的一个重要组成部分而存在），因为后者对整个文本的精神和艺术价值的构成具有重要作用；在文本体裁上，以小说为主，同时也重视偏于抒情的诗歌与散文（童年回忆基本没有进入戏剧这一体裁），后二者以其情感之浓或事实之真，对于童年生命有着独具个性气质的言说。对文本尽可能全面地搜罗，有助于推进对童年追怀心态、内容与艺术进行全面考察的系统性和准确性。

第二，研究层面的拓展。本书从文化语境来考察不同历史时期进行童年

---

①　周作人：《人的文学》，《新青年》5卷6号，1918年12月15日。

书写的创作主体的内在思想和艺术选择，以捕捉童年书写的流变轨迹，在纵向历史坐标轴上，发掘其前后承接、对应或变异的深层原因，摸索其发生发展的规律。本书紧扣童年书写的核心意识即生命意识来进行归纳演绎，穿透表层的童年生命直抵其背后寄寓的主题意蕴和反映的主体精神，并从童年书写发生的主要心理机制即"回忆"这一维度来考察其带来的艺术特质。

第三，研究格局的拓展。本书对童年书写的研究不是仅止于童年问题，而是引向中国现代文学中某些全局性的问题，注意局部与整体的辩证关系：不是孤立地研究童年，而是把童年人生和成年人生相联系，将前者放在更为宽阔的人生视野中审视，察明前者之于后者的生命认知意义，以此把握创作者的主体建构状况；不是孤立地研究童年书写，而是把童年书写与整个现代文学的发生发展联系起来，将前者放在更为宽阔的文学视野中考察，辨析前者之于后者的现代性建构意义；在研究成人文学中童年书写的发生发展的同时，也注意它与现代儿童文学的影响和平行研究，探悉二者的关系，在比照中给儿童文学的发展以可能的启示。童年书写既是本书的研究对象，同时也是一种研究向度，以此来映照它身处的整个现代文学以及身外的儿童文学的相关问题。

本书拟采用的研究方法主要是：一、微观的个案研究与宏观的文学史研究相结合；二、多门人文学科知识的交叉综合运用：从哲学、社会学、文化学、伦理学、心理学、文艺学、美学等广阔的文化视野中来观照童年书写，力求对之进行具有哲理感、历史感、现实感、生命感、审美感的全面透视和把握；三、比较研究：不仅在纵向上注意不同历史时期童年书写的发展变异，而且在横向上将童年书写与其他相关文学现象（如女性文学、儿童文学等）作平行比较，在比较中发现并凸现研究对象独特的或具有辐射意义的重要品质与问题。

综上所述，本书将中国现代童年书写现象作为研究对象，以带有启蒙要义的"人"与"自我"的生命向度上的诗性追寻这一问题为核心线索，力求全面、系统地考察近一个世纪中童年书写的发生发展状况，深入探析其在思想和艺术方面之于现代文学的意义，即阐明童年书写在"人学"与"文学"两大层面上的独特建树及其存在问题，而其成败得失也映照着整个现代文学范畴内"人的文学"的发生发展中的相关问题。同时，这项研究还延及童年书写对现代儿童文学发生发展的影响的探讨，也为中国儿童文学中的童年书写提供借鉴。此外，关于中国现代文学中童年生命形态的探究，也可给现实生活中童年乃至成年生命形态的体察以启示。

第一章　认同焦虑：童年书写的创作语境

纵观自古以来的中国文学，童年书写是随着童年的发现而到"五四"之时才真正浮出历史地表。"五四"时期诞生了一大批歌颂童心、眷恋童年的诗歌、散文和小说，20世纪三四十年代京派作家着意表现自我和乡土小儿女的童年生活情状，40年代东北作家群集体性地创作多篇自我童年回忆体小说，70年代末"朦胧诗"诗人纷纷钟情童年歌吟，80年代中期以来则出现了"60年代生"作家对个体童年成长的集束性书写，随着时代个体化程度的加剧，越来越多的年轻作家回头打捞私人童年经验，童年书写层出不穷。一个世纪以来，童年书写从无到有、从零星到繁荣，并在内容和形式上日益丰富。从这一发展轨迹的简单勾勒中，可以看到童年书写并不是在现当代的每一个时段都出现，其繁荣和隐没及其发展形态的变异受到时代文化的影响。童年书写具有明显的时代性，不同时段对童年的书写呈现出不同的风貌，对童年的挖掘各有取舍上的差异，有时则前后存在跨越历史的对应性。童年书写是从"五四"这个现代端点始发的文学新现象，它本身的发展也从一个侧面印证着中国现代文学作为"人的文学"的发展历程。本书以处于主流叙事边缘的童年书写所内含的生命追寻意识为基点与线索，来阐释中国现代文学中童年书写的沉浮，着眼于不同时代作家自身的"主体"① 精神

---

① 关于"主体"的概念，从古希腊到西方近现代哲学和文论中，"主体"的语义历经演变。本书所论的"主体"根据影响卓著的黑格尔的"主体"学说。"主体"就是自我。在黑格尔哲学的"主体性"概念中，精神与存在是同一的，自由和解放成了主体性的代名词，"在主体中自由才能实现，因为

的考察。

第一节　新生之初的歌吟："分化"时代人格的确认

关于童年的书写在漫长的中国古代文学史中基本是一个盲点，虽然偶有诗文涉及儿童，但儿童形象多属于一种空洞的能指符号。有些古代思想家礼赞童心，如老子在《道德经》中赞叹："含德之厚者，比于赤子"、"抟气致柔，能如婴儿乎"；明代李贽在《童心说》中极力褒扬的"童心"，主要对应做"真人"所必备的"真心"，此乃处于萌芽状态的资产阶级人性论在文艺思想上的反映。从文学表现看，宋代杨万里写了一批儿童情趣诗，如"儿童急走追黄蝶，飞入菜花无处寻"（《宿新市徐公店》）等写儿童的活泼天真，表达了对孩童的歆羡。近代思想先驱梁启超赞美少年"如乳虎"之朝气（《少年中国说》），看重的是少年人生机勃勃、勇往直前的精神风貌。上述这些童年之态，是对人类童年精神的泛指，而对于过往的个人童年，尤其是自我的童年时光，古代、近代的文人们几乎没有多少涉猎，似乎那是一个可以忽略不计的生命年代，童年于是一直沉睡于历史的岩层之中。童年的发现与"人"的发现密切相关，只有历史进入了"人的觉醒"时期，才会有对人类自身生命的初始阶段即童年的自觉意识。童年进入文学书写，也是在"人"的意识而且是自我意识觉醒的时代。在中国现代文学史上，关于童年的激情歌吟主要突出地表现在两个时段：五四之初和"文化大革命"结束后的新时期之初。在这两个文化新生期诞生或复兴的童年书写，彰显着"凤凰涅槃"的黎明时分所召唤的时代精神，在童年的高歌或低吟中，从生命源头开始觉醒的主体之光穿越历史迷雾，照亮"人"的来处，并直指"人"的去向。

主体是自由实现的真实的材料"。哈贝马斯具体说明了黑格尔"主体性"所包含的四个要素：一是个体主义，二是批判的精神，三是行为自由，四是唯心主义哲学本身。黑格尔的"主体"可以看作是具有"个体主义"和"批判精神"并且"行为自由"的自我。参见赵一凡等主编《西方文论关键词》，外语教学与研究出版社 2006 年版，第 867—879 页。

一

媒体文化学家尼尔·波兹曼在《童年的消逝》中主要关注的是童年的诞生与消逝同外在的社会物质现代化进程的关系，同时也看到了人的内在现代化即人性解放这一中心层面的作用，他欢呼"童年"是"最具人性的一个发明"①。在西方，儿童的发现伴随着文艺复兴时期对"人"的标举而姗姗来迟，直到18世纪的卢梭在其著作《爱弥儿》（1762）中才有了对童年生命本体价值的认可与尊重。在中国，儿童的发现要迟于西方一个多世纪，但同样"是一个具有历史意义的而且人性的范例"②，它发生在20世纪初的五四时期，诞生于历史新生期"人的觉醒"的启蒙思潮之中，体现了一种从人生起点苏醒的生命意识。

五四时期的启蒙思潮，从近代救亡性质的社会启蒙进一步发展为个体的生命启蒙。五四新文化运动的突出标志是"人"的觉醒和解放，即具有现代意识的"人"的出现。"五四运动的最大的成功，第一要算'个人'的发见。从前的人，是为君而存在，为道而存在，为父母而存在的，现在的人才晓得为自我而存在了。"③

"个人"、"自我"这样一些被隐没在封建夜空中的词语成为这一时期闪亮出场、大放异彩的时代新星。五四新文化运动呼唤"个人主义的人间本位主义"（周作人《人的文学》），灵肉一致的个体生命意识的觉醒是对几千年来"存天理、灭人欲"的封建礼教制度的极大反动。"生命意识"是生命个体对生命存在的状态、处境的认识，是对生命自身价值、意义及人的本质、归属等人生根本问题的思考。生命意识在五四新文化运动时期得以发掘并发扬，乃受益于西方哲学思想的传播，尤其是将人作为哲学研究出发点的西方现代人本主义哲学。对五四时期人学思想产生重要影响的主要是尼采和柏格森的生命哲学，他们高度重视个体人的生命价值和意义，这一思想极大地促进了五四时期人对自身的认识，强化了个体的生命意识与独立人格。对生命的尊重，引起了对一切在封建社会中被侮辱、被压制或被漠视的生命的

---

① ［美］尼尔·波兹曼：《童年的消逝》，吴燕莛译，广西师范大学出版社2004年版，第2页。
② ［美］尼尔·波兹曼：《童年的消逝》，第55页。
③ 郁达夫：《中国新文学大系·散文二集·导言》，上海良友图书印刷公司1935年版，第5页。

关注，"儿童"就在这样一个反对封建、尊崇生命的文化思潮中浮出了历史地表。对儿童这一类特殊的"人"的发现促进了对童年这一特殊的生命阶段的关注，其出发点乃是根源于"人"的生命意识、自我意识的觉醒，而对人类童年、自我童年的体察又反过来进一步深化着对"生命"、"自我"的认识。从童年这一生命发端处开始的对生命的新认识，是一种追本溯源性质的生命启蒙，意味着成为"主体"的人的生命时间从"头"开始觉醒了。

主体觉醒与解放的时代往往是一个浪漫的抒情时代。对童心所寄寓的生命理想的大力吟唱，交融着启蒙理性与浪漫感性的双重音调。"五四"文学先驱把"人的觉醒"建立在对封建专制、封建传统文化的反思和批判上，对无拘无束的自由童心的发现与标举，正是这一反封建的启蒙理性的体现。五四时期人的觉醒包括尊重人的感性存在，对童心之纯美的咏叹灌注着浪漫感性的泉流。马克思说："激情、热情是人强烈追求自己的对象的本质力量。"① 这一浸润着"理性"与"感性"的思与赞，追求的正是"自己对象的本质力量"，即属于个人的盎然的生命意识。五四童年书写主要以童年颂歌为特征，即便是童年挽歌——如王统照在《童心》中所唱：为"寻找失落的童心""在荒村的门前彳亍"，其实也是对童年生命的一种颂扬。

若深入发掘童心颂的文化心理，这种童心追怀与歌赞乃是来自于一种时代性的人格认同焦虑，根据美国学者拉姆齐的社会样态分类，五四是一个"分化"的时代。拉姆齐将古希腊以来的西方社会区分出四种社会样态以及相应的文学形态，第一种是"统一的社会，其特征是社会团结，大多数社会成员认同了某种统一性。在这种社会中，使人觉得自己是社会的意愿，而非异己者或叛逆者"②。在中国，这个"统一的社会"就是五四之前的古代封建社会。在统一的社会中，人因为有了公共性的文化依傍不会产生认同的焦虑，个体完全接受文化模式提供给他的那种人格。拉姆奇分析的第二类社会样态是"分化的社会，统一性瓦解，分离的精神力量与社会力量抵牾冲突……由于各种冲突的存在，诗人可坚定站在一方，亦可摇摆不定"③。五四之人处于这种"分化"的危机之中。"'五四'人的危机感可以说是中国

①　[德] 马克思：《1844年经济学哲学手稿》，人民出版社2000年版，第107页。
②　周宪：《超越文学：文学的文化哲学思考》，上海三联书店1997年版，第239页。
③　周宪：《超越文学：文学的文化哲学思考》，第239页。

历史上最为强烈的时期，不仅强烈地意识到中国作为一个国家在世界上无以立足的危机，意识到中华民族在世界民族之林中的生存危机，更在生命本体的层面上意识到人——作为个体的现代人的无以立足的危机，这是一种'人的危机'。……'五四'人的危机是双重的，他不仅是家国不保、饥寒交迫的'体'的危机而且还是一种旧的精神支柱崩溃，而新的精神支柱尚未确立的'魂'的危机，一种深深的危机意识使得五四整个时代都沉浸在浓重的悲郁氛围之中。"① 五四一代反叛了传统价值，面临着给精神意向重新定位的迫切任务，而追怀人之初的生命活力，从生命源头开始"立人"，是可以缓解这一危机、确立新的价值的一个理想途径，童心颂歌就是五四之人在冲破束缚生命的藩篱、对文化认同危机的突围中所采取的一种审美性的人格选择。

二

五四时期"人的发现"的启蒙思潮促进了人的主体意识的诞生，然而在之后风起云涌的政治革命风潮中，这一主体意识长期被政治意识所覆盖，关于童年生命的追怀性书写也随之沉没。"文化大革命"结束后的新时期，是又一个"人"的苏醒期。长期以来政治主导的生存状态，尤其"文化大革命"浩劫对人的戕害，使得觉醒之人——尤其是"文化大革命"中上山下乡的知青作家，普遍地开始感觉到自我的失落。一旦发现"自己之失落"，接踵而来的就是认识自己的"焦虑"。焦虑"是'认识你自己'而产生的不安、苦恼和忧虑。之所以在认识自己的过程中产生焦虑，是因为内心困惑和自我批判打破了现存文化外在地附于个体的种种生存谎言和自我假象……作家体认到生存投入的迫切性，深感自己在未来人生道路上的种种可能性；也只有这时，作家才真正变自己为掌握命运的主人，而不是简单趋同和适应现存文化的奴仆。"② 相形之下，新时期初人的焦虑意识比五四时期似乎更为强烈。五四时期乃是从以往坚固的封建传统社会堡垒中分化，因为传统性与现代性的截然不同，所以能很清楚地辨别那些以三纲五常为核心的

---

① 葛红兵：《"五四"文学审美精神与现代中国文学》，中国文联出版公司1998年版，第59页。
② 周宪：《超越文学：文学的文化哲学思考》，第50页。

"生存谎言"，兼之又有新文化的大力鼓吹，因此跟压迫人的传统糟粕文化的决裂也就相对容易。而新时期则是从极端"左"倾、高度集权的"文化大革命"政治中分化，它要打破政治神话附加于个体的种种生存谎言和自我假象。由于五四时期新建的初步的"现代性"在社会进程中遭到了扭曲，因此新时期之人要判别现存文化中哪些是习得的"谎言神话"、是反现代性的生存假象，相对来说则会显得困难些。这一时期的觉醒者面临的是双重黑暗，第一重黑暗来自之前的社会主导意识形态，即来自肩负"社会革命"神话情结的大众之神投给他们的浓重阴影；第二重黑暗来自其自我认识上的障碍，长期以来用"大我"泯灭了"小我"，在谬称与异化中醒觉过来的"人"还有待重新确立自己安身立命的位置和目标。再加上在"文化大革命"刚结束的头几年，还没有五四之初那样声势浩大的译介西方先进文化的思想环境，缺少有力的文化依傍，如何接续被中断的社会现代性进程？又如何重建曾经失落的自我？这些问题造成了新时期之人的内心焦虑。

新时期初较早出现的文学现象是伤痕小说和朦胧诗，二者都体现出了创作主体的反思能力、内省能力和抒情能力。新时期"人"的复苏，同五四之"人"的觉醒一样，都自觉地追溯至生命源头即童年，在文学题材的选择上表现为伤痕童年和纯洁童真的相互映照。童年追怀主要集中在抒情性浓郁的"朦胧诗"中，"朦胧诗"崛起于十年动乱之后的废墟之上，在历史的转折点上自觉地承担起启蒙的职责，率先开始呼唤人性理想和人性复归，强化主体意识，成为一个新生时代的精神象征。北岛激愤地喊出："告诉你吧！世界/我——不——相——信。"（《回答》）这是一个孤独者、怀疑者的大胆呐喊，是对以往蒙蔽了心灵的权威政治话语的反叛。对于这样的焦虑，有的诗人（如舒婷）以深沉的反思以及对民族的信念来消解，而有的诗人（如顾城）则沉浸在天真纯洁的儿童天国里流连忘返，以对人类生命之初童心的追怀来从另一个方向表达这种反思。许多朦胧诗人的笔下都出现了大量的"孩子"意象，天真的"孩子"同清醒的"思想者"一起成为新时期苏醒的"人"或"自我"的形象，追慕童心的童年歌唱体现了生命意识复苏后对"人"的理想的追寻和反思。

三

从共性来看，五四和新时期之初文学（主要是诗文）中表现的对童年心性的向往和宣扬，在性质上是一种启蒙主义言说，揭示人在现实生存中天性遭压抑的蒙昧状态，是写作者寻找本真的生命之根时，从历史长夜一觉醒来所发出的深沉的叹息以及面对黎明的曙光所发出的深情的呼唤。这种较为集中的对童年的深情呼唤或诉说，可以看作是对历史新生期文化焦虑的一种面对或疏导。对童年（主要是童心）的审美性回归，表现了新生时代一种"人的本质力量的对象化"要求，在历史新生期汹涌而来的"人的觉醒"潮流中，被追慕的童年的意义和价值被有意识地放大了，它彰显的是时代觉醒之人的人格认同愿望。

这一自觉的人格追求是以个体性的存在为基础的。在传统社会中，个体基本不存在，也不被赞赏，这不仅缘于社会主流意识形态的压抑，而且跟个体本身的思想惰性也有关，正如英国社会学家安东尼·吉登斯（Anthony Giddens）所分析的那样："有些个体要寻求在一种更为一致的权威系统中获得安慰……在一种支配性的权威下获得庇护，这实质上是一种服从的行为……个体依靠投射来与一种支配性的权威达成认同。"[①] 在五四之前的封建社会、新中国成立至"文化大革命"结束的社会中，其文化模式属于封建伦理主导型或政治一元主导型，自我人格被社会权威的引力或压力塑造成了集体性的人格样式。在这种情景中，如果说有自我，也是一种"虚假的自我"，因为它"压制和排斥代表的是个体真正动机的最原初的思维、情感与意愿活动"[②]。个体意义上的自我的诞生，只有在"分化的时代"——五四是从封建伦理中心文化中分化、"新时期"是从政治中心文化中分化，因打破大一统的整体板块，才能使集体之人走向个体之我成为可能。

人格追求与认同是一个自我意识的问题，洛克（John Locke）在《人类理解论》中对此问题阐释得很精确："所谓人格就是有思想、有智慧的一种

---

① ［英］安东尼·吉登斯：《现代性与自我认同：现代晚期的自我与社会》，赵旭东等译，生活·读书·新知三联书店 1998 年版，第 230 页。

② ［英］安东尼·吉登斯：《现代性与自我认同：现代晚期的自我与社会》，第 224 页。

东西。它有理性、能反省，并且能在异时异地认自己是自己。"① 人格认同的一个基本要义就是反思，反思意味着不再一味信任他人或服从权威，个体价值从代表着群体权益的社会价值那里逐渐独立出来，获得肯定与确认。"与我们对认同的需要相关的自我概念，意指突出人类主体性的这个关键的方面，……正是依靠它，我们每个人才本质上（即至少特别是规定我们自己）拥有立场。"② 主体伴随着自我的反思性投射而诞生，思考成为人存在的意义与基础。五四和新时期之初所思考和获得的，乃是"人"作为个体生命的基本尊严与独立人格。历史新生期的这类抒情性童年追怀，更多表现为一种对于童年心性代表的抽象精神如自由、独立和创造精神的价值认同。

要区分的是，追慕童心、回归童年这种思想古已有之（如上文提及的老子等），但是这种"回归"在古代与现代分别体现着不同的归属倾向。古代文人歆羡童年表达了一种"向后看"的思维取向，由于主体精神的贫弱，他们缺乏现实抗争精神，沉醉于对过去的乌托邦式的想象。而历史新生期的现代作家们对童心的追怀，表面上似乎"向后看"（童年是成年的过去），但内里明显地有着"向前看"的意向，主体精神的高扬使其旨在打破桎梏规范，对童年的追怀代表的是对光明和未来的追求以及创造精神的发扬，体现的是一种向前的迸发姿态。不过，这种追怀童心以求重获生命活力的新生时代的童年书写（后文简称为"新生童年书写"），虽然鲜明地表征了现代生命意识的自觉，但它还只是一个起点，这是由其自我指认与思想目标所决定的。因此，这种童心追怀并不等于在最终意义上完全确立了人的主体性，因为个体生命内部的探索尚未具体而深入的展开，自我人格理想尚不可能完满实现。

第二节　边缘之地的梦呓："威胁"时代主体的坚守

随着中国社会的剧变，五四时期"人"的启蒙运动很快被政治革命所取代，"人的文学"开始走向占主导地位的"革命文学"，"人的解放"的口

① ［英］洛克：《人类理解论》（上），关文运译，商务印书馆1981年版，第309页。
② ［加］查尔斯·泰勒：《自我的根源：现代认同的形成》，韩震等译，译林出版社2001年版，第46页。

号置换成"阶级的解放"、"民族的解放"、"人民的解放"或"社会的解放"。战争时期的文学主流是激进的革命话语,这是一种民族性、集体性的公共话语,随着主流文学对"人"的探索的搁浅,作为"人"的启蒙思潮的催生物的童年书写也退居一隅,只在主流之外的边缘零星地延续。依照拉姆齐所概括的社会形态模式类别,20世纪三四十年代的中国是在经历了"分化的社会"(五四时期对封建"统一的社会"的思想分化)之后,进入了"威胁的社会"。这份"威胁"主要来自于频繁的战争,社会出现急剧动荡。作家面对令人震惊的社会变动,有的以呐喊型的作品直接加入革命斗争,有的以悲剧式的作品表达不安和反思,有的则以启示性的作品表现忧虑和寻找。中国20世纪三四十年代的一些作家对人类或自我的乡土童年的深情书写,成为他们表达忧虑和寻找的一种文学选择。

乡土童年书写早在五四时期就已开始(如鲁迅的《社戏》、许钦文的《父亲的花园》等短篇小说),到三四十年代则更加集中地出现了颇有地域性的中长篇乡土童年小说。30年代,主要是沈从文、废名等京派作家对原始淳朴的童年人生的追怀;40年代,主要是萧红、骆宾基、端木蕻良等东北作家的个人童年生活回忆。这些乡土童年书写是一簇簇孤独的花,生长在烽火中原的边沿,虽然不能以自己的枝叶助长焚烧的火势,然而却散发着独特的幽香慰藉着作者自己的灵魂,也以一种独特的内在方式来拯救千疮百孔的人生世界和文学世界。

一

在阶级斗争十分激烈的20世纪30年代,社会思潮主要由政治文化所建构,以政治为视角来构架的左翼文学主潮强调用集体主义这类原则来指导创作,强调表现时代社会的变革性斗争生活。沈从文等京派文人的创作自觉地保持了与此主潮的距离,潜心于表现与社会历史似乎毫无关系的人性之"常",立足于独立自由的人文主义思想立场,追求人性的、永恒的文学价值,致力于维护文学的独立自足性。他们站在远离政治中心的边缘立场,抒发其边缘的文化理想。沈从文重视文学艺术促使人性向上的作用,其用心营造的乡土童年人生图景真切而美丽地表达了他的人生与文学追求。他所表现的乡土童年,不完全是个人的,而且也是民族之童年、人类之童年。人们一般都注意沈从文从伦理道德来改造民族品格的写作宗旨，而笔者认为，沈从文对湘西人生的书写动力除此道德改造外，还源自于他内心深处强烈的生命意识。沈从文十分推崇童心，这个童心体现的不是道德，而正是回归本体的生命意识。他指出童心的重要作用："所有故事都从同一土壤中培养成长，这土壤别名'童心'。一个民族缺少童心时，即无宗教信仰，无文学艺术，无科学思想，无燃烧情感实证真理和勇气的诚心。童心在人类生命中消失时，一切意义即全部失去其意义，历史文化即转入停顿，死灭，回复中古时代的黑暗和愚蠢，进而形成一个较长时期的蒙昧和残暴，使人类倒退回复吃人肉的状态中去。"① 沈从文曾说自己的创作激情就是"源于内在的童心幻想"②，"存心走我一条从幻想中达到人与美与爱的接触的路，能使我到这世界上有气力寂寞地活下来"。③ 他以童年梦境来书写他的生命理想，怀着一颗纯洁童心来描绘他的乡土童年，深情赞美了那些生长在青山绿水间的可爱的小儿女等纯美形象。他认识到政治化的现实无法给活泼的生命以恒久性的内在支持，选择了回到自己和人类的来处——童年的湘西或湘西的童年——作为人生、人性最理想的去处。他的乡土童年书写，表征着的是他对于个人、民族和人类的文化生态认同，这是对左翼主潮倡导的集体性的政治认同的自觉反叛。

自 20 世纪 20 年代起就开始书写乡土童年的废名，在三四十年代依然执著于此，长篇小说《桥》以未受西方文明和现代文明冲击的封建宗法制农村为背景，展示的是乡人尤其是小儿女朴素美丽的人生，田园牧歌中飘荡着出世的神韵。抗战期间，废名回到故乡湖北黄梅县避乱，在远离硝烟的乡间，他再次感受到乡间生活的恒定、朴素和实在，其长篇小说《莫须有先生坐飞机以后》带有明显的自叙传色彩，《五祖寺》一章写到隐居在乡间的莫须有先生的童年回忆，表达了对童年时代的深切怀念。废名借莫须有先生来发表自己的人生态度，"人生要爱历史"，这历史是"世道人心的历史"，认为"现代的进化论是一时的意见罢了，好没有真理的根据的，简直是邪说"。作者评点道："总之从高上看来，世界都不是实用的了，只有莫须有

---

① 沈从文：《沈从文别集·七色魇》，岳麓书社 1992 年版，第 76 页。
② 萧离：《沈从文先生二三事》，荒芜编《我所认识的沈从文》，岳麓书社 1986 年版，第 62 页。
③ 沈从文：《〈阿丽思中国游记〉后序》，《新月》1928 年一卷一号。

先生小孩子的心灵存在。"① 废名反对进化论，"世道人心"在他看来就是亘古不变的人生要义，而永葆一颗"童心"则更能领略世界"不实用"的精彩一面。废名从20年代到40年代的创作中，都贯穿了童年书写，对与自然乡土相依相生的童年的回望，表明了作者关注生命形式的一种时代边缘姿态。刘西渭看到了废名写作的个人性及其超拔性："他真正在创造，遂乃具有强烈的个性，不和时代为伍，自有他永生的角落。成为少数人流连忘返的桃源。"②

　　若往后看，京派作家对人类性的乡土童年的深情追怀，在被时代罡风吹散了近半个世纪以后，又在京派传人汪曾祺笔下得以延续（因其诸多的共性，这里将汪曾祺与30年代京派作家并论）。在"文化大革命"刚结束后的1980年，汪曾祺创作发表了《受戒》，以小儿女的情爱来表现美和人性，汪曾祺说："我写的是美，是健康的人性。美，人性，是任何时候都需要的。"③ 其题材与主题迥异于当时依然带着浓厚政治意识形态的时代话语，呈现出远离时潮的边缘性，从它当初难以发表就可以看出其另类性。无论是内容题旨还是创作姿态，《受戒》都表明了对沈从文的精神传承。他的这篇乡土童年书写所表现的浓浓的生命情调，乃是出于文化的自觉，出于对现实人格的拯救和重塑的社会使命感。"文化大革命"对生命的践踏，人格与社会风气的堕落走势，让人痛心疾首，再造新的民族/人格精神成为汪曾祺的理性追求。同时，这种特立独行的创作取向也表征着他对文学本体的自觉追求，这"对脱离工具化文学、回归自我心灵是一个有力的促动"④。汪曾祺的乡土童年书写所传达的文化品位，开辟了缓解自己和时代的精神焦虑的一条心灵小径，他同废名、沈从文一样都提倡要"保留一个民族的常绿的童心，并对这种童心加以圣化"⑤。这种"童心"意识表明了他与其京派前辈同样的立足于自然性的文化认同立场（这里的"自然性"包括自然乡土以及生命原初的自然状态）。

---

① 废名：《莫须有先生坐飞机以后》，《莫须有先生传》，广西师范大学出版社2003年版，第312页。
② 李健吾：《咀华集·咀华二集》，复旦大学出版社2005年版，第84页。
③ 汪曾祺：《关于〈受戒〉》，《晚翠文谈》，浙江文艺出版社1988年版，第4页。
④ 贺仲明：《中国心像：20世纪末作家文化心态考察》，中央编译出版社2002年版，第42页。
⑤ 汪曾祺：《谈谈风俗画》，《汪曾祺文集》（文论卷），江苏文艺出版社1993年版，第61页。

　　总体而言，京派作家的乡土童年书写所内含的这种自然性文化认同，表达的是对政治文化和都市文明的反叛，也是对由此二者即政治文化和都市文明潮流的挤压而产生的生存焦虑的一种排解。他们笔下的乡土童年人生是其生命理想的象征，反映了他们以乡土童年为参照系进行的对现代生活中人与自然、人与人、人与自我关系的异化状态的反省。这类作家对乡土童年人生的追怀，指向的是民族与人类的精神、品格及人性的重建。他们在个体意识为阶级意识所取代的政治洪流中，或人性被商业文化、都市文明所异化的困境中，表达的是对"优美，健康，自然，而又不悖乎人性的人生形式"① 的认同，是驻足于边缘地带的对生命意识、主体意识的坚守。鉴于此涵盖深广的"人类性"意义，本书将这类乡土人生中的童年书写称之为"乡土人类童年书写"（以区别于另一类乡土自我童年书写）。这类乡土童年追怀中平静如水的话语风格，流露出作家的灵魂有所皈依的安宁，追怀人类童年生命形态上升为一种类似于宗教皈依的人类救赎的存在方式。

二

　　另一类边缘之地的乡土童年书写的主要内容是具体的自我童年经验，这尤以 20 世纪 40 年代出现的东北作家群的童年回忆体小说为代表。抗战爆发后，有关民族存亡的斗争更加迫在眉睫，在急剧变化的严峻的时代面前，作家们纷纷将笔端转向现实的斗争。40 年代文学主题中，"突出地存在着一个根本性的方向，那就是个人主题的退隐和集体主题的张扬"，绝大多数作家个人思想感情处于逐步衰微的时代，在激烈的政治文化氛围中，"已经不存在个人情感生存的空间"② 。这是一个要求以民族意识替代个人意识的变革时代，作家的现实出路往往只有三种："或投笔从戎，直接投入到时代生活的中心；或者以文字为枪炮，成为战争与斗争的'解释者'、'追逐者'和'实证者'；那些既不能放弃作家的身份以行动参与战争或斗争，又不能接受文学与现实政治的密切关系的作家，则只能为时代所放逐或自我放逐于时

---

　　① 沈从文：《序跋集·〈从文小说习作选〉代序》，《沈从文文集》第十一卷，花城出版社、生活·读书·新知三联书店香港分店 1984 年版，第 45 页。
　　② 朱晓进等：《非文学的世纪》，南京师范大学出版社 2005 年版，第 237 页。

代而退守到个人生活的天地之中。"① 烽火连天中流离失所的多位东北作家创作的一批童年回忆体小说，体现了这种"退守个人"的写作姿态。残酷的战争使家园残破、人生颠沛，"正是战争生活中大大强化了的生命意识，更加深刻化的生命体验，唤起了作家对人类及自身生命的起始——'童年'的回忆。"② 面对能轻易地吞噬生命的战争，对生命的考量也就跃上了在硝烟边缘生存的思想者的心头，自然地，对于自己人生来路的追索成为探寻生命的一个重要途径。

　　东北作家群中的萧红、端木蕻良、骆宾基纷纷书写各自的童年记忆有其共通性的原因。首先，从心态来看，在战火纷飞中失去家园四处逃亡的作家，他们渴望身心的安定。比之成长的其他阶段，童年时期是相对稳定的生命形态，稳定的童年因而成为作家们对抗乱世、寻求慰藉的一个精神家园、孤苦灵魂的避难所。在记忆与现实之间、在现实与理想之间所发生的错位使这些作家生出了感伤。骆宾基于 1946 年在重庆写下的《论感伤》一文谈道："感伤的基础是不安于过去，却又见不到未来，而肯定的是过去。少年的日子生活单纯，由父母抵挡着生活的压力——或者说从社会榨取或换取生活的资料，而小资产者的少年，就在这保护圈子下生活，自然回忆起来也就甜蜜。而现在所需要的是自己的战斗力，因为到底是接近未来的时候了。所以感伤的人就是弱者，弱得又很可怜，因为他又不甘于倒下去，如'忘却'的人物来得爽快。实际上他还等待着未来，虽然这未来对他来说一点也不清楚。"③ 既然在这种"弱者"的心态中"肯定的是过去"，那么"过去"的童年或少年时光就很自然地成为他们的心灵守望之地。其次，从创作来源看，处于战争边缘的作家，因为远离时代主流的斗争生活，所以更多从自身的生活经验感受中去获取创作源泉，在他们所关注的生活经验领域中，个体童年记忆成为一种重要的选择。"我们最美好的希望是我们最美好的记忆。我们幼儿时熟悉的地方景物，即一木一石，当追想起来，都足以引起热烈的情感。……这种追忆是准确的、特定的、亲切的，真能供给一种特别的境

---

① 范智红：《世变缘常：四十年代小说论》，人民文学出版社 2002 年版，第 126—127 页。

② 钱理群：《对话与漫游：四十年代小说研读》，上海文艺出版社 1999 年版，第 187 页。

③ 骆宾基：《论感伤》，《初春集》，江西人民出版社 1982 年版，第 200 页。

界。"① 这种"特别的境界"既能抚慰他们孤苦的心灵，又能给他们所倾心的文学带来较为纯粹的艺术之美。他们往往长于以一种回溯的方式和基调写作这类作品，这类创作是对童年记忆的复制，也有着对童年人格的审视，有的还带着对童年时代的生活地即乡土的文化反思。不少乡土小说的创作契机就触发于这种由现实刺激而生的童年回忆。这类童年回忆小说的主题往往是在"失乐园"与"复乐园"之间的顾影自怜，其基调也在欢欣与哀伤之间起伏跌宕。具体来看，这几位作家写作各自童年记忆时的处境和心境又有所不同。

萧红自我放逐于时代，1938 年 4 月，《七月》编辑部召开座谈会，争论作家是否应该上战场，萧红说："作家不是属于某个阶级的，作家是属于人类的。现在或是过去，作家的写作出发点是对着人类的愚昧。"② 萧红的发言与同代人发生明显的分歧，40 年代流亡到香港，采用童年回溯性视角创作的带有自传色彩的《呼兰河传》、《小城三月》等小说都是个人的童年回忆，表明她退回到个人生活世界，其最内在的创作心理在于：向童年时代从祖父身上知道的"温暖"和"爱"的方面，"怀着永远的憧憬和追求"③。若全面深入地考察她的这份"憧憬和追求"，可以发现，它指向的应该是她童年时代的"后花园"：不仅包括后花园里与她相伴的祖父曾给予她的"温暖与爱"，而且也包括后花园里欣欣向荣的花草虫鸟，以及与之一样生气蓬勃的自我童年的生命活力。在对童年生活图景的描绘中，"充满了个体生命的童年时代与人类文化发展的童年（原始）时代所特有的天真之气。展现了一个'人间至爱者'对于人类生存的基本命题'爱'与'死'的童年体验的追记与成年的思考。"④ 这段给予鲁迅的褒奖同样适用于他的传人萧红。萧红作为鲁迅的"传人"不仅仅在于她继承了鲁迅对国民性的文化批判精神，而且还在于她对个人和大众生命亦即整个人类命运之"荒凉"本色的深邃洞察，与鲁迅"于天上看见深渊、于一切眼中看见无所有"（《墓碣文》）可谓同调。正是这一点形成了萧红对鲁迅"衣钵"最内在、最深入

---

① 老舍：《景物的描写》，《老舍全集》第十六卷，人民文学出版社 1999 版，第 234 页。

② 萧红：《现代文艺活动与〈七月〉》，《七月》1938 年第 15 期。

③ 萧红：《永远的憧憬和追求》，《萧红全集》（下），哈尔滨出版社 1991 年版，第 1044 页。

④ 钱理群、温儒敏、吴福辉：《中国现代文学三十年》，北京大学出版社 1998 年版，第 51 页。

骨髓的承传。萧红对童年梦园的温情重返，最终的落脚点在于对自我人格的追寻。这种童年回忆是回忆者介入人生体验、展开生命审视的一条途径，文化批判同她个人体验中最丰富的部分相交融，从而最大限度地显示了主体的精神深度。

战争期间，骆宾基和端木蕻良都有一段时间滞留在桂林。骆宾基在乱世的乡居生活里，感到"单纯"与"寂寞"，发现"都市生活所没有的早晨"和"许多有闪光的灵魂的孩子"，以及"在自然界里读到诗"和感觉"乡间的美"。① 这一期间他开始了自传体长篇小说《姜步畏家史》的第一部《幼年》的写作，后来从桂林大撤退到重庆郊区又接着创作《少年》。②《姜步畏家史》真实地反映了作者的幼年和少年时期的日常生活和情感世界。其创作动机，可以从作者对《幼年》初版和后来版本的封面设计的对比好恶中揣摩一二。作者在1994年北京十月文艺出版社的《混沌初开·后记》中说："《幼年》又名《混沌》，1944年春出版发行，……初版的封面上有一幅母亲双手托抱孩子的画面，朴素而又大方。"1954年作家出版社重版，书名改为《幼年》，"封面上那个五六岁的头戴虎头式两耳披风的娃娃，民族色彩是很浓的，韵味十足，缺点是过于写实了。这使我想到解放前桂林三户书店的那个版本。两种风格明显不同。前者是写实的，后者是写意的，给人一种童年的梦幻和情趣。这也许更符合本书的风格和浪漫式的内容"。③ 作者扬"写意"抑"写实"，可以看出作者当时创作《幼年》就是为了寻求浪漫的"童年的梦幻和情趣"，这是对当时现实困顿的一种心灵慰藉。

端木蕻良的童年回忆体小说自我性更为集中鲜明。1942年他在桂林写下回忆童年生活的两篇小说《初吻》与《早春》④，内容上都专门表现童年朦胧的情爱。这一题材的选择跟作者当时的心境密切相关。端木蕻良曾在骆

---

① 骆宾基：《三月书简》之二《乡居给G兄》，《当代文艺》第1卷第4期，1944年4月。

② 《少年》的初稿是在1945年到1946年春天创作的，部分章节在一些报刊上发表过。从1985年开始修改到1988年底后也发表过部分章节，收在目前的单行本《混沌初开》（北京十月文艺出版社1994年版）中的《少年》部分是修改稿。

③ 骆宾基：《混沌初开》，北京十月文艺出版社1994年版，第555页。

④ 作者在《初吻》文后注明"1942年7月15日穷一日之力写成于桂林"，发表于《文学创作》第1卷第1期，1942年9月；《早春》写于1942年9月5日，发表于《文学创作》第1卷第2、3期，1942年10月、11月。

宾基的《幼年》发表时，谈到托尔斯泰的小说《幼年时代》，认为托尔斯泰"将他朦胧的充满了企求与爱的幼年生活，写出来给人看，也许是完全为了虚荣，也许是为了寻求一种遗失的安慰，也许只是为了对于过去的痛苦的热情，也许是他对空虚的生活的反击，而想用这部书来填补他的空虚的……"①这也可看作是端木蕻良的夫子自道，他追怀童年的情爱，内含着对刚刚去世的萧红的追念，这从《早春》的题记和结尾可以发现一二。《早春》的篇首题记引自萧红《呼兰河传》的尾声："那早晨的露珠是不是还落在花盆架上？"而在结尾，主人公小兰柱一连自我诘问了 18 个"为什么"，如"为什么我在可能把握一切的时候，仿佛故意似的，我失去了机会，等她真的失去，我又要死要活地从头追悔？为什么我永远站在快乐与悲哀的岔口上？……"这种诘问在现实隐喻中就是对爱人萧红之死的忏悔，对于消逝的美好情感的追怀，也是对于自身弱点与问题的反思。《初吻》和《早春》都书写了小兰柱在女人世界里得到的"温暖和爱"，这份追怀抚慰着作家现实中孤独的灵魂。此外，他关于童年情爱的回忆性写作，还出于其自觉的艺术追求。对于没有直接加入战争而是退避一隅的端木而言，他真正熟悉的并非是宏大的政治题材，书写个人童年记忆这种创作选择，表现了他对艺术本体的秉持。这种对个人童年情感世界的温婉追述与细腻表现，表达一种对诗情的追求，它与粗犷的时代风云相分离，也与缺少艺术精致性的战争文学主流保持了距离。

　　20 世纪三四十年代的童年书写除了大量存在于小说家的童年回忆体小说中，还存在于一些诗人的诗歌中，如艾青写于 1933 年的《大堰河——我的褓姆》、穆旦写于 1939 年的《童年》等。前者为人所熟知，主要表达的是知识分子对劳动人民的身份认同，"我是喝了你的奶长大的你的儿子"，即自我的阶级身份归属的确认；而后者穆旦的《童年》则更具有自我思索的内倾性：

　　……

　　而此刻我停驻在一页历史上，

① 端木蕻良：《安娜·卡列尼娜》，《文艺春秋》第 4 卷第 2 期，1947 年 2 月。

摸索自己未经世故的足迹

在荒莽的年代，当人类还是

一群淡淡的，从远方投来的影，

朦胧，可爱，投在我心上。

天雨天晴，一切是广阔无边，

一切都开始滋生，互相交融。

无数荒诞的野兽游行云雾里，

（那时候云雾盘旋在地上）

矫健而自由，嬉戏地泳进了

从地心里不断涌出来的

火热的熔岩，蕴藏着多少野力，

多少跳动着的雏形的山川，

这就是美丽的化石。而今那野兽

绝迹了，火山口经时日折磨

也冷涸了，空留下暗黄的一页，

等待十年前的友人和我讲说。

……

诗人在回望童年的"今夜"，"在周身起伏的"是"那痛苦的，人世的喧声"，"奔程的旅人"因为怕丧失了"本真"，所以怀念曾经"蕴藏着多少野力"的可爱的童年。而今童年只成了一块"美丽的化石"，供伤痕累累的旅人在休憩之际抚摸。这首诗中的童年抒情是由战争时代人生际遇的感慨而发，蕴含着对人生道路的沉思，诗歌结尾"而我/望着等待我的蔷薇花路，沉默"表达的是对人生道路的冥想和寻找。他的童年抒情不同于"人"的新生期的童年抒怀，冰心等人的童心颂歌主要是对童年心性的赞叹，洋溢着新生时代主体的乐观精神；而穆旦回望童年是以此来比照现实人生的伤痛，深刻地穿透生存的本质，带有人生思考的哲理性。

三

无论是上述的人类性乡土童年还是个体性乡土童年记忆的书写，其创作立场都是处于边缘位置。这个"边缘"首先外显于空间上，这些童年书写所及的乡土地理位置，无一例外都是大都市之外的边远之地，如废名的湖北黄梅县、沈从文的湖南湘西凤凰县、汪曾祺的高邮小城、萧红的黑龙江呼兰河县、骆宾基的吉林珲春小县等。对这种相对原始、传统甚或落后、闭塞的边远空间的书写定位，表明了远离时代文化中心的写作姿态。此外，这个边缘还凸现在"时间"上，话语内容表现的是与时代大潮似乎毫不相干的童年记忆。在关系民族存亡的烽火岁月，童年书写者一般都自觉与战争保持距离。革命时代重视的是"向前看"的激情，而回顾童年则是一种"向后看"的温情，作家退守至个人的内心，尤其是记忆中的往昔时空。

这些作家之所以返回童年寻找生命的支撑，是因为他们在一个急剧颠簸的时代之中发觉了个人对于社会改造的无力，他们心中普遍存在着对时代主潮和自我位置的一种认同焦虑。"当一个个体在他的现象世界的主要领域感到受一种无力感重压时，我们可以说这是一种吞噬的过程。个体感受到外在的侵蚀力的支配，而这是他所不能反抗或超越的。他常常感受到要么是受夺去他所有的自主性的强制力所纠缠，要么是处在一种大动荡中为一种无助所缠绕。"① 乡土童年书写的作家们基本都有这种"无力感"或"无助感"，他们不愿趋附时代主潮，清醒地保持着自己独立的个体人格。"个体人格不仅特别敏于体认痛苦，而且在一定意义上，个体人格就是痛苦。个体人格的挣扎与确立何其艰辛！个体人格自我实现的前提是抗拒：抗拒世界奴役的统治，抗拒人对世界奴役的驯服融合。这里，倘若遮蔽个体人格，躬行妥协，顺应奴役，则可缓解和减少痛苦；反之，则痛苦倍增。"② 作家们以孤独自守、书写童年的方式拒绝政治意识形态或都市文化的异化，如席勒所说："艺术家怎样在包围他的时代的堕落面前保护自己呢？那就要蔑视时代的判断。他按照他的尊严和法则向上看，而不是按照运气和日常需求向下看……他把理想铭刻在虚构与真实中，……铭刻在一切感性和精神的形式里并默默地把理想投入无限的时代中。"③ 相对于作为时代主潮的集体性写作，乡土

① ［英］安东尼·吉登斯：《现代性与自我认同：现代晚期的自我与社会》，第 227 页。
② ［俄］尼古拉·别尔嘉耶夫：《人的奴役与自由：人格主义哲学的体认》，徐黎明译，贵州人民出版社 1994 年版，第 11 页。
③ ［德］席勒：《美育书简》，徐恒醇译，中国文联出版公司 1984 年版，第 63 页。

童年书写是一种明显的个人姿态写作，这源于作家要求摆脱意识形态影响焦虑的强烈自觉。作家们各自寻找自己童年记忆中的切身感受和思索，力求发出"自己的声音"——这个被屠格涅夫称为"最重要的一种东西"："重要的是生动的、特殊的自己个人所有的音调，这些音调在其他每个人的喉咙里是发不出来的。"① 从文化行为的角度看，这些乡土童年书写的意义在于以个人追怀淳朴童年的方式来为人类讲话，并承担人类的命运和文学在特定环境中对他们的要求。个人写作最重要也是最基本的文化品格在于它对意识形态所保持的高度警觉的态度以及疏离的立场，对意识形态话语立场的质疑使得他们重新确立自己的精神追求和文学追求，而童年记忆则成为其解决这个时代性认同焦虑的一种方式。

诗人布罗茨基在为沃尔科特的"加勒比海诗歌"写的序言《潮汐的声音》中说道："边缘地区并非世界结束的地方——而正是世界阐明自己的地方。"② 这些自甘边缘的作家"退守"到记忆中的乡土童年书写来思考自我人生，同时也以此来构建民族精神、重塑人类生存方式的理想形态，即让"世界阐明自己"。论其深层意义，这种时代主流之外的对乡土童年的"梦回"，不仅是"创造"，而且是"拯救"，是对湮没在革命话语或商业话语之下的人性之真的拯救，也是对在政治或经济功利的覆盖下必会失去本体之美的文学艺术的拯救。在茫茫战争硝烟或滚滚都市红尘之外的乡土童年书写，是执著于生命意识的作家对精神家园、文学家园的赤诚守望。

第三节　喧哗之中的私语："破碎"时代自我的建构

自 20 世纪 80 年代中期开始，童年书写苗壮成长为一片绚丽多姿的叙事风景，一批中青年作家在小说中大力书写个人性的甚至私人性的童年成长经验。这种表现成长的童年书写的繁荣发展与时代文化、文学的转型密切相关，映现着普遍存在于创作主体自身内部的一种空前的认同焦虑。

---

① 转引自［苏］米·赫拉普钦科《作家的创作个性和文学的发展》，满涛译，上海译文出版社1982年版，第70页。

② ［美］约瑟夫·布罗茨基：《潮汐的声音》，王家新、沈睿选编《钟的秘密心脏：二十家诺贝尔文学奖获奖作家随笔精品》，解放军文艺出版社1997年版，第286页。

一

中国社会文化在 20 世纪 80 年代中期发生了重要的转型，随着政治束缚的逐渐松绑，对"人"的关注日益突出，80 年代初兴起的关于"人道主义和异化问题"的讨论发展为关于"主体性"的讨论，人的价值、个性、自我和自由等成为热门话题。西方现代主义的哲学观念和文学作品被大量译介，尼采、叔本华、弗洛伊德、萨特、海德格尔等的哲学思想广为传播，80 年代初"大写的人"的历史主体意识开始转向为"个体"、"生命"、"存在"等维度。90 年代市场经济轰轰烈烈的发展进一步淡化了政治意识形态对人的影响，推进着一个以自我为中心的"个人化"时代的到来。物质文化时代带来了个体的解放，但同时也开始了不同于政治所导致的另一种对人的异化：人被物质所奴役。物质大潮推动着精神的瓦解，传统价值观念遭到了怀疑甚至根本性的解构，"人的理想"也趋没落。针对这一文化走向，1993 年一些学者发起"人文精神"大讨论。"人文精神"在人本主义层面上是对人的主体性的高扬，在终极关怀层面上是对存在的反思。然而，精英知识界的讨论并没有改变社会大众生存的面貌，无法力挽人文精神衰退的狂澜。马斯洛（Abraham Harold Maslow）在《人类价值新论》一书的前言中写道："我们时代的根本疾患是价值的沦丧。"① 这种价值沦丧的人类生存状况在中国的 90 年代日益凸现，当历史的总体性趋于分裂之后，现实的本质也难以确立，社会和人都遭遇了"碎片化"。拉姆齐在给自古希腊以来的西方社会形态分类时，将当代西方社会定性为"破碎的社会"，它体现出个人至上、多元论和不明确的价值观等特征。世纪末的社会文化"破碎"形态与新时期的"分化"形态一样给人们带来从原本的"统一"中离散出来后的焦虑感，但二者并不完全相同："分化的社会"是从政治统一中分化，寻找"人"的独立人格地位、寻找新的价值依傍而产生的主体建构焦虑，属于以个人的焦虑为特征的现代主义范畴；而"破碎的社会"则是价值全面粉碎以后的"主体性的黄昏"，个人丧失了对现实社会主动介入、参与的主

① ［美］亚伯拉罕·哈罗德·马斯洛主编：《人类价值新论·前言》，胡万福等译，河北人民出版社 1988 年版，第 1 页。

体扩张式的意向动力和实际能力，能做的只是退回自身，出现了主体非中心化的后现代主义特征。吉登斯深刻地指出了社会的"现代性"发展对"自我"的负面影响："现代性的剥夺是无法抗拒的。……剥夺的过程不仅进入到日常生活的领域中去，而且还进入到自我的核心中去。"① 在消费主义时代，人们生活在丧失了历史感的"现在"，只有外在表象而失却了内在本质。生活的意义被还原为消费性的生存本身，面对异化和无根的生存状态，自我认同的焦虑必然会产生。

　　追根究底，自我认同源自于文化认同的现代危机。这种现代危机包含两层意义：一是对传统价值意向发生动摇甚至断裂导致的精神失落的危机，二是在价值重新定位过程中无可依傍的精神悬置的危机。这种现代危机带来的认同焦虑在世纪末这一碎片化时代达到前所未有的强烈程度。在社会文化发生巨大转型而一切还不明朗的时期，人们普遍地感到迷惘和困惑，身份问题随之凸现。当外界已经无可认同的时候，那么只有一条道路——返回自身、返回内心去寻找自我。自我认同就是对自我的原初根基或身份的追究，在人对自身的异化现状及碎片式生存的救赎中越来越占据重要的地位，它要解决的问题是：我是如何成为现在的自己？我能否在自己过去的生活中找到前行的启示？正是在这种普遍的自我认同的焦虑中，个人性的童年书写喷涌而出，内容形态主要有两类：一类是延续了三四十年代田园怀旧的乡土童年抒情，一类是新兴的属于反思性质的个体成长童年叙事，势头更旺的后者构成这一时代童年书写的主要风貌。

　　90 年代以来的乡土童年书写主要针对的是泛滥成灾的都市文明对人性的异化，表达的是对空间上的乡土与时间上的童年相结合的幸福家园的皈依。在飞速发展的都市化进程中，聚居在工业化大城市的人群，因为商业社会造成的功利性的人际关系而强烈地感到孤独和疏离，旧的集体感与认同消失了，异化感、无家园感充塞了人的心灵，如先锋小说作家刘恪在《孤独的鸽子》中省思："我是谁？你不认识我，我也不认识自己。一个游荡在这都市里的灵魂，他在寻找，满怀期待与梦想。我闯入了不应该闯入的楼群，……你跨进门槛的时候你一定要回眸你的归程……人在一条历史发展的

---

① ［英］安东尼·吉登斯：《现代性与自我认同：现代晚期的自我与社会》，第 225—226 页。

长河里不断丧失，首先它丧失自然，后丧失物，再丧失他人，最后丧失自己。"这种强烈的丧失感使人对逝去的一切发生怀念，文学也开始了对往昔自然乡土人生的追忆。童年与田园合成一个怀旧的话语时空，成为一些人的精神家园，以此来批判和突破现有的社会形态、文化形态和生存形态。这类乡土童年的怀旧多建基于淳朴的民风和单纯的童心，以朴实的乡土童年来化解转型期现实文化裂变所造成的焦虑感，由童年加入的乡土书写成为一种充满温情和希望的分外诗意的寄托。当代执著地书写乡土童年的是迟子建，也许因为她与萧红都出身于东北，都书写乡土童年，所以常被相提并论。但其实，迟子建的童年书写在精神意绪上更偏向于京派的自然性文化认同，而不具备萧红从自我童年出发的对乡土人生的批判。她在《沉睡的大固其固》等小说中展现趣味盎然的童年乡土人生，在其成名作《北极村童话》的开头有这么一句话："假如没有真纯，就没有童年；假如没有童年，就不会有成熟丰满的今天。"在踏入了成年的嘈杂尘世后，怀念童年时代宁静而自足的"原始风景"成了迟子建心灵深处的一个情结。而这"原始风景"往往又少不了童年的情怀、童年的身影，正是这些组成了原始风景中最动人的灵魂。于她而言，乡土中的童年是可以洗涤现实生命尘埃的"清水"（《清水洗尘》）。在诗意几乎被洗劫一空的世纪末，乡土童年书写这一由乡土和童年两重自然生命组合的风景，依然执著地担当着这一"诗意启蒙"的理想，创作者让自己在其中安身立命的同时，也以此来建构着人类性的生态文化想象。心仪京派的曹文轩对此有着明确的主张，他一直深情地写着自己的乡土童年成长小说（如《草房子》、《青铜葵花》等），在古典诗情中糅入现代意绪，标榜"美的力量决不亚于思想的力量"①，而其"美"主要来源于使乡土更为鲜活的童年生命之美。② 从这时代乡土童年创作主体的内在心理来看，对童年这一最为自然的生命形态的复归，其实"并不直接关心单纯或质朴的德性，而是关注本性在我们内部唤醒的情感"，"我们求助它（指那些休眠的情感——笔者注），就像求助音乐一样，去唤起和加强我们内部最好的情感。……人们希冀永远在此驻足，因为心灵在此感受到了自然的全部

---

① 曹文轩等：《感动：走进曹文轩的审美世界》，江苏少儿出版社 2006 年版，第 42 页。
② 曹文轩的作品横跨成人文学和儿童文学，为两类读者所欣赏，其小说追求思想与艺术的深度美。

真实和能量。"① 作家在与充满自然生命气息的乡土童年的亲切交流中，寻得了精神的慰藉。

然而，这些带有浪漫主义甚至唯美主义倾向的乡土童年书写，在当今的现实世界中只是一个心造的纯美的旧梦。空间意义上的乡土已经被城市化所覆盖，当人们清醒地意识到建构在乡土空间上的精神家园沦丧之后，就将视线投向纯粹时间意义上的故乡——生命发源地即个体童年。如刘震云的《故乡面和花朵》尽管题材属于乡土范围，但是其卷四所写的童年忆旧内容已经不太着意于乡土地域文化的揭示，而主要是较纯粹的童年这一人生阶段的生命展示。作者在写了前三卷的成年人生之后以童年回忆来作为压轴卷，他借叙事人之口道出了个中的创作心理："我们是多么想从深流和潜流中爬到水面透上一口气呀，……但就是这样，我们还是力图想从过去的童年中找到一些可供我们回忆的细节和可供我们放下一个叫温暖的地方。那样的一个情景，那样的一个表情，那样的一个动作和那样一个温暖的笑容，那样的人生故事的递进和嬗变，于是无时无刻不出现在我们的梦中。我们在梦中甚至还说：'娘，我要撒尿。'"② 世纪末的童年书写内容更多的是对生命成长的本体追溯，它不是对生存方式的文化形态认同，而是一种追寻自我认同的努力，在童年回忆中构想自身和世界，为已在时光的流转中丧失了确定性和安全感的生存做一次精神溯源。从乡土这一集体生活空间转向童年这一纯粹个人生命时间的认同，成为田园故乡沦丧后唯一剩下的"心灵乡愁"。

另外，追怀童年的文学热潮与 90 年代初兴起的文化怀旧潮流相关。"一个经济发展迅速、文化变化剧烈的时代，也将是怀旧情绪浓烈的时代。"③关于"老房子"、"老照片"等的"文化怀旧"潮流也助长了童年怀旧。"童年热"看上去类似于"老城热"，但其实二者的"怀旧"意绪中有着质的不同：后者的追怀更多只是停留于玩味流连之中，有躲避现实之意；而前者童年怀旧是在碎片化生存中对记忆与现实的一种调解，在一个个被记忆和现实双重塑造的碎片中找到自身存在的真实感，通过追怀童年人生，来寻得生命能量进行现实人生的建构。

----

① ［加］查尔斯·泰勒：《自我的根源：现代认同的形成》，第 454 页。
② 刘震云：《故乡面和花朵》卷四，第 1627 页。
③ 王干：《怀旧、快餐与文化思索》，《读书》1999 年第 3 期。

世纪末愈演愈烈的个体成长童年书写成为当代文学中的一个突出现象，这种通过童年书写来消除认同焦虑的普遍行为显示了当代社会文化的一种趋势，即智利文化学者阿里尔·朵夫曼（Ariel Dorfman）提出的"文化童稚化"（The Infantilizing of Culture），在疏离、不确定的现实世界，眷恋童年成为当代人的一种心灵乡愁。从创作主体精神来看，对个体童年记忆的沉醉，显示了一种主体移置后精神内倾的软弱性。

二

童年书写在 20 世纪 80 年代后期以来集束性地出现，除了与社会文化转型带来的普遍的自我认同焦虑有关之外，还与文学转型及其创作主体的写作焦虑休戚相关。

新时期文学在 80 年代中期开始主动寻求自主自立的"主体性"。刘再复在 1985 年发表了《文学研究应以人为思维中心》、《论文学的主体性》等重要文章，他发展了此前钱谷融曾引用高尔基的话提出的"文学是人学"的命题，把人的主体性作为中心来思考，"'文学是人学'命题的深化，就不仅要承认文学是精神主体学，而且是深层的精神主体学，是具有人性深度和丰富情感的精神主体学。"① 随后的文学一般不再具有明确的意识形态功能，文学逐渐回到文学自身，文学的本体意识得到重视并不断深化。王蒙等人提出"文学的本体"这一问题，认为作品反映的是"世界——人生——心灵"②。文学本体意识的落脚点是文学中对"人的生命存在"的追寻，强调了文学中人的生命意识，包括创作主体的生命意识。生命意识的彰显形成了一种对政治理性的解构力量。虽然 80 年代兴起的关于主体性的神话在 90年代很快陷落，但文学立足于生命本体性的追求却在此后得到长足的发扬，这也成为追怀生命来处的童年书写所需的土壤质地。

从文学创作思潮来看，童年书写对生命的追寻与 80 年代中期兴起的"寻根"文学运动在精神上有一定的渊源联系。知青作家们因为意识到文化资源的匮乏而开始了一场"寻根"文学运动，到民族的深层精神和文化特

---

① 刘再复：《论文学的主体性》，《文学评论》1985 年第 6 期。
② 王蒙：《读评论文章偶记》，《文学评论》1985 年第 6 期。

质中去寻找依傍或问题根因。一些作家在大自然和远古先民那里寻找原始文化精神的皈依；一些作家则从生命之初的童年阶段来追索民族文化之根，并将文化之根的体现者设定为儿童，如韩少功的《爸爸爸》中象征着民族劣根的白痴男孩"丙崽"，王安忆《小鲍庄》中仁义道德的化身"捞渣"。这两个童年之人分别代表的是传统文化的"顽劣"与"至善"，这里的童年性质是民族文化的童年，而非个体童年。作家们选择"童年"作为文化寻根的一个溯源地，寄托了从头开始塑造（改造"劣"、发扬"善"）民族文化的愿望。"寻根"，即寻找自己的生命母体和生存地基——包括民族文化品位和个体精神意向。"寻根"这股社会性的文学思潮既促进文化生命意识（即关于文化之生存发展问题）的觉醒，同时也促进了人的生命意识的发掘。"'寻根'作为一个狭义的文学流派活动不久就销声匿迹了，但作为一个广义的、内在的文学运动——其内在精神实质即是'寻找自由心灵'——它却长久地留存，余音未息。"① 这股"寻根"思潮的"余音"之一就是一批作家从追寻文化之根进而转入追寻个人生命之根。韩少功说文学"寻根"是"一种对民族的重新认识，一种审美意识中潜在历史因素的苏醒，一种追求和把握人世无限感、永恒感的对象化表现"②。倘若将"民族"、"历史"等词置换为"人"、"生命"等词，则可借用上述这段话来如此诠释寻"人"的"生命之根"的意义：一种对人的重新认识，一种审美意识中潜在人性因素的苏醒，一种追求和把握人生真实乃至生命真谛的对象化表现。在原初童年生存中找到滋长现实人生的营养，揭示决定个人乃至人类的生存之谜。表现这种从传统文化寻根进而向个人成长寻根的转变的作品如韩少功的《鞋癖》（主题涉及"失父"与"寻父"），最为典型的是王安忆，她从80年代中后期开始创作了一系列涉及童年成长的小说，如《六九届初中毕业生》、《流水三十章》等。她所关注的"谁家的孩子怎么长大"，是一个自我寻根的问题，这种对生命来处的寻根可以缓解"无根"的焦虑。再如莫言，80年代中期的文化寻根小说《红高粱》着意的是对民族生命力的寻根，之后有大量的创作去深入表现童年的内在生命。童年记忆缠绕着

---

① 贺仲明：《中国心像：20世纪末作家文化心态考察》，第45页。
② 韩少功：《文学的"根"》，《作家》1985年第4期。

他，他说："我所以写作，不过是为了传达一个怕挨饿的孤单的孩子，对好日子的渴望。"穷困、卑微、孤独的童年成为莫言个人生命和文学生命之根，而童年书写可以"再造少年岁月，与苍白的人生抗衡，与失败的奋斗抗衡，与流逝的时光抗衡"[①]。童年寻根，寄托着作家对岁月、对生活的透视以及对生命家园和文学家园的寻找。

个人性的童年成长书写在世纪末的最后一个十年发展最为蓬勃。随着理想主义的退位，文学失去了价值坐标，新时期以来传达启蒙思想的文学在90年代被挤到了边缘，作家们不再能充当大众的启蒙者，他们疏离了社会政治，成为个人书写者，着意于探寻个人生存，返回到内心的敞开之域。个人化写作是对个人独立性和自我意识的确认，也是现代人拯救自我的一种方式。有些作家格外倾心于私人空间，描写极端个人化的生存体验和心灵感受，发展成为一种私人写作。"个人化"、"私人化"的叙事气候成为童年书写成群繁衍的温室，90年代以来的童年书写表达的是个体/自我生命成长的低语细诉。到此，从20世纪初发现的童年生命终于得到真实而内在的毫无保留的发掘，这主要得益于本时期文学对真正灵肉一致的个体生命意识（尤其是"欲望"）的极端张扬。

三

从童年书写创作群体的代际来看，90年代个人寻根式的童年书写者主要是出生于60年代的一批青年作家，这一创作取向跟这一代人的成长经历和心态有关。"所谓'代'的概念，并非是一般的生命体的换代，而是在时代意向、基本价值、知识谱系、关注问题等方面具有的根本性差异。"[②] 60年代出生的作家究竟是怎样的一代人呢？李皖指出："这代人是边缘的，他们喜欢在时代的边缘行动。少年时期，他在'文革'的边缘，青年时期，他又在经济大潮的边缘。总之，他们是过渡年代的过渡体。"[③] 他分析了60年代人的种种精神特征："在他成长过程中就不断接受一个个价值，又不断看到一个个价值的流失，所以他始终没获得一个稳固的、核心性的东

---

① 莫言：《四十一炮·后记》，春风文艺出版社2003年版，第444页。
② 王岳川：《中国镜像：90年代文化研究》，中央编译出版社2001年版，第55页。
③ 李皖：《这么早就回忆了》，许晖主编《"六十年代"气质》，中央编译出版社2001年版，第87页。

西。……他们对已逝的东西脉脉含情，对现实的东西保持距离，对自我倾情，对未来忧心，这几乎成了一种习惯。"① 60 年代生人之所以年纪轻轻"这么早就回忆了"，"是因为他们少年时代不停地游走的经历，是因为今天内心里感到的……悬空。"② 正是因为这种精神寄托的"悬空"，使他们对童年时期的那个年代产生了缅怀和追忆的心境，"他们相信生命中最美的记忆，永远是那最初的日子（童年和少年，田园和校园，儿时玩伴和大学女生）"③。在"文化大革命"动乱年代的文化荒漠中度过童年的这批作家，是在文化废墟中成长起来的无所承担也无可承担的边缘的一代，这种边缘性使这一代不再可能成为历史的主体。在 90 年代这样一个历史感退场的时代，有着现实失落感和主体零余感的 60 年代生人，因为没有深厚的历史文化资源作为写作支撑，对自我记忆的翻检成为他们进入文学书写时的一个共同取向。即使他们写童年时代的"文化大革命"历史，关注的也是"文化大革命"中的自我童年，意在童年生命成长而非童年成长的历史背景，属于生命话语而非政治话语。此外，60 年代生作家在 80 年代中后期迈进文坛之时正好是上一代人（主要指出生于 50 年代的作家）的"寻根"渐趋没落之时，为了获得身份的确认，他们也采取了"寻根"策略，只不过是从上一代的寻民族文化之根转向寻个人自我之根。他们凭借个人记忆来获取身份确证，以求在一定程度上消解个人生存和写作危机的焦虑感。

　　90 年代自觉以"回望"作为基本写作姿势的林白，在《记忆与个人化写作》反对社会主流叙事的公共记忆，因为"在这种普遍的记忆中，我们丧失着自己的记忆，同时也丧失着自己"，而"个人化写作是一种真正生命的涌动，是个人的感性与智性、记忆与想象、心灵与身体的飞翔与跳跃，在这种飞翔中真正的、本质的人获得前所未有的解放。"④ 个人化写作大力仰仗"个人记忆"，所以回忆成为个人化写作者的一个重要写作维度，而童年记忆是在个人记忆的翻检中容易被挑中的对象。60 年代生作家开始写作时，其生命列车才刚刚开到青年驿站，可供他们回顾的主要是刚刚驶离的童年起

① 李皖：《这么早就回忆了》，许晖主编《"六十年代"气质》，第 86 页。
② 赵柏田：《出生于六十年代》，许晖主编《"六十年代"气质》，第 51 页。
③ 赵柏田：《出生于六十年代》，许晖主编《"六十年代"气质》，第 48 页。
④ 林白：《记忆与个人化写作》，《一个人的战争》，江苏文艺出版社 1997 年版，第 296 页。

点站，于是他们往回走，走向成年前的"小时候"，通过追忆来复现个体在生命起端时间中的生存经验，为自我的生存提供证据。这种追忆乃是一种对流逝的时间和"悬空"式存在的拯救。郭平在其收录了多篇童年叙事的小说集《后来呢》的《自序·一杯醇酒》中云："我可耻地保持着清醒/和孤独/只是想知道/谁还能在暗夜里/说爱/只是想在有限的此生中/有效地把自己/放置到/某个地方。"① 从童年出发的"后来呢"会抵达何处？追怀童年的小说显示了作者对当下生存困境和自身位置的追索。童年回忆的中心点落在个体的成长上，比如苏童、余华等一批青年作家在 80 年代中后期就凭借着个性化的童年书写步入文坛，而之后 90 年代的林白、陈染、王朔等对各自童年成长记忆的书写也都是出于对"出生的寻访"。这种出生寻访式的童年回顾的意义，如 60 年代生人自己所言："使我们终于可以跳出那种传统意义上故乡的门槛，使我们终于踏上失去永久故乡记忆的不归路。……在记忆之川里捞取这些现象性的片断和经验其实是一个个人化事件。……我们需要的不是这些经验在回忆里被篡改的部分，而是照亮我们寂静的心之航程的灯塔。"② 寻找这一"灯塔"，可以视作其翻检童年往事的目的与意义。

这种个体童年成长话语在更年轻的新生代（多生于 60 年代后期或 70 年代初期）作家笔下也多有出现。处在文化溃败的历史境遇中的新生代笔下只剩下孤零零的自我，"他们从自己生存的文明现实中体悟到特殊的记忆形式，并且以此表达对语言异化和历史困厄的反抗"③，其焦虑往往是当下的、非意识形态的，甚至是身体的，他们的童年书写是现实生存焦虑的一种延伸而非化解。如果说，大多数 60 年代生作家的个人成长童年书写中还流露着忧伤甚或暗含着痛楚，那么新生代作家如李冯的《碎爸爸》、东西的《耳光响亮》等的童年书写则增加了戏谑与嘲弄，其叛逆性的解构意向流露的其实是迷惘和无助。

总体而言，20 世纪末以来的个体/自我成长童年书写鲜明地表现了作家们的写作立场不断向个体经验位移，他们依靠个人记忆一步步实现了对整体的社会历史的逃离而回到自我经验和想象的领域。莫里斯·哈布瓦赫

① 郭平：《后来呢》，中国文联出版社 2005 年版，第 1 页。
② 包亚明：《关于我们这一代人》，许晖主编《"六十年代"气质》，第 271 页。
③ 陈晓明：《无边的挑战》，广西师范大学出版社 2004 年版，第 39—41 页。

（Maurice Halbwachs）说："在某种程度上，沉思冥想的记忆或像梦一样的记忆，可以帮助我们逃离社会。……然而，由于我们的过去是由我们惯常了解的人占据着，所以，如果我们以这种方式逃离了今天的人类社会，也只不过是为了在别的人和别的人类环境中找到自我。"① "别的人和别的人类环境"也包括过去的自我、过去的童年。寻找自我来路的童年书写，成为他们确认自我的真实途径，使充满现代生存焦虑的灵魂可以得到暂时的栖息，这种童年回忆是对自我困境的一种内在拯救。

可以明显看到，"新时期后期"②的个人成长童年记忆不同于新时期之初的童年追怀，后者对童心的抒情或对童年伤痕的揭示是为了表现"人"的觉醒和迸发，主要反映的是一个以大写的"人"为本位的、张扬的主体姿态。而"新时期后期"语境下的童年回忆主要是为了个体自我存在的内部确认，是"人"在丧失了历史主体性之后的寻求个人主体性解放的一种标志。"解放的主体性，构成于个体的内在历史（即个体本身的历史）中。个体的这种内在历史，不同于他们的社会存在。这个内在历史记录的是他们的遭遇、他们的激情、他们的欢乐、他们的忧伤……确实，从政治经济学的角度看，它们或许不是'生产力'。然而对每一个人的存在来说，它们是决定性的，它们建构着现实。"③ 而寻访出生的童年话语，所包含的正是这种自我现实建构的一个意愿和途径。

本章小结：生命追寻与主体性追求

本章以时间为序概括性梳理了一个世纪以来童年书写发生发展的大致面貌，综合考察生发童年书写的各时段的文化与文学环境及作家的创作心境，尤其关注了"人"与"自我"这一始发于五四的现代性命题在不同时段文

---

① ［法］莫里斯·哈布瓦赫：《论集体记忆》，毕然、郭金华译，上海世纪出版集团、上海人民出版社 2002 年版，第 87 页。

② "新时期后期"，时间约从 20 世纪 80 年代中后期开始。陈晓明谈道："'新时期后期'是我理解当代中国文学历史转型的一个最基本的概念。"参见陈晓明《表意的焦虑：历史祛魅与当代文学变革》，中央编译出版社 2002 年版，第 311 页。

③ ［美］赫伯特·马尔库塞：《审美之维：马尔库塞美学论著集》，李小兵译，生活·读书·新知三联书店 1989 年版，第 209—210 页。

化、文学中的存在与发展状况，在这一大的问题背景上凸现童年书写产生及演变的原因，并由此观照作家内在的主体精神的构建状况。

纵观中国现代文学中童年书写沉浮起落的轨迹，可以发现，童年书写的产生都源于一个最根本的问题：对生命的追寻，即关于"人/我是谁？人/我从哪里来？人/我向哪里去"的存在叩问。"生命意识"是催发童年回忆这一生命花朵的最重要的土地养料。童年回忆是从生命源头段出发的对人生根本和终极问题的追问，是一种较为单纯而直接地贴近生命本体的思考。作家自我生命意识的强弱决定了童年书写的沉浮。包含着浓郁的生命意识的童年书写，只有在创作者具有独立的个体性的基础上才可能产生。"个体性乃是一个机所"，"只有这个机所才具有确保有'自我意识'的优点。"[①]"自我意识应该被理解为'自身亲近之存在'的匿名结构"[②]，童年回忆就是这样的一种基于生命追寻的"自身亲近之存在"。童年作为一个富含情感的生命时间概念，总是与创作主体的生存、生命困惑紧密相连。在某种社会文化的逼迫下产生的自我认同危机中，人往往会通过对生命来处的反观辨明自身，对自我在历史（包括社会和个人历史）中的位置进行价值确认。因此，童年书写凸现出创作者对个人主体性的追求。

这个问题可从反面得证。在20世纪40年代解放区文学以及新中国成立十七年和"文化大革命"时期的文学中，童年书写几乎销声匿迹，原因在于这些时段或地域的文学所强调的是为工农兵或社会主义服务的大众文学、强调的是集体性的政治话语，身处这种文化场中的作家在身份认同上有着自觉或不自觉的"权威服从"或集体性依傍，与社会主流文化没有分离的焦虑，因此这种个体性匮乏、自我意识缺损的状态不可能产生基于个体生命追问之上的童年书写。只有在对长期依傍的或占据主流的价值意向失去信任或发生分离之时，"在意识到我们不能信任我们对'我是谁'、'我属于何处'等等问题的解答时"，在"重新成为一个异己的世界中不能确定自身的儿童"[③] 时，体验到焦虑的人们才会更自觉地回望生命来处。生命哲学中的"焦虑"，用以表述个体对自身存在境况感到忧虑甚至恐惧的精神状态。焦

---

① ［德］曼弗雷德·弗兰克：《个体的不可消逝性》，先刚译，华夏出版社2001年版，第158页。
② ［德］曼弗雷德·弗兰克：《个体的不可消逝性》，第1页。
③ ［加］查尔斯·泰勒：《自我的根源：现代认同的形成》，第73页。

虑产生原因往往出于人对世界现存形态的强烈不满，而"最内在的根源乃是作家对自我存在及其困境最深切的体验"①。于是，"为了保持自我感，我们必须拥有我们来自何处、又去往哪里的观念"②。由此，关于"来自何处"的童年回忆成为缓解这种焦虑、进行自我确认的重要途径，而回忆性的童年书写则成为创作者在面临主体性丧失的社会中所采取的一种文学选择，其实也是一种对抗性的生存策略。

　　童年书写不仅表明创作者对"人"的主体性的追求，而且还表征其对文学主体性的追求。文学的主体性首先体现在作者的主体性上，这种主体性的获得是通过个体化、内在化的过程来完成的，与主体相关的反思能力、内省能力以及抒情能力在童年书写中都得以表现。这种有意识的书写选择源于作家们对生命本体和文学本体的真切理解和深沉关注，对童年生命的追怀性书写往往阐明了创作主体的文化立场、人格立场以及文学立场。

---

① 　周宪：《超越文学：文学的文化哲学思考》，第49页。
② 　［加］查尔斯·泰勒：《自我的根源：现代认同的形成》，第267页。

第二章 "人"的理想之诉求：童年书写的生命幻象

　　童年作为生命起点，是原始、本真、天然人性的存在，是个体生命的源头、同时也是人类"发展得最完美的地方"。马克思说："为什么历史上的人类童年时代，在它发展得最完美的地方，不该作为永不复返的阶段而显示出永久的魅力呢？一个成人不能再变成儿童，否则就变得稚气了。但是，儿童的天真不使人感到愉快吗？他自己不该努力在一个更高的阶梯上把自己的真实再现出来吗？"[①] 童年的魅力正在于"它对人性生成和生命体验所具有的永久的生命补偿和激发作用"[②]。而这种生命的"补偿和激发"，主要得归功于童年阶段的蕴含着质朴天性、原始野性、和谐人性的童心。自五四发现儿童，一批崇尚"真人"、"真艺术"的文人发自内心地追慕童心，表达对生命的热情礼赞和深切体悟。

第一节　天真的期待和痛苦：新生
童年书写中的童心咏叹

　　童年是伴随着"人"的觉醒而产生的，因此童年书写中的孩童意象一

---

①　《政治经济学批判·导言》，《马克思恩格斯选集》第 2 卷，人民出版社 1972 年版，第 114 页。
②　曾永成：《文艺的绿色之思：文艺的生态学引论》，人民文学出版社 2000 年版，第 44 页。

般都指向觉醒之"人"，这些作为意象的孩童是觉醒之"人"的"本质力量的对象化"，在五四和"新时期"这两个"人"的新生或复苏时代，这种投射其上的"本质力量"在两个时段既呈现出历史的对应性，又各有自己的独特内质。

一

中国现代童年书写最初是以"童心颂"的形态登上文学的历史舞台。五四初期的诗文中几乎到处可见闪亮的童心，使童心之纯美得到了空前的凸现，形成了中国新文学之初一道鲜亮的风景。从思潮来源看，是因为"人的发现"、"儿童的发现"带来了新生的喜悦，从而开始了对"人之初"的讴歌。从文学渊源来看，该时期文学对童心的歌赞受到印度大诗人泰戈尔的影响。泰戈尔在其《新月集》、《园丁集》等集中盛赞儿童的淳朴天真，缅怀美好的童年韶光，希图建立纯洁的充满童真的理想世界。这与五四时期高扬的浪漫主义及个性思潮正相契合，冰心、徐志摩、郭沫若等都对这位充满童心、爱心的印度诗哲顶礼膜拜，也随之歌赞童心之美，如郭沫若的《新月》、郑振铎的《朝露》、徐志摩的《他眼里有你》等诗歌。这类童心颂中，投注着成人与童心具有对应关系的本质力量，大致可概括为下述两个层面。

第一，将童心作为反封建专制的突破口。童心作为最能体现人性之原始淳美的代表，在反封建礼教、倡人道主义与个性解放的大潮中被推到了浪尖。儿童的发现过程本身是个反封建的逐步加强过程，而崇拜童心，对于封建时代抑制、扼杀童心和人性而言是完全唱了反调，且带着解放后的喜庆色彩。五四诗人纷纷歌赞孩童的天真与纯洁，以轻柔的调子、爱怜的姿态歌颂晶莹的童心，折射出苏醒时代的温情气息。最热烈的童心歌颂者当推冰心，她所崇奉的"爱"的哲学要义之一就是"童心"，在大量的诗文中歌咏童心，赞叹孩子是"灵魂中""光明喜乐的星"，"细小的身躯里，含着伟大的灵魂"。朱自清深情地吟唱"光明的孩子，——爱之神！"诸如此类对童心的歌颂不胜枚举。五四作家们对孩童顶礼膜拜，他们奉献给儿童的赞美中就闪烁着大量的"天使"、"爱之神"、"活神仙"之类的词眼，他们膜拜的已经不是一个小小的"人"，而是近于"神"！诗哲荷尔德林在《许佩里翁》中吁请："让人们从摇篮时代起就不受搅扰！不要把他从生命的紧紧合一的花蕾里，从童年的小屋中赶出来！……因为只有这样，他才成为人。一旦他是人，这个人就是神。如果他是神，那么他是美的。"① 童年之人是最接近神的人、最可能成为神的人。对这种沐浴着神性光辉的孩童的抽象歌赞，是对以往封建时代被压制、被扼杀、被掩埋的"人"的极大解放，是对封建礼教思想压制下非人化境遇的反拨，是对新生之"人"的极度礼赞。

第二，将童心当作反污浊人世的避风港。英国早期浪漫主义诗人华兹华斯（William Wordsworth）在《每当我看见天上的彩虹》中唱出著名的诗句："儿童乃是成人之父，/我希望以赤子之心，/贯穿颗颗生命之珠。"湖畔派诗人将儿童与自然并行歌唱，是因为唯有纯洁的童心尚未被日益发达的资本主义工业文明所异化，是一块灵魂可以栖息的净土。而在 20 世纪初仍处于半殖民地半封建的中国，以童心来反物质异化的意义还不甚明显，与此接近的是以童心来诅咒黑暗的人世、虚伪的人心，将之作为远离污浊社会的一方精神家园。标举"性灵"大旗的徐志摩将童心视为性灵所在而大加膜拜，以之来对抗社会的丑陋与鄙俗。他称自己是"自然的婴孩/误入人间峻险的城围"，"青草里满泛我活泼的童心"；《乡村里的音籁》抒发得更具诗意："回复我纯朴的，美丽的童心：/像山谷里的冷泉一勺，/像晓风里的白头乳鹊，/像池畔的草花，自然的鲜明"，他把"解化"与"婴儿的微笑"相提并论，将童心认作生命的本原、归宿和最高境界。虔诚的儿童崇拜者还有丰子恺，其诗《成人世界》直接表达了对童子的"爱"与成年的"慨"："吾爱童子身，/莲花不染尘。/骂之唯解笑，打亦不生嗔。/对境心常定，/逢人话自新。/可慨年既长，/物欲蔽天真。"在散文《给我的孩子们》中，开宗明义："我的孩子们！我憧憬于你们的生活，每天不止一次！"他把童心作为"净土"的深层意义揭示得十分明确："我初尝世味，看见当时社会的虚伪骄矜之状，觉得成人都已失本性，只有儿童天真烂漫，人格完整，这才是真正的'人'。于是变成儿童崇拜者……现在回忆当时的意识，这正是从反面诅咒成人社会的恶劣。"（《我的漫画》）但是"童心"这方净土并不是永恒的乐园，即便是丰子恺这样的儿童崇拜者也清醒地认识到童年过后"不过像'蜘蛛网落花'，略微保留一点春的痕迹而已"（《给我的孩子

---

① ［德］荷尔德林：《荷尔德林文集》，戴晖译，商务印书馆 1999 年版，第 75 页。

们》）。另一位早年追求"爱与美"的文学青年王统照在《童心》里忧郁地追问："只已遗落的'童心'，不知藏在何处?""我曾经遍地祈求，十方觅取。/为谁夺去？为谁玷污？/终未能一见它的踪迹!"他们为童心的遗落而愁怨，因为童心是净土，是乐园，是美梦的生长地。

五四初期的新文学作者们在"人"的觉醒期抚今追昔，自然会追溯及成人之源头，即童年、童心，将童年与成年两相对照，其结果是令人伤感的，如周作人形容失却了"赤子之心"的成人，"好像'毛毛虫'的变了蝴蝶，前后完全是两种情状，这是很不幸的"①。不管是对童心的讴歌，还是对失落的童心的寻找，表达的都是对童心的热切向往和不尽崇拜。新文学作者们在营造、寻找童心世界的同时，也在进行着自我的人格理想境界的营造，他们以童心为鹄的、也以童心为手段来净化自己，同时也将此扩展为社会理想：以童心之真、善、美来张扬自然、美好的人性，来烛照并呼吁改造现实世界之假、恶、丑，以童心之活泼来召唤民族的振拔。因此，崇拜并张扬自然纯真、充满生机的童心，有着浓郁的启蒙主义、理想主义色彩。

二

"文化大革命"结束后的新时期是对应于五四的又一个关及"人"的寻觅和复归的历史新生期，崛起于"文化大革命"动乱的废墟之上和"伤痕"之中的"朦胧诗"，在历史的转折点上先锋性地承担起启蒙的职责，并建构了"小我"与"大我"完美统一的主体神话。而在这"神话"的建构中，孩童意象成为其中一个重要符码。如顾城所说："'朦胧诗'的作者几乎都从孩子的角度讲述过天真的期待和痛苦。这真是一种稀有的期待，在智慧高远，淡若烟水的东方传统面前，显得那么简单，但同时也为这种可敬的传统增添了一点可爱之处。"②"朦胧诗"中童年歌吟的意蕴主要有二：

其一，童年之真对"文化大革命"梦魇的批判。

顾城写作于 1979 年的《一代人》："黑夜给了我黑色的眼睛，/我却用它寻找光明"，这一名篇是他个人及那一代人标志性的"名片"。这是一个

---

① 周作人：《阿丽丝漫游奇境记》，《自己的园地·雨天的书》，人民文学出版社 1988 年版，第 51 页。
② 顾城：《答何致瀚》，顾工编《顾城诗全编》，上海三联书店 1995 年版，第 925 页。

生命意识、自我意识重又萌发的新生时代。顾城说："一种青春的冲动、一种内心的矛盾和一种要求统一这种矛盾的本能促使我寻找'我'。"① 他称这个时期的代表作是《我是一个任性的孩子》，"有很强的人的、心理的、甚至社会的色彩。我开始从人的角度评价这个世界"②。他诗歌中反复涌现的孩童意象、孩童视角都是从"人的角度"出发的选择，投射着"寻找光明"的"人"的启蒙之光。

孩子因其天真纯洁而成为真善美的象征，朦胧诗人描写孩子、怀念童年是对真善美的一种巡礼。"走过的孩子都含有黄金"（顾城《懂事的年龄》），只为那"十岁的少年有无数颗太阳"（林莽《黄昏，我听到过神秘的声音》）。然而童年已逝，只能"思念被风筝牵走的童贞"（李钢《山中》），只剩"童年那蓝色广场、海石花的幻想、一起一伏奔跑的马儿哪儿去了"的追问（杨炼《人与火》）。伴随着孩子出现的多为太阳、月亮、星星等光芒闪烁的意象，以及春天、花朵等富有朝气的意象。这些可爱的意象纷纷渲染着孩提时代的美好，而这又是站在成人的年龄线上远眺逝去的岁月，孩子被当作一道风景而展现的，横亘在二者之间的这段距离使观照的对象更富于美感。但在这对美的欣赏中、在表面愉悦的赞叹声里却蕴含着一种因遥不可及而生的失落感、无法删去这段距离的伤痛感。诗人用纯真的童年来对照现实和自己，孩提时曾拥有"黄金"般的信念、"太阳"般的幻想，然而长大成人后，这些珍贵的花瓣在无情的社会历史风雨的吹打下已经零落成泥碾作尘。"背着一筐柴草的孩子/用镰刀指给我……枯萎的岁月"，"风吹荒草在心中吹拂/你可知道/那些空白的诗页上曾写下过什么？"（林莽《空白的诗页》）流露出一种痛定思痛后的对"文化大革命"梦魇的社会批判。《我是一个任性的孩子》是一首非常"顾城化"的诗，虽然"我"有许多梦想，然而却"没有领到蜡笔/没有得到一个彩色的时刻"，但是"我"不放弃，因为"我是一个任性的孩子/我想涂去一切不幸/我想在大地上/画满窗子，让所有习惯黑暗的眼睛都习惯光明"③。顾城说："我又是被扭断传

---

① 张穗子：《无目的的我（代序）：顾城访谈录》，顾工编《顾城诗全编》，第 2 页。

② 张穗子：《无目的的我（代序）：顾城访谈录》，顾工编《顾城诗全编》，第 2 页。

③ 顾城：《我是一个任性的孩子》，顾工编《顾城诗全编》，第 310—311 页。

统的小孩，在荒地上长大，我不能放弃快乐和任性。"① 这种"任性"正是
对黑暗历史和苍白人生的一种自由不羁的冲决。

　　而在厚重苍茫的史诗里凸现的"孩子"意象，则另有一番深沉的意蕴
指向。杨炼《乌篷船》叙写了大渡河承载的历史苦难，在浓烈的悲剧性渲
染中划出一道亮色——"划回去吧"，划向孩子们"晶莹的心"，划向孩子
们手中的"一盏盏油灯"。用"孩子"这样轻灵的符号介入史诗，赋予了
"孩子"形而上的意义所指。孩子及其手中的油灯，在这里已具有了哲学意
蕴，它是漂泊之中的精神皈依，是历史和人生的终极指向，是生命的归宿。
杨炼在另一首《大雁塔》里以大雁塔的口吻来诉说民族的悲剧、人类心灵
的痛苦之后，同样在结尾以孩子来点染和深化主题，"甚至当孩子们来到我
面前/当花朵般柔软的小手信任地抚摸/眸子纯净得像四月的湖/我感到羞
愧"，孩子在这里充当了历史审判者的角色，以其纯净来映照昔日噩梦般的
阴影，并从中激发出勇气和力量，使诗人以"战斗者的姿态""倔强挺立"，
"和所有的人一起走向光明"。最后一节满怀喜悦的豪情："我将托起孩子
们/高高地、高高地，在太阳上欢笑"。在连篇累牍地铺洒了历史的血和泪
之后，用此亮丽的"孩子"意象来卒章显志，使原本沉重的基调一跃而为
轻扬、振奋。"孩子"，在这里甚至可以理解为"真理"，人类从本真的童年
出发，经历了千磨万难终又走向真理。但诗人也冷静地意识到，"最小的孩
子，竟是现在的尽头/未来的总是由于遥远而显得幼小"（多多《造物》），
表现了一代知识青年饱经历史沧桑之后不再盲目乐观，而是趋向深沉的理性
认知。

　　相比五四童心颂的诗文，孩子在朦胧诗中并非全部都是正向意象，有时
也在反向上言说着"人"的理想。梁小斌在1980年以孩子的口吻写了《中
国，我的钥匙丢了》和《雪白的墙》两首脍炙人口的诗，他借用童稚的眼
光来审视刚刚结束的那段灾难性历史：孩子因为不小心而丢失了钥匙，因为
无知盲目而乱涂乱抹弄脏了墙；孩子执著地寻找"钥匙"表现了经历动乱
的一代觉醒之后的顽强思索，孩子"永远不会在这墙上乱画"的决心表明
了对新时代的珍惜之情、对历史的警戒之心。梁小斌的诗里充斥着批判精

---

　　① 顾城：《答伊凡、高尔登、闵福德》，顾工编《顾城诗全编》，第922页。

神、反思精神，这种沉重的社会性情感，经由单纯的孩子来传达更具有震撼力。他在《我的看法》一文中说："单纯性是诗的灵魂。不管多么了不起的发现，我都希望通过孩子的语言来说出。"这种孩童视角真切地展现了孩子亦即诗人的心灵，在单纯的"孩子"意象之中凝聚着历史或岁月带来的沉重思悟。

其二，童年梦幻对生命家园的营构。

顾城说许多"朦胧诗"诗人都从孩子的角度讲述过"天真的期待和痛苦"，而他自己则是其中最为突出的代表。在"朦胧诗"诗人集体性的对"人"与"自我"的主体神话的建构中，顾城奉献了一份异常美丽可爱的童话情怀，不仅呼唤着"人"与"我"的苏醒和独立，而且还憧憬着无限的"自由"与无边的"美"。

"我爱美，酷爱一种纯净的美，新生的美。//我总是长久地凝望着露滴、孩子的眼睛、安徒生和韩美林的童话世界，深深感到一种净化的愉快。"（《小诗六首》题注）在顾城心目中，诗是理想之树上"闪耀的雨滴"（《你的心，是一座属于太阳的城市》题记），而让这颗"雨滴"闪耀的则是他沉湎于梦幻中的童心。他在诗里反复书写孩子，也称自己是孩子，"我最喜欢顺从自己的心，自己的天性，变成一个金色的孩子，和我的小朋友一起，在草地上，在开满无名花的河谷里，在珊瑚和针叶树组成的树林里，静静悄悄地，无穷无尽地找……"（《粉笔》题记）；"我是青草渺小的生命，/我没有办法长大/我只想，去一个/没有大象和长铁链的地方……我要编那只小船/我要去对岸/去那个没有想好的地方"（《我要编一只小船》）。诗中构筑的童话世界是孩子的精神幻影，这个拒绝长大的孩子以童心和自然作为逃避现实的方式，去建构一种自然状态中的梦幻般的乌有之乡。

顾城之所以逸出了新时期之初针对历史批判的诗歌路向，是因为他对"人"的理解更为宽广："人还有另外一些领域。在这些领域里，我们的祖先耕种过，收获过，他们收获的果实，已经在人类的太空上，变成了永恒的星星。但在前几年，这些领域却大半长满了荒草。这些领域就是人的心理世界，伟大的自然界和人类还无法明确意识的未来世界。//政治不能代替一切，物质也不能代替一切。……美将不再是囚犯与奴隶，它将像日月一样富有光辉……"① 正因为有此认识，他的诗歌疏离了现实政治背景，主要表达的不是历史、时代的社会性内容，而是生命主题，关心的是生命的理想。"我习惯了一个人向东方走/向东南走/向西方走，我习惯了一个人随意走向任何方向。//候鸟在我的头顶鸣叫/大雁在河岸上睡去，我可以想象道路，可以直接面对着太阳、风，面对着海湾一样干净的颜色……我相信在我的诗中，城市将消失，最后出现的是一片牧场。"② "牧场"是一个与现实世俗世界相对立的理想的彼岸世界，一个精神家园，他的"天真的期待和痛苦"表达着对人类生存困境的终极关怀。

顾城的诗因其自觉追求"纯净"而相当"唯美"，甚至有些"唯灵"，而这"唯灵"应该归功于他永葆天真的童心，玲珑的童心能够感受到自然的天机和灵光。顾城正是凭借童心和自然的共鸣，使得"自然的声音在我的心里变成语言"③。充满自然气息的孩童语言，是一种天然的语言、"初生状态"的语言。顾城说：在"语言的初生状态，有一种新鲜的知觉，像刚刚绽出来的叶子和鸟的叫声，它仍是自然的一部分，它停在一个危险的地方，为人类的重新存在和选择提供了可能。在这个意义上说，语言不仅决定而且有可能更新文化世界这片落叶重重的丛林。""新的自我用新的表现方式打碎迫使它异化的模壳，将重新感知世界。"④ 稚气天真的孩童语言、童话式的感觉和思维增添了顾城诗歌的唯灵气息，使诗歌及其所表现的世界呈现出新鲜奇异的光彩，让生硬的理念也变得生动多姿。如《小花的信念》："它们用金黄的微笑/来回报石块的冷遇//它们相信/最后，石块也会发芽/也会粗糙地微笑/在阳光和树影间/露出善良的牙齿。"许多诗歌都用拟人化的想象来表达美丽而又深刻的情思。他用孩童的感知思维方式"打碎迫使它（自我）异化的模壳"，使人们"重新感知世界"，从而来"更新文化世界这片落叶重重的丛林"。

朦胧诗人普遍青睐的孩童意象，渗透着诗人们对民族的历史与未来、对时代之人、社会之人的价值理想的建构，而顾城诗歌中浓郁的孩童化倾向的

---

① 顾城：《"朦胧诗"问答》，顾工编《顾城诗全编》，第904页。
② 顾城：《答记者》，顾工编《顾城诗全编》，第917页。
③ 顾城：《答伊凡、高尔登、闵福德》，顾工编《顾城诗全编》，第920页。
④ 顾城：《答何致瀚》，顾工编《顾城诗全编》，第928页。

意义，不仅在于它同样承担着理性启蒙的角色，更重要的还在于它超越了这一时代性的任务而追求一种对"人"的永恒性的关注，凝聚着对内在的、自我的生命理想的追求，直接指向普遍的人类生存困境与救赎等生命哲学问题。

五四诗文和新时期朦胧诗中的孩童意象基本都是"婴幼儿"。对应着人之觉醒的是处于人之初新生的婴幼儿，其天真、纯洁正是自然人性、人格的最初也是最好的状态。正由于此，五四之初新文学先驱们的许多诗作里才会出现"婴儿"、"天使"这类对儿童的指称，新时期朦胧诗里也有着类似的形容，"花朵般柔软的小手"、"眸子纯净得像四月的湖"的孩子自然是幼儿。成人作家追怀的是大人早已被异化的、只有未涉世事的孩子才有的纯洁、活泼之心灵与自然、天真之人格。西方学者评判启蒙主义运动"把人变成了神"①，这种把"人"神化的现象突出地反映在五四和"新时期"的童心颂中，对幼儿这一生命萌芽期的抒情寄寓着一种对纯真而充满活力的生命境界的追求，天真的"孩子"成为觉醒的"人"与"自我"的原型形象。在掀翻旧的体制、获得"人"的解放的历史新生期，对孩童意象的集体性的共同选择，彰显着同一个主题——从生命的起点开始认识生命，褒扬孩童般自由独立的主体性，并且以纯真童年为生命理想。孩童意象凝聚着浓郁的启蒙精神，对生机充沛的童年的追怀是历史新生期特有的鲜亮的人文风景，并给以往"正统"的文学带来了新鲜的艺术风情。

第二节　为人生远景凝眸：乡土人类
童年书写中的女儿崇拜

除了新生童年书写指向生命理想之外，乡土童年书写也是关于生命理想的诉说。五四和"新时期"之初的童年歌吟，是受了"时代的蛊惑"，是立足于时代前沿、感应着时代脉搏的主体精神的发扬，表征着由童年起点出发的人格理想和激情去向。乡土童年书写（主要是散文和小说）则是驻足于

---

① ［德］霍恩海姆、阿尔多诺：《启蒙辩证法：哲学片断》，洪佩郁等译，重庆出版社1988年版，第7页。

时代边缘，往往受着"思乡的蛊惑"向童年来路寻找可以皈依的精神家园，对童年的回望意味着一种心灵返乡。在不同时代、不同作家的笔下，乡土中的童年寓指的生命理想有所不同，根据其表现的童年生命形态是属于具体意义上的自我童年还是抽象意义上的人类童年，可将之分为两类：一是"乡土个人童年"书写（如鲁迅、萧红等作家对自我幼年生活的追怀），一是"乡土人类童年"书写。后者主要以京派作家废名的《桥》、沈从文的《边城》、汪曾祺的《受戒》等为代表，时间性的童年意象与空间性的自然意象共同组成了美轮美奂的乡土诗境，尽管京派乡土童年书写中的孩童形象有时也涉及真实的童年自我（如废名的《柚子》、沈从文的《从文自传》等），但形成其特色的主要是凝聚其文化理想的"人类之子"。他们的乡土童年书写有着浓郁的牧歌情调，此牧歌不仅荡漾在他们神往的"牧野"之间，而且还悠扬在他们心仪的"牧童"身上，这"牧童"不是骑在牛背上的小男孩，而是如水般清澈的"小女儿"，如废名笔下的三姑娘、琴子、细竹，沈从文笔下的翠翠、三三、夭夭以及汪曾祺笔下的英子等。在对这些美丽少女的倾情歌咏中，流露着京派作家们潜在的一个情结——"女儿崇拜"。

一

京派文人倾情描绘的小女儿是他们生命理想的结晶。这些小女儿无一不秀美伶俐：废名用恬淡的笔法描绘了琴子细竹的清纯柔美，沈从文写活了"静如处子、动如脱兔"的翠翠这样一个自然精灵，汪曾祺则慧心独具地描绘了英子在柔软的田埂上留下的、"把小和尚的心搅乱了"的"美丽的脚印"。小女儿形象的鲜活美丽得归功于画像之人的"胸中有竹"，如汪曾祺在《受戒》的文后注明这是"四十一年前的一个梦"，英子正是让作者魂牵梦萦40多年的"梦中人"。沈从文说："我要表现的本是一种'人生的形式'，一种'优美，健康，自然而又不悖乎人性的人生形式'。"① 在这些京派文人的"桃花源"乡土世界中，这一"人生形式"最典型的体现者当属钟灵毓秀的小女儿，她们集"优美、健康、自然而又不悖乎人性"诸特点于一身，也集了作者们的"万千宠爱"于一身。

---

① 沈从文：《序跋集·〈从文小说习作选〉代序》，《沈从文文集》第十一卷，第45页。

沈从文这样热切地表白燃烧在心底的创作动力："因为我活到这世界里有所爱。美丽，清洁，智慧，以及对全人类幸福的幻影，皆永远觉得是一种德性，也因此永远使我对它崇拜和倾心。这点情绪同宗教情绪完全一样。这点情绪促我来写作，……我的写作就是颂扬一切与我同在的人类美丽和智慧。"① 在古希腊神话中代表着美丽、智慧的神维纳斯、雅典娜都是青春的女神，在沈从文等的笔下，"美丽和智慧"之神由秀美聪颖的少女来担任。尽管沈从文一开始写湘西乡村有着明确的重建民族品德之目的，但其笔下用来担任洗刷"市侩人生观"的角色主要是那些年长者，尤其是以年老者（如《边城》中的老船夫等）来体现"善"——道德伦理之淳、民风民情之朴，而天真的少女并不担当这一道德重建的重任，她们负载的是沈从文精神最深层、最真切的创作追求——"神性"的生命理想的建构。少女们正处于生命最初的自然状态，成人社会的道德伦理虽然会对其有所潜移默化，但暂时还没有真正地化入她们的灵魂，浸润其年幼生命的是一任天性的自然之美。在沈从文笔下，年长者是坚挺的道德之树，而少女们则是美丽的生命之花，对这些秀美聪颖的少女的歌咏，正是对他所信仰的自然生命的礼赞。

对于这盛开着自然之美的生命之花的描摹，京派文人们无一例外地喜欢将之放置在自然风景中，他们都钟情于"水"，且偏爱大自然中最显生机的"绿"。乡野中的自然之绿对应着乡土女儿的一派本色自然的苗壮生机，正像翠翠所居的渡口碧水咀的五月，"溪边芦苇水杨柳，菜园中菜蔬，莫不繁荣滋茂，带着一分野性的生气"（《边城》）。而这"水"多为青青碧溪、涓涓细流，小女儿是"水做的骨肉"，纯净如水、灵秀如水、温柔如水、婉转如水，最贴切地体现水之情韵、水之风致。小女儿的人生境遇还体现着水的一个重要品格——柔韧。这些小女儿，如三姑娘、琴子、细竹、萧萧、翠翠、三三等，都是早年失怙的"孤雏"，或与寡母、或与祖父祖母相依为命，她们尽管身世可怜却不以为苦，单纯而乐观地过着日子。这种柔韧的生命质地，也是京派文人生命理想的一种境界。

在大自然中生长着的少女们，与自然相亲近、相融合，具有自然的灵性和美质，养成天真活泼、优美健康之自然人格。而她们徜徉其中的自然似乎

---

① 沈从文：《序跋集·〈篱下集〉题记》，《沈从文文集》第十一卷，第34页。

也"近朱者赤"，濡染上了青春少女独有的风韵。那青山绿水、春草翠竹、月光晓雾，呈现出少女的清新秀丽、妩媚灵动与脉脉温情。这般诗情画意的自然是女性化的自然。此外，对以"柔"为主导表征的小女儿的喜爱和膜拜，也影响到了他们对小男儿包括一些青年男子的形象塑造。废名笔下的程小林喜与两少女一起游玩，懂得怜香惜玉，性格温柔；汪曾祺笔下的小和尚明海的性格也是温和羞涩。更有甚者如沈从文，把他心仪的小女儿的柔美之气还赋予了他所钟爱的英武的青年男儿，如他在《龙朱》中赞叹龙朱："美丽强壮如狮子，温和谦顺如小羊。是权威。是力。是光。"而《边城》中的二佬的形象则是："气质近于他的母亲，不爱说话，眉眼却秀拔出群，一望即知其为人聪明而又富有感情……傩送美丽得很，诨名为'岳云'。""美丽"一般用来形容年轻女性，沈从文在这里几次三番地用来形容阳刚男儿，在他看来，理想的男性应该兼具女性之柔美，由此也证明了他对小女儿之柔美的推崇。

京派作家描绘的小女儿生命情态是他们理想中的人类童年的生命情景。沈从文们发现现代社会中道德沦丧、人性异化，于是"在'神'之解体的时代，重新给神作一种赞颂"[1]。这种对代表着"不可重复"的"人类历史上发展的最完美阶段"的人类童年的追怀，寓含着他们的一种生态文化思想。从人文视野来看，"生态"是指"人与自然、人与社会共处的生存状态，包括自然生态、社会生态和精神生态等层面"[2]。京派作家崇拜的小女儿的生命状态有着一种匀称、和谐、统一的自由发展的秩序，是完全自然状态的生命，尤其让人喜爱的是那内在的自然，即人的内在生命未加粉饰、未被扭曲、自由自在的本然状态。由此，小女儿成为京派文人心目中理想的"自然之子"、"人类之子"。沈从文说："一个人过于爱有生一切时，必因为在一切有生中发现了'美'，亦即发现了'神'。必觉得那个光与色，形与线，即是代表一种最高的德性……""生命之最高意义，即此种'神在生命中'的认识。"[3] 在他激赏的小女儿形象中，他

---

[1]　沈从文：《水云集·水云——我怎么创造故事，故事怎么创造我》，《沈从文文集》第十卷，第294页。

[2]　张皓：《生态批评与文化生态》，《江汉大学学报》2003年第1期。

[3]　沈从文：《美与爱》，《沈从文文集》第十一卷，第376—377页。

发现了"美"、发现了"神"，而这美质或神性主要是处于人之初的小女儿拥有的天真未凿的童心。京派文人对代表着生命理想的"童心"有着虔诚的信仰，"童心"蕴含的是人与自然、人与人、人与自我之间本真融通的生命状态，而且还是民族乃至整个人类美好品性的体现。沈从文积极呼吁："我们需要的是一种明确而单纯的信仰，去实证同样明确而单纯的新的愿望"，即"用童心重现童心"。① 他曾说自己的创作激情"源于内在的童心幻想"②，希望以纯真的童心"达到人与美与爱的接触"③。无疑，京派作家对小女儿的赞美流连，典型地体现了这种"人与美与爱的接触"，他们对这一"自然之精灵"的歌颂，表现为属于"自然崇拜"之一种的"女儿崇拜"。

二

要区分的是，京派作家的"女儿崇拜"不同于一般所说的"女性崇拜"，后者崇拜的一般不是年幼纯真的少女，而是成熟的女性，有的还带有母神崇拜倾向。而对"女儿"的崇拜，崇拜的是她们生命之初的美的天性即童真。女儿较之成年女性在于其拥有赤子之心。在沈从文看来，"童心"是完全的单纯，"惟其单纯反而见出伟大"④。京派文人的乡土童年中也写及成年女性，如三姑娘的母亲、琴子的祖母、三三的寡母等，作者怀着敬重之心写她们的善良、温和、慈祥，但她们多作为配角，唯有鲜亮的少女才成为作品的主角。作者以爱怜之心来写这些小女儿，且往往是从作品中男性的眼光来描摹（如《桥》中的"小林"，《受戒》中的小和尚明海）。曹雪芹曾在《红楼梦》中借贾宝玉之口道出他对"水做的骨肉"的女儿崇拜情怀，曾在《荷花淀》等作品中倾情塑造女性之美的现代作家孙犁也有相同感慨："二十多年里，我确实相信曹雪芹的话：女孩子们心中，埋藏着人类原始的各种美德！这些美好的东西，随着她们的年龄增长，随着她们为生活操劳，随着人生的不可避免的达尔文规律，逐渐减少，直至消失。我，直到晚年，

---

① 沈从文：《青色魇》，《沈从文文集》第七卷，第258页。
② 萧离：《沈从文先生二三事》，《我所认识的沈从文》，岳麓书社1986年版，第62页。
③ 沈从文：《〈阿丽思中国游记（第一卷）〉后序》，《沈从文文集》第一卷，第205页。
④ 沈从文：《非梦集·云南看云》，《沈从文文集》第十卷，第78页。

才深深感到其中的酸苦滋味。"① 孙犁的表白是对贾宝玉宣言的一种现代解释，这也是诸多男性作家的共识。

这种糅合了怜惜、爱慕等丰富情感的女儿崇拜，是有着浪漫精神的中国传统文人的一种情怀，与五四时期张扬革命浪漫主义精神的郭沫若的女性崇拜迥然不同。在诗剧《女神之再生》的开篇题记中，郭沫若援引了歌德的《浮士德》第二部结尾的诗句："永恒之女性，领导我们走。"他的女神是采石补天的女娲，曾经抟土造人的大母神，她代表的意蕴是创造和建设新生活，属于宏阔激烈的时代话语。而京派文人的"小女儿"，充当着他们田园牧歌中的"牧童"，也引领他们走，但是其"走向"不一样。郭沫若的"女神"带他走向风狂雨骤的时代阵地，京派的"女儿"带领他们走向和风细雨的静穆田园。一个走向近在眼前的当下，一个走向远在天边的过去——"人生远景"。

沈从文说自己"常常为人生远景而凝眸"②。从废名 20 世纪 20 年代始写《竹林的故事》到汪曾祺在"文化大革命"结束后创作《受戒》，京派风格的作家创作这类童年书写的现实近景大抵相同：社会动荡，政局变幻，固有道德日渐沦丧，都市人性异化，价值理想遭到威胁。不堪入目的近景让他们深感痛心，于是，他们把目光投向完全不同于"近景"的"远景"来对抗现实世界的动荡和人心的恶变。从京派作家的童年书写来看，"远景"在文本中的体现其实是已成为遥远的"过去"的风景——他们个人童年时代的、同时也是人类童年时代的过往的美丽风景。他们是以"过去"来改造"现在"，从而达到与"过去"一样美好的未来。汪曾祺有诗云："近事模糊远事真。"③京派文人纷纷选择回到童年，从人类最初、最原始、最简朴的价值基线上思考人生，努力表现着小女儿天真素朴的"美"与"爱"，从她们身上寻求末世仅有的慰藉，也寄寓着未来新生的希望。在沈从文和其弟子汪曾祺的笔下，都安排了小女儿与船在一起的情景，"渡口"、"小船"成为象征性意象。《受戒》中引导小和尚明海走向幸福天地的不是给他受戒的规

---

① 孙犁：《谈铁凝的〈哦，香雪〉》，《孙犁文集》续编第二册，百花文艺出版社 2002 年版，第 174 页。

② 沈从文：《从文自传·我读一本小书同时又读一本大书》，《沈从文文集》第九卷，第 110 页。

③ 汪曾祺：《七十抒怀》，《汪曾祺文集》（散文卷），江苏文艺出版社 1993 年版，第 248 页。

矩森严的寺庙，而是把他从寺庙里接出来的、长在自然乡间的小英子。他们的小船划进去的芦花荡，将因这对小儿女的进入而漾满"爱"与"美"，是否可看作是一幅有着诗性光辉的"人类远景"？汪曾祺在《关于〈受戒〉》中亮出了他的艺术信条："给予人们一份快乐"、"增加人们对于生活的信心"。① 正是活泼灵动的小女儿，成为给予着"快乐"和"信心"的人类远景的缔造者。如果说萧红对祖父的后花园所怀的"永久的憧憬"，是个人性的"温暖与爱"②，那么，京派作家们的乡土童年书写中所寄托的"憧憬"则是人类生活理想的乌托邦。这些有着神性光辉的小女儿，划着"小船"将人们引渡到理想的彼岸。相比古代田园诗境，京派的田园理想新添了这样一种现代风情。

然而等待着这些远景缔造者、这些曾经无忧无虑的小女儿的又是什么呢？其实，这些小女儿所代表的人类远景并非是真正的"黎明"景象，而更多的是"黄昏"情致。对此刘西渭颇为感伤地说："当我们放眼《边城》这样一部证明人性皆美的杰作，我们的情思是否坠着沉重的忧郁？我们不由问自己，何以朝阳一样明亮温煦的书，偏偏染着夕阳西下的感觉呢？为什么一切良善的歌颂，最后总埋在一阵凄凉的幽噎？为什么一颗赤子之心，渐渐褪向一个孤独者淡淡的灰影？难道天真和忧郁竟然不可分开吗？"③ 京派作家笔下的小女儿们是他们有意为之的"与生活不相黏附的""纯粹的诗"④，这种接近"神性"而脱离现实的诗性光辉最终会被生活的沉沉暮色所遮掩。对由"小女儿"所代表的诗性乌托邦精神家园的营造，是立于时代边缘的传统文人集体无意识的一种情感诉求。沈从文宣称要"用一支笔来好好地保留最后一个浪漫派在二十世纪生命取予的形式"，"在充满古典庄严与雅致的诗歌失去光辉和意义时，来谨谨慎慎写最后一首抒情诗"⑤。汪曾祺自

————————

① 汪曾祺：《关于〈受戒〉》，《汪曾祺文集》（文论卷），江苏文艺出版社1993年版，第229页。

② 萧红：《永远的憧憬和追求》，《萧红全集》，哈尔滨出版社1991年版，第1044页。

③ 刘西渭：《咀华集》，人民文学出版社2001年版，第54页。

④ 沈从文：《水云集·水云——我怎么创造故事，故事怎么创造我》，《沈从文文集》第十卷，第279页。

⑤ 沈从文：《水云集·水云——我怎么创造故事，故事怎么创造我》，《沈从文文集》第十卷，第294页。

称是"中国式的抒情的人道主义者"①，他们无力也无心应对社会的黑暗，现实的境遇越恶劣，他们越是急切地踏上童年回归之路，在温柔的想象中赋予梦中人小女儿以无限柔情和美好理想，获得灵魂的安宁。然而小女儿自有小女儿的局限，"幼稚"既成就其赤子之心，也将可能带来因其幼稚而不能深刻认识和对抗命运的悲剧性。翠翠式的小女儿因其稚嫩柔弱而无法直面现实，无法主动地应对命运的挑战，这种性格也对应着有女儿崇拜心理的京派作家同样的精神生活状态。其笔下小女儿的"孤雏"身世，其实也对应着现实中京派作家自身的处境——茕茕孑立于社会主流话语之外的"时代的孤雏"。身为孤雏，即使性格再乐观，也难免会有自怜自伤自悼之时。女儿崇拜，印证了他们精神的"女儿化"，其精神停留在了他们所倾心的小女儿的境界之中：逃避现实，耽于想象而怯于行动，即使感觉到了悲哀，往往也无力自拔与抗争。京派文人对小女儿的倾心，体现了一种深蕴于民族心理中的乌托邦的"幽梦影"，无疑具有虚幻性。废名在其诗《自惜》中道："如今我是在一个镜里偷生。"这个"镜"在《桥·箫》中被凸现，小林在琴子闺房里看到镜子："镜子是也，触目惊心。"尽管废名没有道出小林惊心的原因，但我们不难把握到他这一受惊之"脉"：一则在于他从女儿的梳妆物品"镜子"中惊艳于女儿家的娇美，二则在于他也从女儿之镜中顿悟到了一重隐喻——人生梦幻的"镜花水月"。然而废名听凭本性宁可沉醉于这种虚幻之境中，在《桥·塔》中他借小林道出这番人生感慨："我感不到人生如梦的真实，但感到梦的真实与美。"热心于造"神"的沈从文已经清醒地看到"它的庄严与美丽，是需要某种条件的，这条件就是人生情感的素朴，观念的单纯，以及环境的牧歌性。神仰赖这种条件方能产生，方能增加人生的美丽。缺少了这些条件，神就灭亡"②。京派文人有足够的理智看到这种小女儿梦幻的虚幻性，然而他们从感情上似乎依然"沉醉不知归路"。沈从文说自己的湘西小说是"心和梦的历史"③，对"心和梦"的痴迷编织正是青春年少、如诗如梦的小女儿心态之特质。

---

①　汪曾祺：《我是一个中国人》，《汪曾祺文集》（文论卷），第 238 页。
②　沈从文：《凤子·十　神之再现》，《沈从文文集》第四卷，第 387 页。
③　沈从文说："有人用文字写人类行为的历史。我要写我自己的心和梦的历史。"沈从文《水云集·水云——我怎么创造故事，故事怎么创造我》，《沈从文文集》第十卷，第 273 页。

京派文人的女儿崇拜还体现了有着传统文化习染的文人所具有的"尚柔"的气质,鲜明地表征着这派文人避"崇高"而好"优美"的审美偏向。据此也可以来解释在战火纷飞的动荡岁月,这些作家们远离时代风云而返归童年乡土话语的避"重(沉重)"就"轻"(轻灵)的人生和艺术选择。30年代主流文学中的少年形象主要是男孩(如蒋光慈的《少年漂泊者》里的汪中等),左翼作家们着意表现的是少年经历艰难困苦的成长,表现他们"力"的抗争,崇尚"壮美"。而在乡土童年书写中男性基本处于边缘或缺席状态——不是死去就是外出,或者将男性形象设为老人,而其主角是乡野少女。女性,尤其是不谙世事的少女,在性别地位中具有非正统性,这种非正统性与作者在时代中的立场倾向相一致。对少女的倾心描摹,表达了对以革命斗争为核心、带有某种专制性的男权/父权特征的时代主流话语的疏离或对抗。专心歌赞以少女为代表的自然人性之美以及爱的和谐,是对粗线条的强硬的政治话语的回避。此外,对以"阴柔"为主要特征的少女性格的表现,似乎也含着作家们在"阳刚"的时代话语面前欲"以柔克刚"的一种艺术选择——以自然纯真的小女儿式的柔美来抵制大男子式的粗犷甚或僵硬的艺术风范。在艺术气质上,女儿之柔相较男性之硬更具有艺术性,心理学家马斯洛说:"'女子气',实际上意味着一切有创造性的活动:想象、幻想、色彩、诗、音乐、温柔、感伤、浪漫……而许多被称为柔弱的东西,我们知道其实一点也不柔弱。"① 这种弱化的气质可以增强审美感受力,亦即增强文学艺术的审美价值。

京派文人"为人生远景凝眸"这一童年书写的核心意旨,因其超越现实之"远"而带上了浓郁的诗性意味。他们崇拜的小女儿的生命美质,就如冯至诗中"秋日里飘扬的旗帜",飘扬着他们对"远景"的祈祷:"让远方的光、远方的黑夜/和些远方的草木的荣谢,/还有个奔向远方的心意,/都保留一些在这面旗上。"(《从一片泛滥无形的水里》) 总之,京派文人以尚弱用柔的美学取向来实现对生命理想、文学价值的独特选择。

---

① [美]亚伯拉罕·哈罗德·马斯洛:《人性能达的境界》,林方译,云南人民出版社1987年版,第90页。

第三节　热烈与荒凉：个人乡土
童年书写中的"后花园"

　　从五四开始的现代乡土个人童年话语，往往包含着两种不同方向的情感：对已逝童年的歌赞以及对乡土落后文化的批判。他们追怀乡土童年往事，梦回的精神家园其实主要并不是空间故乡，而更多的是时间故乡——曾经有过快乐和梦想的童年。他们对个人幼年生活的追怀与现实人生的生命感触深深相连。鲁迅、许钦文等五四乡土小说家以及萧红、端木蕻良、骆宾基等东北作家多在忧伤中追怀自我幼年的生活，对童年的"乐园"（如鲁迅的"百草园"、许钦文的"父亲的花园"、萧红的"后花园"）怀着"永久的憧憬和追求"①，这种在童年记忆中投注的回味与叹息源于其现实人生正经历着的苦恼与悲哀。此处主要以鲁迅（可视作开端）和萧红（可视作高峰）为例，对其童年话语蕴藏的人生感怀作一深层挖潜。

一

　　乡土个人童年话语的开创者当属鲁迅。五四时期鲁迅写下了不少关于童年回忆的篇章，这些与童年相关的文字都是他"寂寞中的梦"。他曾在《呐喊·自序》的开头说："我在年青的时候也曾经做过许多梦，后来大半忘却了，但自己也并不以为可惜。所谓回忆者，虽说可以使人欢欣，有时也不免使人寂寞，使精神的丝缕还牵着已逝的寂寞的时光，又有什么意味呢，而我偏苦于不能全忘却，这不能全忘的一部分，到现在便成了《呐喊》的来由。"②《呐喊》中与童年相关的主要是《社戏》和《故乡》，篇中书写着他"至今不能忘却的'梦'"，而"梦中人"则是童年的玩伴，充满朝气与活力的农家少年。《故乡》中的少年闰土健康活泼、勤劳勇敢、淳朴机敏；《社戏》中的农家孩子热情豪爽、率真自然，一块儿玩耍，一块儿划船去看社戏，甚至偷自家的罗汉豆吃，生活得自由自在，无忧无虑，心中没有封建

---

①　萧红：《永远的憧憬和追求》，《萧红全集》（下），哈尔滨出版社1991年版，第1044页。
②　鲁迅：《呐喊·自序》，《鲁迅全集》第一卷，人民文学出版社2005年版，第437页。

礼教的束缚，"即使偶尔吵闹起来，打了太公"，"也决没有一个会想出'犯上'这两个字来"，他们鄙视权贵，"不愿意和乌篷的船在一处"。这些如初生牛犊般的小伙伴让鲁迅激赏和怀念，他们体现的类似于梁启超呼唤的"少年人如乳虎"（《少年中国说》）的精神风貌，蕴含着鲁迅的"立人"理想。这些野气蓬勃的孩童形象显示着新生之人的力量，正是因为爱恋其生机与活力，所以鲁迅面对中年闰土"老态龙钟"的沉沉暮气时才感到了无比的失落和悲哀。

散文集《朝花夕拾》更真切地流露了鲁迅之所以在五四时期忆念童年乐园的心态。他在写《朝花夕拾》（原题《旧事重提》）时的基本心态是："目前是这么离奇，心里是这么芜杂"，"直到一九二六年的秋天，一个人住在厦门的石屋里，对着大海，翻着古书，四近无生人气，心里空空洞洞，这时我不愿意想到目前；于是回忆在心里出土了，写了十篇《朝花夕拾》。"①作为坚决批判旧文化、坚决与过去决裂的精神界之战士，鲁迅"忆"的是什么"旧"？他在《忽然想到》（十至十一）中说："从近时的言论上看来，旧家庭仿佛是一个可怕的吞噬青年的新生命的妖怪，不过在事实上，却似乎还不失为到底可爱的东西，比无论什么都富于摄引力。儿时的钓游之地，当然很使人怀念的，何况在和大都会隔绝的城乡中，更可以暂息大半年来努力向上的疲劳呢。"②他把回想中"儿时的钓游之地"当作了在都市里疲劳作战之际的暂息之地。他用恬淡柔和的笔致书写清新活泼的童真世界、乡野气息与淳朴人情。《从百草原到三味书屋》中记录的是活泼好动的童年鲁迅的身影，鲁迅曾在提倡儿童文学时这样高度评价孩子的心性："孩子是可以敬服的，他常常想到星月以上的境界，想到地面下的情形，想到花卉的用处，想到昆虫的语言；他想飞上天空，他想潜入蚁穴。"③正是由于这些"可敬服"的心性，使得一个杂草丛生的荒园在童年鲁迅的心目中成了一个生机盎然的乐园。在百草园中嬉戏的童年鲁迅，对自然的种种生命有着浓厚的兴趣和灵敏的感悟，他能注目于菜畦的"碧绿"、桑葚的"紫红"、蜂与菜花的"金黄"，能聆听到鸣蝉的"长吟"、蟋蟀的"弹琴"与"油蛉"的低

---

① 鲁迅：《故事新编·序言》，《鲁迅全集》第二卷，第354页。
② 鲁迅：《华盖集·忽然想到（十至十一）》，《鲁迅全集》第三卷，第100页。
③ 鲁迅：《且介亭杂文·看图识字》，《鲁迅全集》第六卷，第37页。

唱。对三味书屋的厌倦和逃离、对百草园中生命之趣的迷恋，体现着童年鲁迅崇尚率真自由的性格志趣。农家少年和自己童年那怀着欢乐的爱的生命本性，让寂寞中的鲁迅在蓦然回首中流连赞叹，在这样的童年回忆中，鲁迅寻找着，也清晰地再次感受着早年生命散发的灼热光芒。

即便缅怀那与自己生活相伴的人和事，他也对之充满了丰富的情感：粗鲁愚昧却很有爱心和"伟大神力"的长妈妈，三味书屋中迂腐而又质朴方正的塾师，是和尚却不守清规的第一个师父，这些儿时的人物自然而充沛地表现着国民性中最缺乏的"诚与爱"，成为其童年忆念中最见神采、最为"蛊惑"之处，给回忆时的成年鲁迅带来了对生命感的深厚体味与重新把握。这种体认包括对故人，也包括对现在的自己，因为经过回忆之光照拂的故人身上渗透着作者对生命的追寻、理解和认同。"对于像鲁迅这样一个敏感而深刻的心灵来说，自我认同的危机也同样存在，只不过是有着他自己的内涵和重新进行自我认同的方式。"① 出自记忆深处的童年追怀就是鲁迅自我认同的方式、生命认同的途径之一种。他从现在时态的人生体验与过去时态的童年梦忆之间寻找精神的契合点，寻找自我人格精神的文化源泉。一些作家常把童年当作幸福欢乐的源泉。在童年回忆中，可以找到一块真正属于自己的生命空间，而这些回忆会照亮和提高现时之人的精神境界。在童年回忆中，曾经的童年生命的鲜活亮丽、曾经的童年人事的质朴温爱也同样给鲁迅以前行的信心，无论现实多么困顿黑暗，但只要体验过生命的美好与善良，就可以支持他与绝望作战。

这些温情脉脉的童年回忆文字是"寂寞新文苑"中"荷戟独彷徨"的精神界战士对儿时快乐韶光的深情一瞥，呈现出鲁迅笔下少有的温暖平和的幸福感，但同时也反衬着现实中沉重的失落感。正如他在散文集《朝花夕拾·小引》中说："我有一时，曾经屡次忆起儿时在故乡所吃的蔬果：菱角，罗汉豆，茭白，香瓜。凡这些，都是极其鲜美可口的；都曾是使我思乡的蛊惑。后来，我在久别之后尝到了，也不过如此；惟独在记忆上，还有旧来的意味留存。他们也许要哄骗我一生，使我时时反顾。"② 鲁迅对这些已

---

① 郑家健：《中国文学现代性的起源语境》，上海三联书店 2003 年版，第 254 页。
② 鲁迅：《朝花夕拾·小引》，《鲁迅全集》第二卷，第 236 页。

经被他清醒地认识到的、其实不过儿时美味的"时时反顾"，这种心理带有"自欺"色彩，然而向来批判国民性中"自欺"之劣根的鲁迅何以要沉醉于"梦"中而自觉自愿地被"哄骗"呢？鲁迅评价许钦文的《父亲的花园》中的一段言论或可当作他的夫子自道："生活驱逐他到异地去了，他只好回忆'父亲的花园'而且是已不存在的花园，因为回忆故乡的已不存在的事物，是比明明存在，而只有自己不能接近的事物较为舒适，也更能自慰的。"①现实中的鲁迅在 1925 年岁末写的《华盖集·题记》中痛苦地感慨："我的生命，至少一部分的生命，已经耗费在写这些无聊的东西中。而我所获得的，乃是我自己的灵魂的荒凉和粗糙。"② 正是为了抚慰现实中"荒凉和粗糙"的灵魂，于是他才沉入了"思乡的蛊惑"，尽管此"乡"已非儿时之"乡"——物非（现实中故乡已萧条苍凉），人亦非（如闰土成年后已麻木愚钝），然而那"乡"中毕竟有着"旧来的意味"，这"旧来的意味"其实就是童年记忆中的闪亮点、兴奋点，童年的生机与本真中凝聚着他对"人"及其生命形态的理想，这一生命理想已经成为他在沉沉黑夜中的永不熄灭的"长明灯"，既给他以孤寂悲凉中的抚慰，同时也给他以继续奋斗的勇气和力量。鲁迅的童年话语彰显着他最根本的"立人"思想。在对童年生活图景和心境的描绘中，"充满了个体生命的童年时代与人类文化发展的童年（原始）时代所特有的天真之气。展现了一个'人间至爱者'对于人类生存的基本命题'爱'与'死'的童年体验的追记与成年的思考。"③

鲁迅的乡土童年话语带动了中国现代乡土文学的创作，追随鲁迅而来的五四乡土作家一般都有两副笔墨：一是致力于对传统乡村愚昧落后的批判，笔调多冷峻或尖刻；一是着意于在故乡度过的童年的追怀，笔调多温情和伤感。后者如许钦文笔下童年时代的父亲的花园，不仅仅是一片令人赏心悦目的美丽园地，而且已经成为旺盛生命、温暖亲情、幸福时光的象征之所。《花园的一角》所写的种种花草争奇斗艳、欣欣向荣、自然和谐的生长形态正是童年时代美好生命形态的隐喻。这类乡土小说的抒情性，也正是凭借这份对童年的诗意回忆所得，其之所以诗意，则是因为对童年时光中所寄寓的

---

① 鲁迅：《中国新文学大系小说二集·导言》，上海良友图书印刷公司 1935 年版，第 9 页。
② 鲁迅：《华盖集·题记》，《鲁迅全集》第三卷，第 4 页。
③ 钱理群、温儒敏、吴福辉：《中国现代文学三十年》，第 51 页。

美好的生命理想的憧憬与感慨、回味与叹息。正如漂泊于都市中的青年游子王鲁彦在《童年的悲哀》中所感叹的：

> 谁说青年是一生中最宝贵的时代，是黄金的时代呢？我没有看见，我没有感觉到。我只看见黑暗与沉寂，我只感觉到苦恼与悲哀。是谁在这样说着，是谁在这样羡慕着，我愿意把这时代交给了他。
>
> 啊，我愿意回到我的可爱的童年时代，回到那梦幻的浮云的时代！
>
> 神呵，给我伟大的力，不能让我回到那时代去，至少也让我的回忆拍着翅膀飞到那最凄凉的一隅去，暂时让悲哀的梦来充实我吧！我愿意这样，因为即使是童年的悲哀也比青年的欢乐来得梦幻，来得甜蜜啊！[1]

对"比青年的欢乐来得梦幻，来得甜蜜"的"童年的悲哀"的夸赞，彰显了曾经蕴含着欢乐与活力的童年生命之丰美而深厚的价值。

二

继承了鲁迅衣钵的东北作家萧红的创作中也有相当多的乡土童年话语，显现出与鲁迅相似又相异的面貌。萧红笔下惹人注目的孩童形象主要是孩提时代的作者自我，一个在寂寞中自寻欢乐的小女孩。这个在祖父的后花园中寻找乐趣的小女孩类似于鲁迅笔下百草园中的迅哥儿，而这个穿行在童年记忆中的女孩"我"承载了作者现实中相当丰富的情思。

萧红的童年书写主要体现在其散文和小说中，此类散文自 30 年代辗转飘零于内地之时就已开始，如《蹲在洋车上》（1934 年 3 月）、《牛车上》（1936 年）、《永久的憧憬和追求》（1936 年 12 月）等；而童年回忆小说除《家族以外的人》（1936 年 9 月）之外，主要集中在她流亡到香港，在病逝前一两年时间内写下《后花园》（1940 年 4 月，小说虽没有直接的童年生命的展露，但隐含着作者童年时与成年后对自然和人事的体察）、《呼兰河传》（1940 年 12 月）、《小城三月》（1941 年 7 月）。这些自传性的童年回忆性散

---

① 王鲁彦：《鲁彦散文集》，上海文艺出版社 1984 年版，第 48 页。

文和小说中闪现着栩栩如生的儿时萧红的逼真面影，让人为之心动和心疼。

成年后的萧红为什么要频频回顾来路、书写童年的人事包括童年的自己？弗洛伊德在《创作家与白日梦》中阐释创作乃是"目前的强烈经验，唤起了创作家对早先经验的回忆（通常是孩提时代的经验），这种回忆在现在产生了一种愿望，这愿望在作品中得到了实现。"① 萧红写作童年回忆小说时的"强烈经验"与"早先经验"之间存在何种足以唤起后者的对应性？这又是什么样的"经验"和"愿望"？

从散文来看，《蹲在洋车上的人》是萧红较早的童年自画像。她记叙自己小小年纪就独自上街、迷了路自己叫车、上了车别出心裁不坐反蹲着回来，结果让祖父误以为拉洋车的欺负小孩而打了他，因为"有钱的孩子是不受什么气的"。回忆时作者叹道："现在我是廿多岁了！我的祖父死去多年了！……可是我呢？现在变成个没有钱的孩子了。"这是对现实处境顾影自怜的哀怨，作者所叹的其实并不仅是"没有钱"，而且还慨叹没有了像祖父那样庇护自己的"爱"。对"失爱"的伤怀和对"爱"的追念，旗帜鲜明地体现在《永远的憧憬和追求》一文中，她追忆童年时代父亲的冷酷与祖父的慈祥，祖父安慰挨打的"我"："快快长吧！长大就好了。"在文章结尾，长大后的萧红感慨万分：

> "长大"是"长大"了，而没有"好"。
>
> 可是从祖父那里，知道了人生除掉了冰冷和憎恶而外，还有温暖和爱。
>
> 所以我就向这"温暖"和"爱"的方面，怀着永久的憧憬和追求。②

散文中的童年回忆正是基于对"温暖和爱"的"永久的憧憬和追求"，对应的则是成年后漂泊生活中的冰冷和失爱。这些抒情散文立意在于感时伤事，而更加灵动丰富的童年画像则活跃在作者的小说中。萧红较早的童年回

---

① ［奥］西格蒙德·弗洛伊德：《创作家与白日梦》，伍蠡甫主编《西方现代文论选》，上海译文出版社1983年版，第8页。

② 萧红：《永远的憧憬和追求》，《萧红全集》，哈尔滨出版社1991年版，第1044页。

忆小说《家族以外的人》创作于 1936 年，当时萧红因为不能忍受萧军的大男子主义和对感情的不忠给她带来的种种屈辱而负气出走，避居日本。她很早就逃离了自己的出生之家，在漂泊中好不容易与萧军像燕子一样"一嘴泥一嘴草"地构筑了一个小家，然而这个风雨茅庐而今也摇摇欲倒。面临着再次丧失家园的命运，萧红开始了对家的追索，于是有了《家族以外的人》。要注意的是，此篇小说所记叙的"家族以外的人"似乎是指心地善良、无计可施的有二伯，但其实作者"醉翁之意不在酒"，真正的"家族以外的人"正是童年的作者自己。有二伯只是在血缘身份上属于萧红家族以外的人，而那个活泼顽皮、机敏伶俐、任性倔强的小女孩则是在思想情感上独立于家族以外的人。只要看作者如何用刻薄的语气揭示母亲吃饭、说话和长相之丑，就可以见出作者对家庭的恶感和反叛。父母没有给她以温爱，她也自我放逐于这样一个冷漠的家庭之外，所以才会帮着有二伯偷自己家的东西。在不乏得意的笔致中，一个从小就独立自主、爱好自由、敢作敢为、具有叛逆心性的小女孩的形象跃然纸上。这个形象在散文《蹲在洋车上的人》中已经崭露头角，那份独立大胆和自由自在的心气让人叫好。萧红在对童年生活的追溯中也进行着对自我性格与人格之形成的重新体认，而这一把握对于解决目前的困境有着重要作用。她在孤独清冷的羁旅生活中必然会思考自己之所以远遁日本的伤心之事，思考和萧军的关系并重新确认在婚恋中也许已经迷失了的自身。在童年经验中对形成于儿时的独立自主的人格的亲切触摸，给她当下困苦的心境注入了生机和力量。萧红在写完这部小说之后给萧军去信："自己觉得写得不错，所以很高兴。"① 这份"高兴"不仅仅是来自于找到了适合自己的、得心应手的写作方式从而自认为"写得不错"的艺术成就感，而且也应该来自于她在回忆童年成长经验中重新找到自身的价值归属感。"每一种人（凡是可能的时候），都通过找出'适'他最初的定势并用来加强这种定势的对象和事件，去保持甚至加强他早年生活中的态度。"② 萧红通过对独立于家族以外的童年自我的认同，来"保持甚至加强"她的"早年生活中的态度"，即不受管束、独立自主的心性，早先的生命形

---

① 萧军：《萧红书简辑存注释录》，黑龙江人民出版社 1981 年版，第 39 页。
② ［美］克雷齐等：《心理学纲要》（上册），周先庚等译，文化教育出版社 1980 年版，第 96 页。

态正是她的生命理想之寓所。一般来说，女人比之男人更加留恋童年往事，因为她们在童年或少女时期曾有很多梦想，而往往在后来的现实中却无法实现。"女人为现在的状态深深遗憾，想重新在身上找到那个一去不复存在的孩子，甚至想让那个孩子复活。她极力期望她的情趣、念头和情感可以前所未有地保持新鲜感，甚至可以保持某种古怪的对世界藐视的因素。"① 这份来自孩提时代的生命理想的激荡，暂时地扫除了从破败的婚姻小家逃离出来的、又做了一次"家以外的人"的萧红心空中的阴霾，还她以生命的清朗和开阔。因为拥有自身的人必然会感到强大的欣喜，这足以让她在此时此刻"藐视世界"，去消解现实的寂寞与无助。

然而萧红这朵多愁善感的病弱之花在时代风雨、家庭风雨的袭击下终将成为寂寞落红，经受着动荡乱世中的一生坎坷，尽管"已是黄昏独自愁"，但并不是"寂寞开无主"，这个"主"就是她的自我，主要是童年自我。萧红一生都处在对"家"的脱逃和新建的抗争之中，这个始终渴望温馨家园却始终没有真正获得的女子早就悲叹："家在我就等于没有了的"（《失眠之夜》），也早就意识到"命定要一个人独自走路"。在她生命之火奄奄一息之时，孤寂地躺在祖国最南方的香港病床上、再也不可能回到最北方的出生之地的萧红，在绝望之中却又借助童年回忆这匹长翅膀的白马驰返老家。这之中也许有着落叶归根的心理，但更因为那个童年的家园有着她"永久的憧憬与追求"。童年的那个小女孩擎着回忆的烛光，引领病弱的她重返故园，去照亮生命曾经的快乐与寂寞、曾经的荒唐与悲哀，也照亮如今的残败与凄凉。

萧红在《呼兰河传》的结尾处写道："我所写的并没有什么幽美的故事，只因他们充满我幼年的记忆，忘却不了，难以忘却，就记在这里了。"她难以忘却的究竟是什么？首先自然就是童年时曾享有的欢乐，这欢乐之于写作时极端孤寂的萧红无疑是莫大的慰藉。萧红童年玩乐的"后花园"比之鲁迅童年的"百草园"要更加丰富生动，在"我"这个活泼顽皮的小女孩的眼里，后花园里的一切都是那般生机勃勃，"花开了，就像花睡醒了似的。鸟飞了，就像鸟上天了似的。虫子叫了，就像虫子在说话似的，一切都活了，都有无

---

① 伍仁编选：《中国二十世纪散文精品·萧红卷》，太白文艺出版社 1994 年版，第 1 页。

限的本领，要做什么，就做什么。要怎么样，就怎么样。""太阳在园子里是特别大的，天空是特别高的……是凡在太阳下的，都是健康的、漂亮的，拍一拍连大树都会发响的，叫一叫就是站在对面的土墙都会回答的……什么都是自由的。倭瓜愿意爬上架就爬上架，愿意爬上房就爬上房。黄瓜愿意开一个谎花，就开一个谎花，愿意结一个黄瓜，就结一个黄瓜。若都不愿意，就是一个黄瓜也不结，一朵花也不开，也没有人问它。玉米愿意长多高就长多高，它愿意长上天去，也没有人管。"这个"要做什么，就做什么。要怎么样，就怎么样"、"没有人问、没有人管"的花鸟世界，这种自然万物自在自为的生命状态是童年萧红的向往，也滋养着她自由舒展的个性。尽管她在家里被常常为着贪婪而失掉了人性的父亲所禁锢，但是一头钻进了后花园，她就无拘无束、自由自在了，而且还有慈爱的祖父相陪伴。在我看来，构成萧红"永久的憧憬和追求"的应该是这整个"童年的后花园"意象，不仅包括她在散文里直接点明的祖父给予她的"温暖与爱"，而且也包括后花园里欣欣向荣的花草虫鸟，以及与之一样自由不羁、生机勃勃、"健康漂亮"的自我童年的生命活力。而后者——童年生命体验和绽放的生机、生趣，虽然萧红对此没有像祖父所代表的"温暖与爱"那样明确表白，但是这份潜在的生命理想在她儿时就已升腾为心空中的一道闪亮银河，映照她所有的文字河流，无论是生之坚强还是死之悲哀，在其辉映下都变得尤为鲜明。

让萧红难以忘却的还有童年所见的、生活在故土上的从来不懂得生命的故乡人。童年萧红小小的心感觉到了整个呼兰小城的"寂寞"。"家族的忽略使萧红游离于家乡人的生存方式之外，并对呼兰河人的习惯、传统与集体无意识天生具有一种强烈的反叛要求。"[①] 萧红在《呼兰河传》中记叙了儿时所见的几桩典故：大泥坑与瘟猪肉、脏手摸麻花、小团圆媳妇与王大姐之死等。她在呼兰河人日复一日的平凡生活中发现了生命世界的寂寞轮回。"日出而作，日落而息"，"冬天来了就穿棉衣裳，夏天来了就穿单衣裳"，"春夏秋冬，一年四季来回循环地走"，"风霜雨雪，受得住的就过去了，受不住的就寻着自然的结果"，一个人默默地一声不响地离开这人间的世界，"至于那还没有被拉去的，就风霜雨雪，仍旧在人间被吹打着"。这既是成

---

① 　谭桂林：《论萧红创作中的童年母题》，《中国现代文学研究丛刊》1994 年第 4 期。

年后的萧红隔着遥远的时空距离的冷静审视，也是童年萧红凭着她一颗敏感
而寂寞的心所直觉到的她周围这一片生命荒原散发的死寂气息。呼兰河人，
院中漏粉的、养猪的、赶车的，都在一种沉闷、麻木的状态下生活，他们都
像最下等的植物似的，只要极少的养分，甚至没有阳光就能生存，"他们看
不见什么是光明，甚至根本也不知道……他们不知道光明在哪里，可是他们
实实在在地感到寒冷就在他们身上，他们想击退了寒冷，因而来了悲哀。"
这相比后花园中"凡在太阳下的，都是健康的，漂亮的"自然万物的生命
姿态，他们蒙昧的生命状态让萧红忧心。呼兰河人愚钝麻木的国民劣根性正
是在萧红童年生命理想的映照之下才被揭示得分外深刻。童年的"我"童
言无忌，敢于拆穿骗人的鬼话，声明小团圆媳妇的辫子不是鬼神烂掉的，而
是被人剪的，因为这"胡说八道"而换来一顿打的"我"，类似《皇帝的新
装》中一语戳破众人参与、自欺欺人的骗局的孩子。童年的"我"有勇气、
有良知、有个性，也正是这股子童年时代就高扬的心气，使得背井离乡后的
萧红能以含泪的微笑、一如既往地打破欺世谎言，揭示生存真相。就此意义
而言，萧红所怀的"永久的憧憬与追求"还应该包括她童年时就养成的这
份清醒、明智以及"敢冒天下之大不韪"的勇气。"憧憬"本身就意味着一
种对现实的扬弃和挑战。

　　萧红以她童年钟爱的后花园来正面凸现其生命理想，又以童年见证的乡
人的生存蒙昧从反面来表明其生命理想。然而，穿透这正面的和反面的物与
事，具有灵心慧性的萧红又洞察到了二者共同的底子，那就是——生命的荒
凉。这成为萧红"难以忘却"童年故事的最深沉、也是常常为人所忽略的
一层内容。萧红"难以忘却"的童年生活并非只是"生趣"——的确，异
"性"（生活的质地）相吸，美好的记忆能给黯淡的生命以亮色，但童年的
有些创伤性经验比幸福更让人难以忘却。萧红童年的寂寞与她很早就感受到
的荒凉，与现在她孤苦伶仃、病困异乡的境遇发生"同质共振"，在力度
上，这"共振"可能比"相吸"来得更深刻和强烈。

　　有论者认为呼兰小城在萧红记忆中"温情四溢"①，"后花园"有着萧红

---

① 王伟：《生命意识的觉醒与寂灭——〈小城三月〉中翠姨形象分析》，《新乡师范高等专科学校
学报》2004年第4期。

"没有缺憾的欢乐"①，但其实这只是表层印象。萧红的童年是寂寞的，她得不到父母的关爱，因为怕寂寞所以就不停地到处活动着，在后花园里跟随祖父快活地忙碌着，后花园是她排遣寂寞之所，也是她在回忆中试图安置孤苦之心而再造的、想象的精神空间。但后花园并非像一般人所认为的那样只是充满生趣的精神家园，在萧红的深层意识中，它其实是生趣和荒凉同在之地，吹去生趣的迷雾后所呈现的是荒凉。萧红一唱三叹："我家是荒凉的"，"我家的院子是很荒凉的"。曾经有着慈爱的祖父的繁荣的后花园如今已物是人非，甚至可能连物也"非"了："呼兰河这小城里边，以前住着我的祖父，现在埋着我的祖父。……从前那后花园的主人，而今不见了。老主人死了，小主人逃荒去了。那园里的蝴蝶，蚂蚱，蜻蜓，也许还是年年仍旧，也许现在完全荒凉了。小黄瓜，大倭瓜，也许还是年年地种着，也许现在根本没有了。"这朴素散淡的语句中蕴藏着和表面的语调很不一样的深厚激烈的情感——对生命之荒凉的叹息。萧红对生命的底子有着异常深切的体认："那粉房里的歌声就像一朵红花开在了墙头上。越鲜明，越觉得荒凉。""磨房里那打梆子的，夜里常常是越打越响，他越打得激烈，人们越说那声音凄凉。"萧红从鲜明中看出荒凉，从激烈中听出凄凉，洞察了人生命运的荒凉本色。她对童年那零星的欢乐与温暖的追怀，何尝不就像这"粉房里的歌声"、"磨房里的梆子声"，在记忆中燃烧得越鲜明，在悲苦的世间敲打得越激烈，则越觉得人世之荒凉、生命之凄凉！萧红不同于其他作家的乡土童年书写的独特性、超越性，不在于它写出了一般作家都会怀念的那份"热闹"，而在于她写出了衬托着"热闹"这一朵红花后面的背景——"寂寞"和"荒凉"。也许萧红本意可能是想写荒凉中的热闹，然而到热闹写尽之后却发现留下来的是光秃秃的生命根底中的荒凉色调。茅盾在《呼兰河传·序》中谈到了这一层浓重的"寂寞"："这样精神上寂寞的人一旦发觉了自己的生命之灯快将熄灭，因而一切都无从补救的时候，那她的寂寞的悲哀恐怕不是言语可以形容的。"② 正是由于作者现实处境和心境的荒凉，才既追忆童年的"热闹"，也回味童年时凭着她敏感的童稚之心就已直觉到的"荒

---

① 黄丽：《翠姨：萧红的另一个自我》，《丹东师专学报》1999 年第 2 期。
② 萧红：《呼兰河传》，百花文艺出版社 2004 年版，第 3 页。

凉"而心有戚戚，而后者才是现实与过去之间真正的精神契合点。

萧红被公认为是鲁迅衣钵的传人，但笔者认为这个"传"不仅仅在于她具备了反思民族传统劣根的现代理性力量、继承了鲁迅对国民性的文化批判精神，而且还在于她对个人和大众生命亦即整个人类命运之"荒凉"本色的深邃洞察，与鲁迅"于天上看见深渊、于一切眼中看见无所有"（《墓碣文》）可谓"同调"。正是这一点形成了萧红对鲁迅"衣钵"最根本、最内在、最深入骨髓的承传。

这人生底子里的荒寒，是永葆女儿性的萧红凭着她回忆中那双童稚而清澈的眼睛所"看见"的。她在病榻上写就的最后一篇小说《小城三月》里依然有一个童年的"我"的存在。在叙事上，作者以"我"这个15岁的女孩子的视角来写了青春美丽的翠姨的生命悲剧。在很多评论中，"我"往往仅被当作一个叙事视角的角色，而忽略了对"我"这个叙事人物本身内涵的关注。翠姨是萧红的另一个自我，承担叙事视角的"我"亲眼目睹的其实不仅是抑郁寡欢、埋藏隐痛的翠姨的悲剧，同时也是预见了自己与翠姨结局相仿的人生悲剧。翠姨生命的寂灭，寄寓着作者自身生命行将寂灭的悲哀，结尾写："坟上青草……只不见翠姨再坐那马车来"，年年岁岁春草绿反衬着个体生命消逝的凄凉。"我"这个翠姨最亲密的、看似不谙世事的小女孩，其实"深知命运"，因为这个童年的"我"其实也是现在的萧红的化身，萧红描述翠姨生命寂灭后的冷清，其实想见的是自己身后的凄凉。敏慧的萧红看透了人生命运，对生命之悲虽有彻底的认识，但她并不俯首认同，"身将死，不甘，不甘"的生命临终的内心呼喊，不正是那个从小就不甘冷落、不甘寂寞、寻找着自由与欢乐、渴求着温暖与爱的童年小女孩心底的回声吗？即使在生命的火星快要燃尽之时，萧红还在痛苦地渴求着超越浑浑噩噩的人世、超越命定的悲剧。无论命运的砥砺多么残酷，只要在童年真正体验过生命的乐趣与人间的温情，"憧憬"就永不会泯灭，"追求"就永不会放弃。在自己生命时间的尽头，不屈服的萧红试图与时间抗争，在重返生命最初的童年时光中追寻逝去的乐园，然而她也悟到"人生何如？为何如此悲凉？"任凭童年的小女孩目光再怎么倔强，也挡不住那生命帷幕落下时浓重的寂静、黑暗和忧伤。穿越萧红童年话语的文本，最终从纸上亮起的是萧红那一双童年时就瞪大了的、满怀"不甘"的眼眸。

　　童年的寂寞与成年的寂寞心境相通，成年后经历的荒凉映照着童年时就察觉到的荒凉，从创作心理来看，童年经验与作家创作个性之形成有着重要的关联，"那些最初的、自发的（然而也是强烈的）情感体验像浇在心田深处的第一层泥浆，完整的个性大厦就在这层'墙基'上逐渐构建起来"①。也正是在这样一个根基上，才催生了《呼兰河传》这样一部含泪微笑、乐中藏大哀的长篇自叙传，以及那篇伤感至极的绝笔之作《小城三月》。在对童年生活图景和心境的描绘中，"充满了个体生命的童年时代与人类文化发展的童年（原始）时代所特有的天真之气。展现了一个'人间至爱者'对于人类生存的基本命题'爱'与'死'的童年体验的追记与成年的思考"②。这段给予鲁迅的褒奖同样非常适用于他的传人萧红。在他们的自我乡土童年话语中，都传达着对生命的透彻认识：生命之欢乐、之荒芜以及在绝望中的抗争。以鲁迅、萧红为代表的乡土童年话语的出发点是对童年梦园的温情重返，而最终的落脚点则在于对自我人格的追寻。这种童年回忆是回忆者介入人生体验、展开生命审视的一条途径。而萧红在超越了个人体验之后，进入具有普遍性的人类关怀之中，将文化批判同她个人体验中最丰富、最切身、最细腻的部分相交融，最大限度地显示了主体的精神深度和艺术情感的力量。

　　相较之下，同为东北作家群、与萧红过往甚密的端木蕻良、骆宾基的童年话语似乎没有显露出这种"人间至爱"，他们更加专心于自我童年生活历程尤其是初恋情感的回顾。这些"早春"的娇艳的"花朵"，寄寓着男性作家对爱的渴望与永失我爱的伤感。虽然这样的生命理想在思想的深度、广度上逊于萧红，但他们对少年情感的揭秘是独特的。三四十年代另一位曾长期流浪于南国的乡土作家艾芜写有长篇《我的幼年时代》（写于1948年的重庆）、短篇小说集《童年的故事》（其中个别写于20世纪二三十年代，多写于40年代），艾芜的童年话语主要忆及的是亲友的旧人旧事，自我童年生命体验的展现虽有但较少，不过也可从他对故人的怀念中看到童年之于他的魅力和意义。作者在《我的幼年时代·写在前面的话》中谈到创作缘由是因

---

① 钱谷融、鲁枢元主编：《文学心理学教程》，华东师范大学出版社1987年版，第97页。
② 钱理群、温儒敏、吴福辉：《中国现代文学三十年》，第51页。

为活在记忆中的去世的亲友"镜引我回到黄金的幼年时代，尽管有许多不愉快的往事，但回忆起来，还是愉快的"①。他如此感怀："一个人的童年，极仿佛一天的早晨。……遇到风光明媚的春天，田野里花在开，林子里鸟在鸣。天空一片蔚蓝，淡淡的几朵云彩，也给冒在地平线上的太阳，镀成灿烂的金红了。对着这样的春朝，这样的童年，谁能淡然地忘掉?"②　在《毛道人》一篇中他之所以追忆毛道人，是因为"他那份丰富经历和强烈追求心所造成的故事"，"曾经润泽过我枯燥的童年，装饰过我贫乏的梦幻，如今相隔许多年了，我心里还保留有一片清新明晰的记忆，一如窗外的青山，永远不会老似的。"③　艾芜对童年的旧人旧事的追怀中，寄寓着他从幼年时代就埋下的生命理想的种子、对生命品格的追求："春朝"般的明媚、大自然的美丽、人间的温爱还有那份"强烈追求心"的精神。艾芜的童年话语着眼于片断性的、对旧人旧事的平凡书写，虽然可能因为缺少深度和独特性而往往为评论家所忽略，但之于作者本人是十分重要的，因为这不仅是对家族人事的纪录缅怀，更是自我生命"黄金"时代的灵光重现。

综上所述，乡土个人童年话语寄寓的生命理想带着作者真实而深刻的生命印迹。文本中的孩童形象无论是自我还是他人，都表征了成年作者所追慕的生命形态和存在方式，也往往对应着现实中人生的困顿。加斯东·巴什拉（Gaston Bachelard）在《向往童年的梦想》文中精辟地指出："在向往童年的梦想中，诗人呼唤我们回到意识的安宁。……诗人对童年所惋惜的似乎并非童年的喜悦，而是宁静的忧郁，是孤独的孩子无缘无故的忧郁。生活只在这根本的忧郁过重时才打扰我们。"④　"忧郁的童年，是已具有人性的严肃及崇高的童年。……童年深藏在我们心中，仍在我们心中，永远在我们心中，它是一种心灵状态。"⑤　在对个人童年的重温和再认中，成年回忆者获得对自我生命的体悟，获得一定程度的安宁。如果说京派作家们在回忆中"走近"乡土童年后就"走进"其中而"沉醉不知归路"，那么这些乡土个人童

---

① 艾芜：《艾芜文集》第二集，四川人民出版社1984年版，第3页。
② 艾芜：《艾芜文集》第二集，第66页。
③ 艾芜：《艾芜文集》第二集，第291页。
④ ［法］加斯东·巴什拉：《梦想的诗学》，刘自强译，生活·读书·新知三联书店1996年版，第163页。
⑤ ［法］加斯东·巴什拉：《梦想的诗学》，第166页。

年话语者则是在回忆中"走近"乡土童年后又再清醒地"走开",从童年记忆中汲取力量来推进或巩固主体独立的精神人格,鼓舞自己收拾旧行囊继续上路。

本章小结:启蒙视点的上扬——"二元的幸福意志"的召唤

上述新生童年书写对生命本真的追寻、乡土人类童年书写对生命美质的追寻都是基于一个共同的生命意识——童心意识,但此童心意识在不同语境下的两类童年言说中担当着不同的生命启蒙要义,着眼于不同的时间指向。

在五四这一历史新生期童年书写中,时间意识呈现为一种线性向前的时间观,这种时间意识是构成"现代性"的一个根本理念。"现代性概念首先是一种时间意识,或者说是一种直线向前、不可重复的历史时间意识。"① 这种时间意识催生了中国现代性思想。五四之人对童心热烈歌咏,由新发现的童年这个生命时间端点,引出了一条关于人生理想的射线,"从古代的循环变成近代西方式的直接前进——从过去经由现在而走向未来,所以着眼点不在过去而在未来,从而对于未来产生乌托邦式的憧憬。"② 五四对童年的发现标志着国人开始了对生命时间、对"人"的新认识,体现出一种"新纪元"意识。这种从书写童年开始的生命觉醒的"新纪元"意识,有别于当时思想界倡导的立足于青年生命的"新纪元"精神。李大钊在 1919 年元旦写下激情洋溢的《新纪元》一文,呼唤和庆贺新纪元的到来,"这个新纪元是世界革命的新纪元,是人类觉醒的新纪元"③。他所言的"新纪元"在当时的思想理论界是以"青年"这一人生时间为基座的,他专为现代青年写下多篇呼吁性文章,如《青春》、《奋斗之青年》、《现代青年活动的方向》

---

① 汪晖:《韦伯与中国现代性问题》,王晓明主编《批评空间的开创》,东方出版中心 1998 年版,第 2 页。

② 李欧梵:《现代性的追求》,生活·读书·新知三联书店 2000 年版,第 146 页。

③ 此文最初发表于《每周评论》第 3 号,1919 年 1 月 5 日;后收入李大钊《李大钊文集》(上),人民出版社 1984 年版,第 608 页。

等，新文化运动先驱们以"新青年"之"人格"为中心"以新国家；以新社会；以新家庭；以新民族"①，然而在文学创作界，"青年"虽也是一个重要的"新"基点，但并非是"新人格"的最原初的起点，五四的诸多作家将"童年"这个自然生命意义上的人生源头当作"新人格"的起点。这种思想界和文学界的启蒙起点的"错位"颇有意味。如果说五四时期志在启蒙与救亡的知识分子的新纪元意识"将'新'与'光明、进步、希望'等'善'的价值联系起来，'新'即'善'"②，那么五四歌颂童心、以童心为基点来"新人格"的作家们的新纪元意识之"新"，不仅与光明、希望等"善"相联系，而且还更多地与天真、自然、纯洁、优美、玲珑、幻想等所指向的"真"与"美"相联系。在此意义上，童年书写中以童年为端点的生命启蒙、人格启蒙，相比以"青年"为端点的个性思想启蒙更多地具有形而上的诗性意味。"儿童是连续性和希望的无可争议的象征，是将其他一切价值集于一身的某种价值。"③ 可以这么说，现代文学中关于生命的诗性启蒙，乃是从对童年这一生命时间端点的追寻中出发的，而这一点向来为研究者们所忽略。在对中国文学现代性起源与发展的考察中，人们一般更关注能实际地作用于社会、身为主要社会角色和重要文学角色的青年生命所代表的现实人生追求，而遮蔽了以童年为代表的对审美人生的诗性追求；前者更重思想理性启蒙，而后者则更体现出一种生命感性、也是本真性灵的启蒙。同样，新时期之初的"朦胧诗"大力发扬童心意识，主要承担的也是立足于个体生命的诗性启蒙任务。

若从童年书写所特蕴的关于存在的生命哲学问题这一内核来考察，新生童年书写偏重的是"生命从哪里出发"的这种追寻，给出的答案是——生命的存在与发展应该是以童心为基点。童年人生作为"新纪元"的起点而被发现、被认可，并且被当作"人的理想"来崇拜。童年尚未入世的生命状态积蕴了美丽的童真、旺盛非凡的生机以及走向将来的成熟的不能抑制的希望，这个时间"起点"蕴含着动态的时间发展意向，指向的是"未来"。由此童年

---

① 陈独秀：《一九一六年》，《新青年》第一卷第五号，1916年1月15日。
② 逄增玉：《现代性与中国现代文学》，东北师范大学出版社2001年版，第197页。
③ ［意］玛丽亚·蒙特梭利：《童年的秘密》，马荣根译，（台湾）五南图书出版公司1992年版，第127页。

元点觉醒的生命意识所蕴含的价值内核，成为觉醒之人的主体意识成长的生命内驱力。这个基于生命之轴的时间方向与进化论历史性时间方向保持了一致。可以说，新生童年书写担当了由生命本真层面延及文化人格层面的启蒙，从独特的角度映证了由线性时间意识带来的中国文学现代性的发生。

同样言说"人的理想"的乡土人类和乡土个体童年书写，在时间指向上却与新生童年书写有所不同。京派文人乡土童年书写的生命内容是"为人生远景凝眸"，其心目中的"远景"其实并不是遥远的未来，而是远离现在的过去。沈从文在论废名的创作时说："冯文炳君过去的一些作品，以及作品中所写及的一切，将成为不应当忘去而已经忘去的中国典型生活的作品。"[①] 这种"典型生活"传达的是前现代的传统社会的生活韵味。他们深情描绘的童年人生，不仅在空间上与现代都市相隔绝，而且在时间上也与现代人生相隔绝，是属于被现代人"已经忘去"的生命形式。那些生活在田园氛围中的小儿女虽然也在时间中"长大"，但延展开去的只是其自然生命时间，并无思想、性情等生命内质的变更，其生命时间基本呈现为一种"静态"，即凝定不变的常态。在季节的时序更替、循环往复之中，童年生命并没有呈现出线性时间的进化色彩即从"旧我"到"新我"的社会性"成长"质变（如废名的《桥》中渐近青年的小林、汪曾祺的《受戒》中经历庄重的受戒仪式后的小和尚明海，其生命态度前后基本一致）。因为这种童年生命形态在言说者看来本就是"终极理想"，这一作为自然生命"起点"的童年同时已经是人类生态的"极点"或"终点"。这种宁静自足的童年生命形态相对于不断发展的现代社会，是马克思所言的发展得最完美的人类童年时代，即沈从文所推崇的"希腊小庙"所供奉的"人性"最为自由而美丽的时代。

这种对"最完美"的人类童年生态的留恋带有一种远离世俗的梦幻般的童话情怀，表明对异化人性的僵硬冰冷的现代工具理性的否决。有人指出现代社会所呈现的"生态危机"，"从深层上来说就是人性危机"[②]。对于乡土中童年生命形态的歌吟，寄托着创作主体对生命兴味、生命情调与人性之

---

①　沈从文：《沫沫集·论冯文炳》，《沈从文文集》第十一卷，第102页。
②　曾永成：《文艺的绿色之思：文艺的生态学引论》，人民文学出版社2000年版，第26页。

至美的领会与钟爱，也流露着一种有意低回的挽歌心态：面对大肆扩张的现代文明对人性无孔不入的侵蚀态势，童年生命形态成为人性的最后一方净土，它担当着对现代之人进行人性启蒙的重任，对其人性去蔽和生命体验具有生命补偿和激发作用。这一去蔽途径就是对人类童年生命状态的"回溯"与"停驻"。这类乡土童年书写的时间意识不同于新生童年书写中直线向前的性质，而是呈现为相对静止与封闭的圆形，体现了批判现代性的意旨。浪漫主义思想家马丁·亨克尔在《究竟什么是浪漫》中写道："浪漫派那一代人实在无法忍受不断加剧的整个世界对神的亵渎，无法忍受越来越多的机械式的说明，无法忍受生活的诗的丧失。……所以，我们可以把浪漫主义概括为'现代性'的第一次自我批判。"① 而浪漫哲学的旨趣在于："终有一死的人，在这白日朗照、黑夜漫漫的世界中究竟从何而来，又要去往何处，为何去往？有限的生命究竟如何寻得超越，又在哪里寻得灵魂的归依？"② 西方前期的浪漫主义作家将所谓的文明、进步、理性看作是一个值得怀疑的华美约言，他们提出"回到中世纪"的口号，试图从过去的岁月里拯救出人内在的灵性与精神的自由。乡土人类童年书写的内容体现的也是接近于这种浪漫文学的倾向，从其含蕴的生命哲学思考来看，这类乡土童年书写对存在的思考主要着眼于"在哪里寻得灵魂的皈依"即"人向哪里去"。但是这个"走向"不是"向前"，而是"向后"，是返回生命来处的童年并守住这种生命形态。沈从文说："照我思索，能理解'我'。照我思索，可认识'人'。"③ 依照他这样的乡土人类童年书写去思索，我们所理解到的"人"是没有受现代文明污染的、散发赤子光辉之"人"，而所理解到的"我"则是同样葆有赤子之心、推崇诗性生命的浪漫之"我"。京派作家书写浪漫乡土的文化动力，不仅像有些论者从空间意识理解的那样"来自于小说家对本土经验的眷恋和回归的渴望"④，而且还来自于他们对时间维度上人类生命尤其是童心本身的参悟。

---

① ［德］马丁·亨克尔：《究竟什么是浪漫》，转引自刘小枫《诗化哲学：德国浪漫美学传统》，山东文艺出版社 1986 年版，第 6 页。

② 刘小枫：《诗化哲学：德国浪漫美学传统》，第 6 页。

③ 沈从文：《抽象的抒情》，《花花朵朵 坛坛罐罐：沈从文文物与艺术研究文集》，外文出版社 1994 年版，第 21 页。

④ 吴晓东、倪文尖、罗岗：《现代小说研究的诗学视域》，《中国现代文学研究丛刊》1999 年第 1 期。

上述新生童年书写与乡土人类童年书写，大多不是自我个体童年的直接回忆，主要是从"人类"的角度进行的对童年生命时间的追寻和认同。二者的共同点是，对童年生命都给予了高度的价值肯定（尤其是审美价值肯定），但是它们各自追寻的童年生命在时间之维上的位置不同：新生童年书写中，童年体现的是立足于生命本体的人的"归属"意识，从封建社会的"非人"走向本真之"人"，从童年出发直指未来，被作为新生命的"起点"；而在乡土人类童年书写中，童年却往往作为完美的生命形态而被当作现代人的精神家园，体现的是返回童年这样一种文化生态的"归宿"意识，即被作为"终点"。前者是针对"旧"的封建传统（或政治集权）社会而开辟的现代"新纪元"，后者是针对"新"的现代城市文明而退回"旧"的古典生态。因此，前者是反封建、反愚昧意义上的对本真生命的发扬，是从封建性的黑夜走向现代性的黎明，内含创世纪的神话情结；后者是反现代意义上的对原初生命的眷顾，是从现代性的日午走向古典性的黄昏，流露出返回中世纪的童话情怀。前者主要是"向前"瞩目的赞歌，后者更多的是"向后"回望的挽歌。本雅明说："的确有一种二元的幸福意志，一种幸福的辩证法：一是赞歌形式，一是挽歌形式。一是前所未有的极乐的高峰；一是永恒的轮回，无尽的回归太初，回归最初的幸福。"① 在新生童年书写言说者那里，"前所未有的极乐的高峰"就是对童年生命所代表的鲜美净朗的人格体验；而在沈从文等乡土童年书写言说者那里，"太初"与"最初的幸福"就是纯美童年这一生命的出发地。二者在审美现代性上趋于一致，都是对于童年生命最能彰显的生命本性之真与美的诗性体认。无论是新生童年书写指向的"未来"的"乌托邦"，还是乡土人类童年书写指向的"过去"的"桃花源"，都是一种带有浪漫性质的诗意想象。

而对于乡土个体童年书写，作家们回忆的是曾经真实存在而今已破败或消逝的童年"后花园"，这其中既有浪漫的追想，也有现实的伤怀。时间意识在这类童年书写中呈现的是曲线：时间从现在折回过去，但并不停滞于过去，而是又从过去的荣与衰中艰难地跋涉而出，在现实的泥泞中痛苦地前行。鲁迅、萧红等人的乡土个体童年书写蕴含着清醒的批判精神与剥离意

---

① ［德］瓦尔特·本雅明：《普鲁斯特的形象》，张旭东译，《天涯》1998 年第 5 期。

识，体现了感性的汁液包裹着的理性的内核。在他们的笔下，时间是兼指前后两个方向的，因而比起新生童年书写和乡土人类童年书写，少了单纯感、和谐感，而多了几许繁复感和撕裂感。他们的童年话语，不是畅想未来的完全的赞歌，也不是沉湎于过往的纯粹的挽歌，而是交织着过去与现实的奏鸣曲。而生命理想的启蒙，则成为三者共同的主旋律。

第三章　"人/自我"的危机之寻索：
　　　　童年书写的历史印象

　　童年生命作为人类生命的初始阶段，包孕着人未来的发展路向。然而，赤子之心在成长中极易失落，这一"人"之"萌芽"，将会抽出什么样的"叶"、开出什么样的"花"、结出什么样的"果"，还取决于这棵幼苗生长的环境。当纯真的童年生命被浸入社会大染缸，将会由于它本身的洁白而容易染上各种它无法抵挡的杂色，呈现出斑驳陆离的生命图景，曾经寄寓其中的"人"的"理想"也将因此而沦丧，而另一极端即"人"的"危机"开始浮现。纵观一个世纪以来的现代文学，最用力、最深入、最集中地揭示"人"（包括"自我"）的"危机"的童年书写，主要是从20世纪80年代中期开始大量出现的回忆性的"文化大革命"童年叙事。童年生命在"文化大革命"这场社会浩劫、人心浩劫中遭遇了最严重的困境，也经受了最严重的变异。这类书写集中出现于对抽象童年所代表的生命理想的想象化表现之后，对童年这一生命源头的危机状态的返视，意味着作家进入了对童年生命的真实性追寻和深层次反思。

第一节　生存灾难的逼视：被"吃"与
　　　　去"吃"的"非人"

　　当代"文化大革命"叙事从"文化大革命"结束后的"伤痕文学"拉

开序幕，其发轫之作《班主任》及之后的《伤痕》均从童年生命的伤痕写起，其批判矛头指向的是"四人帮"推行的文化专制主义和愚民政策。但这两篇伤痕小说对童年生命本身的书写还相当概念化，在刚刚开始拨乱反正的年头，急迫的社会政治主题压倒了属于"人"内在的生命反思主题。此处探讨的"文化大革命"童年叙事着意于揭示"文化大革命"中童年生命的危机性生存状态，这种危机来自于包括孩子在内的"人"自身，而并非是简单的外在社会原因。

一、被"吃"的可怜

童年生命因其幼小与稚嫩，容易受到来自外界的伤害。而此伤痕将刻入其成长年轮，成为生命中永远的痛楚，甚至有些巨创会直接导致童年生命的成长困厄乃至死亡。

童年生命的危机主要来自于身边之人，尤其是家庭中的权威人物父亲。首先，"父"的暴虐给孩子带来肉体和精神的创伤。八九十年代的一批年轻作家在追叙童年成长时，都毫无例外、毫不留情地撕扯下温情脉脉的传统亲情面纱，赤裸裸地呈现其后面狰狞丑恶的本来面目，如余华的《在细雨中呼喊》、苏童的《舒家兄弟》、方方的《风景》等。《风景》以一个死婴的视角来写"在浩漫的生存布景后面，在深渊最黑暗的所在"的"奇异世界"，即"人性风景"，这些风景以七哥凄惨的童年生活为重，七哥受到家庭中几乎所有人的欺负。小说中这样描绘七哥挨打时父母亲的行为："父亲又坐下来喝酒了。嘴唇咋得'叭叭'地响。而母亲自始至终地低头剪着脚指甲，还从脚掌上剪下一条条的硬皮。母亲喜欢看人整狗，而七哥不是狗，所以母亲连头都没抬一下。火车轰隆隆从门外驶过，雪亮的光一闪一闪。和它们叠在一起的是竹条以及它挥舞出来的音响。这一切成为七哥脑海中永恒的场景。"① 父母的残忍，尤其是母性这一人性的最后一道防线的崩溃揭示了人性丧失之彻底。家人给七哥的"非人"待遇在七哥童年心灵上制造了深痛创伤，导致了他成年后的情感和人性变异。死婴的叙事视角展现了真实的"人性风景"，显得冷峻而深刻。其次，"父"的淫乱也给孩子带来了成长中

---

① 方方：《风景》，《祖父在父亲心中》，江苏文艺出版社2003年版，第80页。

生命的错乱。《在细雨中呼喊》中孙光林的父亲生活作风很不检点，与寡妇鬼混，还调戏儿媳妇，被孩子所唾弃。《舒家兄弟》中父亲的淫乱剧毒更是直接侵入了成长期的童年生命。滥用暴力的父亲生活极为放荡，发现儿子舒农察觉到他的丑事后，不仅没有收敛，反而更加肆无忌惮，在舒农的床边与情妇做爱，无耻到极点。父亲淫乱的行为影响了少年期的两个儿子，14岁的畏畏葸葸的舒农整日学猫躲在阴暗的角落偷窥大人的性事，而舒工也过早地开始了不负责任的性行为。这个家庭充满了肮脏、腐烂的恶臭，受够了父兄欺侮的舒农实在忍无可忍，偷了汽油意欲烧死父亲和哥哥，最终却是自己被逼跳楼身亡。抗争的悲惨结局彰显的是无助的孩子对家、对"人"的绝望。这类童年叙事大肆刻写卑劣之父对子的吞噬，虽然没有直接宣写"文化大革命"对家庭的影响，但是这种失去了正常情爱、秩序、伦理和正常人性的家庭风景，正是那个到处是强权与混乱的浩劫年代社会风景的缩影，"父"的行为"失范"，甚至给孩子造成了灭顶之灾。

再者，作为成长引路人的"父"的形象的坍塌还在于其精神的疲弱和愚昧，这也给成长中的孩子带来了心灵的危机。刘震云将长篇巨制《故乡面和花朵》第四卷的时间专门锁定在主人公少年白石头变声期的1969年，这样一个历史年头正是他身体和精神发育的重要时期，然而在这个需要成人引领的成长时期，他的偶像却倒塌了。小说写"我"（少年白石头）本来崇拜高大的麻老六，乃至于崇拜他脸上的麻点和能放很响的屁，以为他是"超拔的伟人"，然而当麻六嫂被众人扯下裤子戏弄时，麻老六目睹了整个过程却一言不发，甚至还对那些做出这恶作剧的成年人露出一丝讨好的微笑，"历史的真相和人皮'唰'地一声就在我的面前给撕开了；血淋淋的创面，一下子砸在我的脸上。我的愤怒和委屈，超过了现场的每一个人。麻老六脸上的麻点，开始在我心头的悬崖上一落千丈。我不是愤怒屁股和麻点，我是愤怒我的崇拜。我所崇拜的人呀，原来你在你们中间是这么的没分量。世界在我的面前一下就崩溃了。世界的血淋淋的真相难道就这样注定要在我人生的道路上一幕幕地被揭开和暴露吗？……看着你们扒下的是麻六嫂的裤子，其实扒的就是这孩子的心呀。从此你让他怎么再去看那剔牙、放屁和麻点呢？世界已经在他面前出现了坍塌和偏差，你让他怎么将这错误的巨大的历史车轮给调整和转动过来呢？更大的问题还在于：这个沉重的车轮要调向何方呢？在以后相当长的时间里，这个少年闷闷不乐。"（着重号为引者加）刘震云浓墨重彩地渲染了少年心中的偶像即"理想"的成人轰毁后的剧烈创伤。愚昧、懦弱、麻木的大人不能给孩子以正确的成长方向，他们本身的精神世界就灰暗低落，以至于让孩子所鄙夷。刘震云深入表达白石头的"愤怒和委屈"，揭示了孩子在成"人"过程中遭遇的精神危机。大人们的"非人"精神状态如何能引领孩子在精神上成"人"呢？作者也看到了造成这个危机的深重的历史原因，孩子无力调转"这错误的巨大的历史车轮"、更不知道该"调向何方"，唯能做的只有"闷闷不乐"的无奈和迷惘。

　　另一些童年叙事则直接揭示"文化大革命"这场思想与人心浩劫给童年生命造成的巨创。两部直接关于"文化大革命"开始年头的长篇小说：沈乔生的《狗在1966年咬谁》（2002年）、胡廷楣的《生逢1966》（2005年），均以十五六岁的中学男生为主人公，讲述他们在"文化大革命"中被政治之"狗"所"咬"之伤。前者的主人公少年凌泉申在动乱的恐怖年代，美好人性的情感不是被遏制就是被引入歧途：他被迫违心地写下"证明材料"来"陷害"自己所爱慕的老师；正常的家庭和学校生活遭到浩劫之后，与女阿飞吴红妹发生了畸形的性行为。少年美好的感情在动乱的年代里被扭曲变形，成为走向堕落的开始。《生逢1966》以中学生陈瑞平短短一年（1966—1967）间的经历为主线，通过边缘和底层立场的主体化，刻画了一个极具精神象征性的、让民族心痛的"老三届"人的成长（其实更多的是"失落"）。小说以不回避、不动声色的态度触及了历史的苦难和老三届在精神上遭受的炼狱。1966年这一特定的历史年代使凌泉申、陈瑞平这些少年原本美好的年华从此成为一道难以愈合的"伤痕"。里程的长篇《穿旗袍的姨妈》（《作家》杂志2006年长篇小说冬季号）还入木三分地揭示了动乱历史给当时幼小的孩子造成的心灵巨创。小说从小男孩骆驼的幼儿园时期写起，他所爱的姨妈、妈妈、姐姐们在"文化大革命"中受到的摧残和蹂躏，给小骆驼稚嫩的心灵造成巨大的惊骇、恐怖和痛苦，这些无法抵挡、无法愈合的心灵创伤影响了他之后的成长。

　　对于来自时代的无端伤害，有的孩子也奋起抗争。艾伟的《回故乡之路》深入地写了"文化大革命"中孩子的困境及其悲剧性抗争。少年解放因为父亲被当作反革命抓走而遭人欺负，他决定"自救"，设计了一个炸药事故，牺牲了半条腿将自己塑造为一个英雄，然而却发现根本没有改变自己在村上被蔑视的命运，愤而用炸药炸毁了敌手强牯的家，自己则闷在弹壳里死去，身上盖着由两块红领巾拼结而成的红布，上面用黄色粉笔画着五颗五角星（认为自己是正义的英雄）。题目"回故乡之路"是隐喻也是反讽，炸弹壳是象征，只有弹壳才让解放抵达安宁的故乡，而弹壳外的故乡已经不再是人可以居住和值得留念的亲切之地。因为政治问题而饱受屈辱的孩子只能用身体乃至整个生命来捍卫自己的尊严和价值，寻求"人"的"解放"（作者安排人物这个名字可能有此寓意），这种"文化大革命"苦难中裂变而出的悲壮的童年人生，其批判矛头指向的是造成众人精神恶变的时代罪恶。

二、去"吃"的可怕

在"吃人"者屋檐下成长的孩子，往往会有两种命运：要么因其弱小或与"吃人"者为敌而"被吃"，要么"近墨者黑"、被同化而去"吃人"，"文化大革命"年代的动乱气氛助长了这一去"吃"的气焰。"可怕的孩子，也成为这个世界的消息。"史铁生在长篇小说《务虚笔记》中不断提到"我"童年时那个"可怕的孩子"，他代表的是阴冷的、邪恶的势力——人性的，也是社会的。他处处存在，并且对弱者尤其生效。这些去"吃"的孩子就是这种"可怕的孩子"，他们的行为结束了、颠覆了清白无辜的童年神话。

在上文所述的童年生命"被吃"的苦难中，其中有些苦难就是来自于这些去"吃"的孩子。如《枯河》、《风景》、《在细雨中呼喊》、《舒家兄弟》等中"被吃"者的兄弟姐妹对幼弱生命的肆意欺凌和践踏，已经露出了与"吃人"者父亲相同的面目。《舒家兄弟》哥哥舒工像父亲一样残暴狡诈，随意地欺负弟弟。《在细雨中呼喊》的兄弟们看到孙光林被打，他们反而表现出异常的兴奋，兄弟间已经失去了正常的关爱与怜惜。《风景》中描绘了无辜的七哥受哥哥姐姐们欺辱时的尖锐痛楚："五哥和六哥乐呵呵地干这些（用竹鞭毒打弟弟——引者注）。父亲赏识他们时才会让他们干这些活儿。小香姐姐（她搬弄是非、挑拨父亲揍弟弟并以此为乐——引者注）坐在床沿边让大香姐姐用红药水给她染指甲。她俩尖声地笑着。七哥忍着全部的痛苦去听她们笑得如歌一般流畅。"孩子对待同胞的恶毒、残酷，无疑是正常父性、母性缺失的强化表现，父辈的残酷冷漠滋生和放纵了子一代肆无忌惮的残酷。

如果说这些扩散的是父辈身上的原始人性之恶，那么"文化大革命"中对同龄孩子生命的"围猎"，则更多地传递了孩子在时代之乱中如何加剧了"吃人"恶性的深痛信息。阿来的《空山（机村传说）》以死去的格拉的阴魂来讲述他的冤屈，而此冤屈的制造者就是那些因为他是弱智女人的私生子而任意栽赃陷害、辱骂他的同龄小孩，"文化大革命"来临时的政治话语暴力更是推进了这层"恶"，最终逼得无处安身的格拉走向自杀。格拉是被借助"文化大革命"乱力而更加恶毒的孩子们所"吃"。艾伟的《回故乡之路》中倔强的男孩解放与格拉一样，都是选择自杀这种迫不得已的悲惨方式来逃离同龄的"吃人"者的"围猎"。

"文化大革命"对孩子的心灵蒙昧还鲜明地表现在学生去"吃"老师的错乱行为中。铁凝的《大浴女》中小学生们在批斗会上群情激昂地逼着女老师吃屎，莫言的《飞鸟》中两个无聊的小男孩专门把生病的女老师拖到野外、想尽各种残忍的方法整治她，在"好玩"的"游戏"中找快乐。柯云路的《蒙昧》中小学生们不仅检举揭发老师，而且在老师落难后还要跟踪追击、落井下石。学生对女老师的批斗行为尤其值得注意。这些挨整受辱的女老师无一例外都是年轻美丽的，她们温柔地关心爱护学生，传授知识和道理，在这些意义层面上，学生对之毫不留情的揪斗行为，正表明了这些无知的孩子（也影射到整个社会）对"美"、"爱"、"知识/真理"的"推翻"和"打倒"。而在男学生对女老师的侮辱中，还有着性别本能中潜藏的"性"因素的作用。男孩子对"性"开始好奇，而且也有了朦胧的冲动，《飞鸟》中的男孩揪住不放的是女老师的"性事"，而惩罚的方式也是针对这个"性"。《蒙昧》中的小男孩茅弟对白兰老师采取的"政治行为"背后的心理更是复杂微妙。柯云路的这部长篇小说不仅在历史维度上揭示了孩子如何容易地被"政治"所"吃"、转而愚昧地去"吃"自己所爱之人，而且还具体深入地揭示了孩子去"吃"这一行为如何被个人的隐秘心理所推动。正是那一份秘而不宣的"少年心事"，在一定程度上助长了一场浩劫。作者说："在写《蒙昧》时，一再提醒自己不要陷入对小男孩的怜爱。他现在要做的是，毫无掩饰地将小男孩的心理演变史剥露出来。一个细胞凝缩着一个人的全部信息，一个小男孩的生命经历或许凝缩着整个人类的信息。"①《蒙昧》渗透着对历史浩劫的批判、对人类苦难的悲悯以及对童心的勇敢直面与深刻解剖。

尤为关注人性内部黑暗的作家艾伟用一系列短篇来书写这类关于去"吃"的童年生命，他常常将童年放置在"文化大革命"那样一个特殊的政治年代，来拷问本不干政治的童年生命在历史中的人性蒙昧和裂变。艾伟认为："人性和时代、和时代意志之间存在着无比复杂的纠缠不清的关系"，"我比较喜欢进入人性内部，探寻人性内在的困境和不可名状的黑暗的一面。……他们看起来硬邦邦的，沉默、稳定，充满凝固感，像散落在时间之外的坚硬的石头。"② 动乱的"文化大革命"提供了一个可以更鲜明地展示"人性内在困境与黑暗"的历史舞台，纯洁无瑕的童年心性在混乱的世道中已经滋生了许多黑暗的毒菌。艾伟勘探了童心中一些幽暗的非理性区域，如施暴倾向与偏执人格等，同时也察觉到孩子在特定政治语境中生命的困惑、善良人性的弃置。作为"文化大革命"斗争旁观者的孩子，面对政治斗争中的落难者，他们的角色往往是兴致勃勃的"看客"、仗势欺人的"帮凶"或"趁火打劫"的"匪徒"，使受难者身心更加雪上加霜。"唯恐天下不乱"的孩子在"文化大革命"动乱中更容易投身于"乱"中，从成人的"恶"中习得了"恶"。从"文化大革命"的"吃人"盛筵中被熏陶出的小"吃人"者身上，可以看到历史如何助长了邪恶的人性，反过来蒙昧的人性又如何助长了错误的历史。

此外，在书写人性变异的"文化大革命"童年叙事中，有些作家也指出了拯救蒙昧的童年生命的道路。在柯云路的《蒙昧》中，当小茅弟尝尽世态炎凉的苦难之后，白兰老师始终如一的母亲般的爱终于唤醒了他昏暗的心灵，小男孩在坎坷中逐渐独立、理智、坚强地成长起来，彻底看清和弃绝了那个混乱的世界，这是性格更是人格的成长。王安忆的短篇小说《墙基》的题目就喻指着"人"的墙基的坍塌与建立。弄堂孩子阿年效仿造反派抄家，抢走了老教授女儿独醒纪念在"文化大革命"中自杀的母亲的珍贵日

---

① 柯云路：《蒙昧》，花城出版社 2000 年版，第 118 页。
② 艾伟：《水上的声音·创作自述》，山东文艺出版社 2004 年版，第 21 页。

记，这本日记在他面前展开了一个与他自己鄙陋的生活全然不同的世界，它没有粗俗的打骂、压制的暴力，而是充满了平等、优雅、温馨、爱意还有人格的尊严。阿年阅读日记的过程是心灵洗涤的过程，原本身处的那个无知、愚昧、野蛮的世界逐渐退后，"人"的真正意义和价值在他逐渐开化的心中呈现。艾伟的《乡村电影》、《水上的声音》等作品则通过刚强人格和善良人心来感召误入歧途的孩子。去除孩子心灵黑暗的，还有一种神圣的光亮——"美"。李晶的《长大》中，将男孩轩生从蒙昧中引领出来的是范老师悠扬的琴声和落难者安详的生活姿态，在对忧伤和韧性的生命之美的领悟中，迷惘的孩子逐渐睁开清明的眼睛长大了。这些拯救的方式从另一个角度来再次表明了抵达理想生命的重要题旨：只有凭借真、善、美的引领，孩子才能从"人"的危机中解脱，才能真正长大成"人"。

20 世纪 80 年代中期以来集中出现的回忆性的"文化大革命"童年叙事，深刻地揭示了童年生命的内在伤痕，与新时期之初的伤痕小说不同。"文化大革命"刚结束时的卢新华们更注重对造成"文化大革命"灾难的外在的政治批判，"所承担的任务是宣泄在苦难与灾难中积压起来的悲苦和愤怒，它为我们留下的是一个痛哭流涕、颤栗不已的诉苦者的形象"①。而之后的回忆性"文化大革命"童年叙事的主观情绪远没有如此强烈，这些童年书写者多是 60 年代生人，是"文化大革命"历史中的旁观者，不是历史事件的亲历者，面对历史时容易撇开知青等当事人一般具有的政治恩怨或道德纠缠。他们立足于个人记忆中的童年生命图景的展示，逃逸了那种政治性的集体记忆，其叙事出发点有着更浓重的生命意识，着眼于童心/人性的状态揭示，从与童年生命直接相关的人性角度涉及了历史记忆的当代表现问题，彰显的是超越历史之上的人类本性。揭示了直接造成童年生命伤痕或危机的，主要是经历史之手扭曲过的恶变的人性，正是后者为历史提供了内在的精神来源。这种着眼于童年生命的"文化大革命"叙事为反思"文化大革命"提供了另类的诠释法则与叙事方式，童年生命的困境也为"人"的危机探寻提供了重要的启示。

① 曹文轩：《20 世纪末中国文学现象研究》，北京大学出版社 2002 年版，第 28 页。

第二节　生命迷乱的反顾:"逍遥" 时代的"动物凶猛"

"文化大革命"动乱中的童年人生,除了受到来自社会、家庭的外在伤害,还显示出前所未有的生命内在的癫狂和迷乱。"文化大革命"的社会狂欢带来了社会结构和家庭结构的松动,理性秩序的失落带来了人心的狂乱。在"无法无天"的时代气氛中,孩子顽皮好斗的天性像无人伺弄的杂草一样在精神荒原中疯狂生长。这类童年生命之树的生长年轮中,既刻录着历史风雨的侵蚀痕迹,更彰显着个体原始生命力冲撞暴突的危险轨迹。

这类"文化大革命"童年叙事的作者一般都是 60 年代出生的男性作家,作品中的主人公一般也都是城市少年,在其身上奔腾着热情冲动的少年血。"文化大革命"时代人性的喧哗与骚动在少年们疯狂的"游戏"中得到了格外令人惊心的复制与凸现。

一、"意义"与"荒谬"之间的"群氓"

德国学者比梅尔(Walter Biemel)说:"不能仅仅把人理解为理性的动物,而恰恰要理解为这样一个动物:这个动物可能为荒谬所摆布,为荒谬所控制,他身处于意义和荒谬之间。"① 童年生命由于其个体自主意识的不成熟,更兼身处动乱时代,极容易成为这样一种"动物"。

"文化大革命"童年叙事中的少年大多和作家自身在"文化大革命"中的年龄相仿,这些孩子虽然没有赶上加入"红卫兵"组织、直接进行文攻武卫的"文化大革命"斗争,但是年少的他们并不甘心做落伍者,而是积极追随那些心中"壮怀激烈"并且干得"轰轰烈烈"的"革命"行为。这种纯粹被时代政治歪风所鼓动的无理性的盲从行为,在陈书乐的《蛛王》和刘恒的《逍遥颂》中得到了淋漓尽致的展示。《蛛王》讲述七八个孩子在充满英雄主义的时代激情中,组成长征队伍,打算在五天之内走完荒无人烟

---

① ［德］瓦尔特·比梅尔:《当代艺术的哲学分析》,孙周兴、李媛译,商务印书馆 1999 年版,第 29 页。

的百里山脊。然而这模仿性的革命行动的最终结果却是好几个孩子死于野兽的攻击和彼此间的厮打。《逍遥颂》是作者回忆自己在"文化大革命"中的童年经历，一群出身不好的"狗崽子"被当权的政治势力所抛弃，躲避在一个废旧的封闭的教学楼里组成了"赤卫军司令部"，并按照当时的革委会领导班子模式也按级别给每个人封了头衔。躲在封闭的大楼里的孩子们似乎是"逍遥"于"文化大革命"动乱社会之外，然而其所作所为遵循的依然是时代行为，时代毒针已经将药液注入了少年人天生不安分的血管，并且孳生着人性之恶，带来的是本应团结互助的孩子们之间的阴谋与杀戮。这两部少年小说与英国作家戈尔丁（William Gerald Golding）的《蝇王》非常接近，不同的是，中国的这两部小说有"文化大革命"这一特殊年代作历史背景，是既涉及历史、又拷问人性的寓言小说。孩子们对政治行为的无理性追随以盲目信仰为特征，若考察整个"文化大革命"社会中革命行为的性质，普遍存在这种下对上、小对大的模仿，正是这没有理智辨别力的模仿构成了一个荒诞时代的"群氓"社会。这两部寓言性小说通过孩子群发生的极端化事件将群氓时代无理性的荒谬行为及其后果揭批得入木三分。

革命英雄主义激情尤其能煽动崇尚勇武的男孩子的心。王朔《动物凶猛》中主人公马小军看似小痞子，但其思想其实也忠实于那个时代，他的头脑被时代的一些流行概念所占据，他的"英雄梦"紧紧粘附于社会意识形态中心，即使在表达爱情幻想时也采用的是政治中心立场的判断性语言。在充斥着"揭、批、斗"的政治话语的滔天浊浪中，成长期的孩子们经受着这种思想的"洗礼"而向之靠拢。这种从上至下的全民性话语以其无可置疑的强势，绝对地排斥了其他真正美好的思想源流，从而也断绝了孩子们向其他方向成长的可能。在"群氓"时代主流话语气势汹汹的裹挟中，孩子们不自觉地沦为新的"群氓"。

上述几个代表性文本中"革命"少年的行为，显示了与时代相应的"向往"与"追求"，他们是那个革命时代的产儿，有着强烈的"英雄"崇拜倾向。心理学家认为，孩子成长要经历的第一个阶段是偶像模仿期，对偶像的模仿将在孩子那里形成"价值内化"。① 那个时代宣扬的革命精神、样

---

① 岳晓东：《少年我心：一个心理学者对自我成长的回顾与分析》，北京师范大学出版社1997年版，第69页。

板戏中塑造的英雄形象，无疑会成为马小军们趋之若鹜的价值取向。要区别的是，"文化大革命"中少年的这种"英雄"崇拜虽然与当时成年人狂热的"领袖"崇拜有紧密的联系，但在具体指向上，二者存在区别——前者崇拜的"英雄"主要是"战斗英雄"、是"战士"，而后者崇拜的是"政治领袖"。从内在冲动来看，对战士的激情崇拜与少年本能的"血性"相关，对领袖的极端崇拜则与"盲信"有关，有时甚至还与隐秘的"奴性"或"权欲"相连。所以，相较成人而言，"文化大革命"中少年们的英雄模仿行为有着相对单纯的一面。但是，这些"文化大革命"中的"革命产儿"，又不同于战争年代真正的"革命之子"（如《小兵张嘎》中的嘎子、《闪闪的红星》中的潘冬子等），后者有着明确具体的战斗目标和革命信仰，而"文化大革命"中少年头脑里的"革命思想"与切身体验无关，主要来自于社会政治意识形态的控制，这种政治意识形态最大的特点是，它从来不引导人们去正视现实，在为充满幻想的孩子"打开了一个（幻想）世界的同时，关闭了那个真实的世界；它们'照亮'了一个人的头脑，同时又将它推入黑暗之中"①。这种意识形态的"谎言"让本来就缺乏明辨是非能力的孩子更加看不清世界真相，很容易地被之魅惑。那些去长征的孩子、组织"赤卫军"的孩子以及在假想中梦寐以求当战斗英雄的马小军们，正是被时代唤起的空幻的热望推向生命的黑暗之地（死亡或迷惘）。事隔 20 年后作"文化大革命"时代"逍遥游"的刘恒，在长篇小说《逍遥颂》结尾，如此夹叙夹议地写英勇的"赤卫军宣传部长"之死：他"掉到世界与历史的内部去了。他撞击了地球之核，但巍峨的八号楼悬崖一般凝固不动。黑白天地间只有时间如血流淌，在睁的眼和闭的眼中冲出一道鲜红的霞光。岁月之沟便亿万年永久地裂着了。"作者犀利而沉痛地揭示了渴望成为"英雄"的少年无谓的牺牲，在附于小说之后的《逍遥跋》第五章中则直接表达了成年后对"文化大革命"童年往事的反思，将"赤卫军万岁"置换成"完了"、"碎了"，张狂的语言极尽嘲弄和讽刺。这段念给"文化大革命"中谱写的童年"英雄"历史的悼词，在嬉笑怒骂的表象底里，其情绪实则是痛心疾首。天真少年们看似充满"意义"的革命模仿行为，最终被其后果证明了

---

① 崔卫平：《幽深的，没有阳光的日子》，《书屋》2002 年第 7 期。

它的实质——"虚妄"和"荒谬"，其"革命"行为最终所"革"的是不应被"革"的同类和自己的"命"！少年们的盲从、模仿悲剧，映射出整个时代看似理性实则无理性行为的必然结局，而天真孩子被时代蛊惑所致的误入歧途，则因为他们所代表的国家的发展希望、"人"的成长理想的被断送而更显惨痛。

二、"失范"与"狂欢"之间的"流氓"

在向往成为"英雄"的冲动年龄，不仅会因为其信念本身的浮夸而走向生命无意义的陷落，而且还会因其本性蛮力的放纵而坠入另一种成长的陷阱，有时"英雄"与"流氓"只有一步之遥，其童年生命景观可用这类叙事中两部小说的题目来概括："刺青时代"的"动物凶猛"。

"文化大革命"时期虽然是政治话语的极端专制时代，它使众多的人失去了言论自由乃至人身自由，但对于孩子，它又是一个自由时代。"破四旧"、"打倒牛鬼蛇神"等激烈的造反举措，宣示着颠覆既有秩序的疯狂气息。国家社会法纪的大混乱使大人们无暇维持也无心整顿家庭的法纪，放松了甚至放弃了对孩子的管教。这种时代造成的约束的真空，让反对管束的孩子欣喜若狂。《动物凶猛》中成年的马小军在回望童年时还心存感激："我感激我所处的那个时代，在那个年代学生获得了空前的解放，不必学习那些后来注定要忘掉的无用的知识。他们的父亲大都在外地的野战军或地方军区工作，因而他们像孤儿一样快活、无拘无束。"摆脱了来自学校和家庭纪律的束缚，少年们无所顾忌，一任少年血的恣肆奔流而为所欲为甚至胡作非为。

对"少年血"尤其关注的先锋作家苏童描述了少年血在混乱无序的年月里流淌的轨迹："一条狭窄的南方老街（后来我定名为香椿树街），一群处于青春发育期的南方少年，不安定的情感因素，突然降临于黑暗街头的血腥气味，一些在潮湿的空气中发芽溃烂的年轻生命，一些徘徊在青石板路上的扭曲的灵魂。"[1]"文化大革命"的时代之手打开了人性的"潘多拉的盒子"，魔鬼妖孽在孩子没有防御能力的心中横冲直撞，将成长期尚未完全蜕

---

① 苏童：《少年血·自序》，江苏文艺出版社1995年版，第2页。

化的原始"动物本性"大肆鼓动起来，扭曲着"人"的灵魂。

黏稠的少年血最突出的一个特征就是对暴力的迷恋。《动物凶猛》中的少年们热衷的生活是："我们搂抱着坐在黑暗中说话、抽烟。大家聊起近日在全城各处发生的斗殴，谁被叉了，谁被剁了，谁不仗义，而谁又在斗殴中威风八面，奋勇无敌。这些话题是我们永远感兴趣的，那些称霸一方的豪强好汉则是我们私下敬慕畏服的，……我们全体最大的梦想就是有朝一日剁了声名最显赫的强人取而代之。"这种"梦想"充分暴露了属"人"的理性退场后，取而代之的野蛮本性的极端躁动。没有地方可去的少年们开始拉帮结派、聚众斗殴，有时并非源于高尚的"革命"意向，而纯粹是出于一己的权势之争。暴力成为他们心中唯一的激情，成为其日常生活形态和生活需要，他们只听从生命中兽性力量的驱使，不懂得生命的真正价值，所以在无事生非中毫无知觉地挥霍自己的青春年少，甚至毫不怜惜地残害自己和别人的"廉价"生命。少年们群殴一个无辜男孩的场景鲜明地表现了这一原始丛林的生存法则。本不威武的"我"对这个弱小者的施暴行为尤其凶猛残忍，而且事后对自己的罪恶完全无知无觉，没有任何的不安和愧疚。疯狂的攻击举动赤裸裸地呈现出动物的嗜血本性，野蛮少年似乎只有在对其他生命的肆意践踏中才能寻找到生命的"快感"和"价值"。

在一个到处是强权和暴力横行的时代，世界图景映射到少年们心中所滋生的也大多是"恶"。苏童的童年叙事中讲述了许多关于"复仇"的故事，典型者如《刺青时代》。男孩小拐被想要报复他哥哥的大孩子推入火车铁轮之下而致腿残，这最初的生命痛楚让小拐看清了人心之恶，也从此埋下了仇恨的火种，对血腥的恐怖怀着变态的热情。这是一个关于侮辱与被侮辱、损害与被损害的少年成长的生命错乱的故事，里面充满着残暴的血腥、歹毒的阴谋，少年人心的险恶冷酷一览无余。这是道德价值让位于弱肉强食的动物本性的绝大谬误。《独立纵队》则通过少年们的划地为界、对势力范围的争夺，揭示了"文化大革命"时代所构筑的人与人的二元对立及弥漫在少年灵魂深处的斗争硝烟，这是成人间的"文化大革命"情结以及残留在人们意识深处的战争情结在少年身上的延续。严歌苓的《拖鞋大队》与此相似，展示了一代少年在身心启蒙的重要时期被完全荒废甚至扭曲的悲剧过程。在荒诞的成长岁月，人性与人道已不幸地双双沦陷。

如果说盲目模仿革命行为的"革命产儿"处于一种"群氓"状态，那么这里所述的"刺青时代"的"凶猛动物"则已经沦为更低劣的"流氓"，这是"文化大革命"社会文化狂欢化的产物。"在狂欢节的世界上，一切等级都被废除了……一个小孩子可以吹熄父亲的蜡烛并向他大喊：'Sia am-mazzato il signore Parde！'（即'你死吧，父亲先生！'）"① 在狂欢节中不可或缺的一项活动是殴打、咒骂"国王"。巴赫金指出它的实质是一种对旧权力、旧真理代表人物的废黜。"文化大革命"中，过着"非人"生活的儿童处境中常有父亲在场，但这个肉身之父已先行变质为"非人"，并直接制造孩子的"非人"境遇；"革命产儿"还有一个虚拟的"精神之父"，但这种"虚拟"让他们陷入了生命的"虚妄"境地；"凶猛动物"则已经彻底无父，并且开始了"审父"和"弑父"，像狂欢节的那个孩子一样吹灭了父亲的烛火、宣判了父亲的死刑。在"父亲"的"烛火"被吹灭之后，孩子们在黑暗中开始了放纵的游戏。他们没有教养，内心荒芜，少年血的涌动是狼奔豕突、杂乱无章，他们崇尚暴力，逞能称霸。其暴力倾向，既受"文化大革命"中成人世界司空见惯的、轰轰烈烈的武斗"壮举"的刺激，同时它本身又是先天地潜在于少年生命内里的一个力量情结。少年生命正处于生命力突然疯狂饱胀的人生阶段，失去了家庭和社会的规范和制约，任本我无节制地自由渲泄，内心成为在"神性"空缺、"人性"退却后由"兽性"力量主宰的欲望世界。这群"凶猛动物"身上显现了"原始冲动"（包括性的放纵）造成的满目疮痍。失去理性精神的规约，世界和人心都成为蛮荒之地。这种没有任何烛火的"黑暗"给少年的成长造成了绝大的困境，如苏童所描绘的："一个无所收获的童年等待着未来，但是是在什么地方等待呢？是在一个很大很深的坑里。"② 谁的大手能拉他们出"坑"？他们自己是否想到且是否能够爬出这生命之"坑"？

在众多的"文化大革命"童年成长话语中，似乎只有王刚的长篇力作《英格力士》塑造了一个能够真正给迷乱少年以引领的拯救者，他不是

---

① ［俄］米·巴赫金：《拉伯雷小说中的民间节日形式和形象》，《巴赫金全集》第六卷，李兆林等译，河北教育出版社 1998 年版，第 290 页。

② 苏童：《童年生活的利用（代自序）》，《走向诺贝尔·苏童卷》，文化艺术出版社 2001 年版，第 2 页。

"神"，而是有血有肉、同少年们一样有着渴望与冲动、也备受凌辱然而坚持灵魂操守的"人"。讲究优雅的仪表和高尚的灵魂的英语老师王亚军，是那个精神荒漠年代的充满悲悯的拯救者，他为孩子们经历的时代不幸而留下忧伤的泪水，少年刘爱如此诉说英语老师给他们的精神哺育："我们这些乌鲁木齐出生的孩子就是喝着王亚军的眼泪长大了的，就是的，我从来没有喝过黄河与长江的水，我是异类，我是喝着王亚军的泪水长大的乌鲁木齐人。"这种强烈的抒情类似于艾青在《大堰河——我的保姆》中的深情歌唱："我是喝了你的奶长大的，大堰河的儿子。"刘爱的成长身份表白，抒发的是对那个污浊时代的批判与背离，对英语老师所代表的高贵人格境界的崇尚与皈依。正是在这个意义上，这部小说被称为有"信念"的小说，它的力量就在于"启蒙"的信念。① 然而，并不是每个孩子都像刘爱这么幸运，在向"悬崖"边的奔逃中，能遇上一个"麦田里的守望者"，但是已经有一声类似于"狂人"的呐喊，从他们头顶滚过。在《南方的堕落》中，当濒临死亡的前梅家茶馆老板金文恺见到充满幻想的少年"我"时，张大嘴说了一句话："小孩快跑。"听到这个喊声的孩子不由自主地拔腿飞跑，可是跑向何方？在泥淖里挣扎的男孩小拐和舒农，对压迫者的盲目反抗换来的是更彻底的绝望。当然，少年血中也升腾着生命的美好憧憬，《沿铁路行走一公里》的少年用出走的方式宣告对成人世界的叛变，对不知在哪里的梦想的寻找。《被玷污的草》中男孩轩带着江湖老人的"指南针"去乡下寻找用弹弓打瞎他眼睛的人，虽未找到凶手，只带回一棵能够证明自己已经完成了寻找任务的草，但眼睛却在此后逐渐恢复健康，轩所进行的勇敢的寻找象征着少年们自救的出路及其希望。这些少年身上都蕴藏着一个关于"行走"、"寻找"以摆脱"危机"而成"人"的"道路"主题。

要关注的是：价值"失范"中少年人错误的"狂欢"行为留下了一种难以治愈的"后遗症"。正如康德所说，人性的曲木料永不可能做出直东西。作家东西的长篇小说《耳光响亮》中，在家庭破碎、规矩全无的环境下，弟弟牛青松小时候就牺牲自己亲姐姐牛红梅的纯洁爱情，拿她的身体去谋取私利，成年后依然禀性难移，为了自己的发展前途竟然丧尽天良地安排

---

① 王刚：《英格力士》，人民文学出版社 2004 年版，封底推荐语。

姐姐去嫁给继父、抢夺亲生母亲的位置。家庭亲人之间如此的不仁不义，是那个放纵时代的"后遗症"——放纵与狂欢必然意味着破坏，并在打破二元对立的世界秩序后带来多元混杂的"乱伦"。这种可怕的"病症"因为在早期的少年生命中就已滋生，它始终潜伏在以后的生命中而难以根治。另外，"文化大革命"狂欢后遗症还生成着当时少年在成年后的某种人格特质，典型者如王朔的"顽主"性格。"过把瘾就死"的激烈信条、"我是流氓我怕谁"的"无耻"宣言，依然是"动物凶猛"时代狂欢精神的延续，接近于巴赫金在阐释狂欢理论时提及的宗教神秘剧中的"魔鬼"："保持了自身深刻的非官方性质"，"他们的角色包含着辱骂与猥亵。"① 只不过相比"文化大革命"年头的"小妖"，这些成年"魔鬼"少了些热烈的粗鲁，多了些冷峻的戏谑。

再往后看，这顽劣的"文化大革命"狂欢后遗症的变体，在世纪末又一个狂欢文化时代，在所谓的"新新人类"（70 年代生人）的青少年身上以另一种形式发作。有所变异的是，后者的"狂欢"行为主要不是表现为"文化大革命"少年满口粗话的暴力冲动，而往往浸染着无力的颓废。这些"新新人类"同"文化大革命"少年一样，焦虑不安、孤独无助、渴望表演、寻找发泄。"新新人类"代表作家棉棉在带有自叙色彩的《啦啦啦》中如此自我告白："我们书都念得不好……我们长大后都不愿过父母给我们安排好的生活，我们都没什么理想。……我和赛宁都是直觉主义者，注重体验，有表演欲……我们不相信任何传媒，我们害怕失败，拒绝诱惑会让我们焦虑。我们的生活是自娱自乐的，我们不愿走进社会，也不知道该怎样走进社会。"② 从行为上看，在因为经受政治疲惫和经济扫荡而价值"失范"的世纪末成长起来的青时代的少年，相比他们上一代的"文化大革命"少年，已经走向了无望的颓废。这一代"新新人类"更热衷于"解构"，却毫无能力去"建构"，他们已经完全拒绝了救赎。从这种对应性比照中，可以看到造成少年成长中内外困境的根本性原因，更鲜明地揭示了价值范导对其生命成长的重要性。

---

① ［俄］米·巴赫金：《拉伯雷小说中的民间节日形式和形象》，《巴赫金文论选》第六卷，第 309 页。

② 棉棉：《啦啦啦》，陈保平主编《"七十年代以后"小说选》，上海文艺出版社 2000 年版，第 334 页。

第三节　天真与戏谑：童年经验的智性穿越

　　"文化大革命"结束后风起云涌的"文化大革命"叙事往往集中于运动中亲历者的故事，尤其是知青题材更是层出不穷。其实"文化大革命"的受害者并不仅止于那些历史亲历者，还包括那段历史中年幼的边缘者。而童年人生往往被排除在亲历者所写的"文化大革命"题材视野之外，无论在当时还是在其后，这群生命的存在几乎都被亲历"文化大革命"运动的叙事者们所忽略。同那些喋喋不休地诉说自身遭遇的"文化大革命"亲历者一样，边缘者们自身的历史感受也只有依靠当年的边缘者自己来书写。对"文化大革命"童年的书写，始于80年代中期①，后来涌现出的一大批此类小说写作者基本都是出生于20世纪60年代②，即"文化大革命"年代的少年们。因为有着与"文化大革命"亲历者不同的境遇，所以对那段历史的回忆以及在历史中的自我生命成长的记忆，也呈现出与亲历者很不相同的面貌和质地，从而形成了对"文化大革命"历史的"另眼相看"，也形成了对个人成长主题的另类表达。

　　对这段历史中的童年人生的考察长期以来一直没有得到充分的关注，即使有所涉及也多停留于对其叙事方式中儿童视角的兴趣。樊国宾的《主体之生成——50年成长小说研究》较为系统地研究了当代成长小说，虽然将考察对象范围划定为写作于1949—1999年这50年间的成长小说，但是从小说人物成长的年代来看，主要涉及革命年代和新时期90年代这两类成长，略提了知青成长小说，但并没有专门论述"文化大革命"动乱年代的少年成长。这段人生之所以被忽略，也许是该书作者认为少年与"主体之生成"无甚紧要关系。而笔者认为，这一段特殊历史时期中的少年成长，有着不亚于知青成长且"与主体之生成"密切相关的特殊意义。这些正向着青年迈

---

　　①　较早的此类书写如苏童的《桑园留念》，写于1984年，发表于《北京文学》1987年第2期。
　　②　为了叙述方便，统一用"60年代生作家"来涵盖以"文化大革命"为背景来书写童年经历的多数60年代生作家和少数50年代生作家，后者如王朔、刘恒等。

进的少年的成长，有着不同于之前革命"新人"和之后"那个个人"①的成长情形，其迷乱的生命轨迹在某种程度上体现着承"前"启"后"的印迹，并直接影响到这一代少年在成年时的"主体之生成"。鉴于此，前文考察了"文化大革命"中的童年生命图景，探悉其成长困境中所蕴含的历史谬误和人性迷误，而此处则试图从作家们的言说态度和深层动机层面来作一掘进。

60 年代生人在"文化大革命"中的成长，不像他们的"兄长"——红卫兵和知青那样直接在"文化大革命"时期的政治行为中进行，比之后二者，他们的成长有着别一种艰辛与不易。少年期正是成"人"的一个关键的蜕变期。人们常把少年时光称作"豆蔻年华"，少年生命宛如含苞欲放的花朵，它是否能开放，还是未开即枯萎，或乍开即凋零甚或长出"恶之花"，往往取决于环境。花的正常开放需要温煦的阳光，而少年之花含苞待放之时却恰逢历史的狂风暴雨，"文化大革命"的乌云遮蔽了温暖的阳光，从而使少年之花在时代风雨的袭击下未能正常地开放，而这势必还将影响到之后结的"果"。成长中的少年们所站的十字路口，因为历史的干预而成为了一个影响巨大的"心理缺口"。比他们年长的红卫兵和更年长的知青，在"文化大革命"到来前基本已经度过了"断乳期"，从而较容易地直接跟上了时代的潮流，被政治中心话语所认可、接纳和器重，"东方不落的太阳"照耀在他们的心头，他们成为时代的弄潮儿。相形之下，乳臭未干的年幼者则成了时代的"孤儿"、"弃儿"。对历史大潮的"错失"，也成为这代人心中永远的"痛"，多年以后还一直耿耿于怀，这种心理也催生了"文化大革命"童年的回忆性话语。

在一本名为《"六十年代"气质》的书中，收录了多位 60 年代生的文化人对自身一代的检视。提出"60 年代出生的人"这一概念的该书编者许晖如此解释："我们诞生在六十年代，当世界正处于激变的时刻我们还不懂事，等我们长大了，听说着、回味着那个大时代种种激动人心的事迹和风景，我们的遗憾是那么大。我们轻易地被六十年代甩了出来，成了它无足轻重的一个尾声和一根羽毛。"② 李皖指出："代，从本质上说并不是一个时间

---

① 关于"新人"、"那个个人"的阐述，参见樊国宾《主体的生成：50 年成长小说研究》，中国戏剧出版社 2003 年版，第 7、154 页。

② 参见赵柏田《出生于六十年代》，许晖主编《"六十年代"气质》，第 44 页。

概念，代就是一群人共同的经历，随后表现为对这经历的无可奈何，以后的人生都被这经历所左右。六十年代出生的人有共同的经历吗？有，但只存在于他们生命的初年"①。60 年代生人是"过渡年代的过渡体"，而距离是这代人最核心的东西，他们和过去、现在、未来都有距离，这塑造了一种"观看的人生"②。"我们并不缺乏人文精神，但我们与前辈人的分岔点在于我们心目中的人文理想立足于我们的个体生命存在。"③ 这批 60 年代生作家就是从"个体生命存在"的角度出发来进行"文化大革命"时期的自我童年的追溯，并以一如既往的"观看"的姿态——他们童年时就是历史的旁观者——来完成对"文化大革命"历史的叙述，从而使这种在童年人生映照中的"文化大革命"话语显得别具"滋味"。

一、戏谑中的"文化大革命"图景

这类话语滋味中最特别也最浓郁的一种是"戏谑"，由远距离"观看"而生的"戏谑"。"文化大革命"中的年幼旁观者因为没有直接参与运动，所以对历史的追怀没有亲历者们那样的激情（如梁晓声在《一个红卫兵的自白》、《今夜有暴风雪》中的激情表白），也没有强烈的伤痛感（如叶辛在《蹉跎岁月》中的感伤自怜）和悲剧感（如戴厚英在《人啊，人!》中的痛心疾首），摆脱亲历者们多会采用的意识形态化倾向——亲历者们喝着意识形态话语的"奶"成长起来，所以笔下难免会或浓或淡地带有这股"奶味"。当年的"文化大革命"旁观者隔着十多年的时空距离再往回看，可以避免亲历者在回忆时很容易重又点燃的情感"余烬"（无论是喜还是悲），热烈的灼烧很可能使记忆在熊熊火光中映现出不真实的投影。改变不了"旁观者"身份的 60 年代生人依然用当年懵懂的"冷眼"去回望那段岁月，走在童年回忆的生命小径上呼吸氤氲而来的历史雾气，沿着个人生命的童年经验来复原记忆中现象化的历史碎片。而这种看似无关痛痒的表象化的"天真"呈现，有时反而更能洞穿现象背后的"荒诞"真相，从而达到对那"一本正经"的历史和历史中人的解构。

---

① 李皖：《这么早就回忆了》，许晖主编《"六十年代"气质》，第 74 页。
② 李皖：《这么早就回忆了》，许晖主编《"六十年代"气质》，第 84 页。
③ 包亚明：《关于我们这一代人》，许晖主编《"六十年代"气质》，第 267 页。

这种"冷眼"叙事在"顽主"作家王朔那部关于幼年生活的长篇小说《看上去很美》中格外鲜明。小说后半部写升入小学的方枪枪在"文化大革命"开始年代的成长，那个疯狂年代的"特产"经孩子的嘴咂摸出了一些不同于表面的"怪味"，也可说是真正的"原味"。这里列出几个重要的历史性关键词来作些例证：

一、关于"红卫兵"。

方枪枪院子里有一个红卫兵曾经与毛主席亲切握手，为此人们争相去握那只"被领袖握过"的手。方枪枪迷惑于这狂热的场面：

> （人们）握他那只手，再三地握，双手捧住，紧紧抖动，脸上也显示出巨大的亢进和陶醉。那是一只被毛主席握过的手，我也挤上去拉了拉那只手，很想叫自己激动。但没有，只是一手汗和几个老茧。
>
> 那人发誓这只手一辈子不洗了。
>
> 后来，方枪枪看过毛主席检阅红卫兵的彩色纪录片。毛主席很庄重，缓缓移动着身躯，在天安门城楼的白栏杆上走来走去。再看金水桥畔的那群红卫兵，满脸是泪，身体一上一下地抽动，喊、叫、大汗淋漓——干嘛呢嘿！
>
> ……
>
> 红卫兵来来去去，过把瘾就走。后来就有点讨厌了。有一帮舒服了几遍还不走，泡在我们院免费吃住，在北京逛公园。再后来他们居然贴大字报，说我们院给他们吃得太次，光馒头白开水没菜，而我们院的老爷少爷净吃大鱼大肉。废话，我们是花钱吃。这帮白眼狼真是蹬鼻子上脸。他们在我们院食堂前声泪俱下地控诉自己遭受的迫害，说他们是毛主席请来的客人，在我们这儿都饿瘦了，动员我们起来打破这不平等的社会。讲的是慷慨激昂，上纲上线，骨子里还是要饭。自己的动机阴暗说成全世界人都有罪，这帮红卫兵也让我见识了形而上是怎么为形而下服务的。①

---

① 王朔：《看上去很美》，人民文学出版社 2006 年版，第 220 页。

方枪枪当时的真实感受"一手汗和几个老茧"以及成年回望时发出的疑问"干吗呢嘿",毫不留情地解构了那个年代过盛的"领袖崇拜",揭穿了社会民众亢进背后的愚蠢和虚妄。而对这帮"被毛主席请来的客人"的实际生活姿态的描绘,又在冷嘲热讽中揭批了政治的弄潮儿们实质的虚伪与丑恶。

二、关于"批斗会"。

那感觉很怪,很像一群朋友突然闹掰了,大伙都和一个人翻了脸,把他孤立、遗弃在一边,寒碜他。

……作为小孩,我实在也看不出这是哪个阶级在推翻哪个阶级,一定要往那个革命理论上靠,我只能希望是小孩这个阶级推翻大人那个阶级。奴隶制废除了,妇女平等了,殖民地人民独立了,只剩小孩还老受压。谁在乎谁推翻谁呢?只要好看。毕竟没有断头台、毒气室、大规模枪杀、剥皮抽筋和五马分尸,只是戴戴高帽、剃剃阴阳头、游游街、姓氏打个叉、挂挂牌子、撅撅喷气式。说是革命,更像是演戏,卓别林也无非这一套噱头。所以,红卫兵也别觉得自己真怎么着了,大人呢也不要太悲壮,你们都是著名喜剧演员,寓教于乐,给我的童年带来了无穷欢乐。①

孩子的直觉经验,直逼"文化大革命"斗争的"演戏"真相,而孩子爱看好戏的真实心理,看似天真无知,实则是笑中带骂,指斥了"文化大革命"批斗的荒唐无稽。

三、关于"芭蕾舞"。

革命时期最性感的表演要算芭蕾舞《红色娘子军》了,女战士们穿着紧身短裤,露着半截大腿,端着步枪从台一侧一个接一个大跳,两腿几乎拉直窜到台的另一侧,怎么也不像在作战,就是一群美女美腿向我们展示人体。我得承认,我一直是把芭蕾当作色情表演观看的,直到

① 王朔:《看上去很美》,第222—223页。

改革开放，见过真正的色情表演，再看芭蕾才觉得这是艺术——高雅。怎么说呢？告诉你一个私人体会：小孩不学坏——那是不可能的。

　　　　这些虚张声势的大型歌舞加深了我对浮夸事物的爱好。以大为美，浓艳为美，一切皆达极致赶尽杀绝为美。一种火锅式的口味，贪它热乎、东西多、色儿重、味儿杂，一道清汤里什么都煮了。①

　　本被奉为高雅的芭蕾舞给孩子带来的竟是"色情"观感，这反衬了那个极"左"时代对身体的不正常的禁锢；而虚张声势的大型歌舞的影响，则说明了政治化的审美意识带来的浮夸风尚。

　　幼年和成年的方枪枪视角转换间发出的历史评判，将儿童的率真和成人的理智结合在一起，复原历史现象的同时也逼近了事实真相，拆穿了虚浮的历史表象，并揭示其对童年生命成长路途及长大成人后的影响。王朔以怀疑和戏谑的手法给政治运动祛魅，表现出一种解构主义倾向。刘震云在《故乡面和花朵》卷四中叙述主人公在"文化大革命"中的童年生活时特意提及一个"历史挂落"：小刘儿把自行车借给"我"骑后遭他父亲的拷打，原因是他父亲和"我"父亲因为争论林彪的祖籍所在地而结怨，就把气撒在了儿子身上。"从此我不但见了自行车打颤，见了拖拉机也打颤——因为拖拉机站是在镇的南方，从此我还开始恐惧南方。还有林彪。虽然你1971年飞机爆炸的时候我还是一个少年，但是我在历史上曾经吃过你的挂落你知道吗？"②叙事人通过细节性且带有闹剧性的情感体验讽刺了"文化大革命"历史中的风云人物和普通民众行径的可笑可鄙。

　　新生代作家韩东出生于1961年，八岁随父母下放到苏北农村，他对"文化大革命"中童年的书写显得更加冷静和朴素。他只让童年在场，不像王朔那样让成年出场来"多嘴多舌"地进行冷嘲热讽。但这种分外单纯、简洁、纯净的话语同样具有消解意识形态神话的文化性格，即使没有回望时的成年理性反思的点拨，也照样具有智性品格。

　　《扎根》中"小陶"一章记叙的是孩子眼中的"文化大革命"，以及

---

① 王朔：《看上去很美》，第227页。
② 刘震云：《故乡面和花朵》卷四，第1634—1635页。

"文化大革命"对孩子的影响：

> 小陶六岁时，无产阶级文化大革命在中国如火如荼地展开，这是史无前例的，也就是从未有过的。当然，年幼的小陶并不明白。对他而言，只是世界的细节变得空前明晰（相对于那可作为某制片厂图标的模糊的星球），也更加的丰富多彩了。
>
> ……恐惧（生怕被人从窗户扔出去——引者注）以外更多的还是欢乐，是莫名的兴奋。……只要一见红绿二色，听见锣鼓喧天，小陶就无比激动，忍不住要跑出家门，看看发生了什么事。
>
> ……对于这场光明耀眼的大火，老陶家亦有贡献。穿绿衣带袖标的人将他们家的几箱书籍以及老陶的大量笔记都搜罗一处，投进了火中。对此，最得意的莫过于小陶。……让小陶兴奋不已的不仅是这送上门来的火热场面，此外还有一种惊喜，翻译成成人的语言就是："我们家居然也出了坏蛋！我们家居然也有人被打倒了！"这样的荣耀小陶连做梦都不会想到。
>
> ……小陶大喊一声"打倒陶培毅！"……小陶边哭边骂，他骂陶冯氏是地主婆，骂老陶是反革命，骂陶文江是历史反革命，骂苏群是女特务。但任他怎么骂家里人都不再理睬他了。……小陶被霉了两个多小时，最后停止了哭闹。他看着白色的墙壁和四周纹丝不动的家具，不禁觉得很没趣，甚至感到了一丝空虚。由于这次失败，小陶又开始叫老陶爸爸了。①

小陶在"文化大革命"中的高兴心情及其"革命"表演，寓指了"文化大革命"本就是这样一场荒唐的儿戏，它煽动起的是小孩子般喜欢玩闹和反叛家长的原始心理。不谙世事的孩子由此一触即发的追随行动，是无知的社会群氓的革命行动和心理的直接写照。这种似乎停在个人现象表面的表述，其实是在不动声色的戏谑中触及历史经验的真实岩层。韩东以客观的态度处理小陶的童年经验，小说中有两个绝妙的联想，都来自孩子小陶眼中的

---

① 韩东：《扎根》，人民文学出版社 2003 年版，第 58—61 页。

直观景象和直接生活经验。一个是老陶一家下放出城的场面："欢送他们的队伍很长，因而车行缓慢。小陶并没有陶醉在这热烈的气氛中，车行至此，他不禁想起了那件丢人的事（他以前走到长江大桥一半突然感觉大便要出来了，因而未能实现看农村的愿望——引者注）。'出来了，出来了。'小陶想，觉得那长长的车队就像是一截长屎，终于从南京城里出来了。"① 另一个是小陶在下放地的野外大便时抬头看见树杈间的一轮月亮，"觉得它是那样的大，那样的圆，就像是一个大屁股。"② 这些毫无美感的生活化、世俗化的联想，自然而真实地映现了事物的本来面目，不无讽刺意义，让人在哑然失笑中不得不承认它直击本质的实在感。作者借助天真的童年经验，用两个被剥离美感的直觉意象，轻松而巧妙地完成了对"崇高"（响应时代号召的下放壮举）和"优美"（诗意玲珑的自然美景）这种既定美感的解构。

《扎根》里这种节制、冷峻的客观化写作，仰仗的是本真、干净的童年经验。"童年经验可以说是经验中的经验，它记录了生命意识的初始阶段，人与世界单纯而又真诚无伪的相遇。童年经验最为接近事物存在的真实状态。童年经验的一个重要特征是，儿童与世界的关系是通过身体记忆、对物质的感官体会来把握的，其经验总是由无数浮光片羽式的片断细节组成。"③ 在其细节性的不动声色的描述中，思想往往已经鞭辟入里，体现了一种智性的写作风格。单纯的童年经验对历史事件的观照，使得表现对象回复到它的本真状态。这种从童年经验出发的对历史本相探究过程的直观性、直觉性表达，是对业已板结化的公众规整意识的有力消解。这种从"天真"来烛照"荒诞"的叙事方式被许多"文化大革命"童年话语言说者所采用，如贺奕《树未成年》中，以小学生"我"来叙述小学响应全民皆兵的时代号召、组织野战实习前的临行场面，在一本正经的叙述口吻中反讽了表象内里的荒诞本质。由此，"文化大革命"中的童年经验成为一面映照历史的"哈哈镜"。

二、戏谑性"审父"

60 年代生人的"文化大革命"童年叙事还有一条独特的批判途径，那

---

① 韩东：《扎根》，第 65 页。
② 韩东：《扎根》，第 67 页。
③ 汪跃华：《复写之书：韩东〈扎根〉论》，《文学评论》2004 年第 3 期。

就是对身边体现历史身影的具象者的审视。对孩子而言，最真切的历史具象者就是父母。前文已论及"文化大革命"童年话语中普遍流露的审父思想，这里再来细察其审父时的话语姿态及其文化意义。

出版于 2004 年的王刚的长篇力作《英格力士》可谓"文化大革命"童年叙事的翘楚之一，被称为"《动物凶猛》般的角度，《活动变人型》以来最严厉的审父审母之作"①，同韩东的《扎根》一样，这部小说用以解构历史的构成元素也是细节。小说对"文化大革命"历史的叙述不无调侃，篇中两处细节，都与刘爱的父亲有关——一个是作为建筑设计师的亲生父亲，一个是和刘爱的母亲有染的校长即传闻中的父亲。作者通过对细节的放大，表达了对肉身之父和精神之父的双重颠覆。

第一处重要的细节是"我"（少年刘爱）看父亲在剧场对面的高墙上画毛主席像。"在我们所有人都很瘦的时候，那个人却挺胖，他就是毛主席。"父亲按照透视规律在毛主席头像上只画了一只耳朵，遭到根本不懂透视规律、认为那是丑化领袖的申总指挥的殴打污辱，当"我"上去拉住打人者评理的时候，却被父亲踢了一脚。事后父子俩有一段对话：

> 我说："他打你，你为什么不还手？"
> 爸爸说："他个子高，我打不过他。"
> 爸爸说着，看看我抽搐的脸，就轻轻拍拍我的头发。
> 我看着爸爸刚才被揪的耳朵，说："那你为什么要打我？"
> 爸爸笑了，说："傻儿子，我不打你我打谁？"
> 这句爸爸的笑话进入了我的回忆，现在人们经常爱说：总有一种力量让我们泪流满面。此刻我也重复一下吧："总有一种力量让我们泪流满面，那就是看着父亲挨打的时候。"②

父亲挨打后，只能在"维护领袖"的上级面前赔笑认罪，而把屈辱感藏在内心带回了家。晚上刘爱在父母卧室门口听到父亲为被打的事在母亲怀

---

① 王刚：《英格力士》，封底推荐语。
② 王刚：《英格力士》，第 15 页。

里哭泣，也听到了父母亲在高雅的小提琴曲中进行的房事："我躺在了自己的床上，似乎妈妈叫床的声音从很远的地方飘来，格拉祖诺夫是我平生知道的第一个作曲家，他高贵的旗帜永远地跟爸爸妈妈可怜的做爱连在了一起。就好像是男人的精液和女人的阴水融进了清水里。"① 少年的这种感受明显地带上了对父母亲的不恭，将父亲的受辱之哀和他的床笫之欢连在一起，加深了戏谑意味。

少年刘爱对母亲的态度也是戏谑的。母亲在"文化大革命"中因成功设计防空洞而受表彰并感激涕零，然而母亲哭着对党表忠心的举动不仅没有感动儿子，反而让儿子"害怕"，让他感到"无地自容"。这种两极对比，嘲讽了母亲行为的无知，将那时代忠诚的政治行为消解殆尽。在与父母的冲突中，少年刘爱总结了一条"真理"："永远不要相信父母对于孩子的爱是无限的，除非你没有像我一样在'文化大革命'中度过童年。真理是什么？是父母让孩子在孤独中忍受饥饿，因为他不懂政治而给父母带来了麻烦。"这个结论一针见血地戳穿了在那个时代被政治异化了的亲情。王刚的这部隔了30多年对儿时生活的回忆之作，不再充满自己的以往作品（如《月亮背面》）中那种偏激愤怒的情绪，叙事者对父母的审视并不尖刻狭隘，虽然有讽刺，但又有宽容的怜悯。正是这样的情绪，使得戏谑成为了这种审视的基本姿态，从而也使小说的意蕴充满了张力。

从王刚的"文化大革命"童年话语的言说方式上似乎可以看到对王小波的"文化大革命"狂欢化叙事特征的借鉴（后者如以少年王二为叙事者的《逝水流年》等）。王小波因为意在颠覆历史正经面目，所以在文本中遍布了纷纷扬扬的亵渎、戏谑与反讽，相较而言，王刚的小说因为更重视对少年自身生命的追怀而少了对外在历史过多过杂的纠缠，对历史的戏谑性批判中有着比身为知青作家的王小波更多的宽容。

前文提到"文化大革命"中"吹灭父亲的烛火"的少年们的行为带有狂欢性质，狂欢节的一个重要特征是"笑谑"，"这种笑是双重性的：它既是欢乐、兴奋的，同时也是讥笑的、冷嘲热讽的。它既否定又肯定，既埋葬又再

---

① 王刚：《英格力士》，第17页。

生。"① 巴赫金还指出了"民间节日笑谑"的一个重要特点："这种诙谐也针对取笑者本身……他们也是未完成的，也是生生死死，不断更新的。这是民间节庆的诙谐与近代纯讽刺性诙谐的本质区别之一。"② 60 年代生的作家们用民间笑谑的方式处置其父辈（其实同时也在处置自己），直击其要害。卡西尔（Enst Cassirer）在《人论》中谈道："在伟大的历史的艺术作品中，我们开始在这种普通人的面具后面看见真实的、有个性的人的面貌。"③ 虽然这类关于童年的"文化大革命"历史话语也许还称不上"伟大"，但是作者们已经有意地展现这种以父母亲（也包括少年）为代表的"普通人的面具后面""真实的、有个性的人的面貌"，此面貌正符合了狄德罗为"人"下的定义："说人是一种力量与软弱、光明与盲目、渺小与伟大的复合物，这不是责难人，而是为人下定义。"④ 如韩东在《扎根》中塑造老陶形象，小陶对老陶的态度并不激烈，不用夸张的漫画手法，偶有戏谑也较为温和，朴素地勾画出一个正直、软弱、有缺点的知识分子在特殊政治年代的真实形象。

艾伟的中篇小说《家园》是一种很独特的童年书写，它用另一种童年的"智性"来穿透"文化大革命"与人性的虚伪表象。在《家园》中，他有意加入童话元素，给文本带来了丰富而深邃的寓言性，其寓意之一也指向了"审父"。小说中行为古怪的哑巴小男孩古巴明显是一个象征，即"题眼"角色，但他的另类性不同于文化寻根小说中另两位特别的小男孩——捞渣（王安忆《小鲍庄》）和丙崽（韩少功《爸爸爸》），后二者所负载的是传统文化的象征意义，而似乎"精神失常"的古巴则类似于"先知"。他是"文化大革命"中饥荒年头的光明村的"先知"，他对生存有着超乎常人的感受。光明村前赴后继的两位"父亲"般的领袖——代表政治权威的村支书柯大雷、代表人性欲望的巫婆的儿子亚哥，在古巴这样一个超然世外

---

① ［俄］米·巴赫金：《〈弗朗索瓦·拉伯雷的创作与中世纪和文艺复兴时的民间文化〉导言》，《巴赫金全集》第六卷，第 14 页。

② ［俄］米·巴赫金：《〈弗朗索瓦·拉伯雷的创作与中世纪和文艺复兴时的民间文化〉导言》，第 14 页。

③ ［德］恩斯特·卡西尔：《人论》，甘阳译，上海译文出版社 1985 年版，第 262 页。

④ ［法］狄德罗：《狄德罗哲学选集》，汪天骥等译，商务印书馆 1997 年版，第 44 页。

的"先知"的照耀下，本质毕现。

饥荒年代，油漆匠支书柯大雷在墙上画共产主义图景，并重新命名万物，如把树皮叫做猪，树根叫做狗，让村人吃下去，又把电线杆叫做未来，把水库叫做天空，把石头叫做花朵，给人增添希望，然而并不能消灭饥饿。喝了汽油的亚哥眼前出现了瑰丽的幻景并听到天籁之声，开始修改支书的画，给所有的东西添上翅膀。在发洪水时期，光明村的人吃多了青苔，全身分泌出鼻涕一样的东西，走路也像蹦蹦跳跳的娃娃鱼。当洪水退去，荒芜的大地上长出蘑菇，而吃饱了肚子的人们，以往喝汽油产生的幻景不复存在，反而出现了恶心的感觉。重新掌握大权的柯支书开始修复自己的画，并报复了曾经的篡位者。而小说的象征人物古巴，因为在极度的饥饿中产生幻觉，害怕自己的脚会长出根须来变成一棵树，只好爬到电线杆上。在发大洪水时也不肯下来跟村民一起逃生。雷电中，"在遥远的地方，在一根电线杆上，古巴在闪闪发光。"这是一个隐喻性场景，古巴一直超脱于现实的纷争混乱，坚守着让他保持住"人"而不会变异成"树"的"电线杆"。即使最后饥荒退去，古巴仍然心存余悸，只能生活在铁皮上，望着村头的电线杆发呆，目睹着电线杆上的标语变化：以往是亚哥写的一句诗："它们不是指向天空，而是指向希望。"现在是柯大雷时代的"抓革命，促生产"。在小说结尾，古巴开始了反思：

> 我为什么要害怕呢，其实成为一棵树也没有什么不好呀。一棵一棵立在那里，井水不犯河水，永远不可能为了某一样东西而扭打在一起。他们只需要把根深入泥土就可以了。一棵树可没有更多的愿望。这会儿，隔着铁皮，古巴还是感到泥土下面似乎冒着热气，就像那里妈妈正在做一些白白的粉嫩的面包。古巴的鼻子上顿时充满了香气。这时，古巴真的觉得有一股热气从自己的腿上升了起来。他的双脚牢牢地扣在铁皮之上。
>
> 古巴明白，他将在这块铁皮之上一直生活下去。[1]

---

[1] 艾伟：《水上的声音》，山东文艺出版社 2004 年版，第 202 页。

　　古巴这个不愿"脚踏实地"的"异类",用他单纯的超验体会,洞悉了关于家园、大地、人的生存的真实和秘密。作者艾伟自称"对人性内部满怀兴趣与好奇","我理想中的小说是人性内在的深度性和广泛的隐喻性相结合的小说,它诚实、内省,它从最普遍的日常生活出发,但又具有飞离现实的能力。它自给自足,拥有意想不到的智慧。它最终又会回来,像一把刀子一样刺入现实或世界的心脏之中。"①《家园》中的古巴正是这样一把拥有"智慧"的"刀子",它有着"飞离现实的能力",同时又回来"刺入"了对两位代表着不同方向的"生活之父"的"心脏"。这种充满智慧的隐喻性写作给小说带来了丰富的审美意味,它有戏谑,却藏而不露。

　　从新时期以来当代历史叙事的形态来看,"伤痕小说"、"反思小说"是站在正史(或主流意识)的立场对历史加以审视,"新历史小说"则站在民间立场审视历史,并以一切历史都是欲望的历史来重构历史,也以此拒绝主流意识话语的侵入。而这类涉及历史记忆的"文化大革命"童年话语则是从个体生命意识的立场,也是自觉地保持审视距离的理性立场,来重述"人"的历史,彰显的是历史如何让"人"这个生命主体走向主体沦落的危机。这类从观照自我童年出发、并不正面叙述历史事件的话语,其远距离观看的姿态和着重于生命意识的立场带来了对正史叙述的一定程度的偏离和超越,体现出理性精神的张扬。

　　相比意识形态话语中的"文化大革命"叙事,"文化大革命"童年话语对历史的书写有着更浓烈的日常生活质地。"文化大革命"对于当时的少年人来说只是一场特殊名义之下的游戏,因此当这些少年长大后成为作家,叙述历史时就自然地剥去了它的政治色调,用少年心灵的感知与经验方式,将意识形态的内容简化成了单纯的游戏和狂欢。在这种"简化"历史政治内涵的同时又有效地"丰富"了历史具体内容,将历史还原到与"文化大革命"基本无关的孩子们的日常生活形态和内在的生命成长历程中,从而使这种叙事具有了一种直逼真相的文化意义。

　　米兰·昆德拉赞成奥地利小说家海尔曼·布洛赫(Hermann Broch)一直固执地强调的观点:发现只有小说才能发现的,这是小说存在的唯一理

---

　　①　艾伟:《水上的声音·创作自述》,第25页。

由。没有发现过去始终未知的一部分存在的小说是不道德的。认识是小说的唯一道德。①而这种通过天真的童年经验来烛照荒诞历史和复杂人性、带有戏谑性或寓言性的智性写作，使得这类童年话语"发现"了"当时还未知的存在"即生活中那些被遮蔽、被挤压的"声音"及其童年在成长中遭遇的或隐或显的种种危机，具备了"小说的唯一道德"，对历史与人生发出了独到的质疑或批判。

第四节 匮乏与惶惑：60年代生人的出生寻访

60年代生的作家尽管可以凭借他们的"距离"来达到对"文化大革命"历史的智性观照，但是并不能就此抛开他们自身的历史无力感与主体建构的危机。从王朔、苏童、王刚、韩东、艾伟等人的"文化大革命"童年话语中，可以看到这"代"作家涉及历史的写作中有一个共同特征：少意识形态写作，甚至可以说是非意识形态写作（尤其如苏童）。他们对"文化大革命"这段政治历史的言说，是非官方的、纯个人的一种姿态。这种写作立场的选择，是由他们自身在那段历史中的边缘地位所决定的。历史边缘人的身份，使他们面对历史将可能失语，于是只能抓住个人童年记忆中对历史的混沌感受，试图在童年经验的追怀中来对那段他们未能直接参与的历史进行发言。那种轻松戏谑的充满智性的发言风格，除了与作家的个性相关（如王朔的调侃个性），还与60年代生作家的整体代际经验紧密相关。包亚明在《关于我们这一代人》一文中对"60年代生人"的心态作了相当深刻的自我揭示：

> 我们这一代人是缺乏神话和共同经验的一代人，我们没有真正属于自己的话语，我们既没有红卫兵情结，也没有文攻武卫的体验；既不曾拥有过"阳光灿烂的日子"，也没有在黑土地或黄土地上播撒过青春热血。……但我们这一代人又是在充满神话叙事的氛围中长大的，虽然我们只是神话叙事的聆听者和消费者，但我们依然能够在神话中自由地旅

---

① ［捷］米兰·昆德拉：《小说的艺术》，孟湄译，生活·读书·新知三联书店1992年版，第4页。

行，我们这一代人的确以这种特殊的方式，见证和参与了本不属于我们的叙事传统。……我们有可能是夹缝中的一代，但我们既不会高唱理想主义的挽歌，更难以认同消费主义的现实。当我们徜徉在他者的文本中，当我们分享着别人的共同经验时，除了匮乏和缺损的感觉，我们还获得了旁观者的清醒和理智，正因为我们无法沉湎于厚重的体验，我们反倒拥有了自省和批判的支点。①

下文分别选用童年叙事和红卫兵/知青视角叙事中关于"文化大革命"记忆的典型文本来比较不同身份的话语言说者的主体感之产生和存在状态。

一、"文化大革命"成长记忆：自恋与自嘲——自矜与自重

许子东曾对"文化大革命"叙事文本进行了细致的梳理，根据事序结构与叙述结构不同的对应组合关系，将有关"文化大革命"的小说大致分为四个基本叙事类型，其中之一就是"红卫兵—知青"视角的"'文革'记忆"。许子东指出："这是一种自'文革'以来一直受欢迎、每隔数年便有新作涌现，至今仍然颇有生命力的'文革'叙述模式"，这类作品的基本主题是"我或许错了，但决不忏悔！"他进而概括了"我不忏悔"模式的五个基本特点，最后提到的一个特点是：几乎所有"红卫兵—知青"视角的小说均出现情节功能，几乎每个主人公都要反省、感谢、惭愧，但不忏悔，包含了"什么结果也没有，却仍然歌颂过程"的"红卫兵—知青情结"。②

这种从大量文本中进行抽样分析的论证结果具有一定的准确性，但是，论者对一些文本的分类和主题解读方面还存在可商榷之处。如，他将《动物凶猛》与《晚霞消失的时候》、《疯狂的上海》、《一个红卫兵的自白》等小说同归为一类，而笔者认为《动物凶猛》不能归入他所概括的"红卫兵心态"。理由是：第一，从小说人物来看，马小军这群游荡少年不是真正的红卫兵，他们身上虽然有一些红卫兵的暴力行为，但并不具有红卫兵强烈的政治信念这一基本的身份性质。第二，从创作心态来看，王朔对轻狂无知的

---

① 包亚明：《关于我们这一代人》，许晖主编《"六十年代"气质》，中央编译出版社 2001 年，第 260 页。

② 许子东：《"红卫兵—知青"视角的"'文革'记忆"》，《文艺争鸣》1999 年第 6 期。

少年时光的确带有"我不忏悔"的意思，但是他的"不忏悔"有别于红卫兵的"不忏悔"：前者的"不忏悔"是因为"感激"动乱岁月给了他们少年人千载难逢的"自由"的好机会，让他们可以不受学校和家长的管束而自由玩乐，是对不受限制的"自由"的欢呼；而后者如梁晓声的"我不忏悔"，是作为一个红卫兵（和后来的知青）发自心底的真情告白，是对自己曾经赤胆忠心地追求政治信仰这一历史行为的坚决的肯定。所以，《动物凶猛》与《一个红卫兵的自白》存在"质"的不同，前者表现的是没有信仰、无所事事的"边缘"少年自由而迷乱的生活，后者表现的是有热烈信仰并为之奋斗的"中心"少年——比前者年长几岁，且处于时代漩涡的中心——明确的时代追求。鉴于上述原因，某些童年记忆和"文化大革命"记忆相混杂的话语是不能完全归并于占主流的既有类型的，由边缘者书写的"文化大革命"童年记忆在话语内容和方式上都有迥异于运动亲历者的特殊性。

　　60年代生人的"遗憾感"是因为他们普遍具有包亚明所说的"匮乏和缺损的感觉"，"没有真正属于自己的话语"。只要"问一问'我'的来路，找一找自我的精神起点时，我就总是一下子想到这四个字：出身贫寒。"①这种"出身贫寒"不仅指涉那个时代的物质贫寒，也指向那个时代的精神贫寒，而正是后者严重地影响着成长者主体性的顺利建构。王朔的《动物凶猛》、苏童的《刺青时代》等童年话语，写的是"文化大革命"期间城市少年的成长经验，而其中的主导体验就是孤独和无助。尽管他们逃离了学校的束缚，也摆脱了家长的严厉管教，然而却遭遇了前所未有的"自由"的困境，混乱一片的成人世界也给他们的成长带来了生活的混乱和内心的迷乱。在这一人生信念与人格建构的关键期，"文化大革命"时代的滚滚"红"尘遮蔽着他们的眼睛，他们或受成人世界吵闹的锣鼓声的鼓动而盲目跟从，或在黑暗中听凭自身的原始冲动而莽撞奔突，饱胀的成长期心灵失去了精神的真正指引和规约，变成了野性且往往还带着愚昧的跑马场。他们起哄、斗殴、相互咒骂与嘲笑，也相互模仿和报复，青春期的骚动用过于激烈甚至恶劣的形式发泄出来，而这种盲目的发泄并不能消除他们内心深处渴望

---

　　①　刘士林：《出身贫寒》，许晖主编《六十年代气质》，第111页。

长大成人的焦虑与无处可去的孤独或被遗弃感。这种创伤性童年生命经验——尽管当时内心迷乱的少年们并没有感到"创伤",他们暂时还不具备这种理性来把握其生活本质——将随着一个人的成长而变得愈益清晰和刻骨铭心,因为成长期的伤痕已经深深长进了生命之树的年轮,并将影响他日后的长大成"人",即主体性的建构。"小时候"这个语词在王朔的许多作品中频繁出现,在从"文化大革命"时代的童年中成长起来的"顽主"们寻欢作乐而其实是精神空虚之时,常常会浮现这种成长回想。《橡皮人》开头就是:"小时候,我是个吓坏了的孩子。"联系王朔讲述自己"小时候"故事的小说《看上去很美》,可以理解这个所谓的"吓坏"。"吓坏"孩子的是那个时代的"大灰狼"一般的"鬼影"。王朔对"小时候"反复言说,蔡翔认为他在对纯真童年"发甜"记忆的守卫中包含着一种说不出的"反感",并指出:"'小时候'绝非一个单纯的时间指向,是一个'意识形态的充盈物'","'小时候'积淀了中国社会几十年的政治风云,预示了政治等级秩序的瓦解与经济等级秩序的崛起,理想主义由灿烂走向没落。"[1] 童年经验的影像存于成年后的个体潜意识中,对这早年"镜像"的偶然一瞥,往往会让成年心灵因为意识到童年梦想的破灭或成长困境的依然存在而感到主体建构的焦虑。

这种在童年成长期就产生的焦虑感往往根深蒂固,即使在对童年记忆的勇敢直面中也难以彻底摆脱,甚或更加痛切。刘恒在关于"文化大革命"童年经验的长篇小说《逍遥颂》中的《逍遥跋》里如此写道:

> 钻出那孔垃圾道于今超越二十年。岁月荡尽这段间隙,漆黑无助的感觉仍在。何止感觉,有时竟暗知自己仍在一眼无尽头的洞里跋涉,身心几近糟朽和腐败。
>
> 为求生求强计,特作《逍遥游》。游后感觉若何?心头恰又黑中添了黑了。
>
> ……
>
> 谨以此文献给我心中的大革命,大不革命和大反革命。献给我心中

---

① 蔡翔:《日常生活的诗情消解》,学林出版社 1994 年版,第 109—111 页。

的敌人、友人和爱人。献给我心中的少年、青年和老年。献给我心中的忆境、幻境和梦境。献给我心中的国格、人格和文格。在这一切奉献都被接受或不接受的情况下，我把它献给或塞给我自己。①

　　作者这段亦悲亦狂的夫子自道，类似李清照在心境极为惨淡之时所作的《声声慢》，尽管刘恒比她多了嬉笑怒骂的暴烈之气，当属"声声快"，但在他对乱世童年的"寻寻觅觅"中依然可以听到那沉潜在底里的"凄凄惨惨切切"的哀叹："守着梧桐，独自怎生得黑？""这次地，怎一个'愁'字了得？"刘恒将"文化大革命"中的热烈呼号"万岁"一词的谐音戏谑为"完了"、"碎了"，不仅是对那段荒唐、错误历史的否定，也是对少年人的心灵成长遭"文化大革命"损毁的激烈谴责，包含着对"碎了"的心灵难以愈合的深切痛悼。少年期信仰和心智的迷失，将严重地影响之后主体感的生成——无论是历史主体感还是个人主体感。

　　相比之下，60 年代生人的"老大哥"即 50 年代生人，那些参与了"文化大革命"时代政治运动的"红卫兵"对自己在"文化大革命"中度过的少年成长时光的追怀，似乎没有刘恒的懊恼之感：在"文化大革命"的当年他们就不曾感到"漆黑无助"，他们对自身的身份命名②表明他们具有鲜明的革命信仰——自觉肩负神圣的时代使命，保卫"红色政权"、保卫心中"红太阳"毛主席；再者，在他们书写"文化大革命"记忆时也全然没有刘恒"黑上又添黑"的"身心几近糟朽"之痛感，流淌于笔尖的依然有当年充溢心间的壮怀激烈之豪情。"文化大革命"结束后的 1987 年，曾是"共和国第一代青年人"、当过红卫兵和知青的梁晓声，在写作知青小说《雪城》的同时，完成了 28 万余字的自传体长篇小说《一个红卫兵的自白》，在书的扉页上赫然写下他的朗朗宣言："我曾是一个红卫兵，我不忏悔。"③在事隔 20 年之后，对过往历史的检视心态依然如当年身在其中一样的"痴心不改"，即使在反思中发现自己曾经犯下了一些错误，也"我心不悔"。这种坚定的姿态表明了《一个红卫兵的自白》不是卢梭式的《忏悔录》，不

---

① 刘恒：《逍遥颂》，《钟山》1989 年第 5 期。
② "红卫兵"这个名称由张承志在清华附中读书时首先提出，时为 1966 年 5 月。
③ 梁晓声：《一个红卫兵的自白》，四川文艺出版社 1988 年版，扉页。

是巴金式的《随想录》。它追叙的历史岁月始于"文化大革命"开始的 1966年，17 岁的梁晓声正上初三。而在写完《一个红卫兵的自白》之后，梁晓声似乎对红卫兵的光辉历史还不过瘾，在 1994 年出版的长篇小说《年轮》第一部中又开始追记自己的童年成长，其人生追忆比前一部小说往前提了 5年：开始于 1961 年，主人公小学三年级时期。"题记"是："诞生自磨难岁月的，也有宝贵的成熟……"① 这句作者在总结历史后的心语依然保持着《一个红卫兵的自白》中宣言的那种历史肯定和自我认可感。关于创作这类红卫兵"文化大革命"记忆的动机，梁晓声在两个地方作了清楚的表白，一是直陈于《一个红卫兵的自白》的小说结尾："如今这一切（指红卫兵行动——引者注）是早已成为过去，成为历史了。它成为过去是真的。但它真的成为历史了么？它记载在历史的哪一页了呢？哪一页也没记载着。倒是'文化大革命'千真万确地载入了史册。或许因为它毕竟是伟人所发动的吧？不能光芒万丈，也足警世千秋。但愿我的这篇'自白'，可当为历史的一份'补遗'，权作对那些为'文化大革命'而死的人们的悼词，亦权作对我们千百万普普通通的中国人的肤浅的'箴言'……"② 二是在 1993 年重版后的《自序》中作了补充性重申："一切当年由它所煽动和造成的'红色恐怖'，皆是被其后的种种文字记载所夸大了的、所渲染了的。而事实恰恰相反，我认为，迄今为止，可以说还没有哪一部文学的或纪实的作品，能将那样'史无前例'的十年浩劫宏观地全景式地予以反映。"③ 作为运动亲历者的梁晓声，对红卫兵成长岁月——无论是当时的行动还是事后的追记都多少带有一种自豪感。尽管现在关于红卫兵的历史总结已经众所周知，红卫兵是时代的牺牲品，有些还是作恶者，他们把满腔热血奉献给一个虚幻的理想祭坛，但是在梁晓声们对"红色理想"的真诚信奉和顽强维护之中有着一份虔诚感。

　　首创"红卫兵"这一身份命名、先后当过红卫兵和知青的作家张承志，在梁晓声创作《一个红卫兵的自白》的同时期也开始了个人成长岁月的回忆。张承志在《金牧场》（1987）中写了红卫兵长征追逐红军梦，最后在失

---

① 梁晓声：《年轮》，贵州人民出版社 1994 年版，题记。
② 梁晓声：《一个红卫兵的自白》，四川文艺出版社 1988 年版，第 437 页。
③ 梁晓声：《一个红卫兵的自白·自序》，陕西人民出版社 1993 年版，第 3 页。

望中降旗，他将年轻心灵的伤痛升华为理想主义诗篇，并视之为一种成长仪式。这些曾经的红卫兵对自己长大成人的历史经验的激情追叙，也表明了他们在"斯者已逝"的新时期寻找和建构自我主体的努力。张承志在80年代中期力作《北方的河》中依然沿袭着红卫兵时代的"寻父"使命，明显地继承着之前红卫兵式的英雄主义、理想主义，只不过所寻之"父"的内涵上已经有所改变：少年红卫兵追寻的是伟大领袖毛主席这个"精神之父"，而《北方的河》中已经考取了研究生的青年"他"则给自己找到了一个融自然、历史和文化三位于一体的更自信而强悍的"父亲"："我感谢你，北方的河，他说道，你用你粗放的水土把我哺养成人，你在不觉之间把勇敢和深沉、粗野和温柔、传统和文明同时注入了我的学业。你用你刚强的浪头剥着我昔日的躯壳，在你的世界里我一定将会变成一个真正的男子汉和战士。"①"战士"一词印证了这一代人的一个成长事实："红卫兵"这个"红细胞"已经流淌在他们的血管里，并且似乎继续影响着之后血液的"血色素"浓度。在"文化大革命"结束后的新时代，这批曾经的"文化大革命小将"也面临着如何处理主体建构的焦虑问题。有论者认为，"张承志的激情其实不过是焦虑的最高表现形式，通过狂乱的激情式的宣泄，焦虑的化解也获得了虚假而夸张的形式。张承志的抒情是对焦虑的浅薄理解，正如梁晓声对焦虑的草率超越一样。"②尽管这种焦虑的处理的确显得有些"浅薄"或"草率"，但通过这种对成长岁月的追叙和寻找，这一代人至少在精神上获得了某种历史主体感甚或个体自足感，心灵遂而也能获得某种安详的力量。

　　促使梁晓声创作《一个红卫兵的自白》的缘由，除了上文提及的填补文学史空白的原因之外，还缘于一个跟60年代生人相关的现实问题，梁晓声看到"'文革'开始那一年他们刚几岁……待他们或她们读到中学，稍谙世事，'文革'便已结束。他们对'文革'怀有许多困惑"③。作为"老大哥"，他想为没有赶上历史班车的"小弟弟"们讲述那段历史，但却没有关注到，在他书写这段历史的时候，那些"困惑"的"小弟弟"凭着幼

① 张承志：《北方的河》，百花文艺出版社1985年版，第145页。
② 陈晓明：《表意的焦虑》，中央编译出版社2002年版，第63页。
③ 梁晓声：《一个红卫兵的自白·自序》，陕西人民出版社1993年版，第2—3页。

年的旁观者记忆已经或先或后地开始了对"文化大革命"的另类书写——如苏童1984年开始写《桑园留念》系列等，并且这种不无反拨性的书写对"老大哥"们笔下流露的虔诚感和自豪感构成了严重的威胁。当声言"我不忏悔"的梁晓声们在"文化大革命"后依然充满激情地肯定红卫兵的正义性时，曾经羡慕过红卫兵兄长的那些长大了的"小弟弟"则充满戏谑地消泯红卫兵头上的光环，如王朔在《看上去很美》中对这些"风光"、"正义"的红卫兵的冷嘲热讽，刘恒在《逍遥颂》中对模仿红卫兵的"赤卫军"英勇壮举的喜剧性颠覆。他们在戏谑模仿对象的同时，也嘲讽了模仿者。

　　当张承志们在"文化大革命"后依然怀着与红卫兵情结一脉相承的英雄主义、理想主义去执著寻"父"时，"60年代出生"的新生代则早已抛却了这种也许在他们看来显得幼稚可笑的上一代人的成长情结，转而开始"审父"甚至"渎父"。在他们的"文化大革命"童年记忆中，父亲或是缺席、或是堕落、或是卑微软弱，而他们对父亲的态度则或是戏谑、或是蔑视、或是怜悯，甚至在行动上走向极端反抗性的"弑父"。李冯的长篇《碎爸爸》中的儿子"我"是一个"现代意义上的反英雄"①，他在对父亲这个异己力量的嘲弄性审视中，轻松地瓦解、粉碎了自己儿时的压迫者、主宰者形象。

　　60年代生人对"兄长"和"父亲"的戏谑与亵渎，并没有因为"破旧"而能"立新"。尽管他们拥有边缘位置和时空距离带给他们的智性，并让他们暂时获得一种优越感，但是终究摆脱不了主体的没落感。许子东指出，在"红卫兵—知青"视角故事有一种"难中获救"的方式，"最常见的是男主角爱上知识女性"②，如《晚霞消失的时候》中红卫兵李淮平爱上气质高雅的女孩南珊，因而在抄她家时逐渐放弃了凶狠而变得温和，《血色黄昏》中男主人公在落难中给他精神支撑的是他单相思的文静纯洁的韦小立。红卫兵/知青主人公在难中获得异性解救时，基本都是追求同情、关心、理解，远胜于对身体的迷恋和对占有的渴求。红卫兵/知青的"拯救者"是美

---

　　① 李大卫：《未完成的俄狄浦斯》，李冯《碎爸爸》书后"名家品评"，长春出版社1998年版，第296页。

　　② 许子东：《"红卫兵—知青"视角的"文革记忆"》，《文艺争鸣》1999年第6期。

丽与智慧的"女神"①，这个女神与肉体无干，而且往往比被拯救的男性更有文化修养，是属于精神、灵魂层面的引领者。安排"拯救者"的出现，意味着小说人物乃至作家自身的主体建构中有了方向感，因此其主体性的确立不会有太多的迷惘和困难。然而，60年代生作家的笔下，少年们的生命中基本没有"救星"，那些让少年们魂牵梦萦的已不是红卫兵/知青心目中的"智慧女神"，而往往只是青春期迷恋的某个"性感女人"。尽管她在年龄上是少年的长者，但只是在成熟的肉体上诱发他们蠢蠢欲动的性欲望，不仅不能在精神上给他们指引，反而使没有自控力的少年因为性欲的困扰而被推向了更大的迷乱之中。如《桑园留念》中性感风骚的丹玉对几位少年的诱惑，并最终导致迷恋她的少年毛头用死亡这种非正常的方式达到了目的。《动物凶猛》中，与情敌争风吃醋时，马小军对"恋人"米兰的形象为："她在我眼里再也没有当初那种光彩照人的风姿……一言以蔽之：纯粹一副贱相！我再也不能容忍这个丑陋、下流的女人。"马小军对米兰肉体的强烈的占有欲望及它被压抑，最终激发了他的流氓行为，他亲手毁灭了一个浪漫的想象。这样的"拯救者"使本来就在悬崖边的少年们因为冲动的"失足"而跌入更深的沟壑。少年的成长之舟在起航时就碰上了大风暴，失去了船桨，看不清灯塔。孤舟盲目地漂行于汪洋之中，难以寻找到港湾中的锚地，而在迷乱中长大的少年一般也无处忏悔、无处皈依、无人拯救亦无力自救。失去了情爱救赎可能的这一"代"，在其主体性的建构中可能有着更深的困惑和焦虑。②

相较而言，"红卫兵—知青"视角的"文化大革命"记忆因其言说者所具有的"共名性"的历史身份命名而带有更多的集体性记忆，而"文化大革命"童年因为言说者身份的"零散"或"无名"而更具有强烈的私人性，

---

① 拯救"红卫兵/知青"的"女神"不同于沈从文等京派文人推崇的"小女儿"，前者的"美丽智慧"代表心智的成熟，被拯救者远低于拯救者，是低俗向高雅的归依；而后者的"美丽智慧"则是活泼自然的原始纯净，崇拜者本身纯熟，与被崇拜者的心性相类，是纯熟向天真的认同。

② 许子东认为由《动物凶猛》改编的电影《阳光灿烂的日子》的片名"好像又有用阳光之类的政治意象为主人公的动物般无理凶猛的行为辩解的意思"，参见许子东《"红卫兵—知青"视角的"文革记忆"》，《文艺争鸣》1999年第6期。而笔者认为，"阳光"在片中主要不是政治意象，而是生命力或欲望意象，是青春期骚动的"少年血"和迷乱的欲望像"阳光"一样"灿烂"。电影所强化的影像语言的关注面鲜明地显示了这一点，导演姜文表现的是人性的欲望话语，而非政治意识形态话语。

这种私人性话语的主体建构将因为不具有公共话语依傍的公共原则或信念而显示出另一种困难。

二、"文化大革命"乡村记忆：冷眼旁观——深情谛视

60年代生人与红卫兵/知青这前后两"代"人的主体建构状况之不同，还体现在他们"文化大革命"记忆的一个重要内容——乡村记忆的书写态度上。这类书写同样因其身份的不同距离而显示出不同的倾向：前者更多理性观照，后者更多情感投注。

写作"文化大革命"童年记忆的60年代生人同知青作家一样，一般都出生于城市。"文化大革命"时代，城市的动乱一般要比乡村更为剧烈，这代人"文化大革命"记忆中的空间基本都是他们童年时代所生活的城市或城乡结合部的小街镇（除艾伟等个别来自乡村的作家外），而他们的童年生活之躁动与骚乱也许与这一逼仄污浊的空间气氛有关。

城市"文化大革命"记忆因其空间中高密度的信息含量而比乡村"文化大革命"的表现更富有时代特征。因为年龄不够而没有机会去当下乡插队的知青的60年代生作家，对被知青话语主体反复言说（揭露或抒情）的乡村，也有一种对于一般乡土地的抽象性"遐想"，如王朔在《动物凶猛》中如此表达："我羡慕那些来自乡村的人，在他们的记忆里总有一个回味无穷的故乡……只要他们乐意，便可以尽情地遐想自己丢失殆尽的某些东西仍可靠地寄存在那个一无所知的故乡，从而自我原宥自我慰藉。"而"我"却一直生活在已面目全非的城市，"没有遗迹，一切都被剥夺得干干净净"。王朔的"羡慕"主要缘自惯有的对乡土相对纯净的地域文化特质的想象性认同。出生于城市的某些60年代生人在童年时期也有机会到农村去，但不是自主地去当知青，而是跟随父母亲"下放"，如韩东的自传体长篇小说《扎根》中的小陶。这类有幸与知青一样在农村经历风雨的60年代生人的精神是否可以在"乡土"真正"扎根"呢？朴素的自然乡村是否有助于他们的主体性建构？

韩东在8岁时随父亲从南京下放到苏北农村去"扎根"，他以自己童年的生活经历为蓝本反复书写"文化大革命"时代的乡村记忆（在长篇小说《扎根》之前已写有相关短篇，如《田园》等）。《扎根》的扉页上引用了

毛泽东关于上山下乡的号召："广阔天地大有作为。"按照常理推断，标在这里的似乎应该是全书的主旨倾向，如同梁晓声《一个红卫兵的自白》中扉页上那个充满激情的"我不忏悔"的宣言。但其实二者的用意大相径庭：梁晓声的自白发自心底，全书内容与之统一；而《扎根》是客观引用伟人领袖的时代教导，点出了那个时代的政治主潮和本书所记的故事内容"扎根"，但其深层主题指向的并非是"大有作为"，而是无所作为，从而对"扎根"这一政治号召构成了反讽。《扎根》是不带浓厚主观色彩的作品，是一场对个人童年记忆的平静整理。

这种"平静"可以从乡土小说一般着意的两个要处看到：一是对乡土景色的处理，一是对乡土情感的表达。乡村在城里来的孩子小陶的视野里，并没有呈现出知青心目中那样的美丽甚至"瑰丽"。乡野风光并没有激起一个城里孩子的欣赏热情，《扎根》中没有对农村自然景色的描绘与歌赞，景物描写的缺席在很大程度上意味着抒情和诗意的被排除。小说也没有乡土风俗的记叙，只是客观地反映了当时农村非常平淡的生活人事。而且，在小陶眼中，农村人并不完全的纯朴美好，自私自利的日常人性随处可见。再者，韩东对农村生活景观的呈现也相当寡淡，既没有热烈的歌颂、深情的依恋，也没有冷峻的审视、深沉的批判，即文字中没有明显的爱憎褒贬，是冷静的中性态度写作。

然而，当年幼小的旁观者没有像知青那样直接参与实际的"扎根"运动，为什么却会眷顾那段并不美好、对他自身也没有"历史"意义的乡村生活呢？在整部小说平静的语调中，韩东并没有表达他对下放地三余的深刻的爱或憎，但是长大后的小陶又为什么会反复梦见那段下放地的生活，尤其是梦见三余的那栋房子？

> 夜里，小陶做了一个梦，梦见自己回到了三余。地形完全变了，但老陶家泥墙瓦顶的房子却一如当年。一家五口在里面活动，干着各自的事。油灯如豆，映照着顶上的芦席。
>
> 这样的梦，小陶后来又做过多次。他总是千辛万苦地回到了三余，回到那栋熟悉的房子里。……随着时间的流逝，小陶也已大学毕业，结婚生子了。但在梦中他始终是一个孩子。……时光被固定在某一时期。

……

　　说来也怪，老陶家在三余的生活前后相加不足六年……六年，在他度过的时间中所占的比例不小，但也不大……四十年里，从南到北，从东到西，小陶到过很多地方，曾在各式各样的房顶下栖身，有过一些完全不同的家。可在梦中，家只有一个，那就是三余村上老陶亲手设计建造的泥墙瓦顶的房子。小陶反复梦见的只是这栋房子，再无其他了。[①]

　　若与知青视角的乡村记忆相比较，长大后的小陶具有的这种"故园之梦"似乎类同于知青作家们的"乡土情结"。曾经下放、后来回城的知青，由于青年时期刻骨铭心的插队生活，而产生了一种几乎等同于流浪到城里的乡下人多会有的故园情结，乡村成为一个他们"梦的家园"。20 世纪 80 年代初期步入文坛的知青群体，对自己的"历史故园"大多充满深情，如陈村在《蓝旗》中表达："我走了，我的土房。我没有想到，当我能抬起头来看你时，这块曾被我千百次诅咒的土地，竟是这样的美丽！"[②] 朱晓平在怀念知青生活之地的小说《情思缕缕》中咏叹："这山山水水草草木木十余年来总缠绕在我心间，留在梦里，让我咀嚼着那苦涩的味道一天天成长。"[③] 他把《好男好女》一书专门"献给那块催我长大的热土"。这些作家也同小陶一样眷念着"土房"和"乡村"，但是因其经历与身份不同，二者在深层情感思想上的指向也不同。知青视角的乡村记忆比之童年叙事呈现出更为丰富的自然和生活景观，也直接抒发或蕴含着更为丰盛的情感和思想容量。当知青时的抱怨和离开之后的留恋是知青作家普遍的情感取向，而小陶当时既没有"抱怨"，后来其实也没有知青的那种"留恋"。知青们留恋那片曾经抛洒过汗水甚至鲜血的热土，是因为那里凝结着他们人生中最美好的青春岁月、最真诚的梦幻希望，甜美与苦涩并存，所以他们的乡村记忆书写饱蘸着心灵的泪水。这种激情式书写（无论爱或憎，无论是歌赞还是批判）标志着知青们强烈的历史参与意识的拥有以及对自我的历史主体位置的确认。

　　而没有参与这种风风火火、轰轰烈烈的历史运动的孩子小陶竟会"留

----

① 韩东：《扎根》，人民文学出版社 2003 年版，第 283—284 页。
② 陈村：《蓝旗》，《中国青年》1982 年第 9 期。
③ 朱晓平：《情思缕缕》，《好男好女》，四川文艺出版社 1987 年版，第 4 页。

恋"属于父辈的下放地，这段三余生活对孩子究竟意味着什么？韩东在小说里淡淡总结："三余的六年，对小陶来说也许不无重要，但在老陶，不过是一个结束的预兆。小陶从此开始走向生活，老陶则奔赴死亡。"① 在扎根运动中，父亲一代"奔赴死亡"，是否意味着这些城里知识分子响应号召自愿或被迫到乡下"扎根"，其实是"拔根"，并非如领袖号召那样的可以"大有作为"？而儿子一代"走向生活"，是否意指无知的孩子在这场大人们的历史运动中逐渐开始认识世界，在自由的成长中与世界逐渐建立直接而明确的关系？韩东在《后记》中说："下放和我的少年生活纠缠一处，成为我特别的灵感源泉之一。"② 三余岁月所映现的独特生命时空，是迭合着小陶的童年记忆与关于老陶们的政治记忆的结合体，在作家对自己"出走地"的寻访过程中，历史岁月在当年孩子单纯的眼睛中得到了本真的恢复与再现。虽然《扎根》此类的童年乡村"文化大革命"记忆只是个人的回忆，不是知青群体所代表的民族集体记忆，但因其对历史的复原性呈现，又成为了"文化大革命"记忆的一类"标本"，从而也具有了某种真实的集体性。60 年代生作家比知青作家更多了"局外人"的冷静，尽管返城后的知青在回望插队生活时也有所"间离"，但往往在回忆中会情不自禁地进入"当局"，毕竟他们曾经就在历史当中（在很大程度上，知青的乡村记忆书写更接近五四以来的现代乡土小说传统，即带有故园回望中的或歌赞或批判或挽歌情调）。而童年乡村记忆的叙事者在当年就是边缘的旁观者：小陶是作为城市孩子对农村的"外在介入"——不是知青"扎根"可能带来的"融入"。他只是一个年少无知的匆匆过客，因此追怀时也没有过剩的情感去发酵记忆，而是依然用当年旁观的"冷眼"或者说举着童年的"平面镜"去复现历史，甚至在这真实的"平面镜"映照下，知青作家们（如梁晓声等）热衷塑造的"神话"形象也会被复员到平凡甚至卑微的"人"的常态，如《扎根》中对不愿扎根的知青赵宁生的生活化书写，就是对神圣伟大的知青神话的一种不动声色的解构。韩东说："我认为小说是以个人方式为源头的，是个人经验方式的延伸，我不喜欢编织谎言，争取信赖。"③ 知青们则

---

① 韩东：《扎根》，第 285 页。
② 韩东：《扎根》，第 313 页。
③ 韩东：《韩东散文》，中国广播电视出版社 1998 年版，第 315—316 页。

可能会因"虽然什么也没有得到，但过程无悔"的这种"青春无悔"的情结①而在乡村记忆的书写中带上一种不自觉的"自欺"。60 年代生人由于没有知青们对乡村记忆的强烈而复杂的主观感情，其童年记忆的复现在很大程度上保证了他们这一代人在言说历史时接近真实的可能性。

从历史境遇来看，出生于 50 年代的知青们在"广阔天地大有作为"——不管结果如何，但至少在行动过程上曾积极追求；而生不逢时的60 年代生人因没有参与历史建构而流露了一种无所作为的忧伤。当年的这些边缘者，长大后并不甘心这种被冷落的历史地位，多渴望对历史发言。他们试图到自己曾经有过亲眼一瞥的国家历史经验中去捡拾其成长中缺失的历史意识，凭借童年记忆去打捞历史碎片，找到自己对历史的发言权，并在不同于上一代人的对历史的重释中努力建构自己的主体身份。然而，往往因为当年历史在场感的缺乏而给此时的言说带来话语无力感，通过个人童年成长记忆来作的发言难免会流露一种寂寞的被遗弃感。每一"代"少年成长中一般都会有孤独无助的心态，而这一"代"人的无助感还内发于特殊年代出生的他们在成年后遭遇时代困境的危机感：他们成长于信仰混沌、虚假的"文化大革命"时代，立足于世纪末又一个理想与价值被彻底湮灭的无信仰的时代，试图从童年成长的历史记忆中去寻觅信仰的踪迹，最终还是一无所获。李皖指出 60 年代生人作为"过渡年代的过渡体"精神特征："在他成长过程中就不断接受一个个价值，又不断看到一个个价值的流逝，所以他始终没获得一个稳固的、核心性的东西。……朦胧是他们面对世界的一种方式，一种立场。他们对已逝的含情脉脉，对现实的保持距离，对自我倾情，对未来忧心，是他们的习惯。"② 60 年代生人在童年话语中朦胧的言说表情，流露出这代人难以摆脱主体建构困境的主体虚弱感和无奈感。

60 年代生人关于"出生寻访"的追溯对其现实人生具有重要意义："无所依傍无从皈依，是我们这一代人共同的境遇（从童年到成年），在生活的长旅之中我们总是慢慢地习惯于彼此之间的那种逐渐的陌生，只有童年、少年，还有青年，那些时刻可以比较充沛地拥有我们共同的经验。事实上，恰

---

① 　许子东：《"红卫兵—知青"视角的"文革记忆"》，《文艺争鸣》1999 年第 6 期。
② 　李皖：《这么早就回忆了》，许晖主编《"六十年代"气质》，第 86 页。

恰是在这个时代逐步分化的个人立场之上我们开始注视这种集体经验，它是在某种共同的悖逆中完成的。……在记忆之川里捞取这些现象性的片断和经验其实是一个个人化事件。……我们清晰地知道，我们需要的不是这些经验在回忆里被篡改的部分，而是照亮我们寂静的心之航程的灯塔。"① 也许正是出于此种动机，王朔才会对"小时候"分外惦记，苏童对"少年血"持续地痴迷，韩东则反反复复地梦回"三余"。可是，他们真能找到照亮寂静的心之航程的"灯塔"吗？其童年话语似乎并没有提供肯定的回答。60年代生人立足于童年的"文化大革命"回忆，不再具有上一代人自觉或不自觉中多少都会带有的意识形态功能，也不再能从政治历史那里获取建构其主体的生存法则和力量。在那个动乱年头没有获得历史性成长的这一代人，更多地开始依仗自己的生命感觉踏上成年之路和文学之路，而他们对动乱岁月中童年生命经验的回望可以看作是一个包含了许多可能性的开端，将给他们带去独特的人生思悟和创作灵感。

60年代生人对童年经验的评说中，除表达了把握历史的无力感、主体匮乏的无奈感等"遗憾"之外，在多位60年代生作家的自语中，还可以看到另一种对"文化大革命"中度过的童年岁月的态度：感谢。其感谢的缘由是：这段动乱历史在他们的童年时期给予了今后一生的"馈赠"。这"馈赠"包括他们所感觉到的无拘无束的自由感与生命的快感以及艺术的灵感等。但是，当他们在"留念"、"祭奠"那些"阳光灿烂的日子"的醉心时刻，深重的历史苦难感也就悄悄地滑落了，因此，有些童年话语就不免有"失重"之感。

本章小结：启蒙视点的下沉——人性意识与苦难意识的深入

回忆性的"文化大革命"童年叙事中，作家们对童年生命危机的反顾和逼视，是从生命源头段开始的对"人／自我"的生命困境的一种深入具体的"发现"，许多作品投注着作家自身的童年经历或心理体验，如刘恒的

---

① 包亚明：《关于我们这一代人》，许晖主编《"六十年代"气质》，第271页。

《逍遥颂》、王朔的《动物凶猛》等。相比之前着眼于生命理想之诉求的童年书写，启蒙的视点已经由之前的上扬而开始下沉，沉入生命的真实生存场景，而首先就与生命的"苦难"劈面相逢。

　　上述种种童年危机书写，多着意于童年的生存苦难和人性灾难，而"文化大革命"则成为或笼罩其上、或游荡其间、或称霸其中的时代"鬼魅"，放纵着、蛊惑着、煽动着人性中的恶魔，噬啮天真的童年生命及其残存的人性，原初的可爱之"人"被迫或主动地沦为"非人"。如果说，孩子的被"吃"是"人"的大苦难，那么孩子的去"吃"则是"人"的大灾难。早在 20 世纪初，思想启蒙先驱鲁迅就在《狂人日记》中借"狂人"之口道出了几千年来中国封建历史的本质——"吃人"，发现了"人"身上存在的"被吃"或"去吃"的危机，希望"这个世界上或许没吃过人的孩子还有"，万分急切地喊出了"救救孩子"。纵观五四以来的现代文学，关于孩子去"吃"这个生命状态的表现，除了鲁迅在《孔乙己》中有所涉及外（幼年的小伙计"我"作为麻木、冷漠、势利的看客群中的一分子，在一定程度上走向了"吃人"者队列），之后六七十年的文学几乎都未继续关注此问题，直到 60 年代生作家在回忆童年的叙事中，才真正对此进行了广泛而深入的揭示。这类"文化大革命"童年叙事写出了在动乱中变异、扭曲的童心，"这些孩子，就是后来粉碎'四人帮'的 1976 年以后，被大人称为'喝狼奶长大的一代'。"[①] 陈丹燕在追述"文化大革命"童年的小说《一个女孩》中借叙事者道出了让孩子们"恶意满怀"的深层心理原因："孩子是要求绝对平等的，他们不喜欢比他们好的或比他们惨的同类，但他们中的每一个人，永远都想着要比别人更好。"[②] 这一强烈的意识使孩子们在冲动天性的驱使下去摧毁那些"比他们好或比他们惨的同类"。其实，"文化大革命"中那些积极的革命群众何尝不是如此"恶意满怀"的"孩子"？他们不仅是被"红色话语"所激动着的无知、盲从的"群氓"，有时也是在要求

---

　　① "那时我看到了多少孩子鼓起鼻孔作出的杀手表情啊。""孩子绝对不是大人眼里心里笔下的天使，大人被生活中的恶和肮脏吓昏了头，为了找一片净土，就想象孩子的温馨。关于孩子的温柔善良，是大人想象出来的，供成年人逃避片刻用的童话。"陈丹燕：《一个女孩》，河北少年儿童出版社 2012 年版，第 65、66 页。这部小说最初的德文版（德文书名意为《九生》）于 1996 年在奥地利出版。

　　② 陈丹燕：《一个女孩》，河北少年儿童出版社 2012 年版，第 65 页。

"绝对平等"的个人潜意识驱动下、滥用暴力来实现这种"平等"的"流氓"。在向来被赞为"天使"的孩子心中藏有"恶魔"，昭示了人性中存有不易发觉的邪恶的破坏力量，它在适当环境中一旦被催生和助长即会带来巨大的灾难。有时看似与个人无关的历史就在不知不觉中被人性中隐藏的"恶魔"力量所推动和铸就。如果说柔弱的童年生命在"非人"境遇中遭受的苦难让人同情，那么散发着人性恶浊气息的童年生命则更让人悚然心惊。"人"的陷落中不仅有着外在的历史的诱因，而且有较多属于人性内部的诱因。荣格曾说："即使对古代宗教和道德历史作一番非常草率的巡视，也足以使人们心悦诚服地相信，人类的灵魂里确实潜藏着恶魔。对人性的邪恶的否认，与对宗教及其意义的缺乏理解一脉相承。"① 在"文化大革命"中度过童年的男性作家通过亲历性的童年回忆，对真实的童年人性进行深入的省察，彻底结束了之前一相情愿的关于童年"纯洁无瑕"、"清白无辜"的"童话"乃至"神话"，同时也直逼了给童年生命直接造成困境的负面因素，包括来自于孩子身边的父亲、母亲的人性恶，从而也解构了以往的亲情神话。对"童心恶"的洞悉，标志着作家们对"人性"的挖掘认知已经拓展到童年人性这方以前被忽略的地域，这是对五四以来"人的发现"的一种有深度、有力度的掘进。

再者，"文化大革命"时代的少年无论是处于"群氓"之中还是"流氓"边缘，都显现了一种"迷乱"的生命困境，在成"人"之途上潜伏着重重危机。德国哲学家费希特（Johann Gottlieb Fichte）确信"人的使命"中包含"怀疑"、"知识"和"信仰"三要素。② "人"之所以出现迷乱性质的危机，正是缺失了这三个要素，变得"盲从"、"无知"、"空虚"，即使有"信仰"（如"革命产儿"的革命英雄主义）也只是从众性的追随，不是真正经过自己的理性思考而慎重做出的抉择。《南方的堕落》中那个成年濒死者发出的"小孩快跑"的尖叫，意在提醒孩子赶快逃离人性堕落的"大坑"，然而心智不成熟的孩子往往无力逃离，只能如苏童所说的"一无所获

---

① ［瑞士］卡尔·古斯塔夫·荣格：《创造的赞美诗》，转引自刘小枫《拯救与逍遥》，上海三联书店 2001 年版，第 148 页。

② ［德］费希特：《论学者的使命 人的使命》，梁志学、沈真译，商务印书馆 1997 年版，第 65、95、147 页。

地等待未来"，在无聊的等待中有意和无意地蹉跎甚至蹂躏了童年岁月，这就意味着很可能由此断送了自己可能抵达的幸福未来。"文化大革命"中少年们迷乱状态的生存，从"人"的成长来说，也是一种苦难甚或是一场灾难，因其偏离了"人"的正常方向而可能成长为某种"非人"。但是这些少年大多并不能清晰地意识到身处的困境，反而往往为无人管束的自由而庆幸，于是，这种缺少引领、无知无觉的成长就更加充满了危机，如道德危机、信仰危机、情感危机、性危机乃至生命危机。巴赫金在《教育小说及其在现实主义历史中的意义》一文中谈到《威廉·麦斯特》这类小说中主人公的成长时，指出"他与世界一同成长，他自身反映着世界本身的历史成长……成长中的人的形象开始克服自身的私人性质（当然是在一定范围内），并进入完全另一种十分广阔的历史存在的领域……人在历史中成长这种成分几乎存在于一切伟大的现实主义小说中；因而，凡是出色地把握了真实的历史事件的地方，都存在这种成分。"① "文化大革命"童年话语对童年生命成长的诉说，同样具有巴赫金所论的"在现实主义历史中的意义"。这些在"文化大革命"中度过了自己童年的作家们所进行的个人回忆，有着历史与生命的双重印痕。他们从与个人体验息息相关的生命纬度来重新观照那段公共历史的形成原因，同时也在反顾中省察个体生命成长历史的形成原因，从童年记忆出发，表达主体诉求的愿望及其匮乏感、失落感、无奈感。童年生命成长中的困境，尖锐地映射出普遍的精神和人性问题。相较那种注重时代社会因素的成年"文化大革命"叙事，它拓展了人性关怀和生命景观呈现的广度、深度与力度。

相形而言，作为人之萌芽的童年生命的"非人"生存境况比起成年的"非人"更加让人惊心、痛心、忧心。童年生命因其本来质地的单纯而更见被涂抹篡改后的可恶，因其蕴含的向美好未来发展的可能性的丧失而更见没落的悲哀！"非人"的童年怎能走向真正的"人"的成年？苦难重重的童年生存使"人"的神话岌岌可危。"文化大革命"童年叙事在返本探源中揭示的童年生命的"病苦"以"引起疗救的注意"，虽然他们并没有直接喊出

① ［俄］米·巴赫金：《巴赫金全集》第三卷，白春仁等译，河北教育出版社 1998 年版，第 232—233 页。

"救救孩子"这样的口号，而这"疗救"有时也包括作家在生命追寻中的自我救赎。

这类童年书写属于批判性、反思性的启蒙叙事，渗透着具有人文历史感的苦难意识。"苦难意识"是五四新文学以来才开始有意展现并在之后不断深入挖掘的一种"现代性"表现。"现代性确立的历史观成为文学艺术表达的基础后，人类生活的历史化，使文学艺术的表现具有精神深度，而这个'深度'主要是由'苦难'构成其情感本质。苦难包含着人类精神所有的坚实的力量。苦难是一种总体性的情感，是终极的价值关怀，说到底，它就是人类历史和生活的本质。……现代性的思想阐释把苦难作为人类生活的本质，作为对无限渴望未来的前进的人类生活的反思与精神补偿。现代性思想使人类有能力反观历史，从而勾画人类从过去到现在直至未来的精神视阈……没有任何一种反思性的情感能像苦难一样构成人类历史的内在性力量，因而苦难构成人类历史的本质也就是不可动摇的历史自我意识。"① "文化大革命"童年苦难是生命时间与历史时间叠合中的苦难。尽管在五四时期也有许多问题小说作家开始关注到现实儿童生存的苦难（如王统照的《湖畔儿语》等），但他们对其苦难的揭示主要落墨于外在的社会黑暗，对受难儿童的态度只是停留在人道主义同情这个基本层面上，没有展开童年生命具体的精神苦难。20世纪80年代中期以来，60年代生作家纷纷回忆在"文化大革命"中度过的童年岁月，在普遍人性畛域和政治历史语境之间寻找童年生命的苦难成因。这类小说注重突入人性深处的锐度和凸显历史场景的质感，从畸变的政治文化浸淫过的历史视阈来考察童年生命的生存景观，为"文化大革命"历史在"人"的原因层面作出了一个清晰而深刻的注解，同时也借助历史的平台对人性的恶变、成长的困境作了更明显的解剖。童年人生是比成年人生要透明许多的生命晶体，从其生命图景中可以更加清晰地呈现外来的历史投影、内发的人性阴影。被重重苦难所奴役的童年生命表现出的种种精神病象，凸现了挣脱历史的错误蛮力、遏制潜在的人性邪恶，去重建正常人生、理想人格的任重而道远。

要指出的是，在"文化大革命"童年叙事之前所兴起的"文化寻根"

---

① 陈晓明：《表意的焦虑：历史祛魅与当代文学变革》，中央编译出版社2002年版，第404页。

小说，也从童年生命状态的象征性刻画中触及了一个生存危机主题——如韩少功的《爸爸爸》中的白痴男孩丙崽，但它喻指的是民族传统文化的痼疾与重建，对个体性的"人"的内在危机并没有直接探索。在此意义上，立足于寻个体生命之根的 60 年代生作家在童年叙事中对"危机"的寻索，是对他们上一代进行的文化寻根的一种贴近生命本体性的深入挖掘。总之，这类关于"人／自我"的危机溯源的童年叙事，相较关于"人"的理想的童年抒情，鲜明地反映了现代反思意识的锐进。

第四章 "自我"建构之溯源（一）：
童年书写的个体心像

　　前文分别从方向截然不同的维度上论述了童年书写寓含的"人"的理想、"人"的危机，这类书写中的童年多为"群体童年"（也有一些是作家的自我童年，但即便如此，也是折射了一代人的童年），其童年生命状态指向民族的集体性甚至人类的整体性生存状态，表达的是基于人道主义和人性的关怀。童年书写不仅从理想和危机书写两个向度来担当"立人"之重任，而且也从内在向度上负载着"立我"之要义。"很小的儿童是一个正在走向存在的存在者。"① 从婴儿开始的自我成长意味着从原先的混沌中逐渐获得自我，并不断使自己成为自己，即从无知无觉的"个体"走向有知有识的"主体"。② 关于"自我"即主体生成的问题，在文学界备受关注的多为主人公所处的青年时期，而忽略了青年之前的童年时期就已开始的建构。其实，青年成长中的许多问题也都可以从之前的童年成长中找到线索或根源。

　　这里，首先要界定的是"自我"这一概念。在心理学中，"自我"可被同等置换成"内在的人格"："自我基本上是内在的人格。詹姆士分自我为四个层次：首先是物质的自我，包括身体。其次是社会的自我，即在交往中

① ［英］安东尼·吉登斯：《现代性与自我认同：现代晚期的自我与社会》，第43页。
② 在康德看来，"主体"就是"自我"，就是能够按照自己的自由意志独立自主地做出决定并诉诸行动的人，主体的基本特征包括自主性、自卫性、选择性和创造性等内容。参见李为善、刘奔主编《主体性和哲学基本问题》，中央文献出版社2002年版，第10页。

人们对他的承认。第三是精神的自我，这个自我尽可能把人的不协调趋向统一起来。第四是纯粹的自我，即认知者，诸自我的自我。"① 在康德以降的西方现代哲学中，"自我"成了思的主题，"自我"是不断在形成的东西。"自我"的生成过程从生命的起始阶段就已经开始了。荣格认为："在生命的最初几年没有连续记忆，这是一个事实；至多有一些记忆岛，就像无边暗夜中的孤灯或者发光物体。但是这些记忆岛跟起初那些心理内容的联系已不尽相同，它们包含着一些新的东西。这种东西就是一系列互相关联的内容，它们非常重要，正是它们构成了所谓的自我。"② 上述心理学和哲学观点提醒我们，对"自我"的理解要进入个人"内部"，而且要注意其"生成"的过程。

童年时期的成长过程中一般会经历自我同一性危机，且将影响到之后主体的顺利建构，而回忆过去童年生命的内在成长，又推进着现时成人的自我确认。吉登斯赞同泰勒（Charles Taylor）所说的"为了保持自我感，我们必须拥有我们来自何处又去往哪里的观念"，并指出"个人的认同是在保持特定的叙事进程之中被开拓出来的"③。关于个人成长的童年书写，就是这种开拓自我认同的特定的叙事形态之一。书写个人童年成长，目的是为了寻找自我，并获得从头开始认知的、本真的、完整的自我感。一般来说，"自我"之生成要经历这样的过程：发现（意识到自我）、追问（明辨与去蔽）、确立（肯定或认同），即在对童年生命成长过程的回访中，发现自我的状态，追问其形成原因和发展可能，并经由对某种合理状态的认同在一定程度上完成自我的建构。

要区分的是，自我童年记忆书写尽管自五四时期始就已经出现，但这些回忆大多只是回忆童年时代某种单纯的寂寞情绪或初恋情怀，主要表现在大量的抒情散文中，如周作人的《初恋》、郁达夫的《水样的春愁》等，且往往是静态的"横截面"表现，没有具体涉及其内在的动态性成长。从作家的言说姿态来看，他们对童年情态的回忆只是混沌的情绪的感知，属于对生

---

① 陈仲庚、张雨新编著：《人格心理学》，辽宁人民出版社 1987 年版，第 43 页。

② ［瑞士］卡尔·古斯塔夫·荣格：《未发现的自我：寻求灵魂的现代人》，张敦福等译，国际文化出版公司 2001 年版，第 173 页。

③ ［英］安东尼·吉登斯：《现代性与自我认同：现代晚期的自我与社会》，第 60 页。

命的自然情感的照拂，是对感性的生命本体的浅层触摸，这类童年书写是在觉醒的生命意识召唤下的一种向着诗意的生命体认，其美学情调多为一种浅淡而温婉的感伤，充其量只是一种"察其幽情单绪，孤行静寂于喧杂之中"（钟惺《诗归序》）的伤怀性质的表达。它们对自我的洞悉不具有深度，没有生发理性的反思和清晰的认知。五四时期到 40 年代的作家笔下关于自我童年生命感受的主题还处在一个刚刚提出的阶段，缺乏足以表现这份阅历的话语准备和话语自觉。真正深入、具体地展开童年生命内在成长过程，并且担当着自我建构任务的个人成长童年叙事主要集中出现于个人意识相当强盛的 20 世纪 90 年代。相比"人的理想"、"人的危机"二章中的童年书写，这类童年书写更具有个人性甚或私人性，当然这些"个我"同时也反映着关于"人"的某些"类"特质。童年生命成长中往往有两种重要的心理经验甚至是两种"战争"：一是直面自身存在的本体认同，即"一个人的战争"；二是朝向自己生命引路人的身份认同，即"代际战争"，自我就在这多重争战中经过磨难而生成。本章就"自我"生成的角度来解读童年书写中的个体生命成长形态，并由此来考察创作主体关于自我建构的种种努力。

第一节　寂寞的情怀之念：个人一己的怀旧

"个体性"在中国是到现代才诞生的一个观念，在传统的三纲五常的封建礼教束缚下难有对"个人"的提倡，更无对"自我"的标举。"帝王凭借手中的专制权力，用家国一体和集团主义的观念，将自己打扮成集体表象，从两个方面否定了个体在集体中的主体意识，从而将皇权的统治力量渗透到个体的心灵世界。"[1] 儒家思想中的"修身"指向的是"齐家治国平天下"，此"身"属于"家、国、天下"，而唯独不属于个体的"自己"。个体意识只能以萎缩的状态栖身于家国的屋檐之下。鲁迅在 1907 年作的《文化偏至论》认定了"排众数而任个人"的原则：人"既知自我，则顿识个性之价值；加以往之习惯坠地，崇信荡摇，则其自觉之精神，自一转而至极端之主

---

① 刘广明、王志跃：《中国传统人格批判》，江苏人民出版社 1995 年版，第 149 页。

我。"① 1916 年《新青年》第 1 卷第 5 号刊发了易白沙的《我》："我之性质即独立之性质，即对于他族他人宣战之性质，自我之外皆非我，有国必先有我。"激流勇进的五四新文化运动给暮气沉沉的中国人带来了巨大的思想变革，中国知识分子的生命意识、个性意识、自我意识逐渐苏醒，呼唤的新文学是具有"个人主义的人间本位主义"性质的"人的文学"（周作人《人的文学》），"个体"成为五四文学的一个中心概念。如创造社提出了"表现自我"的口号，而其小说重镇郁达夫则宣称文学作品都是作家的自叙传。有论者指出：五四文化是"感性本位文化"，是"实用型的"、"真纯的"以"情感"、"生命"本源性的存在为中心的，它坚持个人性，以"我的感性存在"为价值尺度。② 相比传统作家，"'五四'时代则多自恋型的（非群体性）、身体型的（非道德性）、自语型的（非宣教性）的作家。"③ 五四文学中感性自我的表现，主要表现的是激情与幻想、骚动与苦闷，表现过去被社会道德、伦理理性所遮蔽的个人情感和私人经验，包括一些遭压抑的个体隐秘经验甚或畸形心理。这种对自我情感的率真表达，不仅包括抒发青年人热烈的爱情追求，而且还追溯到了童年时期萌动的朦胧情爱。相对于压抑性的封建礼教传统，五四文学对青年自由爱情的大力表现带有"离经叛道"的性质，而对童年春情的揭秘则更显"异端"气息。这是在五四生命意识觉醒中对生命本体的亲切触摸，作家对童年这一生命起始阶段异性情感的追怀，标志着对"人"与"自我"的生命体验的大胆敞开和勇敢突进。

一

20 世纪 20 至 40 年代的个人童年话语，如鲁迅的《朝花夕拾》、王鲁彦的《童年的悲哀》、艾芜的《童年的故事》、萧红的《呼兰河传》等篇，几乎都无一例外地写及童年时期一种共同的生命感受：寂寞。郁达夫在 1934 年写的自传性散文中，更是浓墨重彩地渲染此情绪。《悲剧的出生》、《书塾与学堂》、《水样的春愁》、《远一程，再远一程!》、《孤独者》等一一书写他从五六岁时就体会到而长大后愈益加深的孤独感：家境的凄凉、气氛的冷

---

① 鲁迅：《文化偏至论》，《鲁迅全集》第一卷，第 51 页。

② 葛红兵：《"五四"文学审美精神与现代中国文学》，中国文联出版公司 1998 年版，第 9、13 页。

③ 葛红兵：《"五四"文学审美精神与现代中国文学》，第 91 页。

清让他觉得孤独，学校里与那些锦衣肉食、装腔作怪的乡宦子弟的格格不入则使他固守自己的壁垒。童年时代的孤独，让他自觉保持了自我的独立性，而他在回忆年少轻狂时的心情则是："老去的颓唐之感，也着实可以催落我几滴自伤的眼泪。"（《孤独者》）回忆中对孤独的反复体认，没有理性的剖析，只是情绪的渲染，凸现的是童年和已经成年的作者茕茕孑立的寂寞与自卑、自傲甚或还夹杂自恋。他的童年话语中对孤独的感受仅仅止于情绪的表层，未能深入细察生成这一孤独的种种曲折与原委。本时段大多作家如王鲁彦、艾芜、郁达夫等人童年时的孤独感经由文字传达出来的其实主要是一种寂寞的情绪而已。

五四至新中国成立前的童年书写中对童年生命这一"感性个体"的一种深度触摸表现为对童年朦胧情爱的追怀。当五四时期刚刚诞生的儿童文学在摹写着天真童心之时，成人文学中的童年话语已经开始津津乐道于为一般的儿童文学所忌讳的初恋情怀。① 周作人在散文《夏夜梦》中有一节自叙初恋，乡土作家们在书写故土时也念念不忘美丽的少年情怀，如废名的《柚子》、许钦文的《我看海棠花》等。郁达夫在散文《水样的春愁》中抒写自己14岁时对赵家女孩的钟情，暗恋中的紧张、羞怯、渴念和相处时的陶醉、分别时的伤感都细腻地展现。施蛰存在《上元灯》等小说中也细致地描述了少男少女初恋时节的种种曲折心事，在一种略带忧郁的氛围中，年少时的柔情飘荡进作者而今沧桑的人生。东北作家骆宾基的《混沌》包括《幼年》及《少年》，初版时的题目《混沌》在很大程度上即是指这种"混沌"的情怀。《幼年》中7岁男孩对长自己两岁的小琴的依恋，《少年》中对少年心事的表现则更加具体深入、绵密频繁。需要关注的是，从五四开始的童年情感追怀中，已经涉及某种程度的"畸恋"。郭沫若的《叶罗提之墓》写少年叶罗提对年长嫂嫂的爱慕，得知嫂嫂病故，他殉情而亡。端木蕻良追怀自我童年的小说《初吻》中则写及了少年对画像中成熟女人的痴迷以及和年长的灵姨肌肤相亲中的依恋。

从上述文本的书写者来看，几乎清一色的是男性作家，男作家首先冲破

---

① 这一题材是当时的儿童文学完全没有涉及的，及至20世纪80年代初的儿童文学中仍是一个颇有疑虑的题材领域。如1984年丁阿虎的《今夜月儿明》在《少年文艺》发表，因内容涉及女中学生朦胧的初恋这一"禁区"题材而引起了争议。

封建思想的禁锢，大胆地将描写情爱的笔触伸向自己的童年，坦陈最初体验到的异性之恋。而现代的女作家们（如庐隐、冯沅君、苏雪林）虽然自五四时也已经开始涉笔爱情题材，但暂时还没有像男作家那样开启那道童年的情感之门，即使在《莎菲女士的日记》中大胆表现女性爱欲的丁玲也未及此。歌德在《少年维特之烦恼》中一语道破"天机"："哪个少年不会钟情，哪个少女不会怀春？"曹雪芹在《红楼梦》中所写的那些十三四岁的少女如黛玉、宝钗、湘云等都怀了朦胧甚至真切的情爱。连宋代的李清照在《点绛唇》中都直写了"见有人来，袜滑金钗溜，倚门回首，却把青梅嗅"的少女娇羞情状，为什么现代女作家的情爱之笔在此生命的幽秘小径上驻足不前？是因为女作家的童年情爱原本就是一片无知无觉的空白地带？还是虽然有过这样的春心萌动，但由于传统思想的潜在影响而在此方面有所忌讳、不敢正视，所以比起男作家有着更多的矜持？看来现代女性对自我生命的深层体认与真率表达有着更多的障碍。

即便是男性作家满怀眷恋诉说的童年情爱，也多停留于"发乎情、止乎礼"的传统层面，多抒写情的萌发而未触及性的启蒙。尽管周作人提倡"人的文学"的要义之一是写"灵肉一致"的"人"，但从整个现代情爱文学来看，对于"肉"的表现相对较弱，而在童年情爱中更是微乎其微。弗洛伊德性学说在五四时期已被引进，但是从文学实践看，除了海派作家多受影响外，似乎并没有引起非常普遍和热烈的响应。鲁迅曾对弗洛伊德的泛性论颇有微词："婴孩出生不多久，无论男女，就尖起嘴唇，将头转来转去。莫非他想和异性接吻么？不，谁都知道：是要吃东西！"[1] 但是鲁迅对弗洛伊德性学说也并非全然否定，当他听说德国纳粹分子焚烧了弗洛伊德精神分析著作时，愤而写道："这就是毁灭以科学来研究性道德的解放，结果必将使妇人和小儿沉沦在往古的地位，见不到光明。"[2] 他肯定了弗氏性学说是给"女人和小儿"带来"光明"的关于"性道德的解放"的研究。总体而言，在刚刚突破封建礼教的现代之初，关于童年情爱的描写中尚未深入触及弗洛伊德的"童年爱欲"的表现，未直接言及身体经验，只是模糊隐约的

---

① 鲁迅：《南腔北调集·听说梦》，《鲁迅全集》第四卷，第483页。
② 鲁迅：《准风月谈·华德焚书异同论》，《鲁迅全集》第五卷，第223页。

情感体验。瓦西列夫在其著名的《情爱论》中说："少年的感情是纯情感的、精神的，但又不是柏拉图式的。因为首先，它也是在延续世代的本能的基础上产生的；其次，它终究也要导致性的接近。"① 中国现代作家对童年时期自我身体与性的认识和表现还有待于思想更进一步的解放。

此外，本时段童年话语中蕴含的寂寞情绪或是初恋情怀，往往是一种静态表现，没有具体涉及心理的动态成长，如废名的《桥》中，小林虽然年龄逐增，但是性格、心地依然纯真如初，主人公气质、形象稳定不变，呈现出统一体的静态性，没有表现出性格或思想的转折性发展。严格来说，这类童年话语不属于少年主人公在成长中经历某些事件后发生精神蜕变的"成长小说"。这些作家笔下关于个体童年的内在生命感受的话题还处在一个刚刚提出的阶段，缺乏足以表现这份阅历的话语准备和话语自觉。

二

从话语主体的言说姿态来看，他们对童年情感的回忆，大多带有一种旧梦重温的心态，是混沌的情绪的感知，缺少对深层心理的挖潜。这类书写自我童年中的情爱和孤独，属于对生命的自然情感的照拂，是对感性的生命本体的浅层触摸，对自我存在的洞悉欠深度。但值得一提的是，这类童年话语是在觉醒的生命意识召唤下的一种怀着诗意和向着诗意的生命体认，其美学情调多为一种浅淡而温婉的感伤，流淌着郁达夫笔下的"水样的春愁"。

这种在怀旧情绪笼罩下的自我童年话语的表情显得感伤而宁静，这与话语者的言说方式有关。他们对萦绕心间的童年情感的诉说，采用的是完整的"敞开"方式。综观上述作品，一般采用两种传统的方式：一是从头至尾以顺叙方式讲述，如周作人的散文《初恋》等；二是采用首尾呼应的倒叙手法，开头是成年的作者开始回忆，中间的童年故事大多以自然的顺叙展开，结尾是成年回忆者的兴叹（多抒怅惘之情），如施蛰存的短篇小说《周夫人》等。郁达夫的散文《水样的春愁》稍有变化，在从头开始的过去时态的整体回忆中偶或插进了一处现在时态的评说："我虽则胆量很小，性知识完全没有，并且有点过分的矜持，以为成日地和女孩子们混在一道，是读书

① ［保］瓦西列夫：《情爱论》，赵永穆等译，生活·读书·新知三联书店 1984 年版，第 15 页。

人的大耻，是没出息的行为；但到底还是一个亚当的后裔，喉头的苹果，怎么也吐它不出、咽它不下，同北方厚雪地下的细草萌芽一样，到得冬来，自然也难免得有些望春之意。"这种带着剖析意味的说明显然不是当时为恋情而紧张的少年所能阐释的，但这处插入并不破坏叙事本身的平和性与统一性。总体来看，这些童年书写的叙事方式都相对单纯，基本都试图保持童年往事的完整性，很少让现时的话语者不断介入去做深层的理性分析。

若从记忆模式来论，这类童年怀旧大多不是"观察者记忆"，而属于"场域记忆"，① "你的回忆结果——即你是否想见自己是记忆时间的参与者——在很大程度上是在你准备回忆时被建构或创造出来的，你如何回忆某一事件的方式，取决于你进行这一回忆的意图和目的。"② 这类童年情感的诉说者，他们回忆的目的不是为了在踏入过去的时间之河时用成年的大手去触摸水流遮蔽的河床上的石头，以弄清时间之水经历了如何的砥砺而流淌向前。他们只是打开记忆河道的闸门，任时间之水自己奔流。他们大多是投身其中，闭起眼睛重新沐浴以往那清澈水流，因此也就不会着意去发现水流中可能潜藏的漩涡。这种方式下的回忆，生发了"逝者如斯乎"的淡淡感慨。这种回忆性童年话语，以全然敞开的方式完整呈现记忆表象，因为没有现时介入的切割和勘探而显得自足而圆融。即使回忆前有焦虑，但它在这种平和的记忆之水的流灌中也会被荡涤干净。这种对早年生命情感的怀旧表达得相当自然，富于人情味。因为没有矛盾冲突，没有现在与过去的交错对话，而能保持记忆的独立和连贯，并使整个回忆的情调臻于平和与宁静。从另一角度来说，这种自然的记忆"敞开"方式，其实是一种"封闭"，因为记忆之水被完整地打开，但是并没有用现在的理性去照亮、去蒸腾、去升华，所以，原先的记忆其实被"原封不动"地封存在原来那个幽冥的河道之中（"原封不动"是指除了可能添加的想象之外，没有关于自我的本质性认知的加入）。这得归因于回忆者的心态，他们似乎本来就不打算进行心理分析或精神追索，而只追求情绪的朦胧体验。

---

① 记忆活动的两种模式分别被称为"场域记忆（field memory）和观察者记忆（observe memory）"。参见［美］丹尼尔·夏克特《找寻逝去的自我：大脑、心灵和往事的记忆》，高申春译，吉林人民出版社 1998 年版，第 8 页。

② ［美］丹尼尔·夏克特：《找寻逝去的自我：大脑、心灵和往事的记忆》，第 9 页。

这类童年话语对自我体认欠缺深度，可由此情状来管中窥豹，察看现代作家在自我表现方面大多不力的一个原因。在五四反封建、倡个人的精神旗帜的鼓舞下，许多新文学创作者开始主动地寻找自我、表现自我，但是从他们对自我童年生命轨迹的回溯中，可以看到一个共性：当他们沉入个人性的回忆，往往在不知不觉中流于感情而忘了理性精神对之的渗透。若缺乏理性之火的照耀，被观照的对象往往只能处于晦暗不明的模糊状态之中，从而也就因为这份感性的——其实也是属于传统文化性格的"惯性"的沉醉，而失去深入认知自我的可能。他们的回忆，多为一种平面的感怀，一种囫囵的怀旧，一种关及自伤、自悼也略显自矜、自恋的表达。刚刚从传统中走出来的新文学作家们尚不习惯对自我进行深入体察和冷静拷问，体现着一种倾向于传统、流连于情感玩味的审美心态。这其实类似于一种"老年心态"，可从"文化大革命"后两位老年作家童年书写的创作自述中得到印证。如老作家汪曾祺称自己"追求的不是深刻，而是和谐"①，又如老作家从维熙因追怀童年而写长篇自叙传小说《裸雪》，自诉其写作原因是："像匹一路重负的老驼，当他想寻找一块歇脚的绿茵时，我发现了我曾有过童年。它无辉煌，更无瑰丽，却有着人生只能有一次的童贞。尽管它如烟似云，早已随风而逝，但是埋在雪国一个接一个银色的梦，使我情动，令我神往；因而在写'大墙文学'的喘息之际，我已萌生了写《裸雪》的念头。"而另一因素则是想"让童年心河之泉，溶汇到我生命的潮汐吞吐之中。这样，我生命的圆弧就清晰可寻了"。他明确定下追忆的方向和基调："此书立意在于写童年的摇篮诗情，浓烈的血色会重伤这部小说的品格和个性的。"② 这种避"重"就"轻"的老年心态接近于中国传统审美心态，会影响作家对自我的突进，使之无力深入抵达被包藏的坚硬的自我内核。大体而论，侧重于"情怀"书写的这类童年话语不是出自于对哲学性的个体存在问题的思考，而是情感性的对诗意生命的追念，因此，对童年自我内在生命的挖掘还欠深入。

若论自我建构的生成，吉登斯认为探索"自我认同"问题是现代性问

---

① 汪曾祺：《汪曾祺文集》（文论卷），第 208 页。
② 从维熙：《我写〈裸雪〉：以此代序》，《裸雪》，华艺出版社 1993 年版，第 1—2 页。

题，现代性的核心就是确立一些与自我的反思性互动的结构性特征，西方个体主义文化正是通过自我反思与自我批判能力的增强而增强。而中国五四时期被催生的个体主义文化之所以没有得到增强，跟这种自我反思能力的孱弱很有关系。个体自我要真正苏醒、独立、强大，必须要有意识地抛弃对传统性的"轻灵"的审美心态的迷恋而走向现代反思性的"深邃"的审美思维，即要依仗于"思"。

第二节 孤独的心灵之战：个体与超个体的省思

童年在人类历史上向来是"人"、"自我"生命历程中的盲点，人们往往忽略童年生命发育成长中已经开始的某种程度的自我意识。童年成长体现着自我生成的源头状况，对成长过程中童年内在生命的理性反观，源于成人自我确认的迫切需要，通过对童年的生命寻访而推进对自我的认知和建构。相较 20 世纪 20 至 40 年代童年怀旧性书写，90 年代以来个人"成长"童年书写出现的"新质"主要体现在与生命意识相关的两大方面：一是对于"孤独"的精神性体验，一是对于"性爱"的身体性经验。这些童年书写着意于表现"一个人的战争"，反映出作家（尤其是女性作家）直面自身的本体认同的深度掘进。

童年生命存在的孤独感，在 20 世纪末的童年书写中成为一个鲜明的主题。巴什拉指出："孩子的孤独比成年人的孤独更加隐秘。经常是到了生命的暮年，我们才发现那深深隐藏着的我们孩提时代的孤独，我们少年时代的孤独。……我们认为，正是在对这种具有宇宙性的孤独的回忆里，我们应找到停留在人类心理中的童年的核心。"[1] 当代年轻作家在回忆童年时更多关注心灵内在的孤独的生存体验，真切地体会生命成长中的隐痛。孤独感来自于周围人群无意的冷落或有意的冷漠，来自于孩子和外在世界之间及自己内心的矛盾冲突，来自于成长的受挫和无人倾听、无人引导。上文提到 60 年代生的男作家的"文化大革命"童年叙事显现了动乱时代孩子的孤独（如苏童的《刺青时代》中的小拐、王朔的《动物凶猛》中的马小军等），他们

---

① ［法］加斯东·巴什拉：《梦想的诗学》，第 135 页。

的孤独与漠视生命个体的时代氛围有关。相形之下，女作家比男作家对童年孤独有着更细腻的体验、更为曲尽其详的表达，如王安忆、陈染、林白、虹影、魏微等都在童年回忆中深入地展现了少女隐幽的生命体验。

这类书写中对童年孤独最专注的表现者当属王安忆。关于童年叙事，王安忆有其独到的看法，她不是停留于对"儿童视角"这一叙事功能的强调，而是关注童年世界本身的内涵："既是要由孩子来叙述这个故事，那么这个故事必定是属于孩子自己的，这个世界也必定是属于孩子自己的。"① 这种深切体认表现了她对孩子心灵世界的真正尊重与关注！王安忆将她的小说讲稿命名为《心灵世界》，她对文学的理解和追求接近于法国作家乔治·杜亚美的观念："现代小说家想了解的主要是心灵，它被看作是基本的最高尚的现实，决定着其余的一切。"② 她致力于对童年心灵的深度呈现，在其中寓含着追寻生命来处并探求其去处的明确旨意。"倘若难以知道我们向哪里去，也当知道我们从哪里来。"③ 她声称追求"哲理"的长篇小说《纪实与虚构》旨在寻找和发现自己的"起源"："起源的重要性在于它可使我们至少看见一端的光亮，而不致陷入彻底的迷茫。"④ 王安忆胸怀这样一种寻找光亮以重建自身并安身立命的信念而不断地向着个人生命的源头返本探源，执著地寻找生存的状态以及形成这种状态的不可见的力量，从而形成了王安忆童年回忆的意义域。王安忆高举着回忆的火炬去一次又一次、一段又一段、一寸又一寸地照亮童年生命这个"锁在朦胧中的抑郁世界"⑤。从《69届初中生》（1984）、《流水三十章》（1988）、《纪实和虚构》（1993）到《忧伤的年代》（1998），她乐此不疲地以长篇小说来寻绎生命的历程，而童年总是这些小说的开端并且占据重要地位。这些作品中，对自我童年生命的体认最为纯粹、细腻、彻底的书写当属《忧伤的年代》，前面三部都是从女孩的童年写到成年，而这一部专门聚焦于少女时代，将少女刻骨铭心的忧伤写得异常真切，将一段"沉陷进隐晦的暗影"中的成长时间彻底照亮。

---

① 王安忆：《漂泊的语言·故事和讲故事》，《王安忆自选集之四》，作家出版社1996年版，第334页。
② 《法国作家论文学》，王忠琪等译，生活·读书·新知三联书店1984年版，第87页。
③ 王安忆：《父系和母系的神话》，浙江文艺出版社1994年版，封底题词。
④ 王安忆：《纪实和虚构》，《王安忆自选集之五》，作家出版社1996年版，第248页。
⑤ 王安忆：《忧伤的年代》，《花城》1998年第3期。

王安忆对自我生命来处的回忆不是止于鲁迅、郁达夫等现代作家对吉光片羽的童年美好生活情景或情感的留恋玩味，而是走向一种更深的层次、更本真的境界，类似于马尔库塞（Herbert Marcuse）所论的"回忆"："回忆并不是一种对昔日的黄金时代（实际上这种时代从未存在过）、对天真烂漫的儿童时期、对原始人等的记忆。倒不如说，回忆作为一种认识论上的功能，是一种综合，即把在被歪曲的人性和自然中所能找到的片断残迹加以收集汇总的一种综合。"① 王安忆的回忆是为了"认识"自己，"面对自己"是王安忆文学创作的一个重要信念：

> 到了理性照耀的一刻，我发现，我的文学的命题是——人最大的敌人是自己。
> 这命题的初衷是表现在一位养尊处优、衣食无缺的女孩子身上。她与外部之间的冲突可说是平息了，而她却不得安宁。她外表上很平静，内心却十分聒噪，时时展开战争。她自己给自己寻找烦恼，她自己折磨自己，她只能从人群中极力汲取一点善意来温暖与平静自己骚动的心境。这个女孩子在很长的一段时期里代表和象征了我自己，她与我自身的生活有着密切的关联。……对这种战争我具有更多的了解和体验，深知它的厉害，有时甚至以为，一个人的幸与不幸，就凭着这战争的胜败了。②

王安忆在众多的童年叙事文本中"百折千回地写着那个女孩子不安宁的内心"，而且所写的对象也从叙事人称上由"她"逐渐逼近纯粹的"我"，深入地揭示孤独的女孩子激烈又严酷的"内心的战争"。她在《忧伤的年代》中以女性特有的细心和耐心来展示童年生命中的"痛楚"。"我已经忧伤了多么久了，可我一无所知。"这种对"忧伤"的顿悟，是出现于王安忆童年回忆场合的一道照亮黑暗的理性之光，在叙事进程中插入的议论，明白地道出忧伤的原因："我总是敏锐地感觉到不公平。这是由于所处的被动的

---

① ［美］赫伯特·马尔库塞：《自然与革命》，《西方学者论〈1844 年经济学——哲学手稿〉》，复旦大学哲学系现代西方哲学研究室编译，复旦大学出版社 1983 年版，第 155 页。

② 王安忆：《漂泊的语言·面对自己》，《王安忆自选集之四》，作家出版社 1996 年版，第 441 页。

位置。我没有能力决定某些事情，权力在大人手里，他们仅只是随心所欲，便决定了我的快乐和不快乐……我总是敏感到自己处于竞争的弱势，预先就为失败的结果而恼怒起来，事后又为这丧失要伤心许久。于是，这不公平的感觉便布满在这一时期里，成了阴影，遮住了少年时代的光明。"王安忆揭示"我"的孤独和忧伤不仅来自于外部的不协调，更重要的是源于自身内部的不协调："什么都是不协调的，难看而且痛苦，由于盲目而深感绝望。"童年时期成长的种种细节融注着作者的生命感受和体验，王安忆用成年后的理性观照概括成哲理化议论，把握乃至放大生命流程和生命瞬间的文化价值，将孤独忧伤的童年经验提升为"生命中的痛楚"，即一种无法逃避的存在性伤痛。

王安忆说："童年往事往往是一种哲理性的故事，也就是意义的故事。"[1]《忧伤的年代》的哲理意义就在于对"忧伤"来源的探寻——存在的"孤独"，这既是女孩"我"个人的内在、切肤之痛，同时也是人类生存境遇中普遍的生命之痛。正如她自己所看到的，这场孤独的斗争"是绝对全部人类的，或被意识了，或没有被意识。人是与生俱来的，永远地面对了自己，与自己对峙着。我觉得，我所面临的这场人与自己的斗争忽然地升华了，甚至有了一些伟大的意味。"[2] 这里我们也看到了王安忆从对"孤独"的"一个人的战争"的体验和认知而升腾起的一种"悲剧眼光"："悲剧眼光的根本或要义，首先在于从深处提出一切问题中最初的（最后的）一个问题，这就是关于生存的问题。生存的意义在哪里？悲剧眼光将人看作寻根究底的探索者，赤裸裸的，无依无靠，孤零零的，面对着他自己天性中和来自外界的种种神秘的和恶魔的势力，还面对着受难和死亡这些无可回避的事实。"[3] 王安忆将童年生命的成长体验真实地复现和提炼，并在反思中自觉地攀升到形而上的生命哲思高度。"我对自己只是有标准，是一个审美的标准，我告诉自己：你应该提炼人性中的诗意。"[4] 她反复书写童年的忧伤及

---

① 王安忆：《纪实和虚构》，《王安忆自选集之五》，作家出版社1996年版，第383页。

② 王安忆：《漂泊的语言·面对自己》，《王安忆自选集之四》，第443页。

③ Richard B. Sewall. *The Vision of Tragedy*（Robert W. Corrigan：Tragedy，Harper & Row，New York，1981. p. 49.）转引自陈瘦竹、沈蔚德《论悲剧和喜剧》，上海文艺出版社1983年版，第35页。

④ 王安忆、郑逸文：《作家的压力和创作冲动》，《文汇报》2002年7月20日。

其内在的孤独感，这份生命的"真"与哲理的"深"合成了她从童年书写中提炼出的"人性中的诗意"。这种对孤独的深刻体验与原因挖掘，大大地超越了现代作家童年怀旧中对寂寞情绪的流连玩味。孤独是"具有较大的稳定性、深刻性和持久性的心理体验"，它"深化了人类对痛苦的理解"。①对于孤独的体验与认知，决定着一个人对自我的把握。

　　对被遮蔽的童年孤独的揭示，对应的是创作主体对现实中内心孤独的正视。王安忆对自我生命来处的频频回顾，也显现着回顾时的作家自身的内心困境，她悲哀地发现了人类存在的境遇是"孤独"和"飘浮"。她的《父系和母系神话》小说集由《伤心太平洋》（父系神话）和《纪实和虚构》（母系神话）两部组成，前者的扉页上写有作者对生存的感慨："……人类其实是一个漂流的群体，飘浮是永恒的命运……"，后者的副标题是"创造世界方法之一种"，她借对自己个体生命和家族历史的溯源来完成对世界的重新创造，在一系列带有自觉"寻根"意识的童年书写中，作者和主人公（女孩子）一起勇敢地直面孤独的生存境遇并与之斗争。在《忧伤的年代》的结尾，"那清洗创口的惊心动魄的一幕，最终有力地解决了我的折磨，一些新的类似于快乐的东西在不知不觉中滋长着。我的身心进入安宁。这是真正的，和平的安宁。……阳光明媚，过去的那一段时间，忽然沉陷进了隐晦的暗影里。"在马斯洛的需要理论中，孤独是自我实现的重要条件。当童年的"我"在孤独的内心战争中克敌制胜后，经历了精神危机而走向真正的"成长"。莫迪凯·马科斯在《什么是成长小说》中概括了成长小说的质地："成长小说展示的是年轻主人公经历了某种切肤之痛的事件之后，或改变了原有的世界观，或改变了自己的性格，或两者兼有；这种改变使他摆脱了童年的天真，并最终把他引向了一个真实而复杂的成人世界。在成长小说中，仪式本身可有可无，但必须有证据显示这种变化对主人公会产生永久的影响。"② 这一从"忧伤"到"安宁"的精神成长的完成，也意味着作家借助对童年生命的省思而在某种程度上完成了对自我存在的确认。

---

① 田晓明：《孤独：人类自我意识的暗点》，《江海学刊》2005 年第 4 期。
② 转引自芮渝萍《美国成长小说研究》，中国社会科学出版社 2004 年版，第 6 页。

第三节 觉醒的身体之搏：性别与超性别的"破开"

个人成长童年书写者将致力于破解自我和人类自身的存在之谜作为创作的总体追求，王安忆破译的存在之谜主要位于心灵维度，而年轻一代女作家的自我童年书写则更进一步地致力于童年心理和身体的存在探析，尤其是将身体经验跃升为一个重要的成长话题。无论是 60 年代生的虹影、陈染、林白等还是 70 年代后的叶弥、魏微、周洁茹等女作家，其童年书写诉说的是关及童年生命的身与心合一的孤独：心灵的孤独带来对自我身体的关注，而身体内部的饥渴则使心灵更加孤独。身体隐私的加入使得立足于个体的"个人写作"在她们笔下进而演化成"私人写作"。本部分之所以重点选择女性文本来论述，是因为她们的"私人写作"有着较为浓郁的自传性色彩，具有自传特征的童年书写文本更为明显地反映着创作主体本身的精神状态；再者，作为"第二性"的女性文本中自我童年的性表白比之男性传达了更耐人寻味的文化意蕴。"私人写作"自它出现之时起就备受关注，此处从童年生命的身体觉醒这一新的角度来考察包含童年书写的"私人写作"的特殊文化意义，同时也通过与男性作家相关作品的横向比较，来探察童年的性问题对于自我生成的影响及其不同性别的创作主体进行自我建构的精神特征。

一

90 年代初陈染的《私人生活》和林白《一个人的战争》像两朵突兀的罂粟花在女性的玫瑰花坛傲然绽放，惊世骇俗，她们以前所未有的姿态，光明磊落地书写着以往的作家们都未能或未敢触及的"隐私地带"。这两部小说属于成长小说，其成长跨度均是从童年到成年。以往的评论中，人们关注的重点往往是其青年时段的性爱叙事，而对生命起步阶段即幼年的身体欲望则缺少充分的重视，殊不知这童年的性意识描写中其实寓含着重要的深意，并参与着作品题旨与作家自我的建构。陈染们的童年书写不仅大胆地踩了童年性禁忌这一"雷区"，而且"引爆"的还是一种"异端"的爱欲秘密：或者是会被传统眼光视为"下流"的"自慰"，或者是爱欲的畸形投射。

　　第一，本能欲望的自我确认。

　　林白这样谈论她的童年记忆之于其写作的意义："它们沉淀在我生命的早期，成为我这个人，我全部作品的底色。我常常想逃脱它们，写些别的东西。我到最后还是发现它们像血液的一种类型，是终生不变的。"① 这种感受与苏童对"少年血"的热衷有些相似，但是后者有着痴迷，而前者想要"逃脱"但逃脱不开，这个沉淀在女性生命早期的童年记忆以坚定的宿命般的姿态沉淀进她成年后的全部文字，"沉淀"是因为她自身的童年记忆中某些东西具有不可抗拒的重量。《一个人的战争》（1993）是林白的自叙性长篇，从童年开始的对自身生命经历的追寻。"在一九九三年四月的一天，我觉得自己很想写一部长一些的作品，于是我提起笔，写下了这样一句话：女孩多米犹如一只青涩坚硬的番石榴，结缀在 B 镇岁月的枝头上，穿过我的记忆闪闪发光。这是当时的开头。"② 要注意这样一个关键词"闪闪发光"，它充分表达了作者对"青涩坚硬"如"番石榴"的"女孩多米"即童年自我的正视与体认，甚至不无欣赏、惊叹与赞美。这种流露着"自信"以及"自恋"的自我意识决定了作家会让记忆中的童年生命之花毫无保留、热情洋溢地绽开。

　　回忆之光在开篇就锐利地照向童年自我的隐秘之处："那种对自己的凝视很早就开始了，令人难以置信地早。那种对自己的抚摸也从那个时候开始，在幼儿园里，五六岁。"③ 5 岁多米的自我凝视和抚摸乃是源于身体和心灵的孤独，"活着的孩子在漫长的夜晚独自一人睡觉，肉体悬浮在黑暗中，没有亲人抚摸的皮肤是孤独而饥饿的皮肤，他们空虚地搁浅在床上，无所事事。……因此处于漫长黑暗而孤独中的多米常常幻想被强奸，这个奇怪的性幻想是否就是受虐狂的端倪？"④ 这种对童年隐秘的性心理的直白表露可谓石破天惊，在单纯的儿童文学中到目前为止都不太可能涉及，然而这些女作家用自身经历告诉人们，它是毋庸置疑的存在之实。

　　林白的童年溯源着意于探究"我到底是什么样的人"。童年回忆构成了

---

① 林白：《空心岁月》，江苏文艺出版社 1997 年版，第 305 页。
② 林白：《一个人的战争·后记》，第 293 页。
③ 林白：《一个人的战争》，第 3 页。
④ 林白：《一个人的战争》，第 21 页。

小说第一章"镜中的光"，这个标题意味深长，包含着林白对自我的打量与思考：

> 想象与真实，就像镜子与多米，她站在中间，看到两个自己。
> 真实的自己。
> 镜中的自己。
> 二者互为辉映，变幻莫测，就像一个万花筒。①

　　童年就相当于一面观照现时自我的"镜子"，而"光"其实来自相反的两个方向：一是"回忆"之光，即用保持距离的清醒来拂去堆积的时间尘埃，清楚地照亮童年化石的纹路，探悉其来龙去脉；二是在"回忆"之光照耀下开始"闪闪发光"的童年生命状态，反射出来的童年之光照亮晦暗不明的现时之我，从过去与现在的连贯运动中看见现时自我的来处，从童年开始一以贯之的某种生存本质、个性特质得以敞亮。这一"镜中的光"的意义类似于陈染所说的"活的桥梁"："我对于往昔零零碎碎的记忆断片的执著描摹，并不是由于强烈的自我怀念，我也不是一个狂热的记忆收藏家。我的目光所以流连再三地抚摸往昔岁月的断篇残简，是因为那些对于我并不是一页页死去的历史，它们是活的桥梁，一直延伸到我的今天。"② 在光源和反光体之间穿梭的童年性隐私的回忆，像一座"活的桥梁"一样参与着女作家关于"我到底是怎样的人"的自我解惑与建构。林白在《致命的飞翔》中写道："在这个时代里我们丧失了家园，肉体就是我们的家园"，"我们体内的液汁使我们的身体闪闪发亮"。③ 由此，我们可以理解林白对"番石榴"一样的女孩多米赞以"闪闪发光"的一个心理：童年女孩很小就意识到了属于自身的"肉体"，找到了自己的"家园"。弗洛伊德的性学说"将爱欲视为人格元点，而幼儿性欲是个体人格之生成的元点"④，"作为人

---

① 林白：《一个人的战争》，第 21 页。
② 陈染：《私人生活》，经济日报出版社、陕西旅游出版社 2000 年版，第 97 页。
③ 林白：《致命的飞翔》，长江文艺出版社 1996 年版，第 80 页。
④ 李建中、尹玉敏：《爱欲人格：弗洛伊德》，长江文艺出版社 1996 年版，第 100 页。

格元点的爱欲冲动，在婴幼时期是通过自身得到满足。"① 林白坦荡承认童年性欲的事实性存在，表明了对身体欲望的合理性的认可，即对一种基于自然身体的存在认同。

无独有偶，70 年代出生的后起之秀魏微在其长篇自叙传小说《流年》②中也专门写了一个 5 岁女孩的身体自慰。小说第 5 章题为《性的童年》，小女孩"我"目睹了 5 岁的同龄女孩小桔子的性自娱，而"我"的反应却相当"成熟"："我很奇怪当年的自己，竟是那样的坦荡从容，无动于衷。"作家对这一童年的性秘密给予了充分的关注，细致入微地描绘了小女孩体内无法遏止的蠢蠢欲动、释放欲望寻找快乐的过程和感觉，那些文字富有生动的想象力，更富有深厚的理解力。也许因为这是发生在 5 岁幼童身上的事件，不少论者在评这部小说时，对此往往忽略不提。而笔者认为，魏微之所以要独辟一章来描写和阐释这似乎开始得太早了些的"性的童年"，乃是出于她对"性"及其背后的生命困境有着独到而深刻的体会和认知：

> 我只想告诉你，在孩童的世界里——在某一类孩童的世界里，你可以看见色情和肉欲。如果你细心察看，你肯定看得见的。也许在很多年前，你也曾经是这样的孩子，你受过它的压迫。你的整个童年时代黑暗而阴沉，就因为你受过压迫。那是肉体的压迫，也是快乐的压迫。③
> ……
> 她要跟自己的身体作斗争，就像一头真正的母兽，她暴力，残忍，温柔。那是一场旷日持久的、没有胜负可言的斗争。它是全方位的斗争，跟羞耻心，跟快乐，跟虚无，一切全乱了套。
> 那里头有伤亡，人的弱小，真正的伤心。一场伟大的悲剧，值得同情和吟唱。④

---

① 李建中、尹玉敏：《爱欲人格：弗洛伊德》，第 117 页。
② 此小说最初刊登于《收获·长篇增刊》2001 年"秋冬卷"，题名为《一个人的微湖闸》，后在2002 年由花山文艺出版社出版时改名为《流年》。
③ 魏微：《流年》，花山文艺出版社 2002 年版，第 107 页。
④ 魏微：《流年》，第 116 页。

魏微所关心的是一场大人们看不见的、发生在幼小的孩子身心之间的隐秘的、孤独的、蕴含着"悲伤"的战争，一场"伟大的悲剧"。她以悲悯的目光、直面的姿态，真挚地诉说童年生命成长的内在艰难和伤痛，赋予了这种痛苦的个体成长经验以普遍的人性的价值，寻找切实的生命个体与由伦理道德支撑的传统文化社会体系相碰撞的意义。她诚恳的呼吁，让人想起20世纪初一个严峻而深邃、饱含痛苦和悲悯的伟人的声音："肩住了黑暗的闸门，放他们到宽阔光明的地方去；此后幸福地度日，合理地做人。"① 魏微温煦而苍劲的文字已经开始传递这样一种让童年生命走出内在"黑暗"的隐秘角落而走向"光明"的生命之境的呼唤。她所揭示的"性"的"黑暗"是对五四时期鲁迅所发现的童年生命所处"黑暗"的一种深入发掘。

第二，性爱欲望的他者求证。

林白、魏微通过对女童幼年自慰式的性欲肯定来确立对以身体为基础的生命本体的认同，而虹影、陈染等的自叙（或类自叙）童年书写则通过对男性的性爱求证来进行对生命本体的确认。

关于《饥饿的女儿》，虹影坦承它是一部"纯粹的自传"，"我把贫穷的生活和我自己的生活非常直接地写出来了。"② "我在书中没有虚构什么情节，连时间都一样，发生在我18岁生日前的事情至今历历在目。它给我留下了难以愈合的伤口，在承受这些天生的苦难的同时，我曾经不止一次对自己说，最后我会记下这一切。《饥饿的女儿》实际上是一部黑白的纪录片。"③ 这就挑明了小说中主人公少女"六六"就是虹影自己，六六成长中遭遇的一切（包括越轨性爱）就是虹影的自我经历，对此经历的坦白和审视表明了她不同一般的勇气。关于《私人生活》，陈染则明确表示"不太同意'自叙式'这种说法。我喜欢用第一人称写作，但这并不能说明我的小说完全是我个人生活的'自叙'。人们是以两种（或两种以上）的方式经历现实的，有的是真实的经历，而更多的是心理的经历。"④ 这就表明陈染的

① 鲁迅：《我们现在怎样做父亲》，《新青年》第六卷第六号，1919年11月（署名唐俟）。
② 张英编著：《虹影　回来的燕子》，《文学人生：作家访谈录》，上海教育出版社2005年版，第133页。
③ 张英编著：《虹影　回来的燕子》，《文学人生：作家访谈录》，第135页。
④ 陈染、萧钢：《另一扇开启的门：陈染、萧钢访谈》，陈染《私人生活》，第288页。

创作由自身真实的经历和心理的经历共同构成，而这心理经历可能带有超越一己的普遍性。

在书写《私人生活》时，陈染有意地退回时间隧道"变成小孩子"，去从头开始"理解自己和世界"。同林多米一样，少女倪拗拗也是孤独的，她的身体欲望的苏醒不是像5岁的林多米那样纯粹出于本能召唤的无师自通，而是受到了多方面的"启蒙"：一是女同学伊秋与男性的性爱场景的刺激，一是T老师的暗示和蛊惑。弗洛伊德的爱欲理论认为，过了幼儿期，"人格的发展离开元点，对象由自身转向外界。"① "俄狄浦斯情结是人格发展第二时期的基本特征。"② 少女拗拗和《饥饿的女儿》中的六六都呈现出了这样的"转向"，都把自己的身体交给了一个年长的男性——她们的老师。但是这并非全是"女孩恋父"的性别情结使然，还有着生活处境的现实原因，那就是少女自身排遣不开的浓重的孤独感，缺乏安全感，想要有所依赖、有所求证、甚至对性爱有所尝试，试图通过身体经验对自我有所了解和建构。不过，拗拗和六六的这种性爱行动在动机和结果上还存在些质的不同。拗拗本来对老是难为她的T老师充满敌意，但经不起他的性欲激情的刺激，在诱惑中也不由自主地迎合上去。陈染鞭辟入里地分析了正经历着青春期骚动的少女拗拗在"阴阳洞"尝试与男性阴阳结合的真实心理：

> 她对他并没有更多的恋情，她只是感到自己身上的某一种欲望被唤起，她想在这个男人身上找到那种神秘的、从未彻底经验过的快感，她更喜爱的是那一种快感而不是眼前这个人，正是为了那种近在咫尺的与性秘密相关联的感觉，她与眼前这个男人亲密缠联在一起。她此时的渴望之情比她以往残存的厌恶更加强烈，她毫无准备地就陷入了这一境地。在这一刻，她的肉体和她的内心相互疏离，她是自己之外的另外的一个人，一个完全被魔鬼的快乐所支配的肉体。③（着重号为引者加）

陈染真切地描绘了拗拗这一性尝试的复杂的身体感受和由它带来的精神

---

① 李建中、尹玉敏：《爱欲人格：弗洛伊德》，第117页。
② 李建中、尹玉敏：《爱欲人格：弗洛伊德》，第128页。
③ 陈染：《私人生活》，第151—152页。

顿悟。当那"被撕裂般的疼痛""像一道闪电""照亮了她的整个皮肤和曲折的内心"，她看清了自己欲望的结果，以至于都难以正视，"不得不用双手捂住了脸"。而拗拗因为这一次"欲望的诱惑"而犯下的"过错"——陈染让清醒后的拗拗立即意识到了这是一次"过错"，否则她不会将他们最初的"相遇"当作"最后的晚餐"——付出了终身的代价：

> 这一天给我留下深刻的记忆，仿佛是一次新的诞生。这新的领域是一片不纯净的汪洋，它向我发出了无声的呼喊，我把自己抛了出去，以至于后来的真正的呼唤我却听不到了。
>
> ……
>
> 我由此想到，这个世界是通过欲望控制着我们的，当我们走过很长的道路之后才会幡然醒悟，只是这时我们已经为此付出了代价。①（着重号为引者加）

有论者认为陈染写倪拗拗的"初夜"之痛是"对父兄型性爱心理作出了质疑"②，从上述引文中的关键词如"欲望"、"快感"、"疏离"等来看，这种判断可能对文本的主题倾向有所误读。因为"父兄型的性爱心理"的基本特征是女孩子对此"父兄"应该有"爱"或至少有依恋，而陈染分明揭示拗拗的性迎合是因为"她更喜爱的是那一种快感而不是眼前这个人"，是因为被男性的激情挑逗起来的性欲望的召唤，以及少女在青春期生发的对性的好奇和蠢蠢欲动的尝试。陈染表达的主要还是在于对由欲望诱惑导致的"性"与"爱"相分离的残缺性爱的否定。

---

① 陈染：《私人生活》，第 152 页。
② 潘延：《对"成长"的倾注——近年来女性写作的一种描述》，《江苏社会科学》1997 年第 5 期。文中这样解释"父兄型性爱心理"："父兄型的男人意味着寻找安全寻找依赖，这与女性从小接受的有关智力低弱、意志软弱、感情泛滥等性别文化定位息息相关。恋父心理下建立起的性爱关系必定是畸形的，女性对安全感的匮乏使她不自觉地将其对安全感的心理需求病态膨胀，由此也难以获得平等的、自由的、健康的性爱体验。"该论者还通过"阴阳洞"的性描写和青年时期的拗拗与同龄人伊楠之间的深情的性描绘之比较，来证明陈染对父兄型性爱的否定。而笔者认为，后者之所以被饱含深情地描绘，乃在于性与爱的融合带来的强烈而深刻之感，而并非仅仅因为他们"同龄"，而少女时期的那段性爱之所以被否定，并非在于"父兄型"关系下少女"对安全感的心理需求病态膨胀"，而是主要在于少女受到了"身体欲望"的蛊惑。

　　少女拗拗"偷尝禁果"可以看作是青春期成长的一个典型"标本"，这次的精神危机让拗拗有了一次"新的诞生"，即对自我的生命本体有了新的体认。拗拗的性心理和性行为反映的是少年在青春期危机中的一种普遍遭遇。更为重要的是，陈染还借此身体事件指向了生命成长和自我建构中可能会经历的一种普遍磨难，她在结尾总结的"欲望"应该是超越了特定的"性欲望"而指向了一般的"欲望"。"这个世界是通过欲望控制着我们的。"这句感悟不仅是针对前面发生的具体的身体事件，而且也指向了所有的欲望事件。也许陈染还要告诉我们：倘若撇开情感和理性而听凭纯粹的"欲望"的指引，那是不能对自我进行真正的建构的。这里，呈现出"私人写作"并不"私人"的一面，即超性别意义。陈染明确标榜关注"人性的问题"的"超性别"写作，[①] 这种追求使得她的作品并非如表象中的那般尽是女性意识，而是蕴含着一种性别共通的、深邃的境界。《私人生活》是陈染对女性生命成长的一个从头开始的自我检视，也是其对生命本体存在的一种"哲学性的反思"。作者在小说中借叙事人"我"之口直陈其目的：

　　　　……退回到她（他）早年的故事中，拾起她（他）成长的各个阶段中那些奇妙的浮光片影，进行哲学性的反思。

　　　　……我从来不会被限定在童年的时光里，也不会被限定在一个家庭、一个院落、甚至一个国家中。但是，每一个人的今天无疑都是走在她（他）往日的经验与思想的桥梁之上，因而理解自己和世界。

　　　　这正是我所理解的"如果你不经常变成小孩子，你就无法进入天堂"这句话的内涵。[②]（着重号为引者加）

　　《私人生活》以"童年"来超童年，以"性别"来超性别，以"私人"为元点辐射向"众人"。这是从童年"性"书写这个新的角度来解读这些"私人写作"文本而发现的新语义。这种写作姿态和目的也可从陈染的自诉中得到证明："我努力使自己沉静，保持着内省的姿势，思悟作为一个个人

　　① 陈染、林睿等：《黛二小姐以及性》，《不可言说》，作家出版社 2000 年版，第 90 页。

　　② 陈染：《私人生活》，第 117 页。

自身的价值，探索着人类精神的家园。"① 陈染对自我童年的追寻就是这样一个"沉静"的、"内省"的姿势，从"一个个人"去抵达"人类精神的家园"。

相比陈染笔下因身体欲望所惑而迎合男老师的少女拗拗，虹影笔下的少女六六似乎倒真带了些"恋父"情结。六六正是因为从别处感受不到温暖才走向了给予她关心的中年老师，然而这初次性爱的悲剧性的结局给她带来了生命的痛楚。与陈染一样，虹影的童年书写不仅是自我个人的，而且也还是指向民族的、人类的。虹影说，《饥饿的女儿》"对我而言，有两种含意：我是从什么地方来的？我是怎么成为一个作家的？从表面看起来是我个人的成长史，我觉得它同时也是我们整个民族的成长史，而且也不仅仅是我们这些 60 年代人的成长历史，它看起来是在写一个女孩子的成长，写一个普通的中国家庭，实际上它也在写中国人的近半个世纪。中国普通老百姓在严酷的时代里是怎么活过来的？一个少女是怎么在当时的环境中间成长起来的？一个女人是怎么承受过那个时代的？因为那些女人包括我、我的母亲、我的姐妹，还有我生活中出现的所有女人。……这部作品把个人和历史、个体和社会、自我和非我结合起来了，并不是仅仅讲述一个女孩子、一个女作家的成长。"② 由此可见，虹影的写作也是一种自觉的超性别、超个人的写作。六六和拗拗两个少女以其性爱成长的挫折经历揭示一个真理：不是以孩童/女性/个体/民族的独立为基础的向他者的求证，这种认同行为的结果不能带来真正的自我确认和建构，反而可能会导致从最初的孤独走向更深重的孤独，从最初的痛楚走向更剧烈和漫长的痛楚。

二

女性童年的身体话语因其生命时段的特殊性而具有着不同于一般的女性成年身体话语的独到意义。林白郑重发言："作为一名女性写作者，在主流叙事的覆盖下还有男性叙事的掩盖（这二者有时候是重叠的），这两重的覆盖轻易就能淹没个人。我所竭力与之对抗的，就是这种覆盖和淹没。淹没中

---

① 陈染：《潜性逸事》，河北教育出版社 1995 年版，第 359 页。
② 张英编著：《虹影 回来的燕子》，《文学人生：作家访谈录》，第 134 页。

的人丧失着主体，残缺的局限处处可见。个人化写作是一种真正生命的涌动，是个人的感性与智性、记忆与想象、心灵与身体的飞翔与跳跃，在这种飞翔中真正的、本质的人获得前所未有的解放。"① 尽管林白明确声称她反对"两重覆盖"（主流叙事和男性叙事），但也许因为她醒目的女性话语主体身份，人们更多地关注她对后一种"覆盖"（"男性叙事"）的挑战，而忽略了她同时也要和男性一起反抗的前一种"覆盖"（"主流叙事"），即她的超性别意义的个人话语。这种片面解读普遍地存在于对林白、陈染为代表的女性叙事中，而对其童年身体话语的意义忽略则更凸显了这种片面性。

　　林白、陈染们的自我童年身体话语是一种重要的思想话语，正如法国哲学家梅洛·庞蒂（Maurece Merleau-Ponty）所言："世界的问题，可以从身体的问题开始。"女作家们从童年的身体问题开始理解"世界"的问题及"自我"的存在问题。当她们通过对童年的追溯，正视并明确地把握了最早开始的身体隐秘之后，对现在的"自我"的认识也就逐渐清晰，正如荣格所说："对于自我只是这个问题，只有当人愿意严格地检查自己并确实了解自己的时候，他才能获得肯定的解答。而且，倘若他能够循着自己的这种愿望前行，那么他不但可以发现某些关系到自己的重要真理，还可以得到一种心理优势，即是说，他将会成功地相信自己值得给予认真的注意、同情和关心。于是，他便开始——事实也正是如此——宣布自己做人的尊严，并且首先着手探索他的意识的基础，即探究无意识的奥秘。"② 不妨据此理论中的几个关键词来评析林白们自我童年身体话语的重要意义。

　　第一，"重要真理"的揭示。女作家们在自我童年呓语中对童年性意识和性欲望"供认不讳"，是因为她们发现了"重要真理"——童年身体是一种确实的存在，她们以真实的自我经历（包括陈染说的现实经历和心理经验）无可辩驳地证明了其存在的合理性。这标志着她们对生命本体的尊重和切实关怀，即不再是在传统男权文化体制中自我压抑或自我遮掩、在形象建构上趋附于和屈服于男性文化标准，也不再是在传统父权文化规范下对身体自觉压抑，摆脱了封建文化暗示的涉性身体的不洁感、罪恶感，还童年身

① 林白：《空心岁月》，第296页。
② ［瑞士］卡尔·古斯塔夫·荣格：《未发现的自我：寻求灵魂的现代人》，第61页。

体以"光明"和"正大"，在深层次上表达了现代的生命伦理诉求——发现并承认个体生命感觉的多面性和正当性是现代性伦理思想的基点。她们以少有的直率将异常敏感的成长隐秘昭然于天下，由她们释放的这类"洪水猛兽"，无疑极具对传统父权/男权文化规范的勇敢挑战和大力颠覆的意味，这类童年身体话语担当了"正本清源"的重任，在自我童年的身体记忆这种"飞翔"中"真正的、本质的人获得前所未有的解放"。① 马尔库塞认为"妇女的解放将比男人的解放意义更深远"，"马克思的理论把性的压迫看作是原初的、首要的压迫，而妇女解放运动就在于反对把妇女贬低为'性的对象'。"② 在封建传统社会中，儿童与妇女一样都属于文化霸权下的被压迫者，根据上述马尔库塞的思路，我们也有理由这样说："儿童的解放将比成人的解放意义更深远。"因为对儿童的压抑，是对生命天性或原初人性的全面覆盖，而且往往在一种"天经地义"的想当然中掩盖这种压迫性事实。儿童的解放首要的就是对童年人生所代表的生命本真属性的认可。这种对童年身体欲望的揭秘表明了从头开始对生命的彻底的理解和尊重。马尔库塞指出："解放的主体性，构成于个体的内在历史（即个体本身的历史）中。个体的这种内在历史，不同于他们的社会存在。这个内在历史记录的是他们的遭遇、他们的激情、他们的欢乐、他们的忧伤……确实，从政治经济学的角度看，它们或许不是'生产力'。然而对每一个人的存在来说，它们是决定性的，它们建构着现实。"③ 而对解放了的童年人生"个体内在历史"（包括其本能性欲）的认识，对每个人的存在来说同样具有"决定性"，因为它也"建构着现实"，尤其是关及自我人格的生命现实的建构。

第二，"心理优势"和"做人的尊严"的获取。童年身体话语的自我言说使这些女作家们得到了"心理优势"。首先，对童年身体秘密的自我揭示首先是从"她们"开始的——而不是被认为"第一性"的"他们"，她们"敢为天下先"，是首先开始"吃螃蟹"的人。自我童年身体话语彰显着女作家们非同寻常的勇气。女性在自叙性作品中暴露童年性欲，比暴露成年性爱也许需要更大的勇气，因为她要顶着可能会被骂为"骨子里"就有"骚

---

① 林白：《空心岁月》，第 296 页。
② ［美］赫伯特·马尔库塞：《审美之维：马尔库塞美学论著集》，第 147 页。
③ ［美］赫伯特·马尔库塞：《审美之维：马尔库塞美学论著集》，第 209—210 页。

性"这种对号入座的名誉风险——这是素喜品头评足的"正统"之人的道德评判习惯，就像《流年》中人们对 5 岁女孩小桔子的议论那样。林白、陈染们顶风而上，无疑表征着她们不畏世俗流言的可以骄人的勇气。林白们在锐利地"破开"男权文化天空之时，也在骁勇地"破开"笼罩在男女头顶的共同的传统父权文化的阴霾。再者，在童年发生的第一场性爱战争中，女性经历了"凤凰涅槃"：她们以付出童贞的代价换得了一个真知——能解救自己的就是自己。陈染、虹影在写少女的初夜之后，男性对象都被剔除出局：T 老师从此被拗拗拒绝，六六从老师事后的自杀中认识到了男性不负责任的自私和软弱，这种认识代表了对以前依赖的男性的抛弃。在此意义上，童年身体话语具有了不可低估的解构力量，在少年期的第一次不成熟的性爱交战中就已经带有微观政治学的意义，使得原本遭遇性遮蔽的女孩子们开始认识到要独立地从男权/父权制社会程控中去把握自己的自主权力。她们开始宣布自己做人/女人的尊严，这尊严就来自于她们所省悟到的"自立"与"自救"的人生要义。

　　第三，从创作主体的自我建构行动系统来看，对自我童年身体存在的言说有助于"维持连贯的自我认同感"。吉登斯认为"自我认同"概念的核心问题是"反思"，"自我的反思也拓展至身体"，"身体的实际嵌入是维持连贯的自我认同感的基本途径。"① 之前的女性书写中往往只注意成年后性爱中的女性身体，而林白、陈染等人的自我童年身体话语打破了这一习以为常的惯例，填补了对女性成年前的身体存在状况探查的空白，对从生命起点的童年开始的身体成长的审视，无疑可以在时间之维上给女性作家带来对女性身体追根究底的连贯性认知（如林白描述的"镜中的光"、陈染喻称的"活的桥梁"），从而也使得她们在纵向的生命发展上维持了连贯的自我认同感。她们所采用的这种自我认知的方式和勇气，也给男性作家指明了一条自我确认的道路，开辟了一片可以继往开来的话语场域。总之，这类自我童年身体话语因其敏感的性别特征而使其对传统的挑战显得更加突兀和锐利，同时又因其自觉的超性别写作追求而使这种"爆破"呈示出了更深广、更宏阔的启示意义。

----

　　① ［英］安东尼·吉登斯：《现代性与自我认同：现代晚期的自我与社会》，第 111 页。

不妨比较一下男性作家的童年身体书写。第一，男性作家中只有少数人敢于坦言童年的性经历来自于自己，如柯云路写《蒙昧》。作者标榜的情爱故事是7岁小男孩喜欢上了老师，情爱的最大限度就是男孩曾偷看到老师的身体，并想在精神上占有她的爱。通篇小说与身体基本无关，只是朦胧的性意识而已。作家写此"情爱故事"的用意，客观上在于表现人性和苦难，他在正文前的概要中重点标举的是"一张大床，开始了一个小男孩一生的故事"，颇有点哗众取宠之意。他的童年回忆对自我的建构其实不是立足于他所称的"性心理"，而是立足于传统的"向善"的维度上。如泰勒所说的那样："寻找和发现向善的方向感的范围内，我们才是自我。"[1] 第二，男性作家笔下少年的异性之恋多出于肉体欲望，如《动物凶猛》中的马小军对大姑娘马兰肉体的渴望。相比陈染、虹影笔下的少女拗拗和六六，少年马小军是欲望的追逐者，丧失了对自己行为的清醒认知；而拗拗、六六尽管也受性欲望的推动，但并非是全部，她们对自己的行为事前事后都有认识，尤其是经过这一青春期性骚动危机之后，主体精神迅速成长，以至于几乎"脱胎换骨"，而马小军们还在不知所以然地"苟延残喘"。写了一系列少年成长小说的男作家苏童概括这类小说共同的特点是："以毁坏作结局，所有的小说都以毁坏收场，没有一个完美的阳光式结尾……成长总是未完待续。"[2] 即使在长大成人后的出生寻访中，他们也未能完成真正的自我确认，如《动物凶猛》中成年的马小军在回忆中最终还是不能确定成长中是否经历了一个关键的事件（与米兰的关系），这种恍惚意味着自我建构的一种无力感、虚幻感。而林白、陈染、虹影笔下少女成长往往已经攀升到一个精神高度，或者说"告一段落"甚至是"安全着陆"。童年身体/性爱书写的不同落脚点反映了男女作家自身对成长中"人"如何走向"主体"的心理体验和认知深度。

总之，相较男性作家，女性自我童年身体书写所表征的是主体敢于直面自己并进行自我建构的勇气、骨气、志气，还有不可小觑的——大气。她们用心构筑的这道童年书写风景在近百年来的中国童年书写中显得分外绚丽夺

---

① ［加］查尔斯·泰勒：《自我的根源：现代认同的形成》，第46页。

② 苏童、王宏图：《苏童王宏图对话录》，苏州大学出版社2003年版，第80页。

目。"红装素裹"的女性自我童年身体话语，给"千里冰封"的"北国风光"带来了"晴日"的"分外妖娆"，并且不无"欲与天公试比高"的雄伟情怀。20世纪末大量出现的对自我童年的身心成长的众多言说，提供了真正逼近儿童世界的可能，使从前"残缺"的人（童年真实生命被遮蔽）开始走向"完整的人"（童年乃至成年生命的敞亮）。

第五章 "自我"建构之溯源（二）：
童年书写的母亲镜像

从婴儿开始的自我的成长意味着从原先的混沌中逐渐获得自我，并不断地使自己成为自己。心理学研究表明，在儿童成长过程中，母亲起着举足轻重的作用。母亲给予的影响及孩子对母亲的态度决定着孩子（尤其是同性别的女孩子）的自我认知与主体建构。因此，考察童年话语中的母亲形象及母子关系，是把握从童年开始的自我建构状况的一条有效途径。纵观五四以来的童年书写，"母亲"是童年生命现场中频繁出现的重要形象，不同时代的母亲形象呈现出不同的形象特质和精神内涵，对母亲的塑造经历了一个由对母性神话的美丽想象到本真穿透的转变过程，此明显的转折发生在20世纪80年代中期。本章从母亲之于童年生命（尤其是女儿）的成长建构层面来考察文学中母亲形象及母女关系的历史演变，落脚点则在于话语主体关于自我建构的思考状况。对于该问题的具体讨论，将借鉴相关的心理学与精神分析学理论——主要是艾里克森的"自我同一性"理论和拉康（Jacques Lacan）的"镜像"理论，二者都强调了母亲这一角色的行为以及对母亲的认知之于孩子的自我生成的重要性。

第一节 基本信任感：对"母神"的感念与皈依

在人类文化中，母亲是一个具有神性的文化符号。母亲生育繁衍了人类，拥有爱的天性，具有神祇的地位和风范。即便在中国封建社会，尽管女性历来受到压迫和歧视，但身为母亲的女性却能受到顶礼膜拜，并为那些鄙视女性的男性们所"孝敬"。母亲在作为生命文化符号的同时还是一个伦理文化的象征符号，其价值指归主要与伦理道德功能相联系。五四时期在"人"的启蒙思潮中发现了"妇女"，综观其时的家庭叙事，往往表达的是对象征着封建礼教权威的严父的激烈批判与反叛，同时也表达着对慈母的温情回归，然而这一时期的"母亲"还没有被纳入"被发现"的"妇女"这一行列。当时的启蒙者积极倡导"妇女"的解放，但是从对此呼吁的实际响应者来看，主要是尚未出嫁或尚未生儿育女的青年女子，母亲依然是传统的母亲，本分地履行着生儿育女的天职。五四小说涉及母亲的多为女作家，在其笔下，母亲多为旧式贤孝女人（如冯沅君的《隔绝之后》、《误点》，苏雪林的《棘心》等），慈祥的母亲有时成为阻止她们去决绝地冲破封建樊篱的羁绊，成了她们放飞自由生命的一个难以割舍的负担。相形之下，五四童年书写中，母亲形象则有着比非童年书写的母亲相对纯粹的母爱意蕴，而且还暗合着时代精神。

依据童年书写中的母亲形象及其儿女对之的态度这组关系，可将五四至新时期之初的童年母亲话语分为下列几种：

"重估一切价值"的五四时代是一个既灭神又造神的历史新生期，"灭神"是推倒以父亲为代表的统治者神位，而"造神"则主要表现在童年书写中：推举儿童是天使、母亲是圣母。相比传统社会中对父权的理性臣服，这种对儿童和母亲的歌赞表明了一种对自然、天性之爱的感性皈依。在五四这一"人"的新生期、"儿童"的新生期，关及创造与容纳的母性神话在童年书写中得到了一种几近唯美的想象式表达。养育了儿女生命的母亲是孩子最初、最亲切的爱恋，是童年生命成长的引路人和保护者，是孩子幸福童年的守护神。作家对童年的追怀常与对母亲的依恋紧密相连。最典型的颂扬童心与母爱者，莫过于冰心。在《繁星》、《春水》、《寄小读者》等诗文中，母亲成为其最深情的眷顾。在小说《超人》中则借年轻的主人公之口道出了母亲的重要性："茫茫大地上，岂止人类有母亲？凡一切有知有情，无不有母亲，有了母亲，世上便随处种下了爱的种子。"从文化心理的成熟程度来论，五四刚刚觉醒之"人"尚处于"人"的萌芽期即心理的童年期，而在童年生命成长中担任最重要角色的母亲当仁不让地成为其心灵的归宿地。并存于童年书写中的"母爱颂"与"童心颂"都指向对生命原初的自然回归，而前者比之后者更带有精神皈依的宗教色彩。五四童年书写中的母亲形象卸去了非童年书写中的母亲所负载的伦理身份，还原为发乎自然人性的母爱。冰心在《母爱》中赞叹母爱的真纯："她的爱是屏除一切，拂拭一切，层层的麾开我前后左右所蒙罩的，使我成为'今我'的元素，而直接的来爱我的自身！"这种"地母"形象类似于印度佛教中的"度母"。度母代表的是资助与拯救的原始力量，因她指引幸福的超度而被称为度母，被尊崇为保护神和救助神。《度母奥义书》中如此赞美大女神："你是纯洁的精神，至福至乐是你的本性；你是终极性和天国的清光，你带来光明并打破了再生恐怖的自我催眠状态，你以永恒的黑暗包容着宇宙万物。"[1] 五四的童年书写者对母亲的感怀与婆罗门教信徒对度母的祈祷相类似，冰心在《造物者》诗中如此咏怀："造物者，／倘若在永久的生命中，／只容有一次极乐的应许，／我要至诚地求着：／'我在母亲的怀里，／母亲在小舟里，／小舟在月明的大海里。'"小舟意象是大母神的原型之一，"在现代儿童绘画中，也发现了大母神的抽象、想象的类型。出现于儿童无意识中的母性原型伟大形象被构想为一只'船的图画'。船与母亲原型的无意识有联系。"[2] 船体现了母性的容纳特征，是"体现女性本质的原型象征"。[3] 冰心祈求的是自己回到婴儿状态，被母亲抱在怀里，融入更大的自然母亲的怀里，这种对母爱的歌颂，已经上升为对融通宇宙之博爱的礼赞。五四童年书写中讴歌的母爱贯注了对人类博爱意识的宣扬，映射着"人的解放"时代的思想光辉。

30 年代京派小说家的童年追怀中，母亲往往作为纯朴人性的一个表征，如沈从文的《三三》中三三的母亲善解人意，一派温和宽厚的慈母风范。40 年代骆宾基的《混沌》中的母亲照料家业、疼爱孩子，童年的"我"很爱母亲，在了解母亲操持家庭的不易之后更添了对母亲的体谅和敬重。端木蕻良在《初吻》、《早春》中也渲染了童年的自己对母亲和姑姑撒娇般的爱恋。大体看来，三四十年代童年叙事中的母亲都是日常生活中的母亲，她们

---

① ［德］埃利希·诺伊曼：《大母神：原型分析》，东方出版社 1998 年版，第 345 页。
② ［德］埃利希·诺伊曼：《大母神：原型分析》，第 117 页。
③ ［德］埃利希·诺伊曼：《大母神：原型分析》，第 38 页。

的身上没有时代精神的蕴涵，是传统型的慈母。离开故土的游子们在乡土童年书写中表达对母亲的依恋之情，其实是表达对母亲所代表的精神家园的回归，映照的是对都市世俗人性的不满或现实飘泊中的凄凉心境。

"文化大革命"之后的新时期初，童年书写中对母亲的抒情性咏叹贯注着时代精神。《伤痕》中年少无知的王晓华背弃了"反革命"的母亲，而母亲一直惦念着女儿，直至"文化大革命"结束女儿才幡然醒悟，想要重新回归母亲身边，可是因为母亲的去世而无处忏悔。梁小斌的诗《雪白的墙》则以孩童的口吻对妈妈忏悔，诉说自己曾经在墙上乱涂乱抹的过错和现在对雪白的墙的维护。这是迷途的羔羊向正途的回归，母亲作为倾听忏悔者、是非评定者而成为理性的象征。五四童年话语中母亲所扮演的"文化圣像"到此有了一定程度的"位移"，她不再只具有一味的感性之"爱"，已经带上了"理性之思"。向慈爱的母亲回归、向宽厚的母亲忏悔并祈求原谅，载着失而复得的人性和理性的小舟向着母亲这一生命的港湾归航。这种对童年母爱的重拾、对母亲的信赖，又一次显示了母性神话的拯救力量。这种"恋母"情结所具有的角色认同和心理征候，凝聚着特定的历史内涵和文化底蕴，他们寻找的其实是一种正确的意识形态的依托。

总体看来，五四到新时期之初的童年话语中的母亲形象，大多是被抽掉了个体生命内容的文化符号，是类型化的群像，甚至被抽象成了一尊"文化圣像"。无论着意的是其生命养育中的伟大神圣、日常生活中的温和慈爱，还是政治灾难中的宽宏大量及清明的理性，都属于对母亲的正面书写，母亲都是作为孩子敬爱的对象、依恋的对象、信赖的对象而存在于他们的童年生活中。母亲是爱的奉献者，又是苦难的承受者，以其博大深厚的母性拯救苦难，凸现的是包容一切的地母形象，其文化归属在一定程度上显示了对原始母性神话的接续。而纵观上述时段童年书写中的孩子对母亲的态度，可以发现基本也都是传统的取向，即子对母的皈依。这种孩提时代最为明显的母子之间容纳与被容纳的关系，昭示了远古大母神的无上地位。埃利希·诺伊曼（Erich Neumann）在《大母神：原型分析》一书中指出大母神的基本特征是"女性作为大圆、大容器的形态，它倾向于包容万物，万物产生于它并围绕它，就像一笔永恒的财富。产生于它的一切事物都属于它并且继续服从于它；即使个人逐渐独立了，女性原型也会把这种独立性相关地处理为它自身的永恒存在的另一非本质形式。……在自我和意识仍然弱小、未经发展而无意识占据支配地位的任何地方，都可以清楚地看到女性基本特征。因此，基本特征几乎永远具有一种'母性'的决定因素。自我、意识、个人，无论是男是女，都是孩子般的天真的，都依赖于它们与它的联系。"① 参照这段精辟的评析，可以这么推断，之所以在中国上述时段的童年书写中，童年追怀者们基本一致地表现母性神话及其对之的感念和皈依，原因在于时代与个人的文化心态，在这些时代的童年书写者身上，"自我和意识仍然弱小、未经发展"。"人"的新生的喜悦，致使童年书写者们关注的是普遍的而且是精神层面的抽象意蕴，而难以沉入儿童和母亲的现实层面、生命本体层面去探幽发微；而历经了战争动荡、政治风暴等社会苦难，对甜美的童年以及散发着安详气息的母亲的追索，透露着童年书写者们对安宁的美好生活的向往，怀着这种创作心态，自然会将母亲的内涵一维化，乃至臻于"神"化。于是，在塑造时对母亲的复杂性尤其是阴暗面就会有意或无意地忽略，从而对其人性揭示形成一种遮蔽。而对母亲生命形态的认知程度，影响到对童年生命形态的认识，进而影响对"人"的生命和"自我"认知的深浅度。这时段的作家对母亲代表的单向性文化意蕴的皈依，是一种理想性的、集体性的身份认同。由于这种认同缺少反思的进入而依然带有一定的传统性，对于"人"与"自我"的现代性认知还欠深入。

对照艾里克森的"自我同一性"渐成理论，这一时间段童年书写中所表达的对母亲的倾心归依，相当于"同一性"渐成的第一阶段即"婴儿期"的状态。"此阶段的发展任务是获得信任感和克服不信任感，体验着希望的实现。"② 艾里克森尤其重视这第一个阶段，他认为自我发展最初是通过心力内投和投射的过程产生的，继而是通过自居作用，再后是通过同一性的形成而实现的。这些途径并不是自我发展的阶段，而是自我形成和转化的形式。他强调指出亲子关系对儿童信任感的发展有十分重要的作用，这一信任感的形成尤其"有赖于与母亲关系的性质"③。"最早儿童期的同一性获得的

---

① ［德］埃利希·诺伊曼：《大母神：原型分析》，第 25 页。
② 王振宇：《儿童心理发展理论》，华东师范大学出版社 2000 年版，第 148 页。
③ ［美］艾里克森：《同一性：青少年与危机》，孙名之译，浙江教育出版社 1998 年版，第 90 页。

最简短的公式可以很好地表达为：我就是我所希望自己占有的和给予的。"①
婴儿从母亲身上获得自居认同，最终变成一个给予者，正是这种人生最初的
从母亲处获得的"基本信任感"在儿童心中构成了同一感的基础。处于类
似这种"婴儿期"阶段的童年书写中的母亲歌颂者们，因为从"母神"那
里获得了这种"基本信任感"，所以其主体精神基本处于一种单纯而平稳、
自发又自足却遮蔽了复杂性的建构状态。

第二节　同一性危机：对母性的审视与离弃

　　童年书写中真正有力地推进创作主体自我建构的母子关系表现，集中出
现于 20 世纪末，尤其体现在与母亲同性别的女性作家的成长童年叙事中。
在童年女儿对母亲的审视、背弃与另寻中，鲜明地呈现出少年期发生的
"自我同一性危机"，危机的产生、发展和解决表征着自我建构的艰辛过程。
这里所论的女儿朝向母亲的身份认同问题在一定程度上可以代表儿子对父亲
的认同关系，而且在某些方面还呈现出比父子关系更为复杂和深刻的意蕴。

　　20 世纪 80 年代以来，各类神话被逐一打破，随着政治领袖即国家神明
的走下神坛，家庭中的母亲圣像也随之走出神龛。马克思曾深刻指出："任
何一种解放都是把人的世界和人的关系还给人自己。"② 在神话解体的时代，
年轻的女作家以解除一切禁锢的目光来审视之前陈旧的文化符码，将以往被
崇奉的母亲进行了从"神"到"女人"甚或到"坏女人"的逐步还原，而
对母亲生命的认知方式、程度和态度则映现着女儿自我建构的状况。依据母
亲形象和女儿对之的态度这一组关系，可以将 20 世纪末以来的女性成长童
年叙事中这一"审母"主题的书写概括成下列几种类型：

　　之一：娇妻弱母——女儿疏远。

　　迟子建的一系列童年书写中母亲形象几乎必不可少，大部分的母亲形象
呈现出贤妻良母的类同特征，女作家对"贤妻"的肯定甚至远远超过了对
其"良母"的表现，母亲因此获得了自然、平常的烟火气息，孩子则对之

---

① 《马克思恩格斯全集》第一卷，人民出版社 1976 年版，第 443 页。
② ［美］艾里克森：《同一性：青少年与危机》，第 93—94 页。

认可并亲近。这是对 80 年代之前神性母亲第一步的人间还原。而王安忆的长篇小说《流水三十章》第一卷"童年"中，母亲已不是严格意义上的贤妻，而是"娇妻"，且因为此"娇"而难做"良母"，这是对自古以来扬母性抑妻性传统的一种反拨。在小女孩张达玲从被寄养的农村回到上海的自己家里之始，就与母亲形成了紧张的关系，问题根源在于母亲——她是一个不具备母性的女人。"这样地享受父母和男人娇宠的女人，往往是不懂得娇宠孩子的。她似乎是一辈子也难为人妻母，而却永远为人女儿。她太过于专注享用宠爱，便分不出精力与聪敏去学习爱别人、爱孩子。每一次生产于她都是一场酷刑，她来不及留心体内与胎儿一起培育着的母性。这母性被她忽略掉了，从来得不到注意和培养，便自生自灭了。"① 母亲热衷的角色是一个只专注于房事的妻子，对孩子的抚育漠不关心，而这隐秘的弱点偏被孤僻的张达玲发现："就在她窥探到她的父亲和母亲有一个秘密的时候，她与她的父母之间便有了深深隔阂。""她的无言无形的审视终于离间了她和父母的接近，她成了个没父又没母的孤儿。"她的沉默的存在给母亲带来了压力和不自在，每当家里只剩她和母亲单处，逃跑的总是母亲，而幼小的张达玲"是一如顽石那样沉默和坚强，其实她内心是紧张得几乎崩溃，可她不明白她应该怎么办？即便是愿意逃，父亲与母亲毕竟有着彼此的合作与支援，不会像她那样一无出路"②。母亲始终未能以母爱来抚慰她渴望关爱的孤独敏感的心灵，这给小小的张达玲带来了情感的贫乏、寂寞乃至自虐。作家通过张达玲对母亲的疏离表达了对女性身上母性缺席的批判。相对于无私的母性，这种跃居首位的"妻性"及始终未褪的"女儿性"显示了相当的自私性，从而破坏了母亲身份的平衡建构。童年时代母爱的缺失给张达玲的心灵成长带来了巨大的缺损，使她之后一点点地丧失表达爱的能力，一次次地错过接受爱的机会，一步步地走入无爱的孤独困境。

之二：罪妻卑母——女儿对抗。

当代成长童年书写中对母亲性爱的揭示还大胆触及其越轨性爱，这种超出道德伦理之外的性爱在孩子心目中是一种"罪恶"，给孩子造成了巨大的

---

① 王安忆：《流水三十章》，上海文艺出版社 2000 年版，第 54—55 页。
② 王安忆：《流水三十章》，第 60 页。

精神折磨，由此产生了女儿对母亲的怀疑、厌恶乃至杀灭的激烈对抗。铁凝的长篇小说《大浴女》中尹小跳的母亲身上表现出了越出妻性的女性性欲望与良母身份的冲突。小说用了将近二分之一的笔墨写尹小跳等女孩的童年，影响尹小跳心灵成长并使她成年后的生活依然阴影笼罩的罪魁祸首就是她的母亲章妩。春风文艺出版社 2000 年版的封面折页上这样介绍内容："一个美丽善良的母亲为了两个女儿，为了家，不期有了外遇；爱的理由、氛围、地点无不让人心动。"这段概要与小说内容根本不符，母亲章妩并非是"为了两个女儿"才"不期有外遇"，而是为了得到一张可以在家休养一个月而不用回农场的病假条，主动引诱唐医生发生了性关系。这是一个懒惰、自私、卑下、贪恋肉欲的母亲，常常忘却了自己的母性担当。有时她也能记起母亲的身份，"她很想把尹小跳和尹小帆揽在怀里使劲儿抱抱她们，但她又似乎不具备这种能力。并不是每一个母亲都具备爱抚孩子的能力，尽管世上的孩子都渴望着被爱。并不是每一个母亲都能够释放出母性的光辉，尽管世上的孩子都渴望着被这光辉照耀。"[1] 在内疚之下，章妩答应先给女儿织毛衣，后又转而先给相好的唐医生织，遭到了尹小跳愤怒的责问和怀疑，女儿"年深日久的不相信就从织毛衣这件事开始变得明晰、确定了。对于一个母亲来说这是令人伤心的，是双方无奈的一个事实，因为无奈，也更显残忍。"[2] 对父母产生怀疑，是孩子精神成长最关键的时刻，是个体走向心理成熟的必经之路，是孩子在精神上摆脱原先对父母的"迷信"而走向自我思考和判断的一个重要转折。母亲的不轨行径让尹小跳引以为耻，这使她眼看着妹妹尹小荃（母亲和唐医生的私生女）走向污水井而不去阻止，虽然除掉了"眼中钉"，但从此却使尹小跳背上了精神的十字架。

迟子建的《岸上的美奴》则写了少女杀母这一更为极端的女儿成长故事。少女美奴的母亲因为失去记忆而摆脱了现实中为人妻和为人母的身份限制，还原为一个自由女性，无所顾忌地表达对女儿老师的爱慕之情。这印证了母亲以往的情感压抑状态，失去记忆后的自由身挣脱了社会伦理规范的钳制，释放了以往被母性与妻性压抑的女性情感。当母亲打扮鲜亮地去美奴学

---

① 铁凝：《大浴女》，春风文艺出版社 2000 年版，第 57 页。
② 铁凝：《大浴女》，第 63 页。

校，在大庭广众之下声言来看白老师而被旁人围观议论时，"美奴却觉得自己的羞耻心被人生吞活剥着，仿佛那些刚上岸的雌马哈鱼由人用锐利的刀给割了腹。"① 细究这种羞耻，可以发现它不仅是因为女儿在伦理规范上无法容忍母亲"伤风败俗"的荒唐举止，而且还藏着另一种隐秘的心理：正暗恋着白老师的美奴从母亲的行为"镜像"中看见了自己对一个不该爱的男子的罪过。少女生命的觉醒阶段颇似拉康镜像理论中所言的"镜像阶段"，而"女儿在未成年阶段尤以母亲为自我形成的镜像，从母亲身上寻找自我的影子，处于精神幻象中。……其虚幻性有时导致疯狂的偏执。"② 美奴由这双重羞耻而生出对母亲的怨恨并谋杀了母亲，以为可以消灭暴露了的"罪恶"，然而杀母这一罪过势必又会给她带来另一种难以摆脱的罪恶感。美奴跟尹小跳一样，对"不洁"母亲的斗争，表明她们对合乎传统、中规中矩的母亲形象的认同。

之三："丑恶"之母——女儿鄙弃。

世纪末童年书写中的母亲形象塑造，除了对母亲性爱的揭示即从无性之母到有性之母形象的一大转变外，第二大转变乃是颠覆以往母亲善与美的形象，让"丑母"、"恶母"出场亮相，这个"丑"包括外貌与内心之丑，这个"恶"则涉及性格乃至母性之恶。

对世俗之母淋漓尽致的展示当属追求原生态呈现的新写实派女作家，在她们的童年书写中，母亲甚至散发着恶浊的气息。方方在中篇小说《风景》中塑造了一个眼见小儿子无辜挨毒打却仍专心挑老茧的冷漠至极的母亲，池莉则在长篇小说《你是一条河》中对母性神话作了彻底世俗化的还原。小说以幼年的女儿冬儿的视角来观照母亲，年轻的母亲辣辣在丈夫死后独自拉扯7个儿女，日益变得粗俗泼辣，在艰难时为了生存而先后与管粮食和管卖血的男人发生性关系。敏感的冬儿察觉到了母亲与男人私通的污点，母亲也发现了身边多了一个洞若观火的"小妖精"，母女关系随之走向对峙。8岁的冬儿在父亲去世的那一夜早熟，也从那时起就开始贴近母亲，"期待有朝一日，母亲会单独与她共同回忆那夜的惨痛，抚平她小小心中烙下的恐惧。

① 迟子建：《岸上的美奴》，《原野上的羊群》，江苏文艺出版社1997年版，第308页。
② 郭力：《二十世纪中国女性文学的生命意识》，黑龙江教育出版社2002年版，第222页。

小女孩天生的羞涩和胆怯使她无法主动向母亲倾吐她的秘密，可她坚信母亲会觉察，会揽她入怀询问她性格的巨大变化。母亲将加倍疼爱她，她将安慰母亲，这个家里只有她们母女才能真正互相帮助，互相爱护。冬儿正是这样做的，可母亲一个重重的耳光打破了她天真的理想。她在心中呼唤父亲的同时逼视着母亲，她想说的只有一句话：我恨你！"① 女儿对母亲的体恤和亲近被母亲蛮横的暴力轰毁，辣辣的鄙陋、尤其是"不洁"的性关系让冬儿厌恶和蔑视，她在 12 岁时悄悄地阅读《钢铁是怎样炼成的》，"她握紧她的小拳头一遍又一遍地揩去眼中的泪水，发誓将来决不像母亲这样生活，决不做像母亲这样生一大堆孩子的粗俗平庸的女人！"② 而母亲却在女儿心爱的书里吐了一大口绿浓痰以表示对女儿的警告和嫌恶，这个肮脏的举动伤透了冬儿的心。在辣辣让哪个孩子上山下乡的决定中，冬儿最终验证了自己在母亲心中的地位，从此彻底摆脱了母亲的羁绊，决绝地再不回返。虹影的自传体长篇小说《饥饿的女儿》在故事背景与母亲形象特征上与《你是一条河》均有许多相同。少女六六的"饥饿"不仅是因为生在饥荒年代的肚子饥饿，主要原因乃在于渴望母爱而不得的心理饥饿。在小女孩六六的眼中，母亲不是可亲可敬的慈母，而是外表丑陋、行为粗蛮的女人。母亲异常辛苦地肩负起整个家庭的重担，一身病痛，过早衰老，脾气暴躁，不时有难以入耳的话从她嘴里钻出来，这让女儿难以接受。六六正是因为得不到最渴望的母爱而到年长的男老师那里去求证自我的价值。在冬儿、六六的母亲身上，女作家们完成了对母亲形象最世俗的还原。这两位母亲形象像一条泥沙俱下的河，在艰辛世事中跌打滚爬着的母亲头上已经不再具有大母神般耀眼的光环，主要显现的是其平庸乃至丑陋与阴暗——有时虽也闪耀出某种人性的光辉，只可惜年幼的女儿往往没有察觉。作家用对生活不加缀饰的写实方法，端出了母性的原汁原味。女儿们原本想要亲近在苦难中生存的母亲，然而最终都因为母亲的粗鄙、冷漠甚或凶恶而生出了厌恶，冬儿在断绝母女关系后给自己起名为"净生"，就表征了对母亲的彻底背弃。

　　之四：变异之母——女儿逃离。

---

① 池莉：《你是一条河》，《池莉文集》(3)，江苏文艺出版社 1995 年版，第 42 页。
② 池莉：《你是一条河》，《池莉文集》(3)，第 55 页。

一些女作家笔下的童年书写还表现了母亲这棵"大树"的畸形态势，这种畸形给寻求荫蔽的女儿的幼小心灵投下了浓重的阴影。铁凝的中篇小说《午后悬崖》写及一种特殊的母爱。故事以女主人公韩桂心追忆的叙述方式展开。5 岁的女儿因为嫉妒一男孩的玩具而在滑梯上将他推下致死，身为老师的母亲目睹了女儿的罪行，出于保护女儿的母性本能，母亲以谎言掩盖了谋杀的真相。"从此我母亲瞪着大眼把食指压在唇上的那个姿态几乎终生陪伴着我。"① 女儿从母亲这个动作中"感到一种沉重的寒冷，因为这是一种充满威胁的爱，一种兽样的凶狠的心疼。"② 对男孩的谋杀在母亲的谎言保护下让小女孩感到了不能言表、难以解脱的罪恶，致使母女间原本同心同德的亲密出现了巨大裂痕而走向了对立。"午后悬崖"这个精神象喻意味着自我生命内在时间的停滞，韩桂心从 5 岁起就进入了罪与罚的煎熬，并且恶狠狠地把母亲也拉进了这种煎熬，但其实对母亲的折磨并不能就此解放了自己。"悬崖"隐喻着直面自己的恐惧和艰难，显示了生命成长中面临"同一性危机"的痛苦和挣扎。

偏执的母爱给孩子造成生命的重负，而母爱的逆变则给孩子的成长带来了更加严重的伤害。徐小斌的长篇小说《羽蛇》也是一个关于母与女的故事，从女主人公陆羽的童年开始写起。《羽蛇》的故事从人名的设置看带有神话隐喻的性质，"若木"一名是古代神话中的太阳之称，但母亲若木全无太阳的温暖和光辉，她是个外表美丽、自私虚伪、工于心计、会做戏的女人。羽"很怕母亲的那双眼睛，那双眼睛里，什么也没有，再也没有比空无一物更可怕的了。"③ 正如心理学家荣格所说："不管在什么地方，如果没有爱，权力就会自然滋生，暴力和恐怖也会随之接踵而来。"④ 羽的母亲给童年的羽留下了暴力的创伤。羽 6 岁时在图画课上画了一幅纯美的蓝底雪花图准备献给最爱的爸爸妈妈，然而回到家，因为按了一下刚出生的弟弟的鼻子，就被母亲若木重重地打了几个耳光。羽在幻觉的恐惧中闯进母亲的卧室，无意中撞见了父母赤裸着身体拧绞一处的情景，遭到母亲的一顿辱骂，

① 铁凝：《午后悬崖》，人民文学出版社 2000 年版，第 382 页。
② 铁凝：《午后悬崖》，第 387 页。
③ 徐小斌：《羽蛇》，人民文学出版社 2004 年版，第 9 页。
④ ［瑞士］荣格：《未发现的自我：寻求灵魂的现代人》，第 73 页。

这给羽带来了终身的阴影:"小小的羽觉得自己无处可逃。'不要脸'这三个字像烙铁一样烫在她心里。许多年之后她回想起这一幕依然觉得烈火焚心。六岁女孩的羞辱笼罩了她整整一生。这羞辱完全是莫名的,与她毫无关系,却要她来承担。这斥责真的让她觉得自己有罪,自从这一天开始,她永远觉得自己是错,她所做的每件事,还没开始,便会有强烈的失败的预感。后来她真的败了,被周围的人彻底打败了。"① 埃里克森指出:"一个人感到无价值的倾向不断增强,可以成为性格发展的致命因素。"② 羽的成长悲剧就在于她深爱着母亲,然而却发现母亲并不爱她,"对一个六岁的女孩来讲是致命的事实,使她的心破碎了。"③ 正是这个发现使她愤而谋杀了占有了母亲的心、刚出生的小弟弟,而此后她将承受一生的苦难来洗尽这一罪孽以求获得母亲的原谅和认可。母亲若木在羽从小到大的生命中一直扮演的是一个滥用"母权"的"恐怖"的"大母神",她的身上展现了母性内部的阴暗面,这是一种自然母性的逆变,这种逆变对需要依傍自然母性的儿女无疑是一场灾难。对母亲认识不清的女儿最终尝到了去认同其实并不值得认同的"镜像"而带来的苦果。

20 世纪末涉及童年成长的叙事文本中还存在一些恶母形象的变体或延伸。一种是向上延伸:母亲的母亲,即外婆;一类是向下延伸:母亲的其他女儿,女主人公的姐姐。这些延伸体大多都沾染着母亲所具有的恶毒色彩,共同编织着对女主人公的毒害之网。如《羽蛇》中的外婆玄溟,"从很小的时候羽就知道,母亲和外婆并不喜欢她。外婆一见她就唠叨:'家要败,出妖怪……'"王安忆的《米尼》中,孤女米尼的外婆全然没有对外孙女的慈爱心肠,心中装的只有算计和厌恶。铁凝的《玫瑰门》中变态的外婆司漪纹则想把外孙女苏眉克隆成年轻时的自己……这类祖孙关系大大地有悖于常态的祖孙温情。而在向下的延伸体中,《风景》中的 7 个姐姐、《羽蛇》中羽的姐姐、《饥饿的女儿》中六六的姐姐都表现出了程度不等的恶毒或冷漠。这种以母亲为中心而延伸上下的亲情之恶凸现了人性之恶,这是对母性缺失或恶变的强化表现。在这几重同类之恶的共同笼罩下,孤独的小女孩大

---

① 徐小斌:《羽蛇》,人民文学出版社 2004 年版,第 20 页。
② [美]埃里克森:《同一性:青少年与危机》,第 110 页。
③ 徐小斌:《羽蛇》,第 19 页。

多选择了逃离。这表明了女性的成长不仅经受着来自传统的男权、父权社会的文化障碍的阻挠，而且还受着来自同性的层层压制，从而使其自我确认之途更加困难重重。

埃利希·诺伊曼在《大母神——原型分析》中揭示大母神具有三种形式，即善良的、恐怖的、既善又恶的母神，第三种形式"使正面和负面属性的结合成为可能"①。后二种形式在世纪末女性童年书写的母亲形象塑造中已得到深刻的呈现。拯救苦难的母性传统神话，因这些童年女儿清醒的目光去抽离了之前贴于其上的爱与美与善的想象性支撑而走向坍塌。母爱的沦丧以及女儿对母亲信任感的失落，造成了以母亲为"镜像"的敏感的女儿们的生命成长困境。

二

母亲形象在非关童年的文本中也有大量塑造，这里之所以选择童年书写中的母亲形象及母女关系来作研究，是因为它有一些特殊的意义，原因在于：一来，童年书写中的母亲出现在儿女的童年时代，她对孩子的童年生命成长有着重要的影响（或正面或负面），这个地位首先决定了她的特殊性。二来，在儿女童年期的母亲都较年轻，因此也会有属于一般年轻女性的情感丰盈的内心世界，而童年孩子的目光穿透，也会使之呈现出特别的文化意味。三来，站在现时成人的位置去回望曾经影响了个体童年生命成长的母亲，是对生命来处的本源性探讨。"我是谁？我从哪里来？"女性作家的生命寻根疑问或可从童年段的母女关系中找到些答案。四来，之前的论者一般都从性别书写角度关注母亲形象所负载的性别文化意义，而童年书写中的母女关系有时还在超性别的层面上表达了更为深广的文化意蕴，如某些"集体无意识"的揭秘等。具体而言，其意义体现在以下几个方面：

意义之一：童年书写中对母亲的纵深表现是对"妇女"的解放、"人性"的发现的一种掘进。

总体看来，20世纪末童年书写中的母亲形象由80年代之前无性的"圣母"到之后的"性母"乃至"恶母"、"罪母"，由单一刻板的群像化、符

---

① ［德］埃利希·诺伊曼：《大母神：原型分析》，第22页。

号化、抽象化、想象式塑造转向注重生命本体的个体化、物质化、具体化的穿透性塑造，使母亲具有了"人"的多重性。从"性"角度来论，母亲的塑造由以往侧重抽象的"灵"转为曾长时间被避讳的"肉"，写出母亲这样一个在男权话语下有着特定身份限制的女性的情爱，通过孩子的眼睛和心灵来展现母性之外以往被遮蔽的其他特征，即女儿性、妻性乃至妻性之外的一般的女性情感和欲望，穿透以往的无性、无欲之圣母的表面神话，还原成有情有性的欲望之母。几千年来，被道德伦理束缚的母亲在历来的文学中似乎总是与性爱无缘。五四以来，当个性主义的狂风吹醒了处于自由女儿身的青年女性，而母亲由于有着家庭身份、伦理道德的束缚而多会恪守妇道，在女性中她们是最不容易"轻举妄动"的"沉默的大多数"。20世纪80年代中期之前的文学大多忽略了这样一群"沉默"的人像（只有张爱玲等个别作家偶有涉笔），这种"忽略"本身便潜藏着一种男权文化中心的思想，男女作家们自觉或不自觉地认同了这种根深蒂固的传统，所以才会对母亲的肉身存在着有意或无意的忽略。因此，童年书写对有着母亲身份限制的女性的性爱表现就具备了更鲜明的反传统的突破性意义。表现母亲的性爱，将母亲还原为一个卸去伦理负载之后的纯粹的女性，标志着对母亲这一女性身份认识的深入化、内在化、本真化、人间化，也是对母亲作为一个人、一个有着七情六欲的活生生的人的本源性尊重。对母亲这种身份的女性的性爱欲望的表现，是对女子性爱解放中最后一道封建防线的攻破，进一步深化着五四时期开始的对"妇女"的发现和解放。

再者，对母性恶的直逼（如冬儿、陆羽等的母亲对女儿的侮辱）与童心恶的揭示（如幼年的尹小跳、美奴、陆羽、韩桂心犯下了杀人罪恶）同呈共现，解构了儿童是天使、母亲是圣母的传统"神话"。对儿童与母亲这两种原本具有宗教"神性"光辉的角色之隐蔽人性的深刻洞察，标志着作家们对人性的挖掘已经十分彻底。

意义之二，童年女儿对母亲性爱的态度显现出被遮蔽的"集体无意识"。

孔德说："认识你自己，就是认识历史。"① 鉴于母亲在个体成长上的特

---

① 转引自［德］恩斯特·卡西尔《人论》，第82页。

殊意义和人类文化史上的普遍性意义，我们可以说："认识母亲，就是认识你自己，就是认识历史。"在关于母亲性爱的童年书写中，虽然母亲自己可以摆脱自古以来封建礼教的束缚，但是摆脱不了幼年的女儿们的"目光"束缚——孩子总是将母亲的情爱出轨视为罪恶、一种道德的"不洁"。弗洛伊德指出个人的童年记忆进一步扩展了遮蔽性记忆，童年书写本意是向个体生命原始来处的一段延伸，但同时亦可从中找寻本民族的心理深根和文化原型，启示着我们从中去显示童年期特有的、超乎成人更易流露的个体无意识和集体无意识的遗传信息。如果说少女美奴杀母显示了人性的失衡和变态，这其中有她自己所不明了的"个体无意识"（即对自己暗恋老师的羞耻感以及对母亲与老师亲密交往的嫉妒感），那么透过冬儿、六六、尹小跳等一系列少女共同的对母亲不守"妇道"的好恶认识及其激烈反应，可以发现在孩子对母亲守"贞节"的要求中，潜藏着一种"集体无意识"，具体关乎两个层面：

一是人类心理层面，孩童时期就显示了人的本能中对爱的占有欲。基于母亲原型的精神动力，孩子对母亲有着本能的亲近，渴望母爱并意图完全占有，不允许别人夺己所爱。女孩尹小跳之所以对母亲章妩给婚外恋人唐医生做饭、织毛衣极端憎恨，原因之一就在于唐医生的出现剥夺了母亲原本就不多的、给予女儿的爱。另外，不允许母亲"红杏出墙"也许还有一层隐秘的心理原因，依据弗洛伊德的精神分析学说，这是女孩潜意识中存在的"恋父情结"的一种表现——因为爱父亲，所以维护父亲的地位，不允许作为父亲妻子的母亲对父亲有任何背叛行为。尹小跳写信向父亲揭发母亲的罪行，信中似懂非懂地引用了"文化大革命"中的批判用语，如"是可忍孰不可忍"，这种行为暗含着希望父亲来匡正母亲的错误、修复父亲已被母亲损坏的尊严的意图。

二是民族道德层面。从美奴、尹小跳、冬儿、六六等一群少女的例子看来，在孩子面前，似乎天经地义地，母亲必须扮演正统母亲的角色，母亲可以有情爱，但必须循规蹈矩，决不能越轨，无论是出于何种原因（生计、真情或单纯的性欲），一律都是伤风败俗，是让孩子引以为耻、无法容忍的"罪恶"。只要母亲稍微表现出此类"劣迹"，她在孩子心中原本圣洁、亲切、可依赖的形象旋即轰毁成碎片，女儿对母亲的态度变得尖锐苛刻、势不两立。冬儿的态度最为典型：“在心中呼唤父亲的同时逼视着母亲，她想说的只有一句话：我恨你！”① 要求母亲守贞节，保持贞操的清白，若从我们民族伦理文化角度考察，这些文本中的母亲形象以及女儿对母亲的态度倾向，显示了孩子“潜意识中也对应着父权制的意识形态秩序的文化因袭，不仅疏离而且也是对母女自然亲缘的异化。”② 尹小跳、美奴、冬儿等小女儿对母亲“不轨”行为的批判和对抗，无意中乃是与父权合谋，齐力绞杀母亲的自然人性，这也印证了有着“母亲”这样一个伦理身份的女性，要真正获得属于女性的解放、属于人的自由的艰难。长期以来，女性似乎被囚禁在必须“正襟危坐”的母亲身份的壁龛里，孩子的目光就是这样一个无形的“壁龛”。女儿对父亲的维护，实质是一种对传统父权的不自觉的维护；女儿对母亲“不轨”行为产生的羞耻感、厌恶感乃至付诸行动的反抗、报复和弃绝，彰显了几千年来封建伦理道德的根深蒂固与深重的压迫以及彻底祛除这种“潜意识”的难度。

意义之三，女儿在“镜像”认同中的抗争反映了“自我同一性”建构的危机。

首先，“基本信任感”的缺乏。这会导致人不能确定自身。上述文本中的张达玲、冬儿、六六、陆羽等在童年时代都渴望母爱，然而却发现母亲并不爱自己。母亲在亲子关系中没有给予同样的感情投射，情感共鸣未能产生，即不具备埃里克森所称的“相依性”这一信任感的实质核心，从而导致了儿童心中同一感的构成基础即“基本信任感”的缺乏。布朗在《生与死的对抗》一书中深刻指出，即使在童年时代，“无忧无虑”也不过是一种幻想，实际的情形是儿童也如成年人一样充满“焦虑”，甚至比成年人更甚。吉登斯分析了这种由“基本信任感”缺乏而所致的“焦虑感”的来源：“焦虑的种子，植根于对于原初的看护者（常常是母亲）分离的恐惧之中。对儿童来说，这种现象会更为普遍地威胁正在出现的自我的核心，也会威胁本体性安全的真实核心。对缺失的恐惧，即从抚养者的时空缺场中发展出来的信任的消极面，是早期安全体系的遍布性特征。它依次与由抛弃感所促发

---

① 池莉：《你是一条河》，《池莉文集》（3），第42页。
② 郭力：《二十世纪中国女性文学的生命意识》，第223页。

的敌意相联系：这种抛弃感是爱的情操的对立面，而后者则与信任相连，促发希望和勇气。在儿童之中，由焦虑所引起的敌意可以简单地理解为对无助的痛苦的反应。……这种敌意会导致循环式的焦虑，尤其在儿童之中，愤怒的表现会对抚养者产生反向的敌意。"① 同时，他也郑重指出了基本信任感的失去带给儿童的认同危机："在儿童之中，基本信任是作为世界的经验过程的一部分而被确立起来的，这个过程具有一贯性、连续性和可靠性。当对经验世界的期望受到侵犯时，其结果是信任的丧失，就是，不仅是失去了对他人的信任，而且也丧失了对客体世界的一贯性的信任。正如林德所说，一旦这种情形发生，'我们就会成为我们曾当作自己的家园的世界的陌生者。在意识到我们不能信任我们对"我是谁"、"我属于何处"等问题的解答时，我们体验到焦虑……伴随对信任的周期性的冲击，我们重新成为一个异己的世界中不能确定自身的儿童。'"② "不能确定自身"意味着自我认同困难的存在。相比五四到新时期之初的那几代人，世纪末的人们生活在没有"基本信任感"的时代——母亲给予儿童的"基本信任感"可以置换为一般意义上的"人生信仰"，体验着丧失家园的"焦虑"。

其次，羞耻感和罪恶感的重负。逆变母性之"毒"对女儿最深入骨髓的一种侵入就是让女儿幼小的心灵负有了沉重的"羞耻感"（如羽被母亲骂为"不要脸"，尹小跳、美奴、冬儿等为母亲的出轨情爱而引以为耻）与"罪恶感"（如羽杀死无辜的小弟弟、美奴杀死母亲、尹小跳间接杀死小妹妹）。吉登斯在考察"自我认同"时注意到了这两种负面性意识："处理早期生活的感情投入，必然使儿童陷入影响者和看护者之间的联结的张力之中。负罪感就是由焦虑所激起的表现之一。负罪感是由恐惧的侵犯所产生的焦虑，而恐惧的侵犯意味着，个体的思想和活动不能满足规范的期望。……而羞耻感直接与自我认同有关……羞耻感应该在与自我同一性的关系中得到理解，而负罪感则源于对恶行的感受。……迂回的羞耻感来自于对不充分自我的无意识体验的焦虑。……比之负罪感，羞耻感会更为腐蚀性的吞噬信任的根基，因为在幼儿时期，羞耻感与对被抛弃的恐惧存在根本的联系。"③

---

① ［英］安东尼·吉登斯：《现代性与自我认同：现代晚期的自我与社会》，第50页。
② ［英］安东尼·吉登斯：《现代性与自我认同：现代晚期的自我与社会》，第73页。
③ ［英］安东尼·吉登斯：《现代性与自我认同：现代晚期的自我与社会》，第71—72页。

这种与"基本信任感"缺场相关的"羞耻感"和"负罪感",严重地阻碍了成长中的童年生命对自我的正确建构。

再者,小女儿成长中对"镜像"的认同和分离,代表着一种弱势群体成长中的普遍境遇,体现了一种弱者/幼小者走向"他者"的认同歧途及其对之的反思。拉康在其"镜像"理论中,通过对自我形成阶段(前镜像阶段、镜像阶段、俄狄浦斯阶段)的研究,发现自我身份的形成就是对父权话语符号体系的无奈认同和被建构,是对原初真实的疏离。"无意识"作为一种"他者的话语"而事实性地存在。童年的女儿们的"无意识"其实就是作为她们自身性别的"他者的话语"而出现的。拉康从婴儿谈起的镜像分析学说最终到达的是超出了个体的、更为深广的集体文化的镜像解剖。他提出了对主体认知领域的划分(真实界、想象界、象征界)、自我与他者的关系等许多重要理论,而女性童年书写文本中关于童年的女儿在成长中自我与他者的遇合或分离,也显现了拉康的镜像理论所引发的对整个文化塑型机制的颠覆性反思。拉康认为"镜子阶段是场悲剧"[①],虽然对完整的自我形象的渴望和迷恋是人之天性,但这种推动人迈出混沌无知、形成自我意识的第一步是不幸的起点,因为自我身份的形成必然依赖于对他者的参照,最初婴儿所认同的"他者"就是拥抱自己的母亲在镜中的映像(即使是镜中的自我映像也是一个幻象。)这种自我建构的驱动力是一种从他者那里获取认同且永不能餍足的欲望,它将自我驱赶进向他者疯狂索取而依然被匮乏感所困扰的命运中。从欲望出发去将心目中的形象据为自我,将导致自我的被异化。这种认同结果,在《羽蛇》的结尾得到了一个具体的呈现。羽成年后因表现"反常"(长期的独立和反叛造成的)而被母亲若木强烈要求切除脑胚叶,使从前那个羽消失了——她的灵魂、记忆、心智以及独立的反骨,从此终于成为一个对领导言听计从、对母亲尤其孝顺的"正常人"。羽临终前终于获得了从小就梦寐以求的母爱(渴望被母亲这个"他者"认同),但却是以牺牲自己的独立思想来换取的,重新贴近母亲的已经是被母亲按照自己意志改造过的女儿了,真正的羽已经彻底地消失了。割弃自身——羽是在手术的无知无觉中放弃自身——对"他者"的一味认同,最后不仅不能建构

①　[法]雅克·拉康:《拉康选集》,褚孝泉译,上海三联书店2001年版,第93页。

真正强大的自我，反而是被"他者"所完全覆盖和吞没。而另一些女儿在成年之前对母亲始终保持理性的审视距离，所以并没有"长大后我就成了你"，依然是"你不可改变我"（如改名为"净生"的冬儿自觉地远离了母亲那种粗俗鄙陋的生存方式）。通过这种正反比较，可以看到，当我们在个人生命乃至文化形态上对自我"镜像"进行体认时，其实是在面对一个"他者"，而且由此还会带来"被他者'同化'甚至'异化'的内在紧张"，所以必须"从思想深处进行自我思想清场"①，即开始从"审母"到"自审"的思想转型。这类童年叙事中关于女儿在成长中的自我与他者（母亲）的遇合或分离，蕴含着拉康的镜像理论所引发的对文化塑型机制的颠覆性反思。

第三节　平等性趋同：对母亲的另寻与再认

对于 20 世纪末女性文学中的母亲形象，许多论者都看到了极具颠覆性的"弑母"主旨，如徐坤所言："在二十世纪终结之际，解放了的中国女性在对'自我'的认知清理过程中，从寻父——杀夫，寻母——弑母，诸种场景一一呈现。孜孜以求的结果，却是'离经叛道'的颠覆和文本之中对男权狂躁的杀戮。"② 这种概括有针对性，但不具备辩证性，而且似乎有些言之过重了。"弑母"的确是一个相较之前甚是殊异的文学现象，但是它并非是关于母亲的唯一或者最终的文学宣判。在进行"弑母"的同时，有些女作家始终没有放弃"寻母"，甚至在"弑母"之后继续"寻母"，这主要在以童年话语为主体而结尾延伸到成年话语的文本中得到了体现。上文分类详论了 20 世纪末童年母亲话语中关于"背弃"的言说主旨，但若全面地看，女儿对母亲的"背弃"只是构成了这一主题的大部分空间，而在不醒目的角落里（隐含在情节发展中或结尾），还跃动着或复苏着与之相反的另一些情感指向或精神归宿。

---

① 王岳川：《中国镜像：90 年代文化研究·引言》，中央编译出版社 2001 年版，第Ⅲ页。

② 徐坤：《现代性与女性审美意识的流向》，陈晓明主编《现代性与中国当代文学转型》，云南人民出版社 2003 年版，第 93 页。

一、对"代替性母亲"的"另寻"

法国女性主义小说家、理论批评家埃莱娜·西苏（Hélène Cixous）在其著名的《美杜莎的笑声》一文中用一种欢快的调子描绘了另一种"母亲"的亲密性存在："我的身体——充满了一连串的歌。我指的不是那个傲慢专横、把你紧抓在手心不放的'母亲'，而是那触动你的、感动你的平等声音，它使你胸中充满了用语言表达的冲动，并且激发你的力量；我指的是那以笑声打动你的韵律；是那一切使隐喻都成为可望可及的内在的亲密的接受者。"① 这段描述中的关键词是"平等"，正是"平等"才会带来"可望可及的内在的亲密"。陈染的《私人生活》、徐小斌的《羽蛇》中的童年女孩因为在生身母亲身上得不到想要的安全感和认同感，而开始了对另一种"母亲"的寻找。

《私人生活》中少女倪拗拗的亲生母亲比起冬儿、六六那言行粗鄙、态度冷漠的母亲要气质优雅和完美得多，她虽然没有遭遇被女儿鄙弃的不幸，但是她也没有得到女儿贴近的心，因为她还缺少着一些维系母女之亲密的重要质素。在女儿倪拗拗眼里母亲的形象是："母亲又永远处于时间的紧张压迫之下，我知道她是十分爱我的，爱到了刻骨铭心，但是她的爱是一种抽象的爱，宏观的爱，不是那种广泛意义的家庭主妇式的母鸡对自己下的蛋的爱。当她不得已而劳作的时候，也是不情愿的，但是出于对我的爱，她愿意付出一些牺牲。只是，她这种悲壮的'牺牲'感，使我产生压力，以至于我并不希望我的母亲更多地陷入日常生活的琐碎家务之中。我始终觉得，拥有那种'工作狂'的追求事业成功的父母，对于一个孩子来讲，并不是一件什么幸运的事。倒是平凡的父母能够带给孩子更多的家庭的温馨和依恋。"② 母亲不具有日常化的"平凡"，她的这种"高位"给女儿带来了不可亲近感。所以，拗拗的成长心事从不向母亲这扇有着血缘关系的大门敞开，她转而敲响的是另一扇没有血亲却胜似血缘的母性之门，即邻居禾寡妇。拗拗最初被禾吸引是因为听到了禾的歌声："请为我打开这扇门吧我含

---

① ［法］埃莱娜·西苏：《美杜莎的笑声》，张京媛主编《当代女性主义文学批评》，北京大学出版社 1992 年版，第 196 页。

② 陈染：《私人生活》，第 154—155 页。

泪敲着的门，时光流逝了而我依然在这里……""她的声音总像一帖凉凉的膏药，柔软地贴敷在人身体的任何一处伤口上。……那声音散发出一种性的磁场。一种混合的性，或者是变了性的母性。"① "禾安详地向我伸出手臂。……非常奇妙，当我一步步朝她走过去的时候，我心里的忐忑便一步步安谧宁静下来。从我的脚底升起一股不知从何而来的与禾的共谋感。……如同她的声音，给人以脆弱的希望。"② 这些引文中有着不少闪亮的核心词语，如"性的磁场"、"安详"、"共谋感"、"希望"等，都在说明着这个"母性"的殊异之处，而这"殊异"之处正是拗拗亲生母亲所没有而少女又非常渴望的一种自我认同。禾告诉拗拗："你记住，无论出了什么事情，我都会和你一起分担。"这其中不仅有母亲般的包容和怜爱，同时还具有一种密友般的"平等"。这种一般母亲所不具备的与女儿的"平等"关系，使得禾轻易地就在少女拗拗心中"越俎代庖"："一个可以取代我母亲的特殊女人，只要她在我的身边，即使她不说话，所有的安全、柔软与温馨的感觉，都会向我围拢过来……"③ 渴望平等性关爱的少女拗拗与给予她所需要的平等性关爱的年长女性之间，建立了"内在的亲密"。对于一个少女的成长来说，这种"内在的亲密"才真正地有助于其自我的建构。

对"禾"这个形象的关注，大多数研究者都是从女性主义的角度将之作为"同性之爱"的典型文本来分析。而笔者认为，陈染的这种对于一个少女和少妇之间的关系描述，逸出了单纯的"同性之爱"的惺惺相惜，④ 具有一种"超性别"写作的意义，那就是她所指向的是一种普遍意义的成长主题：少女拗拗的成长是依靠了禾给予的那种平等感、安全感，从而使她平稳地度过了成长中所面临的一次次"同一性危机"，走向自我的确认和最终的建构，如拗拗从禾身上懂得了"孤独其实是一种能力"，她始终能秉持自身而警惕着异化。无疑，这种蕴含在表面的"同性之爱"情节中的思想意义是超性别的，

---

① 陈染：《私人生活》，第38页。
② 陈染：《私人生活》，第45页。
③ 陈染：《私人生活》，第104页。
④ 纯粹的同性之爱在陈染用单一儿童视角写作的《空心人的诞生》中有集中的表现。故事以小男孩的视角展开，母亲受到父亲频繁的家庭暴力包括性压迫，转而走向同性之爱。小男孩站在母亲的立场上，憎恨施暴者父亲，同情母亲和紫衣女人之间和睦温馨的交往，表达了对父权的反叛及对女性之美、同性之爱的认可。

而且也是超年龄的——即并非仅仅指向儿童的成长问题的思考，也包括对所有"人"（男女老少）的自我建构的需要机制及其动因、困境的考察。

　　徐小斌的《羽蛇》中的少女羽是倪拗拗的一个同行者，但是羽没有拗拗那么幸运：禾以火灾中的死亡诀别了已经成年的拗拗，而羽所追随的"金乌"却因为自己的寻母行为而丢弃了尚未成年的羽，使后者的成长遭遇了一次分外惨痛的挫折。羽从生母的精神压迫中逃离后，在给了她格外的宽容与疼爱的金乌这个代替性母亲身上刚刚找到了自我认同的方向，并且为了让金乌更爱自己，特意忍着剧痛以文身的流血方式去赎自己的杀弟之罪。然而等她满怀希望地归来时，金乌却远走他乡、再无音信，羽再一次失去了她渴望的能真正关爱她的"母亲"，从此面临一场完全孤独的人生苦役。但是，金乌在羽童年生命中的昙花一现，已经以其光芒照亮了羽去寻求自我、建构自我的路途；同时，也让羽在又一次挫折中看明白，不能完全依赖自己的所爱——即使那是自己的真爱，因为真正的成长还得依靠自己在磨难中的孤独奋战。从这一个精神起点上，羽开始了迅速的成长。鉴于此，也不能把少女羽和年长女性金乌的关系仅仅认作"同性之爱"，这段经验是一种成长的力量或启示。

　　前文谈到少女们寻求身份确认的一个途径是向异性求证，但那主要是基于其情爱或性爱欲望，其实早在向异性求证之前，女孩子（也包括男孩子）首先的求证对象是母亲，这是基于最初的情感愿望——包括希望得到身与心的双重抚慰和确认。从禾与金乌这两个"代替性母亲"身上，拗拗和羽得到了这"双重"确认。前文主要论及了"心"的皈依，这里再来看容易被忽略的"身"的认同。作为人的物质基础的"身体"，在从小开始的自我建构中有着不可或缺的重要性。弗洛伊德的童年爱欲理论分析了婴儿对母亲身体的各种需要，母亲对孩子的身体所需的给予与否将影响到孩子焦虑的有无。母亲是女儿身体的源泉，亦是女儿身体未来归处的指向。上文提到的张达玲、尹小跳、六六、拗拗、陆羽等都没有从母亲那里得到对自己身体方面的抚慰（比如亲切的抚摸），冬儿还遭到了母亲凶狠的耳光，亲密性动作的缺少也带来了母女关系的疏远。而禾和金乌则与这些生身母亲截然不同，她们都欣赏、喜欢这些小女孩的身体。禾抚摸拗拗，并让拗拗触摸自己的身体、甚至鼓励她吸吮自己的乳头（这是婴儿最初发出的对母亲的依恋行为），而金乌则和羽同缸共浴，通过肌肤的爱抚，让羽懂得喜欢自己美丽的身体。就成年的禾与金乌而言，这些行为可能带上了暧昧的同性恋色彩，但是对于年少无知、对性尚未开化的少女拗拗和羽，她们这种对年长女性身体的欣赏与亲近并不是同性恋，而依然属于女儿对母亲的依恋，她们从新的"母亲"那里得到了身体这一基础性的认可，解决了她们最基本的"饥渴"，即具体的身体感受证实了"被爱"的事实存在。这种身体性的互相触摸也推进了二者间互动性的"平等"。

总体而言，少女们在亲生母亲之外寻找并皈依的"代替性母亲"有着比前者更完美的母性和女性特质：她们给予孩子真挚的关爱，在心灵上给予理解和包容；她们体貌美丽，在身体上给孩子以抚慰和信心。她们有灵有魂并有血有肉有亲和力，身心合一且平等地对待比其幼小的女孩，从而使女孩获得了安全感、全面的被认同感，也意味着帮她们找到了自我建构的方向感。以上对这"代替性母亲"的特性的概括，似乎又回到了一个古老的、长盛不衰的关于理想之"人"的追求方向——真、善、美，如果其中有新质的添加，那此"新质"就是——身心合一的平等性。这个"新质"有效地推进着孩子积极地建构完美的自我。陈染在《私人生活》第一章"黑雨中的脚尖舞"的正文前题了一首颇晦涩的诗：

> 这个女人是一道深深的伤口，
> 是我们走向世界的要塞。
> 她的眼睛闪着光，
> 那光将是我的道路。
> 这个遍体伤口的女人是我们的母亲，
> 我们将生出自己的母亲。①

诗中这个作为"我们走向世界的要塞"的女人不是指的生身母亲，而是禾这样的"我们的母亲"，她的眼睛闪着的光"将是我的道路"，而在沿着这条道路的成长中可以建构真正的自己。

---

① 陈染：《私人生活》，第14页。

要区分的是，这种对"另寻"的母亲的皈依不同于五四到新时期初对母亲的原始皈依，因为后者（五四到新时期初的母亲皈依）尚未建立前者具有的"平等性"，后者的那种类似于婴儿期的"基本信任感"所表征的母子关系并不指向母子平等，而是有着判然的上下地位之分。母亲是孩子内心向上的投射对象，正是因为这种下对上的仰望，母亲往往作为一个精神性的"神"而存在，孩子可以无条件地趋同、全心全意地皈依，因为忠心耿耿地"仰望"而排除了审视性的疑虑。这种对母神的单纯仰望使儿女们的自我建构获得稳定的方向感，但同时也因为这单向的且是抽象的认知关系，而使得认知者的自我建构也处于同样的单向与抽象状态，所以我们没有在这些童年话语中看到一种"内在的亲密"的建构。在此意义上，陈染等的童年话语所表达的基于身心合一的、平等性的、具有内在亲密感的"母性皈依"，以其更贴近"人性"的丰富和深入而超越了此前单薄的指向，对于自我建构具有重要的启示意义。

二、"背弃"后的"再认"

当代童年书写大力表现的对母性的背弃主题往往并非是全篇的最终指向，在"背弃"之后，女儿们还会"情不自禁"地回眸，并且在这一瞥中重新体认甚至认同原来被自己所鄙弃的母亲。但是，这个"回眸"的女儿，大多已经不是年幼的那个小女孩，而是已经走向了或将要走向母亲身份的女人（虽然这部分内容不属于纯粹的童年书写，但是作为文本中童年书写主体后的一个"尾巴"，与童年话语有着深层的联系）。

王安忆说："当你在路上，是不是会经常回头，回头望你经过的风景？在那风景里，会有一些特别醒目的，吸引着你一而再，再而三地回头。它们往往是带有标志性，像里程碑，记录着你走过的路途，告诉你已经走出多么远。而随着距离增加，路途变化，这醒目的风景在你每一次的回顾中，都会有所不同。它们会被新的风光遮去这一点或者那一点，但它们也会由于你走远了或者站高了，忽然呈现出清晰的全貌。你看见什么，全取决于你在什么当口，什么地方回头，这决定了你回顾的角度。"① 在"走远了或者站高了"

---

① 王安忆：《一个故事的三种讲法》，明天出版社1997年版，第1页。

的"当口"回顾，将有可能看见母亲人生风景的"清晰的全貌"，而对之的领会，必将催生对母亲的再认识。在上述所论的当代众多女性童年母亲话语文本中，成年女儿对母亲的宽宥和谅解成为一个共同的趋向。《饥饿的女儿》中虹影感慨："在母亲与我之间，岁月砌了一堵墙。看着这堵墙长起草丛灌木，越长越高，我和母亲都不知怎个办才好。其实这堵墙脆而薄，一动心就可以推开，但我就是没有想到去推。只有一二次我看到过母亲温柔的目光，好像我不再是一个多余物。这时，母亲的真心，似乎伸手可及，可惜这目光只是一闪而逝。只有到我 18 岁这年，我才逐渐看清了过往岁月的面貌。"① 六六年幼时认为母亲不爱自己，对母亲反感和厌恶，到 18 岁后得知了自己的身世，理解了当初母亲出于对丈夫儿女的责任而放弃真爱的不易，触摸到了母亲深隐痛苦的坚强的内心，对母亲的爱也随理解而生。母亲虽然外表言行看似丑陋，但这些其实都是母亲忍辱负重、一心为家的牺牲精神的印证，她是承载着时代和个人的苦难而又将这些苦难深深埋藏、独自承受的坚强的女性。虹影用直率的笔法，通过女儿年少时和年长后的两股目光的并行，还原了一个"受难的地母"的每一寸粗糙的皮肤、每一厘柔软的内心。在艰难的生存环境中独立挣扎的母亲，是丑陋的母亲、凡俗的母亲、苦难的母亲，却也是分外了不起的母亲。"荣格特别提出'母亲'这一原型，称她使人想起无意识的、自然的和本能的生命。母亲的原型也是一种寓言，母亲情结对女儿的影响表现为女性本能，特别是母亲本能的膨胀或萎缩。当女性的性本能与母亲本能冲突时，女性往往坚守后者。"② 冬儿和六六的母亲在这种冲突面前，基本都是坚守了母亲本能。在生活的细枝末节中如此平实地写来，也显示了女作家对母亲作为一个"人"、一个"女性"的生命的真切抚摸和关怀。因为这份世俗生活的"穿透"，粗陋的母亲虽不再具有任何神话色彩，但却因其真实反而更加光彩夺目、感人至深。吉登斯如此解析"自传"性作品的用意："自传是对过去的校正性干预，而不仅仅是逝去时间的编年史。例如，它的一个方面就是'怀抱儿童期的希望'。追溯儿童期的艰难或伤痛的阶段，个体与其儿童时期的自我对话，为他提供抚慰、支持

---

① 虹影：《饥饿的女儿》，四川文艺出版社 2000 年版，第 5 页。
② 许志英、丁帆主编：《中国新时期小说主潮》上卷，人民文学出版社 2002 年版，第 451 页。

和忠告。荣瓦特认为，通过自传的写作，'反悔的心态'得以平复。……写作自传式的材料的基本目的，就是帮助个体自身应付过去。"①（着重号为引者加）《饥饿的女儿》不仅是女儿的自传，也包含了把它"献给母亲"的心意，表达了在对过去的追悔中爱母之心的"凤凰涅槃"。虹影在童年话语中描写母性之树的缤纷落叶，同时又揭示了这些落叶对地下的母性之根的养护。池莉在《你是一条河》的结尾让已为人母的冬儿在母亲辣辣临终之际忽发心灵感应："辣辣就在冬儿饱含泪水的回忆中闭上了双眼。"女儿对母亲的这种"饱含泪水的回忆"蕴含着复杂的情感，有恨也有爱，这个爱应该包含了对母亲的深切体谅。冬儿用成熟的心智去回顾，重新体认了母亲这一条虽然泥沙俱下、但也有着雄浑水流的"生命之河"。

无论是女儿对母亲错误的宽宥，还是对之前被遮蔽的母亲本身之"美"与"好"的发掘和体认，都体现了一种对"善"的认同。泰勒认为"善"对于"自我"建构有重要意义："我们只是在进入某种问题空间的范围内，如我们寻找和发现向善的方向感的范围内，我们才是自我。"②"我们的自我存在本质上与我们对善的理解相联系，而且我们在其他自我中获得自我性质。……我们如何确定与这种善的关系的问题，对我们来说是关键的和不能逃避的关注，即我们必须努力给我们的生活以意义或实质，而这意味着不可逃避地我们要叙述性地理解我们自己。"③ 泰勒指出内在性概念是特别现代的，本身与道德观交织在一起，体现出现代认同的复杂性。现代性本身是要突破传统性的，尤其是突破传统道德伦理的束缚，而绕了一圈，终又回到了道德观，女儿们在对传统母性中最具有亲和力的"善"这一基点上萌生了对母亲的认同。

然而，这个历经曲折而来的回归性"终点"，并不是生命最初的那个"起点"，而是"否定之否定"的结果，是一种螺旋式上升。尹小跳、冬儿、六六这样敏感善察的小女儿，在对母亲的感情——也是对自我的生命思悟上，都经历了大致相同的过程：由"不认识"时的感性寻找，到"逐渐认识"时的理性背离，到"认识清楚"时感性与理性的"扬弃"性回归。前

---

① ［英］安东尼·吉登斯：《现代性与自我认同：现代晚期的自我与社会》，第82页。

② ［加］查尔斯·泰勒：《自我的根源：现代认同的形成》，第47页。

③ ［加］查尔斯·泰勒：《自我的根源：现代认同的形成》，第76页。

二阶段发生在幼年和少年期，其寻找与背离反映了孩子从混沌的无意识到自我意识的觉醒和要求独立的生命过程，最后一个阶段发生在经历了情爱或生育的成年期（或接近成年期）。这样一个"失而复得"的"圆形"轨迹，流露出作家们在母性神话破灭之后的重建意愿。这种重建，是对之前童年时代对母亲态度上流露的"集体无意识"的一种"拨乱反正"——因为有所意识而能自觉打破。关及母亲性爱问题的童年书写中，母女关系大致都经历了这样一段过程——由自然一体到歧异分离再到生命认同，对母性的生命认同是女性挣脱男权文化压制而抵达的思想阶段，这里显现了关于母亲得墨忒耳和女儿科勒的神话原型："对于得墨忒耳来说，女儿科勒曾经'死去'（被冥府之王帕耳塞福涅劫走——引者注），而现在再次与她成为一体。而真正的秘密是：女儿变成与母亲一样的人，她也变成了一位母亲，因而也就这样变形为得墨忒耳。通过这一秘密，她们得以在一个新的层面上恢复其原来的状态。正是由于得墨忒耳和科勒是永恒的女人气质、成熟的妇人和处女气质的一对原型，原型女性的这一秘密才得以无休止地重现。在女性团体内，年长的都似得墨忒耳，年轻的则都是科勒，都是少女。"[1]　女儿与母亲的和解，标志着女儿对女性生命的理解，并因为这份觉醒后的"穿透"而使自己在精神上成长为同母亲一样的"大女神"。对赋予自己生命的母亲的离与合，包含着女性从幼年开始的性别意义上的成长过程的体认。女性意识一般通过自审和审母两条途径来实现，如埃莱娜·西苏所言："在妇女身上，总是多多少少有那母亲的影子，她让万事如意，她哺育儿女，她起来反对分离。这是一种无法被切断却能击败清规戒律的力量。我们将重新思考妇女，从她身体的每一种形式和每一个阶段开始思考。"[2]　铁凝、池莉、虹影等女性作家对妇女"身体的每一种形式和每一个阶段"的思考，以童年为起点，这是一个具有延展性并且最终带来整体性的重要起点。女儿对母亲这一"自我镜像"的精神离合过程反映了女儿自身的成长过程：即经过了"正——反——合"这样一个自我认同的发展历程，最终以"合"而达到一种相对成熟的建构。这种建构必须依仗一个重要的条件，那就是——对母亲身份的

---

①　[德] 埃利希·诺伊曼：《大母神：原型分析》，第 321 页。

②　[法] 埃莱娜·西苏：《美杜莎的笑声》，张京媛主编《当代女性主义文学批评》，第 196 页。

"平等性"趋同，唯有这种平等，才能带来既非自恋性的"仰望"、也非自大性的"俯视"的真正洞幽烛微的明察与体认，女儿这种保持一定距离的在平等中的省思，标志着女性自身的独立与成熟。

埃利希·诺伊曼在《大母神：原型分析》中这样总结大母神的意义：

> 女性，营养的给予者，在各地都成为令人肃然起敬的自然法则，而自然是人们怀着欢乐和痛苦所依赖着的。人是无助的，他依赖着自然，如同婴儿依赖着母亲，这种永恒的经验激发着人们对母—子形象万古常新的灵感。
>
> 母—子形象使"成年人"变为儿童，母亲对孩子的爱引起人们对童年的怀恋，然而这一形象并不表明向幼稚病退化；正确地说，在与孩子的真正认同中，人把大母神经验作为他自身"成长"所依赖的生命象征。①

母亲是荒芜人间最初的也是最后的一个"精神家园"。如果说"人"的生命故土是"童年"，那么尤以童年时代的"母亲"为旨归。被母亲创造出来的孩子即使在成长中随着反叛性自主意识的增强会"离家出走"，但在心底里永远不会真正放逐自己的家园，因为人在世界上的立足就像树在土地里的扎根，唯有对"根"的明确的意识，才会有自我这一"主干"的意识成长。而母亲就是拔不掉的自我成长之根，尤其对于女儿来说。因此，女性的成长中会时时去眷顾被自己年少时抛弃的"家园"，而成年后的回望中，往往因为已经长大成"人"而有能力、有足够的人生经验去重新认识那生命的厚土、家园，甚或重新拥抱曾经被自己鄙弃的那片"热土"，并可能会发现——其实它的水流一直贯穿在自己的生命成长中，它是已经糅合进了儿女（尤其是女儿）生命之中的永远的"呼与吸"、"爱与痛"。成年后对母亲形象的重建，意味着对女性乃至一般意义的"人"对自我的重新理解和建构。但这个重建不同于《边城》中"白塔"的重建，白塔象征的是单纯的、近乎神性的人性，有着深厚伦理关怀的人性。而这种"朝向母亲的身份认同"

---

① ［德］埃利希·诺伊曼：《大母神：原型分析》，第130页。

与前文所论的"面对自己的本体认同"一起，通过对"完整的女人"或"完整的儿童"的重新体认而共同走向对"完整的人"的认识。认知母亲的过程同时也是作家进行自我认同和建构的过程，这种在生命纬度上的絮语，尤为鲜明地体现着对"我是谁？我从哪里来？我向哪里去？"这一经典的人生哲学命题的追问，并通过从童年开始的对母女关系的溯源性探索而寻找到了具体的答案。在当今这样一个信仰被放逐、人生无方向感恣意横生的年代，对"母亲"这方人生原初精神家园的寻找与重建显得更加重要。

　　纵观中国现当代童年书写中的母亲塑造和母女关系书写，在写作姿态上，从以往偏重于抒情的单向叙事转向冷静的复合视角叙事，从主题倾向上则由"拜母"到"审母"或"弑母"，再到"寻母"或"认母"。这些话语有着女性主义所不能完全涵盖的更普遍的文化语义：一方面个人童年成长的历程映射着一个民族/社会成长的寓言，文学形象的塑造与变迁常常参与着文化想象积淀、变迁的过程，同时也折射着更为宽泛的"人"的话语的意旨，即关于人和自我的成长建构问题。黑格尔的《小逻辑》中有这样一句话："真正的无限毋宁是在别物中即是在自身中"，或者以过程方面来表述，就是："在别物中返回自己。"如果人在"万物"（他物、别物）中看不到"自己"，而只看到"异己"，则人就无自由可言，没有"家园"。[①] 在从童年开始的对母亲的"另寻"与"再认"中，彰显了这一自我成长的方向——站在平等性身份趋同立场上，在"别物"（即母亲镜像）中返回自己：既看清了"异己"（母亲），又看到了"自己"，从而获得了自由的"家园"。

第四、五章小结：启蒙视点的内转——自我本体存在的反思

　　五四以来的"新生"童年书写、乡土童年书写、"文化大革命"童年书写主要反映的是创作主体对"人"的启蒙的激情与沉思，90 年代风起云涌的个体/自我的成长童年叙事则是在丢失了启蒙大众的话语阵地之后，转而

---

　　① 苏宁：《纯粹人格：黑格尔》，长江文艺出版社 1996 年版，第 117 页。

返视内心的敞开之域而进行的自我存在启蒙。

　　人作为一个存在者，如巴赫金所言："我以唯一而不可重复的方式参与存在，我在唯一的存在中占据着唯一的、不可重复的、不可替代的、他人无法进入的位置。""我的唯一的位置，就是我存在之在场的基础。"① 然而，随着生命时间的流逝，自我的存在有时会变得模糊难辨，《一个人的战争》中林多米在成年后拿起笔来书写自我，就是因为产生了对自我存在之谜的困惑："多米，我们到底是谁？我们来自何处？又要向何处去呢？我们会是一个被虚构的人吗？"② 在失去了统一的理想价值和信仰归属的个人化时代，人时刻缺少一种坚实可靠的自主性身份感，不知道自己应该是谁或者事实上会变成谁。这种自我确证的急迫感在信仰失落、价值混乱的世纪末日益突出，担当着对时间和存在的拯救任务的童年回忆成为追溯自我、确证自我的重要方式。赫舍尔在《人是谁》中深刻指出："人的存在的含义，不仅包括存在；在人的存在中，至关重要的是某些隐蔽的、被压抑的、被忽视或者被歪曲的东西。"③ 人要对他究竟是什么负责。世纪末兴起的个人化、私语化的对生命本体成长的低语细诉，让童年生命中"某些隐蔽的、被压抑的、被忽视或者被歪曲的东西"在回忆之光中逐一被照亮呈现。经历了近一个世纪断断续续的探索，童年生命的"灵与肉"在 20 世纪末终于得到真实、深入和内在化的发掘。

　　这种对自我本体存在的穿透是通过一条现代审美途径而得来的，这条通幽曲径就是——内省。这些作家的童年回忆有着明确的自我确认的目的，所以他们返回内心进行自我反省。吉登斯将"反思"列为具有现代性内涵的"自我"的一个重要特征，并指出了自我的"生成"性："自我形塑着从过去到可预期的未来的成长轨道。个体依据对（组织化的）未来的预期而筛选过去，借助这种筛选，个体挪用其过去的经验。自我的轨道具有连贯性，它源于对生命周期的种种阶段的任职。""自我发展的线路是内在参照性的：唯一显著关联的线索就是生命轨道自身。作为可信自我的成就的个人完整性，来源于在自我发展的叙事内对生活经验的整合……从个体建构与重构其

---

① ［俄］米·巴赫金：《巴赫金全集》第 1 卷，晓河等译，河北教育出版社 1998 年版，第 41 页。
② 林白：《一个人的战争》，第 125 页。
③ ［美］赫舍尔：《人是谁》，隗仁莲译，贵州人民出版社 1994 年版，第 5 页。

生活史的方式来看，关键的参照点'来自内部'。"① 这种对"来自内部"的"参照点"的反思就是"内省"，它成为回忆性童年成长书写中最重要的自我认知途径，这种内省能力的发掘意味着生命追寻这种启蒙的内向性掘进。作家们在内省中展开的对个体/自我童年纵深性、动态性、全景性的探幽发微，对成长中生命本体的洞悉与把握，表现出了主体性建构的真正深入，因为根据康德的主体性理论，人的真正主体性不是体现在那种外在的实践能动性或主观能动性上，而是体现在主体的内在自我完善上，体现在人的精神是否得到了完整的实现上。

相较当代作家自我成长童年叙事这种"自觉"的主体建构姿态，之前五四至40年代作家的自我童年怀旧以及对母爱的感念与皈依尚处于一种情感的"自发"状态，且往往还是"引而不发"——反思并没有发生，只有情绪性的留恋与回味，因而对童年自我以及母亲的生命体认尚浮于情感表层。这个问题直到在20世纪80年代展开的个体/自我的童年书写中才得到了深度发掘。这类童年书写文本中对自我的发掘与重新体认的得以形成，与其言说的方式大有关系。爱因斯坦曾说，你能发现什么，关键在于你以什么方式去发现。这些作家在追寻生命成长过程时有着自觉的"回望"姿态，如林白所言："在我的写作中，回望是一个基本的姿势，这使我以及我所凝望的事物都置身于一片广大的时间之中。时间使我感怀、咏唱、心里隐隐作痛。在较长的时间长度中一切事物可远可近，我可以从容看遍它们的各个角度并一一写出。"② 在追忆中"既可置身其外安静地凝望，又能置身其中与世隔绝"③。王安忆、陈染、林白等诸多女性作家，其童年书写无论是关注女孩的心灵、身体，还是对母女关系的审视，都无一例外地采用了"回望"这种言说方式，小说中叙事时间对故事时间不断切入，二者相互观照，旨在对过去与现在生命进行内在性触摸和捕捉。从记忆模式来看，她们交叉、综合运用了"场域记忆"和"观察者记忆"这两种模式。在"场域记忆"中，主要以感性的儿童目光来进行直观性的表层观照，童年之"我"的每一点喜怒哀乐都生动真切地一一呈现；在"观察者记忆"中，以理性的成年目

---

① ［英］安东尼·吉登斯：《现代性与自我认同：现代晚期的自我与社会》，第86—88页。
② 林白：《空心岁月》，第294页。
③ 林白：《空心岁月》，第299页。

光进行深层剖析以拨云去雾，那曾经的（包括当时尚未意识到的）每一点喜怒哀乐的来龙去脉都被现在之"我"——点破，从而点出鲜为人知、甚至不为己知的灵魂和人性的暗角，把或显或隐的"人的世界和人的关系"尽可能真实、全面地还给了"人"自己。这种忽前忽后、忽内忽外、自由腾挪的叙事，在时空的推远与拉近中带上了回味与审视的色彩，在"望远镜"与"显微镜"的共同观察下，作家心灵深处的情结、伤痕与斑纹得以一览无余。这种洞悉与了然，有助于创作主体对自我建构路途（包括来路及去处）中存在的问题进行深入的认知和全面的把握，美学上也相应地呈现出光影交叠、斑驳陆离的个性化风貌。

第六章　"镜与灯"：童年书写的哲学映像

叶维廉在《历史整体性与中国现代文学研究之省思》一文中说道："任何单一的现象，决不可以从其复杂的全部生成过程中抽离出来作孤立的讨论。历史意识和文化美学形式是不可分割的，所以我们在研究单一的现象时，必须将它放入其所生成并与别的因素密切互峙互玩的历史全景中去透视。"① 本章将童年书写置于整个中国现代文学的历史全景上，在与其他相关书写的比照中，透视童年书写独特的价值和意义。

相较其他文学书写，带有明显回忆意味的童年书写最突出的一个基本特征是其创作心态——追寻，即立足于时间之维的生命追寻。童年人生相对于成年人生是一种过去的生命，因此成年作者对童年的言说无不或隐或显地沾染着一种对生命来处的追怀色彩。其他文学书写尽管有时也会采用追寻的姿态，但并不构成同题材的各类文本共通的内在特征。不妨对照一下其他常见的几类书写形态：从书写对象的时间范畴看，单纯的儿童文学是站在儿童本位立场上，大多是对当下儿童生活的叙述；"青春书写"的作者多为青年作家，对青春的言说基本保持了一种同时性；"历史书写"虽然具有时间回溯性，但因其内容或偏重于纪实性地复现历史事件的演变过程（传统历史叙事），或想象性地虚构历史中人的生命轨迹（新历史小说），缺乏对自我生命的本真追寻。从书写内容的题材性质看，一般的"革命书写"或"政治

---

① 叶维廉：《中国诗学》，生活·读书·新知三联书店 1992 年版，第 190 页。

书写"的基点多是同步的社会政治潮流，且往往忽略对人类和个体生命存在的关注；"情爱书写"大多也是现实性的婚恋生活的叙事。从书写内容的空间范畴看："都市书写"多为与写作同时期的都市生活的言说，"乡土书写"有时会带上"追寻"意绪，其写作意图中更多的是对乡土这方空间生命形态的惦念，并非全都涉及个体时间维度上的生命感慨。经由比照，可以清晰地看到，时间追寻成为童年书写十分独特而鲜明的创作意向。

从认知角度看，人类感知世界的基本方式有二，一是时间，一是空间。在哲学意义上，时间体现了物质运动的顺序性和持续性，空间体现了物质存在的伸展性和广延性。有论者提出空间知觉方式的变迁是中国文学现代性起源语境的要素之一，因为"空间感知中存在一个关于人存在的认同感的问题。唯一的位置存在感，促使主体在生命的进程中，不断地反思、建构和认同自己与外界的关系，自己与事件的关系。空间的感知在本源上与人类的存在感紧紧地融合在一起，成为了人类第一性的知觉形式。"① 事实上，时间感知同空间感知一样，也"在本源上与人类的存在感紧紧地融合在一起"。如果说空间存在感反思和建构的是"自己与外界的关系"，那么，时间存在感则反思和建构的是"自己与自己的关系"，即现在的自己与自己的过去和未来的关系。"构成人类经验的所有一切，都要根据人的时间性来理解：尚未的、不再的和此时此在的。"② 时间感知中也"存在一个关于人存在的认同感的问题"，这个认同问题就是带有生命意义的哲学命题："我是谁？我从哪里来？我向哪里去？"这里的"哪里"并非指空间方位，而是时间意义上的来处和去向。回忆童年就是这样一个认识生命来处、从时间轴上进行的关于"人存在的认同感"的寻索过程。

由于童年是人类精神长河的源头、个体生命的起点，对生命来处的追寻天然地包含着一个时间性的生命启蒙的题旨。就生命发展而言，某种"时间之夜"存在于我们身心中。③ 这个"时间之夜"不是历史时间，而是亲身经历的生命时间，尤其是生命起点的"童年"。对这一生命时间及其流程的把握，意味着一种把握人生走向的努力。由于童年是一种尚未或较少涉及社

---

①　郑家健：《中国文学现代性的起源语境》，第 7 页。

②　［美］威廉·巴雷特：《非理性的人》，杨照明、艾平译，商务印书馆 1995 年版，第 224 页。

③　［法］加斯东·巴什拉：《梦想的诗学》，第 143 页。

会的生命存在，因此回忆性的童年书写是一种相对纯粹的对生命本体的观照，其核心问题是对"人"与"自我"生命本质与存在过程的追寻（包括追问与追认），即亘古以来的人类哲学命题——"认识你自己"，它指涉的是一种形而上的生命本体追寻，是对人类与自我的生命困境的普遍性、终极性关怀。黑格尔认为哲学的任务就是理解存在的东西，童年书写内含了一种哲学的诗性意蕴并由此而带来艺术表达上相应的诗性特质，这是它不同于其他书写的最内在的特别之处。

第一节 "最底层"到"完整"之人的深度建构

自五四以来近一个世纪的童年书写执著于对过往生命起点的寻索，回忆所及的时间感知对于敏感的作家来说，意味着一种"不断被反顾、体验和照亮的心灵过程"，"不断被再呈现，再阐释，再创造的主观性的存在方式"。① 在带有反思性的童年追寻中，作家们展开了对"人"与"自我"逐层深入并趋向完整的发现与建构。

一

现代童年书写的出现是五四思想启蒙的重要精神成果，从儿童的发现到童年生命本质属性与本体存在的追寻，是现代人本观念在生命与生存视域内的一种深切的表现。童年书写在发生之初就具有认识人自身的内在性，这种意向成为创作主体自觉地去体验人类或自我真实生命存在的内驱力，并且使之有意识地向生命存在的深层领域不断掘进，即有意识地开拓着"人"的丰富的岩层，大致表现为从认识论层面到存在论层面的深入挖潜。

在漫长的有着"祖先崇拜"倾向的封建父权制社会中，童年一直是一个被忽略、被遗忘的晦暗不明的存在，成为生命时间的一个"盲点"。在五四诞生的童年书写开始了对童年生命的自觉追寻，这一书写现象的价值就是在认识论上引发出对生命本质的形而上的追问："人是什么？生命是什么？"它不同于五四问题小说家们所热衷的对"人生是什么"的探讨，后者有着

---

① 郑家健：《中国文学现代性的起源语境》，第 251 页。

更多形而下的社会现实人生关怀。对童年这个生命起点的追寻，标志着现代生命挖潜工程的一种时间性纵深。五四开始的新生期童年赞歌是对生命觉醒的呼唤、对人格理想的昭示，是对封建专制时代被埋没的生命的张扬。而乡土童年挽歌则始终立足于对理想的生命姿态、人性状态的营造，反抗着政治、经济大潮对生命本性的异化与淹没。60 年代出生的作家的"文化大革命"童年叙事，则以自己的童年记忆为蓝本，抛弃了以往对童年的理想化想象，逼视童年人生真实的境遇，揭示童年生命遭遇的重重苦难，包括童年生命被异化的灾难、成长中缺乏精神范导的迷乱，以本应最为纯洁美好的童年生命的"非人"变异来彰显人性深处的"恶"与"乱"，揭示从童年开始就已经潜伏着或包围着"人"的生命困境。这些关于"人"的理想和危机的童年书写，主要是在认识论层面上进行的对生命来处的追寻，其追问的目的主要在于："人应当是什么？人应当向哪里去？"以想象中童年生命的真、善、美来作为"人"的理想的去处，以现实中童年生命的苦、恶、乱来提醒长大成"人"过程中存在的危机，表达了对"人"的"去向"的忧虑。先后从正负两种方向着眼的对童年生命状态的描述，表明了对"人"的发现与认识的具体化、真实化和深入化发展，也表明了作家反思意识的锐进。

　　这些童年书写在认识论意义之外也内隐着不同程度的存在论意义，它主要着意于"人之为人"的生命思索，体现着浓郁的人文启蒙精神。"启蒙是一个文化学意义上的动态的历史性概念，它表现为一个持久的（也许有时会有中断抑或反复，但永远不会有终止的一日）人性解放与人格追求、情感觉醒与理性探求的过程。"① 从中国启蒙主义文化思潮的发展轨迹看，20世纪 90 年代出现了"新启蒙"思想："新启蒙的精神承诺在于，强调知识分子走出启蒙误区的'新觉醒'，真实地破除'去启他人之蒙'这一教主心态之后进行整体精神'自我启蒙'。……启蒙首先是每个个体自我心灵的启蒙，是去掉虚妄张狂而使自我认清自我，知悉自我存在的有限性和可能性，洞悉自我选择的不可逆性与自我承担选择的结果。……这种启蒙是一个无止境的心灵解蔽过程，一个不断反省甚至对启蒙自身也加以反省的心路历

---

① 　张光芒：《中国近现代启蒙文学思潮论》，山东文艺出版社 2002 年版，第 48 页。

程。……新启蒙是一种自我精神觉醒。"① 王岳川指出"新启蒙"是一种
"个人话语"、"自我身份塑造的价值承诺"，更加倡导个体的自觉性、反思
性、超越性，从群体性的"我们"回到个体的"我"的独立意识和道义承
担上。比照文化界的启蒙思潮的演变，伴随着启蒙思潮而始发于 20 世纪初
的童年书写到 20 世纪末时，其启蒙内容的侧重点也相应地发生了明显偏移：
从原来普遍性的人道主义启蒙转向更偏向于个体自我的具有存在主义意味的
生命启蒙。如果说之前的童年书写主要承担着对一般之"人"的生命启蒙
任务，即发现生命、认识生命本性，使生命成之为生命、人成之为人，指引
人的去处；那么，20 世纪 90 年代大量出现的回忆性的个体童年书写，主要
承担着关于自我存在的启蒙任务，其要义主要侧重于"我是谁？我从哪里
来？"追寻个体之人尤其是自我生存的状态以及形成这种状态的不可见的力
量，是这一基于存在论层面上的启蒙任务的意义域。这是对之前的童年生
命、"人"的发现的一种内在掘进，这类书写开始走向对生命主体动态成长
过程的细致入微、鞭辟入里的叙事性剖释。

推崇以个人记忆来写作的林白在童年书写文本《墙上的眼睛》中写道：
"一个人在多大程度上是记忆的产物，有什么样的记忆就是什么样的人，找
到记忆就会知道自己是谁了。豆豆在混乱的日子里经常像一个哲学家一样发
问：'我是不是一个人？''我怎么会在这里？''我在这里干什么？'"② 这
是以记忆来进行的自我存在的追问。洛克把个人的个性阐释为一种贯穿于持
续时间中的意识的个性。莫里斯·哈布瓦赫这样论与持续时间相关的记忆之
于"认同感"的作用："我们保存着对自己生活的各个时期的记忆，这些记
忆不停地再现；通过它们，就像是通过一种连续的关系，我们的认同感得以
终生长存。"③ 自我的启蒙必须借助对个人生命记忆的追寻，而且往往是追
寻至生命的源头即童年。在童年中的某些时刻，任何孩子都是令人惊讶的存
在，都是实现存在的"惊讶"的人，我们必须再找到我们尚未被认识的存
在，因为孩子的心灵是"全部不可认识者的总和"④。频频追寻孩提时代的

---

① 王岳川：《中国镜像：90 年代文化研究》，中央编译出版社 2001 年版，第 110—111 页。
② 林白：《瓶中之水》，江苏文艺出版社 1997 年版，第 20 页。
③ ［法］莫里斯·哈布瓦赫：《论集体记忆》，第 82 页。
④ ［法］加斯东·巴什拉：《梦想的诗学》，第 146 页。

王安忆这样谈论童年的意义生成："有人说，童年往事是因为时间的距离，显出了意义。意义这个词太抽象，这样说也太简单。意义是谁给予的，是现在的我给予的。那就是说，童年往事因现在的我的参与，才有了意义。所以首先的，还是我与童年的我的关系，意义是达成关系之后产生的。意义还是针对故事内容的说法，关系可说是一切的前提。童年往事往往是一种哲理性的故事，也就是意义的故事。它的情节发展是一种认识的发展。"① 这种对童年意义的认识需要成年自我的深度介入。

回忆性的成长童年叙事所进行的生命存在的去蔽途径，可用德国哲学家海德格尔的存在主义相关学说做一理论参照。海德格尔提出"此在"一词，认为"此在"在世的方式有三种，即现身、沉沦和领悟，分别对应于过去、现在和将来三种时间性。过去"现身"，指的是一种情绪活动，指"此在"对自己有所觉悟、有所发现，在这种有所觉悟的情绪中，世界被发展出来；现在"沉沦"，是"此在"的一个非本真的存在状态，即"此在"逃避自身，向世界沉沦；而"领悟"是指展开"此在"的可能性存在，是对可能性的领悟，指向将来。一个存在者的存在，就是它要走向当下，使之"登场"。海德格尔认为，存在在思想中形成语言，"语言是存在的家……思想的人们与创作的人们是这个家的看家人。"② 语言具有"召唤"功能，可把谈话所及的存在者从其遮蔽性中释放出来，使之呈现为无蔽物。回忆性的童年书写，将存在的"时间性"纳入生命范畴，体现出"根据现在的蕴涵而重新打开时间的一种努力"③。回忆中，当下成年时间和过去童年时间发生对话，通过当下的成年生命对过去的童年生命之间"入"与"出"的"交流"，让过去"现身"以拯救"沉沦"的现在，并"领悟"将来，通过追寻童年即"我从哪里来"，到认识自我即"我是谁"，并把持自我即"我往哪里去"。在时间对话中，深入地揭示过往童年生命成长中某些隐蔽的、被压抑的、被忽视或者被歪曲的东西。这种个人化或私人化的对生命存在本体的低语细诉，将童年生命对"灵与肉"的呢喃与呻吟一一复现，并穿透其

① 王安忆：《纪实和虚构》，《王安忆自选集之五》，第 379 页。
② ［德］马丁·海德格尔：《存在主义哲学》，商务印书馆 1963 年版，第 86 页。
③ ［法］梅洛—庞蒂：《眼与心：梅洛—庞蒂现象学美学文集》，刘韵涵译，中国社会科学出版社 1992 年版，第 17 页。

来龙去脉，显示了一种心灵的洞察力。比之新生童年书写、乡土童年书写中以"童心"为代表的原初精神家园的直接回归。这种通过具体、曲折、幽微的回忆来进行的生命家园的追寻显得更加复杂艰辛，但也更具穿透力。荣格在《未发现的自我》中高度评价这种"洞察力"："在我看来，慢慢降临到我们心灵之中的洞察力似乎比完美的理想主义具有更持久的力量和长远的效果，而这种理想主义的命运不可能长久地继续存在。"① 荣格扬"洞察力"而抑"理想主义"，就在于前者比后者更有利于对自我的认识与建构。如果说 20 世纪 20 至 40 年代的那些童年情感怀旧类似于荣格所说的"理想主义"，那么 90 年代集中出现的个体自我童年书写则在回忆中特别注重"心灵的洞察力"。相较之下，前者的家园多带有想象的虚幻性，而后者的家园更具有反思的真实性、内省的穿透性。这种变化不是单纯的"量变"，而是一种地道的"质变"，表明了童年书写所追寻的生命问题已经由普泛意义的"人之为人"跃进为个体存在意义上的"我之为我"，即自觉地承担起自我体认、自我确证、自我建构的关于生命本体存在的启蒙旨意。这种真正扎根于生命本体的对自我存在的去蔽，已经通向了人的"深度"启蒙。这种基于存在论意义层面的童年去蔽和自我建构，是回忆性的童年书写之于"人的发现"的一种最具特色的贡献。

二

童年书写始发于五四，属于标志着中国文学获得现代性的"人的文学"之一种。它经由对童年生命的追寻来达到对现实中人与自我生命的启蒙，从诞生之日起就一直参与中国现代文学的重要命题即"人"的发现与建构。

五四时期倡导的"人的文学"的核心因素是"生命意识"。郭沫若曾在其时写下《生命的文学》一文，把"生命"看作是"文学的本质"。② "人的文学"所承载的"人的启蒙"之思想要义，说到底就是"人之为人"的生命启蒙。而考察这种生命启蒙的深度，最终要看对处于"社会结构最底层"之人的生命揭示的程度。正如钱理群在谈到五四时期"人的觉醒"问

---

① ［瑞士］卡尔·古斯塔夫·荣格：《未发现的自我：寻求灵魂的现代人》，第 73 页。
② 郭沫若：《生命的文学》，上海《时事新报·学灯》1920 年 2 月 23 日。

题时所深刻指出的那样：“民族的觉醒、‘人’的觉醒，归根到底，要看处于社会结构最底层的‘人’——妇女、儿童、农民的觉醒。”① 妇女、农民、儿童这三类人在以往的封建社会都是被压迫的弱势群体，而幼小的儿童更是处于弱中之弱、微中之微，童年作为人生早期阶段的独立意义在漫长的封建社会中从来没有被真正意识到，即使在五四发现了儿童之后，对于童年生命的某些层面仍然长时间地被有意无意地忽略或遗忘。关于三者的生命书写随着三者的被发现而一起浮出地表并不断发展壮大，但相比另两类弱势群体即“妇女”、“农民”的书写进程，对童年生命的完全去蔽、彻底解放是最后一个完成的，甚至在目前的儿童文学中仍然存在未被发现的童年“死角”。

　　关于“儿童的发现”的意义，研究者（关注此问题的主要是儿童文学领域的研究者）多注重它引发中国现代儿童文学诞生的重要作用，即发现了儿童作为“独立的人”的人格地位及其所具有的独特的认知和心理特征，从而直接催生了“儿童本位”的“儿童文学”。人们大多忽略了它对于大范围的中国现代文学产生的意义。钱理群慧眼独具，较早指出儿童的发现“对现代文学的观念，思维方式，艺术表现上都有着深刻的影响”②，近年来虽已出现沿着这一思路开展的研究，但主要集中在儿童的发现所带来的现代文学中“儿童视角”新型叙事的诞生这一意义上。这样的研究尽管将视野拓展到了现代文学的叙事学层面，然而却没有充分注意“儿童的发现”对现代“人学”的建构意义，即“儿童的发现”对于“人的发现”的促进作用。从因果关系来看，“儿童”的发现首先是基于“人”的发现，但发现儿童、发现童年的结果又会进一步深化“人的发现”。儿童文学领域的学者深刻指出：“从文化人类学方面说，只有有了儿童的发现，我们才可以说：人类真正发现了‘人’自己。儿童的发现乃是人的最后发现之发现。”③“在人类思想史上，对儿童概念的发现是人类认识自己的最伟大的进步之一……人类在现代化进程中发现了儿童，而儿童的发现又反过来促进了人类对自身认识的现代化过程。”④ 事实上，“儿童的发现”还带来了对于人类与自我过往

---

① 钱理群：《试论五四时期“人的觉醒”》，《文学评论》1989 年第 3 期。
② 钱理群：《对话与漫游：四十年代小说研读》，第 198 页。
③ 王泉根：《现代中国儿童文学主潮》，重庆出版社 2000 年版，第 14 页。
④ 朱自强：《中国儿童文学与现代化进程》，浙江少年儿童出版社 2000 年版，第 17 页。

的童年生命之存在状态与意义的发现，追怀童年生命的童年书写促进"人类对自身认识的现代化"的功绩主要有二：一是在于生命意识的深化和强化，二是在于自我人格的生成与主体性的建构。在追寻中展开的对"最底层"的童年之人的生命的启蒙，对于人文精神、主体意识的开掘与建构具有重要意义。

综观一个世纪的中国现代文学中先后出现的各类童年书写，其书写目的均是着眼于生命元点的"人"的世界的建构："新生"童年书写着意的是民族/个体的人格建构，"乡土"童年书写着意的是人文生态建构，"历史"（主要指"文化大革命"）童年书写着意的是生命伦理建构，"成长"童年书写着意的则是存在本体建构。始发于现代的童年书写，其发生发展受到整体文学环境的影响，纵观它所反映的生命启蒙进程，其趋势主要为：从指向人类性/群体性的公共生命经验层面转向个体性乃至私人性的个人生命经验层面；从对抽象的文化人格属性的寻找到具体的生命存在隐秘的发现；从对"灵"的生命精神的呼唤走向对"灵肉一致"的生命本体的透视。生命意识的深度觉醒强化了自我的现代生命感觉，童年书写发现并承认童年个体生命感觉的多面性和正当性，以其对"人"的纯粹性关注，丰富着、深入着、细化着、拓展着中国现代文学的核心题旨"人"的话语。这种向人类精神领地回归、向个人心灵回归、向生命本体（包括"欲望"）回归的书写演变趋势，折射出了整个现代文学中"人"的书写的大体走向。作为"人的最后发现之发现"，近一个世纪来对被遮蔽的深层次童年生命的"破天荒"性质的揭示，标志着"人的发现"的某种彻底性的获得。

童年书写不仅是对成年之前沉睡的童年生命历史的唤醒，而且还具有参与现实的生命认知与自我建构之意义。对童年的追寻促进了反思与内省意识，促进人从生命源头开始，在生命本体意义上探究人与自我的生存境遇，追寻人与自我存在的真实性与路向性。所以，对童年人生认识的逐步深透，也推进着对"人"与"自我"的较为完整、彻底的发现与建构。作家们在对童年生命经验的回溯与展露中，对生命体验的真实与深刻的洞悉表现出深沉而强烈的对"人之为人"、"我之为我"的生命与存在本身的价值关怀。作为现存生活的别体，童年书写提供了一种新的观照历史和人性的参照体系，在童年生命图景的展示中所进行的对人性的反思和生存的叩问更激发了人们对现实中或已迷失的主体性追求，极富个性地体现了强烈的人文精神。它深化了现代文学对人自身的生命意识和生存处境的多向度的观照和表现，加强了现代文学对人类/个体生存的终极关怀的探索。

此外，由于"个人的童年记忆不只进一步扩展了'遮蔽性记忆'的意义，同时它也和民族神话、传说的积累有着令人注目的相似之处"①，对个体童年生命经验的追寻，可以顺带发掘到童年期特有的、相比成人更易流露的个体无意识和集体无意识的遗传信息（如童年儿女隐秘的恋母/恋父情结、对性的原初冲动，童年人性潜藏的善与恶等），找寻到民族和人类文化的深根与原型。因此，对个体童年记忆的关注，从一个方面也显示了作家们试图挖掘整个人类经验版图的雄心，这意味着童年书写又从潜在的文化人类学层面进一步推进着"完整的人"的发现。总之，童年书写展开的对过往童年生命的真切而深入的追寻，对"最底层"之"人"的生命的领悟与洞悉，将使"不自知"的、因而也是"残缺"的人走向"完整的人"成为可能。

第二节　"边缘"抵达"家园"的审美营筑

童年书写在性质上是对现实的一种自觉游离，显现了对自由生命状态的探索。它是一种边缘性书写，这一"边缘性"由诸多层面构成：它书写的对象是童年之人，在社会构成中，成人是社会主导成员，而尚未具备能力去直接参与社会活动的儿童则明显位居边缘；在文学叙事中，相对于注重社会历史、随时事而动的主流文学，关注过往童年生命的这类书写也处于边缘地位；相比在五四时期同时作为社会底层之人被发现的"农民"和"妇女"所及的两类文学书写，童年书写也因所写对象即孩童年幼的弱势而居于受冷落的位置；即便同样表现童年人生，相比备受关注的现实童年书写（主要是儿童文学），这种常流散于成人文学中的童年追怀也是被遗忘的角落。这几重层层叠叠的边缘地位，导致了童年书写始终不引人注目。然而，正如诗

---

① ［奥］西格蒙德·弗洛伊德：《日常生活的精神病理学》，第51页。

人约瑟夫·布罗茨基所言："边缘地区并非世界结束的地方——而正是世界阐明自己的地方。"童年书写从其内容指向来看，在宏伟的社会性这一"世界"层面意义上，的确是其"世界结束的地方"，而在个体生命这一"世界"层面意义上则是"世界开始的地方"，是"世界阐明自己的地方"，阐明的"世界"是人类和个体/自我内在的生命世界。童年作为人生最初的生命情形驻留于生命记忆中，如巴什拉所言，"已具有人性的严肃及崇高的童年"，"深藏在我们心中，仍在我们心中，永远在我们心中，它是一种心灵状态。"① 倾心于并沉思童年的童年书写，试图构筑的就是生命花园最初的风景。对这座花园里开放在过去的幼小花草的殷勤关照，将使"关照者"（即书写者）能重新领略生命的颜色与芬芳、欢喜与悲伤。对这座生命花园的料理与守护，也间接地表达着他们对身外社会世界的态度及其所经营的文学世界的理解。

一、"诗言回忆"的精神构建

时间感成为从时间之维上展开的童年书写中自觉或不自觉的一个言说对象或一种言说意绪，这种关于生命的时间意识内在地生成着书写者自身的生命审美自觉以及文本的深度意义模式。

以童年生命本体为对象的童年书写作为时间性话语，其真正要表现的时间都不属于纯粹的历史时间，或者说是逃脱了社会性时间，走向了生命时间，正是这种"逃脱"帮助其奔向生命的"自由"。别尔嘉耶夫认为："按照历史时间的本性，它自身永远不会终止，而永远朝向不能进入永恒性的那种无限性。脱出历史时间有两个出口：朝向宇宙时间和朝向生存时间。它们正好放置在对立的两极上。第一个出口，即历史时间沉浸在宇宙时间中，这是自然主义的出口，染有神秘主义色彩。在这里，历史向着自然返回，走进宇宙的循环。第二个出口，即历史时间沉浸在生存时间中，这是末世主义的出口，历史向精神的自由王国过渡。"② 对照此说，童年书写的生命时间包括了别尔嘉耶夫所论的"脱出历史时间"的两个"出口"：关于"自然童

---

① ［法］加斯东·巴什拉：《梦想的诗学》，第 166 页。

② ［俄］尼古拉·别尔嘉耶夫：《人的奴役与自由：人格主义哲学的体认》，徐黎明译，贵州人民出版社 1994 年版，第 236 页。

心"的童年书写涉及的是作为"自然主义出口"的"宇宙时间",关于"自我溯源"的童年书写则涉及作为"末世主义出口"的"生存时间",因为脱出了历史时间,从而能走向永恒性。无论是作为生命时间端点的童年精神原乡,还是作为时间绵延流动来参与现在生命之生成的童年往事,对于成年生命而言都具有一种"永恒性"。关于时间的"永恒",施勒格尔(Friedrich Schlegel)作了充满诗意的哲学诠释:"从严格的哲学意义上说,永恒不是空无所有,不是时间的突然否定,而是时间的全部的、未分割的整体。在整体中,所有时间的因素并不是被撕得粉碎,而是被亲密地糅合起来,于是就有这么一种情况:过去的爱,在一个永在的回溯所形成的永不消失的真实中,重新开花,而现在的生命也就携有未来希望和踵事增华的幼芽了。"① 童年书写在时间的追寻中,通向这样一个回归并发展"人"自身的生命要义,铸就了其话语自身的诗性意蕴。

针对人自身的自觉的生命时间的观照与认识,体现了一种对主体性的追求。"认识之所以具有主体性,不只是因为它是人的认识,进一步还在于它是人的自觉的认识。……人认识到自己在认识,意味着开始有了反思的意识。……这是一种清醒的、反思的理性,是普照于人自身的精神世界的光,摆脱盲目性而达到自觉性,乃是认识具有主体性的首要标志。"② 对过往童年生命的自觉追寻,表明人摆脱外在的社会功利束缚或对之的依附,成为独立自觉的人,奠定了"认识到自己在认识"的主体性生成的基础。创作者们立足于生命"此在"的实践立场对自我存在不断进行精神的探索和超越,在生存论与价值论的意义上进行自我的建构,而自我意识是人作为主体的本质内涵。童年书写通过对生命时间的倾心关注,使人有可能踏上一条通向本真生命的自我确认与自我实现的"自由之路"。"自由"是黑格尔哲学体系的核心,它集中体现为"主体性"概念,在主体中自由才能得到实现。在现代性理论中,自由是现代性的根本价值,哈贝马斯(Jürgen Habermas)刻

---

① ［德］施勒格尔:《文学史讲演》,伍蠡甫主编《西方文论选》下卷,上海译文出版社 1979 年版,第 327 页。

② 李为善、刘奔主编:《主体性和哲学基本问题》,中央文献出版社 2002 年版,第 233—234 页。

画的现代性的"自由"特征之一就是"作为自我实现的自由"①。童年书写通过对生命时间的追寻，展开对生命存在状态及来龙去脉的反思，在时光回溯中照亮自身，从而走向精神的自由王国。

"诗化的语言把存在从寂然中唤醒。作为一种'唤起'，文学作品是一种行为、一个事件、一种发展过程。文学'作品'已是这样'一种活动方式'。"② 童年书写就是这样一种"唤起"存在的"活动方式"。召唤"在场"的个体童年书写中"时间性"的存在，主要依赖于儿童视角和成年视角不断转换复合所积聚的时间厚度，此厚度形成了一种历史感。"过去（故事时间）有一种向现在（写作时间）开放的可能性；反之，现在又有一种介入过去的可能性。具有历史感的文学写作就是这两种时间交互渗透并在距离中来透视的精神游历过程。作家立足于现在而与过去交谈，是一种真正的历史对话。"③ 童年书写中由对话所致的对生命存在的体认，形成了这种"历史感"的深度意义，这种书写是一种现代意义上的"诗言回忆"④。陈染在关于童年成长的《私人生活》的开头即道出其回忆性话语的来由："时间和记忆的碎片日积月累地飘落，厚厚地压迫在我的身体上和一切活跃的神经中。……时间是由我的思绪的流动而构成。"⑤ 这种类似于普鲁斯特的绵延的时间意识，正是强烈的"诗言回忆"的体现，它立足于前途未卜的现在之维上重现过去之维，保持时间距离感，构建着文本意义生成的"深度模

---

① ［德］尤尔根·哈贝马斯：《现代性的地平线：哈贝马斯访谈录》，李安东等译，上海人民出版社 1997 年版，第 122 页。

② ［美］R. 玛格欧纳：《文艺现象学》，王岳川等译，文化艺术出版社 1992 年版，第 79 页。

③ 周宪：《超越文学：文学的文化哲学思考》，第 191 页。

④ "诗言回忆"论最早以柏拉图为代表，他把叙事文学活动的积极意义和价值归结为带有真理性的过去回忆，帮助人们认识亘古不变的"理式"，其实质是一种神话意识的时间观念。此处所论的童年书写具有的"诗言回忆"特质，不是帮助人们认识亘古不变的"理式"，但同样具有一定的"真理性"——它通过回忆帮助人们认识自身。这是一种现代意义上的"诗言回忆"，是对过去已经发生的事情的描绘。自柏拉图以来，西方学者维柯所说的"原始回忆"、尼采提出的"酒神"说、荣格的"集体无意识"等都含有诗表达"回忆"的主张，海德格尔则如此称颂："回忆，这位天地的娇女，宙斯的新娘，九夜后成了九缪斯的母亲。戏剧、音乐、舞蹈、诗歌都出自回忆女神的孕育。……回忆，九缪斯之母，回过头来思必须思的东西，这是诗的根和源。这就是为什么诗是各时代流回源头之水，是作为回过头来思的去思，是回忆。"［德］马丁·海德格尔：《什么召唤思》，《海德格尔选集》，孙周兴译，上海三联书店 1996 年版，第 1213—1214 页。

⑤ 陈染：《私人生活》，第 1 页。

式"，以对抗令人焦虑的现实生存中的"平面感"。① 通过追忆童年，将过去的意义从废墟中打捞出来，这是寻找生命家园的重要途径。

　　显然，"诗言回忆"式的童年书写相比其他非追寻性文学书写，在文本的意义生成模式上有其优势，尤其在当代叙事中具有重要意义。不妨以20世纪八九十年代出现的个体成长童年书写为例，来比照同时期出现、同样关注人的生存状态的两类文学现象，一是池莉等还原普通市民现实生活的"新写实"小说，一是卫慧等"新新人类"对当下自我生存的青春自曝性小说。这两类小说的书写者一般都斩断过去的时间之维而立于现在的时间之维，只关注当下生活，只关心现在，仅仅把意义体验聚集在丧失了时间绵延向度感的现在之维上，缺少能够带来深度意义的历史感。杰姆逊（Fredric Jameson）在《后现代主义与文化理论》中描述到这种时间意识类型："新时间体验只集中在现时上，除了现时以外，什么也没有。"② 不思考过去、也不关心未来的这种体验模式是一种"平面模式"。丧失了植根于过去的对记忆的认知意识，将可能导致精神的枯萎、自我的迷失甚至生活意义的彻底丧失。就文学而言，则会丧失一种必要的"深度意义"。新写实小说目中所及的是凡俗生活的"一地鸡毛"（刘震云小说的篇名），心中所念的是"冷也好、热也好、活着就好"或是"有了快感你就喊"（池莉小说的篇名），它们以现实性的泥沙俱下的生活流，淹没了应在时间之河上寻寻觅觅的生命之舟，或者使之不费思量地随波逐流。所以，缺乏深度的新写实小说中看不到王安忆所倡扬的对"人性中的诗意"的"提炼"③。再者，卫慧等"新新人类"的青春写真只关注当下的肉身体验，欲望的洪水泛滥，"本我"的纵情狂欢颠覆了"超我"，拒绝了指向未来的超越性精神追求，最终必将丧失了"自我"。这种缺少"追寻"意识（即时间向度）的"平面模式"，不去

---

　　① 杰姆逊在评论后现代主义文化时，提及在后现代主义中，"历史感，或是过去意识的消失"，代之以"平面感"的出现，"以解释性方法思维的思想模式"即"深度模式"被抛弃。"过去意识既表现在历史中，也表现在个人身上，在历史那里就是传统，在个人身上就表现为记忆。现代主义的倾向，是同时探讨历史传统和个人记忆这两个方面。在后现代主义中，关于过去的这种深度感消失了，我们只存在于现时，没有历史。"参见［美］杰姆逊《后现代主义与文化理论》，唐小兵译，北京大学出版社1997年版，第199—205页。

　　② ［美］杰姆逊：《后现代主义与文化理论》，第228页。

　　③ 王安忆、郑逸文：《作家的压力和创作冲动》，《文汇报》2002年7月20日。

思考存在的来处与去向，其着力表现的现实生存状态并不能给予作者和读者以生命的提升，反而可能使人陷入一片混沌甚至泥泞。可以说，20世纪初以"个人主义的人间本位主义"为根本起点的"人的文学"发展至20世纪末，无论是从"人间本位主义"（如新写实小说）还是"个人主义"（如"新新人类"的青春写真）方面都呈现出了某种"穷途末路"之势。正如有论者对当下文学现象提出的批评那样："缺乏对生命应有的敬畏，缺乏对人生诗意的怀想，缺乏对梦想顽强的恪守，哪怕这种现实的关怀真实无比且深刻无比，哪怕它诉说的苦难惊心动魄且牵魂梦萦，它都只能永远停留在'看山是山、看水是水'的初级境界。"① 前文所提的这两类关于现实之"人"的生存状态的书写，缺乏对"人之为人"、"我之为我"的纵深性思考，对于生命及其存在的探索被平面性地庸俗化乃至被解构性地消费化，难以具备"生成性"、"诗意性"的价值建构意义。

20世纪末以来，时代的文化兴趣已经更多地落在了对生存空间（包括人的身体这一空间性存在）的重视甚至沉溺之中，时间意识主要体现为平面化的"现时性"。米兰·昆德拉批判这种浅薄的"现时性"，指出当今时代的精神"固定在现时性之上，这个现时性如此膨胀，如此泛滥，以至于把过去推出了我们的地平线之外，将时间缩减为唯一的当前的分秒。小说被放入这种体系中，就不再是作品（用来持续，用来把过去与未来相接的东西），而是像其他事件一样，成为当前的一个事件，一个没有未来的动作。"② 以对生命的"追寻"为基点的童年书写重视这种"过去与未来相接"的时间意义，在一定程度上与世纪末的一派"颓势"相颉颃，无论是对童年这一时间端点的凝眸眺望还是对作为绵延时间的童年的现时回访，都在生成着一种深度意义，诉说着人的梦想与存在的诗意，它已成为一种对当下生存状态的批判性和启悟性文本，成为一种真正关及生命诗性的呼唤，是对生命和世界意义的重新命名。在当今这样一个平面化的"主体性的黄昏"③ 时代，丧魂落魄的迷途之人若要还自己以清明之"魂"，那么回访童年这个生命与心灵的"原乡"就意味着人将有可能从生存蒙昧这一"边缘"

① 洪治纲：《回到梦想回到诗性》，《南方文坛》2004年第6期。
② ［捷］米兰·昆德拉：《小说的艺术》，孟湄译，生活·读书·新知三联书店1992年版，第18页。
③ ［美］弗莱德·R. 多尔迈：《主体性的黄昏》，万俊人等译，上海人民出版社1992年版。

走向精神的"家园"。"为人类看守精神家园，使人成其为人，使自我的意义在时间的全部维度上安家，是现代社会真正具有现代性的文学的重要任务。"① 具有"诗言回忆"性质的童年书写，在对往昔童年的回望中进行生命本质及其存在的追寻，以其浓郁的生命时间意识参与了"人的文学"的现代性而且是诗性的营建。

二、"诗缘情"的艺术营构

接受美学的代表人物尧斯（Hans Robert Jauss）说："回忆不仅是审美认识的精确工具，它还是真正的仅有的美的源泉。"② 从整个中国现代文学思潮衍变来看，无论位于社会历史文化的哪一时段，童年书写总恪守着超功利的生命意识，以生命追寻（包括追问与追认）为思想基点来反抗社会主流文学意识形态的某些形式原则或纯粹理念的侵入，以"回忆"这种个体性姿态构成了与主流文学的美学风格的差异，从而成为"人的文学"风光带中一道较为纯粹、富有诗性的生命风景线。

童年书写是在五四时期"人的文学"的倡导下而诞生的。"五四时代的人的解放，不仅是思想意义和道德意义上的解放，更是情感意义、审美意义上的解放……"③ 这种"情感意义、审美意义上的解放"促使了文学的艺术审美性的诞生，即"人"的主体觉醒带来了文学主体的觉醒，文学在"人"的话语里找到了向"自身"归返的道路。相比那种变相的"文以载道"的社会功利性话语，作为"人的文学"之一种的童年书写，属于"诗缘情"的一脉。五四时期童心颂的特定内容最鲜明直接地继承了"性灵"传统，其风格也与此抒情传统相一致。而在现代性语境中，这类童年恋歌相比古典的孤芳自赏性的"独抒性灵"，寓含了在人的觉醒这一新生时代中对现代人格的追求，抒情气质上相比古典的幽雅气息而更显一种新生的朝气。京派乡土童年书写对赤子之心的赞美也接近这一古典的"性灵"传统，在抒情气质上都较为恬淡，但因其时代人生语境不同，所以在性灵内涵上也有所不

---

① 孔建平：《时间意识类型与叙事文学的意义生成》，《江西社会科学》2003 年第 10 期。

② ［德］汉斯·罗伯特·尧斯：《审美经验与文学解释学》，顾建光译，上海译文出版社 1997 年版，第 134 页。

③ 钱理群：《试论五四时期"人的觉醒"》，《文学评论》1989 年第 3 期。

同。古代的性灵抒发更有个人性的超脱之气，而身处现代的京派书写则多具人类性的道德、生命或生态关怀。

童年书写从诞生之日起就张扬感性生命，"抒情"成为其一开始的气质性特征，并几乎贯穿于一个世纪以来的此类书写中。即使在抒情时代已告濒危、现实性叙事大行其道的世纪末，它依然在叙事中保持着某种程度的抒情性。这种抒情品格首先源于其个体性的书写立场，在回忆中展开的个人性的生命言说表明了创作者与集体话语自觉的疏离。相对于主流文学的宏大叙事，童年书写在其话语性质上类似于古代文学中的"伤时感事"这一类型。"伤时"主要是一种时间感怀，"所谓'感事'，即带着强烈的情感倾向来叙事，情感的冲动撞击时常影响着叙事的完整，以至抒情性成为外显的主要特征。""这种抒情往往由个人独白的方式来进行，是一种'私人叙事'……"① 童年书写具有这种"私人"性的"伤时感事"的文学特征，但在所伤之"时"和所感之"事"上与传统内容有所区别。传统的"伤时感事"往往偏重于一己情绪的抒发，而童年书写也有个人情绪的渲染，但在此之外还书写着现代的生命感觉、蕴含着对人类与自我的生命本性及其存在的现代思索。它书写的是个人记忆，且是内在感受性的生命记忆。即便是"文化大革命"童年叙事中涉及的历史印象，也是以个人记忆的形式呈现，书写者着意的不是社会历史的再现，而在于历史中个体童年生命情态的揭示。这种个体性记忆往往或隐或显地表达着回忆者自我的私人经验（生活经验或心理经验），可以说，童年书写是一种"个人史"意义上的文学营建。轻"事实"而重"意义"的个人回忆，作为对时间的充分个性化的感知方式，决定着起关键作用的"叙述的过程"将不可避免地在事实之外掺入更多的情感与想象，使其变得"艺术化"。

童年书写重视个人的生活体验，深入发掘自己的情绪感受，表达深刻的内心体验，对童年的追怀笼罩着或浓或淡的感情色彩。无论是新生童年书写的赞歌、乡土童年书写中的挽歌、历史童年书写中的低唱还是成长童年书写中的悄吟，在其独白、倾诉或私语、内省中，一般都渗透着或隐或显的抒情性，这是由其回顾童年生命时的心理所先天决定的。这种抒情性，在诗歌、

---

① 傅修延：《先秦叙事研究》，东方出版社 1999 年版，第 111 页。

散文类体裁中格外明显，而在叙事类的小说中则相对内在化。比之五四与新时期的新生童年书写、京派作家的乡土童年书写中对以"童心"为代表的人的原初精神家园的"抽象的抒情"，更具内倾性的个体成长童年回忆是一种"深幽的叙事"。由于回忆之"思"是"诗的根和源"，"诗仅从回过头来思、回忆之思这样一种专一之思中涌出"，① 所以在话语内容的品质上，这种存在主义的个体童年书写与浪漫主义的人类童年书写一样具有"诗"的品质。如果说后者是单纯的"抒情诗"，那么前者是深沉的"哲理诗"，而其抒情或哲思的对象都是同一个本身即具有诗性意味的事物——生命，作为抽象的本质存在和作为过程的本体存在的生命。

　　言说的气质必然会影响书写的形式，回忆童年的抒情性潜质带来了诗性文体（主要是诗化小说）的生成。边缘身份的童年书写者往往自觉或不自觉地进行着边缘化文体的构造，钱理群在分析 40 年代小说文体创造时，注意到几乎所有的边缘性作家都扬言要写"不像小说"的小说，表达对主流文学用来表现人生的审美方式及其注重情节、人物塑造的戏剧化小说模式的不满，以"不像小说"作为自己的理论旗帜，显示出反抗主流（时尚）的叛逆性或异质性。② 纵观各时代的童年书写者，这些边缘作家大多也在有意逃离时代文艺主潮形式，他们沉浸于童年记忆的怀想，听从生命情感和意识的召唤，切断了意识形态话语强行进入的可能性，在对生命记忆的追怀、体认与建构的过程中，同时创造了个性化的写作形式，即一种本源意义上的文学体式得以生成，并在一定程度上形成了对传统的或当时的某类主流文体的突破，沈从文、萧红等的抒情小说文体以及陈染、林白等的私语性文体等都是一种背离叙事潮流的文体创建。比如陈染，对自己的创作追求就定位在"边缘化"："我愿意把写作的立脚点放在个人或者叫做私人这样一个很小的元素上，我始终认为小说的'大'与'小'不是由题材的大与小决定的。……我坚持'小说要往小里说'，我的兴趣点就是在那些'边缘'的人物身上。我觉得，只有探测人性深层的复杂性、透析人内心的东西，这样的作品才有长远意义。"③ 她所言的"边缘"的人物包括她在多处强调的"孩

---

①　［德］马丁·海德格尔：《什么召唤思》，《海德格尔选集》，第 1213—1214 页。

②　钱理群：《对话与漫游：四十年代小说研读》，第 508 页。

③　张英编著：《文学的力量：当代著名作家访谈录》，第 213 页。

子"，这种"私人"性定位直接导致其私语性文体的生成。大体来看，童年书写的诗性主要表现在由回忆这一创作心理生成的"意境化"与"意象化"审美特征这两大方面，乡土童年书写中的"意境"流淌的是人性之清水，成长回忆中的"意象"饱含的是生命之汁液。"抒情"这一诗的本体属性给童年书写从内容到形式都带来了诗性意味，构成了中国现代文学中抒情文体的一个分支。以往人们提到抒情小说，一般都关注由"空间"生成的乡土抒情，而忽略了这一由"时间"生成的"童年"抒情体的存在。时间性的童年书写作为情感与艺术精神的一种"诗性返乡"，确凿地参与了诗化文体的构建，有的还构成具有唯美风格的极致性追求（关于由童年回忆生成的诗性美学特质，将在后一章中具体剖析）。

童年书写的这种抒情性在非政治性的"人的话语"的文学场中极为突出。尹昌龙指出，在80年代中期之前的当代文学中，"人"的话语大都具有某种诗性，或者说抒情风格。他所言的"人的话语"指特定的"人道主义话语"，而由其"主观性和理想化"带来的抒情品格，则是在与"现实主义文学"比较中得出的结论。① 事实上，童年书写中的抒情性并非仅仅停留于相对单纯的人道主义话语，而是贯穿到80年代后期"主体性话语"② 之中。相比此论者关注的"人道主义话语"中作为新生历史主体的理想化抒情，童年书写的抒情内容更多基于非社会历史性的本体之人的生命意识，因其对生命本真的观照与穿透而提升了"人的话语"的诗性品格。

从美学风格来说，具有抒情气质的个人性的边缘童年书写主要倾向于"优美"，而时代性的宏大主流叙事多为"壮美"。相较之下，童年书写内含的某种柔弱性更有利于艺术之美的生成。弱的体质和气质降低了对外界环境的适应力和承受力，却常常会增强审美感受的灵敏度（普鲁斯特是典型一例），心理学家马斯洛认为"'女子气'意味着一切有创造性的活动：想象、幻想、色彩、诗、音乐、温柔、感伤、浪漫"③，童年书写者们以心理的某

---

① 尹昌龙：《重返自身的文学：当代中国文学思潮中的话语类型考察》，广东人民出版社1999年版，第196页。

② 尹昌龙指出："到了80年代这个被称为知识分子在'过年'的环境中，人道主义话语得到推崇直至上升为主体性话语。"尹昌龙：《重返自身的文学：当代中国文学思潮中的话语类型考察》，第205页。

③ ［美］亚伯拉罕·哈罗德·马斯洛：《人性能达的境界》，林方译，云南人民出版社1987年版，第90页。

种"弱化"——不是直面现实，而是退回个人内心记忆——增强了审美感受力，而且以尚弱用柔实现对生命价值、文学价值的重新选择。回忆这种"远距离"观照，也使得作者们在感情沉淀后的童年书写中懂得抒情的节制，摒弃了那种近距离直接反映现实带来的情感的膨胀以及艺术的粗糙。边缘的童年书写因为某种程度的"除尽火气"而更能贴近纯净的艺术本体之美，以其相对纯粹的审美性而形成了对主流文学的一种美学补充、美学提醒，在一定程度上扭转着各时段主流文学中不同意义层面的"载道"风气，坚守并推进着文学主体的艺术审美本性。

总之，位居边缘的童年书写体现了创作主体对文学审美性的清醒而执著的追求以及自觉的创造性建构，其地位其实并不"边缘"，而是"家园"——不仅是"人"与"自我"的"心灵家园"，而且也是文学的一个"艺术家园"，而"家园"，总是一种不无诗性意味的审美性存在。对基于生命和艺术两个层面的审美家园的营构，是童年书写的重要意义之所在。

第三节　"生命本位"对"儿童本位"的超越与引领

童年书写不仅作为五四诞生的"人的文学"之一种参与着成人文学的现代营建，而且对同样始发于五四的"儿童文学"的现代发展有着重要的补充和引领作用。

同以反映童年生活、展示童年生命为题材的这两类创作有诸多的不同：在创作意图上，童年书写是追寻已成过往的人类或个体/自我童年生命的来处，是为了认识生命本性及其存在本体，蕴涵着成年书写者对主体性的追求；一般的儿童文学是成年作家专门为儿童读者创作的、适合他们阅读的文学，具有"以切合少年儿童的精神世界与思维特征为基准的主体性原则"[①]，内含着引领孩子健康成长的使命意识。二者的根本性不同在于其写作立场的差异：前者追寻童年生命，"生命本位"是其鲜明的书写姿

---

① 王泉根：《20 世纪八九十年代中国儿童文学的深层拓展》，王泉根主编《新时期儿童文学研究》，河北少年儿童出版社 2004 年版，第 6 页。

态；而后者则以"儿童本位"为其基本的创作原点。由此不同的写作意图和立场，两类创作在具体的内容和表现的方式上都必然存在大的差异。

纵观近一个世纪以来这两类创作的衍变状况，可以发现成人文学中的童年书写对儿童文学（主要是儿童小说）的第一个重要影响就是促进了后者在五四的诞生。"儿童本位"的儿童观是现代儿童文学的本质性标志，这一现代性的获得与巩固得力于五四时期风行一时的童年书写中的童心颂歌和童年恋歌。在文化新生期，觉醒的作家们崇拜并张扬自然天真的童心以表达对本真人格的追求，洋溢着浓郁的启蒙主义和理想主义色彩。将小儿当作"神"来崇拜的礼遇，以十分鲜明的姿态与几千年来封建礼教桎梏下的儿童境遇作了最彻底的决裂，以激进的、极端化的方式给起步期的中国现代儿童文学灌注了一股热辣辣的元气，提供了一个自由而高超的起跳点。一方面，童心崇拜使儿童的主体个性、主体地位得到了从未有过的突出和高扬，相应的，在文学领域中也直接促成了"以儿童为本位的文学"的诞生，确立了儿童文学的独立地位，儿童文学创作内容上有意识地表现以往被封建伦理教育所掩埋的童心童性，有意识地舒展开儿童的心灵，赋予了儿童文学从"儿童"出发的现代品格，与五四时期"人"的文学一起表现出红火的、锐进的朝气，折射着时代精神的光芒；另一方面，这些童心颂歌与童年恋歌对童心之"美"的歌赞，充满着温情，昂扬着激情，浪漫主义乃至唯美主义的诗性表现也大大促进了中国现代儿童文学在一开始便迅速地取得相对纯粹的审美品位，具有浓郁的文学审美性，以鲜明的美学质变迥异于此前以蒙养训诫为本的儿童读物，彻底地完成了由封建古代"非儿童"的"非文学"转化为真正的"儿童"的"文学"的蜕变。此二者——儿童本位与审美品位的确立，与西方19世纪以来的现代儿童文学相接轨，使中国现代儿童文学能够进入世界现代儿童文学之林，获得了一定程度的"世界性"。这种成就的得来，在一定程度上得归功于童年书写中的童心颂歌、童年恋歌所起的推波助澜的重要作用。正是由于这种对纯洁童心的激情张扬、对美好童年的深情吟咏，才加速了中国儿童文学现代性的获得与进一步的巩固。从作家看，五四时期进行童年书写的鲁迅、周作人、冰心等本身也自觉地倡导专门给予儿童的儿童文学，他们那些因自己的生命感受而发、不属于单纯儿童文学的回忆性文本，从另一个角度来推进儿童文学对童年生命的关注和认识。

而有时，这两种性质的创作还混为一体，典型例子是开辟了儿童散文这一新的文学体裁的冰心的《寄小读者》。这些文章本意是为儿童读者创作，然而写着写着就背离了初衷，变成了个人的生命心语，但因为其抒发的是对自然、童心、母爱的歌赞，它切合并推进了现代儿童文学此类唯美性主题与风格的发展。

确立了儿童本位的现代儿童文学不断开拓以往被封建礼教所蒙蔽的儿童生命领域，但在某些生命岩层上则有所疑虑。在儿童文学徘徊不前的地方，童年书写则以其毫无顾忌的姿态向深处挺进，在"本没有路"的地方披荆斩棘，引领着儿童文学步其后尘，与之一起"走出一条路来"。这是童年书写对儿童文学的第二个重要影响，具体表现在对儿童生命苦难/灾难与成长中的性爱这两大题材（儿童文学中的"阴暗面"、"禁区"题材）的掘进方面，下文对此问题作一概括性的梳理与对照。

对儿童苦难的关注始终贯穿于中国现代儿童文学的发生发展的进程之中。在五四这样一个高扬"人道主义"大旗的启蒙时代，现代儿童文学，尤其是现实主义儿童小说，都很关注儿童的生存苦难，如冰心的《三儿》、王统照的《湖畔儿语》、叶圣陶的《阿凤》等，这些作品也属于成人文学。苦难的来源是社会的黑暗、家境的穷困或者婆婆对童养媳的蹂躏等方面；三四十年代的儿童苦难则主要是来自战乱所致的流离失所、社会的压迫摧残；建国十七年的儿童文学不再刻意表现苦难，更多反映新社会中的儿童如何成为新人的教育性问题；新时期以来的苦难写的是社会的不正之风、家庭与学校的不理解和不信任、学习的重轭及青春期的心理危机等给儿童生命造成的种种压抑与痛苦。总的来说，这些现实苦难大多都外在于儿童生命，作者的批判矛头严厉地指向造成儿童苦难的种种外部因素。反映儿童现实境遇中的不幸和苦难，即类似于鲁迅"揭示病苦，以引起疗救的注意"的写作动机，也是现代早期儿童文学一个重要的题旨。

相比之下，从个人童年记忆出发的童年书写，在80年代中期之前大多都倾向于表达对童年时代享有的"温暖和爱"所怀着的"永远的憧憬和追求"①，这种试图通过回忆寻求慰藉的创作动机，使得对童年生命可能存在

---

① 萧红：《永远的憧憬和追求》，《萧红全集》（下），第1044页。

的苦难多有忽略。直到 80 年代中后期，"60 年代"生作家才大量开始追怀个人童年成长中的创伤性经验，反思"文化大革命"时代儿童的生命困境。这一历史背景中的童年生存在儿童文学中几乎没有涉及，它不仅填补了儿童文学史中的一段历史空白，而且还以其深刻与尖锐让人刮目相看。新时期儿童小说中虽也塑造了"扭曲型"（如黄蓓佳的《阿兔》）、"迷途型"（如刘厚明的《绿色钱包》）的儿童形象，但社会批判倾向浓重，有着较为鲜明的教育和警示目的，而对童年生命本身的困境剖释力度不够。童年书写逼视和洞察童年生命外在与内里的生命困厄，尤其对造成童年悲剧的父亲、母亲形象进行了颠覆性书写。前文第三章论述的儿童被"吃"的一个原因就来自于"父的卑劣"，其卑劣具体表现为暴虐、淫乱、猥琐、愚昧等行为和精神劣质；第五章论述童年成长中的母女关系时指出了"性母"、"罪母"、"恶母"等母亲类型给女儿的成长造成的难以愈合的心灵创伤与精神重负。这些作家以较为极端的"弑父"、"审母"的叛逆姿态深刻揭露来自于至亲之人的生命戕害，令人触目惊心。儿童小说虽也表达儿童对父母某种错误管教方式的不满和反叛，但因为负载着教育作用而绝不可能表现得如此"大逆不道"。在教师形象的塑造及儿童对老师的态度上，两类创作更有着分外鲜明的差异。童年书写如苏童的香椿街系列中写了老师对学生的不负责任和缺乏起码的尊重与关怀，范小天的《儿童乐园》中写了被孩子们批斗的老师羸弱或猥琐的思想性格，老师们在特殊环境中已经自觉或不自觉地丧失了起码的"师道尊严"。"文化大革命"动乱中学生们的种种蒙昧无知而又恶毒凶狠的造反行径令人发指，在成人文学的回忆性书写中对此可以真实地展现，而在儿童文学中则是绝对的忌讳，并可能会成为永远的"死角"。童年书写在有意识的颠覆传统的父慈母爱、师道尊严的"神话"之时，同时也颠覆了童心纯美的"童话"；回忆者在审视来自身外的灾难时，也不放过对童年生命自身的反思，深入揭示儿童的精神病象甚至童心之恶，如异化为"吃人者"、降格为凶猛"动物"、逆变为"杀人凶手"（如 5 岁的韩桂心杀死同伴、幼年的陆羽和尹小跳分别直接或间接地杀死自己的弟弟或妹妹、少女美奴谋杀母亲等）。这些"恶"的因子潜伏于童年生命之中且很容易被诱发，而重在"正面"引导孩子健康向上的儿童文学一般对此"负面"讳莫如深。

儿童文学中另一个重要的禁区题材是性爱。长期以来，儿童文学作家们对发生在儿童身上的情爱问题往往有意无意地视而不见、避而不谈。儿童生命中如朦胧的情感体验、成长困惑等内在性问题没有进入人们的视阈，没有被明确列入儿童解放的总命题内。对淹没在成人想象之下的童年内在之真的打捞和拯救还有待于更成熟的时机。到 80 年代后期，随着社会文化思想的日趋开放，儿童文学才开始对异性情爱有所涉猎，含蓄地表现少男少女们朦胧的初恋情愫（如丁阿虎的《今夜月儿明》、陈丹燕的《上锁的抽屉》等），这类主题在"春光乍现"之时还引起了颇为广泛和强烈的社会争议，到 90 年代才逐渐习以为常且渐受青睐，尤其在 1996 年引发的"花季·雨季"文学热衷，这束朦胧的"早恋"之花集束性地在儿童文学的花坛绽放，所表现的这种异性情感往往都是"发乎情而止于理"，主要停留于单纯的精神层面的好感、暗恋之范围，而对童年的身体欲望则依然有所保留，即使是对恋情的表现也很注意引流——常引向友情。

相形而言，在成人文学中，童年生命的性爱觉醒与追求自五四张扬个性解放、倡导"灵肉一致"之人起，就已经作为"人的觉醒"之一种而开始大量出现了。废名、许钦文、周作人、郁达夫等在散文或小说中回忆自己年少时的初恋，施蛰存在《上元灯》等小说中也细腻地描述了少年在初恋时节的种种曲折心事，在一种略带忧郁的氛围中，年少时的柔情飘荡进作者而今沧桑的现实人生。40 年代东北作家骆宾基的《幼年》和《少年》、端木蕻良的《早春》和《初吻》均展现了作者混沌初开、美丽伤感的少年情怀。这些自传性的童年初恋回忆，是对当时儿童文学情爱空白的补充，证明了情爱在孩子身上的事实性存在。而到 80 年代，随着成人文学中性爱意识和身体欲望的大力张扬，儿童身体的性萌动也突入了童年书写的领域，较早的一篇是苏童的《桑园留念》（写于 1984 年、发表于 1987 年），表现了少年们无度的性爱争斗，余华的《在细雨中呼喊》则揭示了少年们觉醒的肉体冲动，此后这种关及身体的性爱追求成为童年书写中的一个普遍的内容。而 90 年代初期女作家们如陈染的《私人生活》、林白的《一个人的战争》、虹影的《饥饿的女儿》等自传性（包括生活经验和心理经验的自传性）长篇对女孩的身体欲望之"性"更是作了惊世骇俗的率真展露。她们不仅大胆地闯入这个一向被传统思想、儿童文学列为"禁区"的地域，而且还踩了更为危险的"雷区"：隐秘的本能性欲或者是畸形的性爱尝试。这些成长中异常敏感而尖锐的"性隐私"的揭秘，攻破了关于"人"的性爱的最后一道防线，将童年生命的身与心、灵与肉毕现无遗，彻底颠覆了"无性"的童年传说。

成人回忆中对童年性爱的书写也影响了儿童文学作家——准确地说是"两栖"（跨越成人文学与儿童文学）作家在少年成长小说中对于此题材的开拓，如曹文轩的《红瓦》、黄蓓佳的《漂来的狗儿》等这样一些以"文化大革命"时代为背景的少年成长小说。另外，90年代以来的个人化、私人化童年回忆叙事，也带动了儿童文学作家的自我成长回忆叙事，如曹文轩的《草房子》以及更年轻的女作家张洁的《敲门的女孩子》、殷健灵的《纸人》等长篇小说。尤其是后者，似乎颇有些陈染、林白等大胆突入禁区的勇毅，带有幻想性质的《纸人》在儿童文学中较早地表现了心灵与身体即"灵与肉"在成长蜕变期的困惑和冲突。当然，由于其潜在的儿童文学创作意识，决定了他们对此题材的表现必定会有所保留，儿童文学作家都很注意把握内容的"分寸"。一些有着强烈使命感的儿童文学作家也在自觉地思考和开拓新的表现领域，如"两栖"作家陈丹燕曾在《少年文学中是否还有新的需要》一文中写道："少年的文学，是一个广阔的概念，它是不应该仅局限于某一方面，特别是当某一方面的内容受到热烈的欢迎的时候，另外一些广阔的大路就显得格外的寂静无声了。""我想将一部分成年人的生活中对人生、生命、生活和情感生活的以及由此而产生的故事引入少年文学之中。"这种对成年人生的自觉引入，势必会有力地开掘儿童文学的生命表现岩层。

总之，新时期以来的儿童小说在儿童"内宇宙"的挖掘方面有了深入的拓展，表现了对儿童身心的真正尊重与真切关怀。但是因为其重在正面积极引导、尽力避免消极影响的创作意图，就可能有意回避、掩盖了儿童生命成长中某些真实存在或潜在的"阴暗面"。而童年书写由于不是专为儿童读者而写，它只是忠实于生命记忆，是对生命来处的清理，因而可以没有顾虑、率直坦荡甚至不无恣意夸张地去揭露这些儿童文学所不敢触碰的"禁区"和"雷区"。这种从"生命本位"出发的更加深入细致的"深水区"童年叙事，体现了超越一般儿童文学的"叙事伦理"向度。刘小枫在《沉重的肉身——现代性伦理的叙事纬语》中提出了"叙事伦理"的说法，它"讲述个人经历的生命故事，通过个人经历的叙事提出关于生命感觉的问题，营构具体的道德意识和伦理诉求。叙事伦理学看起来不过在重复一个抱着自己的膝盖伤叹遭遇的厄运时的哭泣，或一个人在生命破碎时向友人倾诉时的呻吟"，"在个别人的生命碎片中呢喃，与个人生命的悖论深渊厮守在一起"，实际上是"更高的、切合个体人身的伦理学"。① 八九十年代以来的童年书写立足于个体生命本位，潜入个体/自我童年生命的幽暗区域，发现并谛听、触摸那些喑哑在记忆墙角的早年的生命呢喃、呻吟和哭泣，怀着深深的同情、体恤甚至悲悯，让它重现于成年此刻的生命时光和感觉之中。如王安忆追怀童年生命潜在之"忧伤"的《忧伤的年代》等，以个人/自我的成长际遇、精神隐痛来关怀人类普遍的生命处境。"这一叙事伦理的指向，完全建立于作家对生命、人性的感悟，它拒绝以现实、人伦的尺度来制定精神规则，也不愿停留在人间的道德、是非之中，它用灵魂说话，用生命发言。"② 无疑，这种"生命本位"的个体回忆性叙事对童年生命的表现将比单纯以"儿童本位"的现实童年叙事来得更加深刻和内在，更贴近生命"灵与肉"的真实性，从而使在20世纪初发现的"儿童"这一类"人"的生命图景得以更为彻底与完整的显现，使之从以往被人忽视的"盲点"走向让人震惊的"炫点"。

关于"完整的儿童/人"这样一个问题，早在1920年，积极倡导儿童文学的周作人就深刻指出："儿童也是'完全的个人'，有他自己内外两面的生活。儿童期的十几年生活，一面固然是成人生活的预备，但一面也自有独立的意义和价值。"③ 纵观一个世纪来的现代儿童文学对童年生命"内外两面的生活"及其"独立的意义和价值"的发现状况，某些层面还是存在着不同程度的"残缺"，而成人文学中的童年书写在客观意义上对此进行了"补遗"，提供了真正逼近儿童生命世界的可能。曹文轩曾就"完整的人"作过相当精辟的解说："这个概念实际上不仅仅只有'看到我们所看到的一切'这一层意思，它还有另一层意思：'看到我们以前所没有看到的一切'。

① 刘小枫：《沉重的肉身：现代性伦理的叙事纬语》，上海人民出版社1999年版，第4—6页。
② 谢有顺：《中国小说的叙事伦理：兼谈东西的〈后悔录〉》，《南方文坛》2005年第4期。
③ 周作人：《儿童的文学》，《中国儿童文学大系·理论》（一），第3页。

尽管我们这些成人是从那个世界走过来的，但因为教化等原因，我们在成为成人的时候，对那个世界的感觉已经钝化了，我们一路走，一路丢失了许多记忆，并且是一些关键性的记忆。那个世界远不像我们在成年时所看到的那么简单，它有许多十分微妙的东西，它的复杂程度在某些方面甚至超出了成年世界。即便是我们没有丢失这些记忆，也会因为我们认知力量的薄弱而无法洞见那个世界的全部秘密。现在我们要长驱直入这个世界，对那个世界进行全面的清理与盘点。随着我们直面那个世界的勇气的增长与我们知性的日趋发达，我们已经看到和预感到那个世界的深处的丰富多彩。通过观察与分析而获得的一切，使我们欣慰地看到文学正在获得一个新的广阔的天地。"①在构建这个"完整的人"的过程中，对童年生命世界"进行全面的清理与盘点"的童年书写"看到我们以前所没有看到的一切"，无疑是一个有别于单纯的儿童文学的"新的广阔天地"，并且也召唤和引领后者去不断开拓这片"大有作为"的"广阔天地"。再者，从现时成人开始回忆的童年书写，在其从童年到成年的连贯性成长叙事中还可以看出童年生活是"成人生活的预备"这一重要作用，此"预备"主要体现为童年生命对成年人生的人格、性格、主体生成之影响，在对童年的追怀中，又推进着现时成年生命的完整认知与自我建构。可以说，从生命起点即童年出发的对"完整的儿童"、"完整的人"的文学建构，在经历了一个世纪的发展以后已经基本完成，要注意的是，童年书写在此过程中功不可没，它在静态和动态层面上大力推进了"完整的儿童"、"完整的人"在文学中逐渐走向"完整"的显现。

此外，童年书写与儿童文学不同的写作立场还决定其创作题旨方向和境界上的不同，并且前者对后者的发展也产生了一定程度的影响。前者的"生命本位"使这类书写往往暗含着从生命来处"认识自己"的哲学性思索，担当着回忆者对生命本质及其存在的认知与主体的建构诸问题，往往寄寓着创作者对个人和人类生命存在境遇的终极关怀。后者的"儿童本位"也寓含着一个"人"的建构问题，曹文轩在80年代提出"孩子是民族的未来，儿童文学作家是民族未来性格塑造者。儿童文学作家应当有这一庄严的

---

① 曹文轩：《序》，李学武：《蝶与蛹：中国当代小说成长主题的文化考察》，中国社会科学出版社2003年版，第3—4页。

神圣的使命感"①。强调塑造未来民族性格对于儿童文学有不容忽视的重要性，"可以使儿童文学在整体上摆脱小家子气"，并且"显示了儿童文学创作上的发生学意义"，因为"儿童文学创作虽然强调的是'初始'问题（'儿童'至于整个人生的'初始'性），但显示的却是'终极'意义（整个民族性格的'终极'生成）"。②然而，儿童文学的这个"终极"意义与童年书写的"终极"意义在它们所关怀的层面上并不一致，后者着意的个体或人类生命倾向于"人"的本体性，而前者指向的"民族性格"有着一定的社会教育功利性，"这是一个充满忧患情绪、强调社会责任感、具有功利性质的观念，是传统儿童文学之主旋律'树人'观念的延伸和变奏，具有鲜明的民族文化特征。"③就审美的纯粹性而言，这种"生命本位"的心灵回忆性书写无疑超越了"儿童本位"的现实功利性书写。从近年来的儿童文学发展看，这种着眼于"民族未来性格"的创作目的已经有所修正，儿童文学作家们不再仅仅局限于民族性的道德、性格建构，开始放眼于成长中宽泛的人生、人格建构，如曹文轩后来提出"追随永恒"的创作目标，其长篇小说《根鸟》就鲜明地表现了这一趋向于形而上、超拔性的成"人"——个体、本体、主体之人，而非民族、国家之人——之旨意。这种与成人文学中童年书写的深层题旨方向相接近的趋势，意味着儿童文学创作的立意境界和审美品位开始了新的提升。

总而言之，成人文学中的童年书写以其"生命本位"的"金刚钻头"，在诸多方面补充性地开掘了单纯的儿童文学所没有涉猎的一些"坚硬"的儿童生命岩层，在"回忆"这盏明亮的探照灯下，映照出童年真实的、秘密的生存图景，或隐或显地引领着"儿童本位"的儿童文学朝着更加内在与深入的方向大步挺进。

值得一提的是，从当下社会中的儿童生存状况来看，童年正面临"消逝"的危机。尼尔·波茨曼在《童年的消逝》中从传播学角度阐述了电子媒介如何使童年过早消逝，使得儿童和成人在趣味和风格上越来越融合一气，在传媒将成人世界的秘密——尤其是性的秘密展示给了儿童时，儿童与

---

① 曹文轩：《中国八十年代文学现象研究》，北京大学出版社 1988 年版，第 309 页。
② 孙建江：《二十世纪中国儿童文学导论》，江苏少年儿童出版社 1995 年版，第 365—366 页。
③ 汤锐：《比较儿童文学初探》，湖北少年儿童出版社 1990 年版，第 142 页。

成人的界限就已经不存在了。20 世纪末以来的中国社会，儿童从未像现在一样对成人生活有那么多的了解。儿童对性的探索与性的公开化，意味着童年的趋于消逝。马歇尔·麦克卢汉（Marshall Mcluhan）曾评论说，当一种社会产物行将被淘汰时，它就变成了人们怀旧和研究的对象。童年的过早成人化以至于逐渐被后者所消泯的趋势令人忧心，"我们的文化会忘记它需要儿童的存在，这是不可想象的。但是，它已经快要忘记儿童需要童年了。那些坚持记住童年的人将完成一个崇高的使命。"尼尔·波茨曼说抵制这个时代精神的人们将促成一个所谓"寺院效应"，"因为他们在帮助延续了一个人道传统的存在"①。面对当下现实童年行将消逝的趋势，成人文学作家们对童年的不倦追怀，或可看作是与儿童文学作家们并肩作战、对行将消逝的童年的一种挽救。

本章小结：回忆之"思"的去蔽

"童年是存在的深井……井是一种原型，是人类心灵最严肃的形象之一。"② 童年作为一个生命阶段，其存在意义在当时不是自明的，如席勒所说："只要人在他最初的自然状态中只是受动地承受感性世界，只是感觉到它，人就仍然与这个世界完全是一体的，正因为他自己仅仅是世界，所以对人说来还不存在世界。只有当他在审美状态中把世界置于自身之外或观照世界的时候，他的人格才与世界区分开，世界才出现在他面前，因为他不再与世界是同一的了。"③ 席勒认为真正的世界出现"在审美状态中"，而回忆就是这样一种观照过去的审美状态。在停下来回忆的瞬间，即在当下与过去发生碰撞的审美瞬间，生命才可能被领略、追寻和保存。现象学家舍勒尔（Marx Sheler）把回忆看成人的价值生成的必然起点，存在主义哲学家海德格尔也高扬回忆这一重要的时间形式、生命形式，并将之提升到一个无限哲思的高度："回忆是回忆到的、回过头来思的聚合，是思念之聚合。这种聚合在敞开处都要求被思的东西的同时，也遮蔽着这要求被思的东西，首先要

---

① ［美］尼尔·波茨曼：《童年的消逝》，吴燕莛译，广西师范大学出版社 2004 年版，第 214 页。
② ［法］加斯东·巴什拉：《梦想的诗学》，第 144 页。
③ ［德］席勒：《美育书简》，徐恒醇译，中国文联出版公司 1984 年版，第 127—128 页。

求被思的就是这作为在场者和已在场的东西在每一事物中诉诸我们的东西。"① 回忆不是随便的"思","回忆之上的反思就比一般的反思来得更深一些"②。回忆是生命对自己的一场深度清洗。在童年追怀中,无论是关于普泛之人的理想与困境的寻索,还是纯属个体自我生命建构的溯源,都源于对生命本性及其存在的一种诗性的价值关怀、一种深沉的"思",带有生命启蒙性质的"去蔽"。

五四以来的童年书写,由于其具有鲜明的"回过头来思的聚合"的性质,为中国现代文学提供了一种特殊意义的生命书写。它始终立足于个体生命记忆,通过对童年这一生命原初的追寻来达到"人"与"自我"的生命去蔽的目的,其题旨具有诗性的生命意蕴。这正是以往古代文学中所极端匮乏的一个"人"的命题,其重要价值在于,它推进了五四开始的关于"人的发现"这一现代性问题的深入发展,并给中国现代文学增添了一种诗性的思想题旨和言说气质。首先,在认识论意义层面上,一个世纪以来的童年书写对童年生命进行了多方位、多层面的揭示,由寄托理想的歌赞,到发现危机的批判,再到自我建构溯源中的内省,在"作为回过头来思的聚合"的回忆中,将童年之人的各种生存形态、生命感觉全面而彻底地呈现,使得这一类曾在封建社会中被埋没了几千年的"最底层之人"终于完整地"浮出地表",这是对童年生命的"去蔽"。这一纵深化、本体化的童年生命追寻进程,折射出现代文学发展中"人"的书写的总体走向,但相较之下,这一挖掘过程在进度上落后于同样曾为"底层之人"的女性、农民等的生命发现进程,因此对作为"人的最后发现之发现"的童年生命的完整揭示,标志着自五四开始"辟人荒"的"人的发现"在最薄弱的环节上的最后完成。其次,在存在论意义层面上,童年追忆参与了现实自我的主体性建构,当童年生命在回忆之光的照耀之中敞亮之时,其实已经暗含了对成年生命的一种"去蔽"。追寻生命来处中的"思",反映着创作主体在生命本体意义上追寻"人"与"自我"存在的真实性与路向性问题,表现出深沉而强烈的对"人之为人"、"我之为我"的生命与存在本身的价值关怀。童年书写

---

① ［德］马丁·海德格尔:《什么召唤思》,《海德格尔选集》,第 1213—1214 页。
② 刘小枫:《这一代人的怕与爱》,生活·读书·新知三联书店 1996 年版,第 6 页。

恪守着超功利的生命意识，作为情感与艺术精神的一种诗性"返乡"，营构了精神与艺术的审美家园。这一以生命为本位的童年书写大大开拓了童年生命的表现领域，引领着以儿童为本位的儿童文学追求更为深刻的生命题旨、更为纯粹的审美性，成为对儿童文学功利性去蔽的一种潜在召唤。

　　沈从文在《抽象的抒情》中如此说道："照我思索，能理解'我'。照我思索，可认识'人'。"① 这种概括可以借来说明童年书写对个体与人类的生命观照意义。童年书写对童年生命的去蔽性揭示，为现时之人经由对生命来处的认识而走向自我去蔽、走向主体自由提供了一面重要的镜子。

---

　　① 沈从文：《抽象的抒情》，《花花朵朵 坛坛罐罐：沈从文文物与艺术研究文集》，外文出版社1994 年版，第 21 页。

第七章　"诗与真"：童年书写的美学景象

追寻童年生命的书写意向，不仅带来了诗性的思想主旨，而且带来了诗性的艺术特质。童年书写因其追寻对象的时间距离而自然地具有审美观照的色彩。"回忆"对于艺术的创造作用重大，"回过头来思必须思的东西，这是诗的根和源"①。回忆是富于诗的品格的一种心智活动，与文艺审美关系密切，它既是"回忆之诗"，也是"回忆之思"。回忆作为对时间的充分个性化的感知方式，凝聚着作家对于生命独特的感受与认识并形成其艺术世界，独特的时间感知方式总是呈现、凝聚为独特的语言方式、意象形态和审美表现方式，同时也显示了主体的经验和存在的不同方式，即作家对形式的心理体验的深度。对"回忆"这一时间感知方式的分析，是对寓于文本的作家审美创造过程的一种打开。本章将借助对童年书写中回忆功能的分析，超越单纯的叙事维度，进入对具有普泛性的人类回忆行为中内含的审美心理及其文体生成机制的探讨。

第一节　回忆的审美：想象之诗化

童年作为一去不复返的最本真的生命年代，成为一盏生命的油灯，挂在昏暗的时间隧道那头幽光闪烁。弗洛伊德说，对艺术家而言，"无论童年记

---

① ［德］马丁·海德格尔：《什么召唤思》，《海德格尔选集》，第 1213—1214 页。

忆在当时便很重要，还是受后来事件的影响才变得重要，留在记忆中的童年生活都是最有意义的因素。"① 童年这个"最有意义的因素"不仅在生命的认知、建构中具有重要意义，而且对于其作为"白日梦"的艺术创作也具有根本性意义，原因之一在于"童年"本身就是一种富有诗意的"文学性"的存在。苏童在《少年血·自序》中说明了自己萦怀于"少年血"的原因："我回顾从小到大的生活经历，发现自己对世界感触最强烈、最文学化的时期就是青少年时期。"② 这一意思在刘震云的《故乡面和花朵》卷四中第三章"之外声音与春夏秋冬"中由叙事者来表达："身体之外的声音，对于1969 年的敏感的 11 岁少年来讲，又是我们特别留意的。从此，再没有一个年龄阶段会比那个时候更让我们留意身体之外的声音对我们发出的一切了。当我们的血一不留意从我们的嫩指头里流出来的时候，我们对自己是多么地伤感和自怜呀。当我们听到秋虫在草窠里鸣叫，我们的心突然就有一种被针刺穿了的疼痛和惆怅感。……十一二岁的少年的敏感就像十一二岁的少女青春期就要来临的时候，那种敏感和伤感，那种感觉和触动，那种绝望和刺心的美丽，也是一去不复返了。以后你就开始熟视无睹和麻木不仁了。"③ 充满诗意的童年生命，因为久远的时间之光的照耀，而在童年书写中呈现出别样的诗意景观。

一、"梦"中虚化的想象

童年书写中浓郁的诗意，首先来自于回忆的一个心理活动——想象。对过去的童年生命的言说在本质上是一种诉诸心灵的内容，"一句向起反应的心弦所说的话，一种向情感和思想发出的呼吁"④，这往往体现为回忆的想象性。心理学家巴特列特通过具体实验得出结论：记忆是对往事的想象性质的重构。回忆内含着想象，也内蕴着诗。童年书写，尤其是新生童年书写和乡土童年书写对仅作为生命时间端点的童年唱出的赞歌或挽歌，最为典型地

① ［奥］西格蒙德·弗洛伊德：《论文学与艺术》，常宏译，国际文化出版公司 2001 年版，第 255 页。
② 苏童：《少年血·自序》，第 19 页。
③ 刘震云：《故乡面和花朵》卷四，第 1742—1743 页。
④ ［德］黑格尔：《美学》第一卷，朱光潜译，商务印书馆 1965 年版，第 89 页。

表现了这种"想象"的"乌托邦"。

对于汇聚着"真、善、美"这三大价值系统的天真童年的描绘其实是一种美丽的想象，童年并不真是美好得无以复加，鲁迅在抒写童年回忆时已经清醒地看到了它的哄骗性，可他却明知故犯，故意把真实改写成"诗"，执著地采用"一种诗的描写"。① 而在京派为代表的乡土童年书写中，对童年人生的这种"诗的描写"更是臻于至美之境。关于京派乡土小说的抒情性，人们多着眼于乡土空间来谈其诗意，然而其诗意在很大程度上倚仗的是时间性（因为其空间是过去的空间）。此类小说对童年生命格外垂青，其回忆是隔着时间距离的审美观照。废名在他的第一本小说集《竹林的故事》②中引法国象征派诗人波德莱尔（Charles Pierre Baudelaire）的《窗》中的诗句做卷头语来表达他的艺术趣味，认为透过"烛光所照的窗子"所看到的会更深奥、更神秘、更有趣。这个"玻璃窗影像"类同于勃兰兑斯（George Brandes）所评价的"水中映像"，"所有明晰的轮廓、清楚的图形都是枯燥的散文，水中的映像倒是二次冥的图像，是浪漫主义的精妙处，是它的反映和升华。"③ 所谓"镜花水月"，隔着"玻璃窗"看到的同"水中的映像"一样都不是一种完全真实的存在，而是在想象中被美化的朦胧的映像。这种美学趣味使废名在写作技巧上弃"写实"而尚"反刍"式的回忆。废名在《说梦》一文中谈道："创作的时候应该是'反刍'。这样才能成为一个梦。是梦，所以与当初的实生活隔了模糊的界。艺术的成功也就在这里。"④ 这一"模糊的界"是有意为之的"审美距离"，以达到一种间离的效果，京派作家的童年回忆一般都濡染着"梦"的境界与调子。

童年书写中"重现的时光"不是原有的实相，为进行重建常常会选择美化，时间为回忆加上某种光环。时间是一个过滤器，也是奇妙的艺术家，它诗化了回忆，即使沉重惨淡的现实或粗野的自然主义体验经过时间的洗涤后也会变得美丽或艺术化。穿越时间的想象会美化、诗化童年记忆，"时光重现"的实质是对记忆的一种"润饰"甚至"重构"。弗洛伊德认为："所

① 周作人：《父亲的病》（下），《知堂回想录》，河北教育出版社 2002 年版，第 36 页。
② 冯文炳：《竹林的故事》，北新书局 1925 年版。
③ ［丹麦］勃兰兑斯：《十九世纪文学主流》第二册，人民文学出版社 1997 年版，第 141 页。
④ 废名：《说梦》，《语丝》1927 年第 133 期。

谓童年期回忆并不真是记忆的痕迹，却是后来润饰过了的产品，这种润饰承受着多种日后发展的心智的力量。"① 卡西尔也明确指出："在人那里，我们不能把记忆说成是一个事件的简单再现，说成是以往印象的微弱映象或摹本。它与其说只是在重复，不如说是新生，它含着一个创造性和构造性的过程。"② 小说家余华这样谈论自己的创作体验："我的写作全部是为了过去。确切来说，写作是过去生活的一种记忆和经验。世界在我的心目中形成最初的图像，这个图像是在童年的时候形成的，到成年以后不断重新地去组合，如同软件升级一样，这个图像不断变得丰富，更加直接可以使用。"③ 隔着时间距离对记忆的丰富，不仅表现为在原来事实的基础上"锦上添花"，而且有时还表现为纯粹子虚乌有的"凭空捏造"。第一种情况如李冯在《碎爸爸》第二章中所描述的那样："每个人在他的一生或一生中的一个时期，都可能被某种隐秘的幻想所吸引，比方说，要是你童年正好生活在一个表姐妹成群的大家庭，一天，你偶然地撞见了一位沐浴完光着身子的表姐，她惊叫一声，嗔怪着披上衣服。那美丽的裸体仅是一瞬，在你的眼前只是一闪，但这一瞬间却完全有可能深深地植入你的记忆，并长久地对你的生活起作用。由于它是不可重现的，所以日后那些身着时装或诱人比基尼的女郎都不可能让你体会到相似的心动；也正由于它的不可重现，你才会在日后的回味中反复的对它进行加工，直至它成为某种美好得无以复加的事物，并促使你长久地去追寻这梦中的景象，那难以忘怀的温柔。"④ 第二种情形如陈染的《私人生活》，回忆小时候的"我"从窗户纸上的窟窿窥视里屋伊秋和她的情人的行为，生动地描绘其所见，继之而来的则是"现在长大后"对往事的重新评定："有人曾说过，我们只在那个真正的、转瞬即逝的事件之前和之后经历它们……十五年之后，当我……忆起在伊秋家……才意识到，其实这不过是我此刻所产生的感受，是我此刻在想象中完成的经历和体验。"⑤ 成年后的"说破"表明了前面那段回忆的虚假性。而王朔的《动物凶猛》则几

① ［奥］西格蒙德·弗洛伊德：《日常生活的心理奥秘》，林克明译，甘肃人民出版社 1980 年版，第 43 页。

② ［德］恩斯特·卡西尔：《人论》，第 65 页。

③ 张英编著：《文学的力量：当代著名作家访谈录》，第 6 页。

④ 李冯：《碎爸爸》，长春出版社 1998 年版，第 81 页。

⑤ 陈染：《私人生活》，第 97 页。

乎全篇关于"我"和米兰之间的故事都是"谎言"性的想象，小说结尾成年叙述者、20 年以后的马小军点明了这一真相："我以真诚的愿望开始讲述的故事，经过巨大坚忍不拔的努力，却变成谎言。"① 作者把没有"阳光"（政治光明）的"文化大革命"岁月变成"阳光灿烂的日子"，依靠的是不可靠的回忆，把不同时间的人和事混杂在一起，按照当下感受的需要进行重新编排，最终将还原真实的努力付诸东流。叙事人在结尾直陈其因："背弃我的就是我的记忆"，"我和米兰从来就没熟过！"这种完全悖离其事或无中生有的错误的记忆，鲜明地表现了回忆的重构性。童年回忆中加入的想象元素、尤其是那些被作者或叙事者意识到的想象成分，突出地反映了回忆者的心智或旨趣。

二、"儿童化"的个体性想象

在岁月老去时，童年的回忆使我们具有细腻的感情。为了生活在某一过去的气氛中，必须使我们的记忆非社会化而走向个体生命化。"亚里士多德在某个地方说过，每一个作梦的人都有自己个人的世界，而所有醒着的人则有一个共同的世界。"② 梦幻般的童年回忆天然地具备了艺术的个体性和纯粹性，诚如弗吉尼亚·伍尔夫（Virginia Woolf）在《论小说和小说家》中所论的那样："凡是以自我为中心，受自我限制的作家都有一种为那些气量宽宏、胸怀阔大的作家所不具备的力量。它能把他们心灵所熔铸的想象原原本本地描摹出来，而且还具有自己独特的美，独特的力量，独特的敏锐。"而这种"独特"，往往依赖于某种"眼光"即视角，"所有伟大的小说家，都是使我们通过某一人物的眼光，来看到他们所希望我们看到的一切东西。"③ 童年书写主要是通过创作者在大部分的叙述中"化身"为过去的儿童来"原原本本"地描摹"心灵所熔铸的想象"，正是这个"化身儿童"的写作策略，使得童年书写呈现出一种个性化的"独特的美、独特的力量、独特的敏锐"。回忆中的"化身"在文本形式中表现为"儿童视角"，但是

---

① 王朔：《动物凶猛》，《收获》1991 年第 6 期。

② ［俄］列夫·舍斯托夫：《在约伯的天平上》，董友等译，生活·读书·新知三联书店 1989 年版，第 98 页。

③ ［英］弗吉尼亚·伍尔夫：《论小说和小说家》，瞿世镜译，上海译文出版社 1986 年版，第 243 页。

这一"儿童"是此时回忆中的儿童，并非全是童年时代的那个儿童。这就意味着由此"儿童"视角生发的话语，必然蕴涵了现时的成年回忆者的想象。不断书写童年记忆的迟子建特别钟爱这种视角，"童年视角使我觉得，清新、天真、朴素的文学气息能够像晨雾一样自如地弥漫……从某种意义上来讲，这种视角更接近天籁。"① 从其大量的童年书写文本来看，迟子建这里所言的"童年视角"其实主要是单纯的"儿童视角"。准确地说，这应该是一种"儿童化视角"。② 这种视角之所以"接近天籁"，那是因为这视角具有的"童心"、"童眼"与"童言"。如巴乌斯托夫斯基所言："对生活，对我们周围一切的诗意的理解，是童年时代给我们的最伟大的馈赠。如果一个人在悠长而严肃的岁月中，没有失去这个馈赠，那他就是诗人或者作家。"③ 儿童的心灵、眼睛所呈现的是一种直觉性审美经验，包含一种诗意的想象。童年书写的创作者大多就是保存了这一童年时代"最伟大的馈赠"的"诗人"型作家，在回忆中激活了内心一直潜在的诗意"精灵"即童年。

关于儿童视角的艺术功能，前人的分析已较多，此处着意的是附身于也融之于儿童视角的回忆中的"想象"给文本带来的审美价值。回忆者返回内心，采用审美直观这种高于理智观照的形式来跨越时空，根据自我内心所体验过的内在时间来想象性地重现童年风景，而用以表现这道内心的时间风景的工具就是"儿童化"语言。要区分的是，"儿童化"语言、尤其是具有概括性的叙述语言，不等于生活中单纯的儿童语言，前者源于而又高于后者，"高"是因为有着成年的"想象"对其的提升。如果说"想象一种语言

---

① 文能、迟子建：《畅饮"天河之水"：迟子建访谈录（代序）》，迟子建《迟子建》，人民文学出版社 2000 年版。

② 需要辨析的是，这个外显的、单纯的"儿童化视角"（或"拟儿童视角"）并不构成"复调"，它没有说出"不同声音"，只有一种声音，那就是儿童的声音，成人的想象性话语通过儿童来传达。现时成年对于过去童年的关系是：只有"入"，没有"出"。下文将讨论在回忆的"对话"性质中，出现了"入"与"出"的二者并存，才构成了不同声音组成的复调。具有复调性的后者可命名为回溯性的"童年视角"，以区别于此处所论的"儿童视角"。迟子建的小说《清水洗尘》、《雾月牛栏》、《日落碗窑》、《岸上的美奴》、《五丈寺庙会》、《没有夏天了》以及长篇《树下》等一系列名篇佳作，基本上是从单纯的"儿童视角"来展开，没有隐现或凸现的成年视角存在。"童年视角"类型的话语，主要出现于她初出茅庐时的自传体小说《北极村童话》等篇中。这类回溯性的"童年视角"在她的创作比例上相对微小。

③ ［苏］康·巴乌斯托夫斯基：《金蔷薇：关于作家劳动的札记》，李时译，上海译文出版社 1980 年版，第 22 页。

就意味着想象一种生活形式"①，那么想象这样一种儿童语言，也就意味着想象了这种语言所代表的诗意的生活形式，即认同了它代表的审美文化价值。语言包含着文化的深层奥秘，体现着某类文化的基本精神。融会着成人的情感与想象的儿童化语言呈现出怎样的文化精神？眷恋童年并用儿童化语言来写作诗歌的顾城如此理解："新的自我用新的表现方式打碎迫使它异化的模壳，将重新感知世界。""在语言的初生状态，有一种新鲜的知觉，像刚刚绽出来的叶子和鸟的叫声，它仍是自然的一部分，它停在一个危险的地方，为人类的重新存在和选择提供了可能。在这个意义上说，语言不仅决定而且有可能更新文化世界这片落叶重重的丛林。"② 顾城以其诗人的敏锐发现了儿童化语言的文化价值，即可以使人克服异化而重获新生，儿童化语言中的直觉与想象直通生命与艺术的诗意之境。

童年书写以其穿越时空的想象给沉沦于晦暗不明中的生命本体带来了诗意的透明之光。生命本体的诗化，代表着"想象所建立、给予、设定的一个与日常生活和交谈所经历的世界截然不同的第二世界的出现（诗的事件的发生）。它使生命个体摆脱了现实的羁绊，进入一个与现实的生存相对立的世界，从而使生存的意义又彰显出来，并为人们提供一个新的自由"③，即意味着感性生命个体的超越性生成，因为"这个想象的、可能性的、梦幻的世界，保存和提供着另一种真理性抉择的记忆和意向"④。童年书写中的"想象"反映了作家心理体验的深度，并呈现出独到的审美价值。遍览作家们对于这些在回忆的光晕中次第开放的想象之花的描写，可以发现其中无不氤氲着一种或浓或淡的写意气息，其诗意化的笔墨与虚化的回忆心理相生相融。

第二节　回溯性叙事：对话之归真

吉登斯指出："自我实现蕴含着对时间的控制，即本质上个人时区的建

---

①　[奥] 路德维希·维特根斯坦：《哲学研究》，汤潮等译，生活·读书·新知三联书店 1992 年版，第 35 页。

②　顾城：《答何致瀚》，顾工编《顾城诗全编》，第 928 页。

③　刘小枫：《诗化哲学：德国浪漫美学传统》，第 175—176 页。

④　李小兵：《审美之维·译序》，[美] 赫伯特·马尔库塞《审美之维》，第 17 页。

立，这种时区与外在的时间秩序仅有冷淡的联系。……和时间保持对话是自我实现的真实基础，因为在任何给定时刻，它是使生命趋于完满的基本条件。"① 在具有明显回溯性的童年视角的书写中，主要以回忆中展开的"时间对话"来"实现自我"。

一、童年视角中的对话性

在回溯性的童年书写中，从具体的发出者来看，回忆中的"对话"主要发生在现在时间的成人视角话语与过去时间的儿童视角话语之间。对这种具有对话性特征的二重话语视角，不少论者称之为"儿童视角"，显然这种命名不能概括其完整的特征，所以不很确切。另一些论者则从其童年回忆性内容上称之为"童年视角"，但大多均未对这一名称给出具体清晰的解释，并且在行文中常常用"儿童视角"或者"准儿童视角"来随意替换"童年视角"。钱理群对回溯性童年叙事的特征有较中肯的解释："所谓'回忆'即是流逝了的生命与现实存在的生命的互荣与共生；'童年回忆'则是过去的'童年世界'与现在的'成年世界'之间的出与入。'入'就是要重新进入童年的存在方式，激活（再现）童年的思维、心理、情感，以至语言（'童年视角'的本质即在于此）；'出'即是在童年生活的再现中暗示（显现）现时成年人的身份，对童年视角的叙述形成一种干预。"②

若具体分析，童年书写中的"复调"当由两类视角即两种话语声音构成：其一是儿童与成人的叠合性视角即"儿童化视角"，它外显为"儿童视角"，这是主要的、最明显的视角，用来叙述过去进行时态的童年生活；其二是纯粹的、独立的成人视角，其话语时间只属于现在，从其文本中所占篇幅比例来看，它是一种"次要"存在，但就其作用而言却是统领、整合全篇或者奠定基调的叙述视角，诸如在开头或文中经常冒出的"隔着那么多岁月望去"、"现在想来"之类的现在进行时态的叙述。前者表现的是成年之人对童年经验想象性的重新体验，后者是现在的成人对童年经验的清醒认知，表明了回忆中"思"的存在。由此可见，对于回溯性童年叙事，无论

---

① ［英］安东尼·吉登斯：《现代性与自我认同：现代晚期的自我与社会》，第88页。
② 钱理群：《文体与风格的多种试验——四十年代小说研读札记》，《文学评论》1997年第3期。

是"儿童视角"还是"准儿童视角"、"拟儿童视角"的命名，仅是抓住了主要的外在表现，未涵盖另一种看似次要、其实重要的不同属性的视角，这些命名在字面上都不能完整概括共存的两类视角。本书拟采用"童年视角"这一简洁的说法，虽然此说法也有其不确切性——视角一般是指具体的发出者，而严格来说，"童年"这个时间性概念不是视觉感知行为的发出者，它反映的是视角的生成根源和审美心理机制，即对童年的回忆。然而，这种不确指某一具体视角的名称，比单一的"儿童视角"指称能较完整地涵盖回忆性童年叙事中复合的视角组成。"童年"一词所内含的时间意义能让人较直接地领会到"回忆性"，而回忆性即带出对现在的成年之人与过去的童年之人的两种视角并存的常识性认知。"童年视角"这一命名较为鲜明地显现了童年叙事内涵中一个重要的诗学命题：时间意识与生命意识，而这是通向作家最深层的创作根因。

许多书写童年的作家都明确指认自己的这类作品是"童年视角"（如苏童也声称自己早期的《桑园留念》之类的香椿街系列小说是童年视角的写作），他们书写童年回忆，乃是要表达经由对童年人生的感性体悟或理性省思而得的时间中的生命体验，而并非仅仅停留于作为形式视角发出者的儿童的生活。因此，对于此类童年书写的读解，也应该穿越表层的儿童视角而把握其中内蕴的最根本的时间意识与生命意识。"叙事作品不仅蕴含着文化密码，而且蕴含着作家个人心灵的密码，还作品以生命感，而不是把作品当成无生命的机械元件加以拆解，就有必要发掘叙事视角和作者的内在联系，深刻地解读作品所蕴含的作家的心灵密码。"[①] 无疑，"视角"前的有着动态的回忆性情感指向的"童年"一说比起静态时间的"儿童"一词，能更直接地连通起童年书写作家们的"心灵密码"，并暗示其回忆中可能采用的某种心理图式。而在回忆中对往事直接去蔽的这一任务的主要执行者，则是现时成年与过去童年的二重时间之间的"对话"。

二、"对话"的形式与功能

写了一系列回忆性童年成长故事的王安忆说："童年往事因现在的我的

---

① 杨义：《中国叙事学》，人民出版社 1997 年版，第 204 页。

参与，才有了意义。所以首先的，还是我与童年的我的关系。"① 这种关系在众多作家的童年叙事中往往表现为一种发生在两个生命时间场之间的自我对话：现在的成人与过去的童年之人在人称上保持一致，以现在时间去观照并理解过去时间，使过去向现在生成。陈染在其《私人生活》中常用"长大后"对"小时候"发表拨云见日性的对话，如"那时候，我觉得禾是一个非常孤傲的女人，……长大后我才懂得，孤独其实是一种能力"②。一般而言，人称一致的时间对话富有一种亲密性、连贯性与和谐性，不仅许多女性作家喜欢运用这种对话来进行内省，不少男性作家的成长童年叙事也采用这种基本方式（如余华的《在细雨中呼喊》、王刚的《英格力士》等）。回溯性的童年叙事大多采用第一人称叙事不是偶然的现象，它反映了作家共通的某种"心灵密码"。从回忆的心理展示来看，第一人称是极方便的一种进入方式，因为第一人称的叙事会使作家将叙事者与自己相迭合而不自觉地进入叙事者的叙事活动，作者多与第一人称叙事者产生认同。这一人称可以较自由畅达地表达作者的意绪和感觉，因而此类童年叙事带有颇多的倾诉性。

另一些童年叙事在叙事人称上表现出较为复杂的对话形式，由此带来一片有些异趣的美学风景。其一如王朔长篇小说《看上去很美》。对于这部沉寂 7 年后的复出之作的创作原因，作者称这是回归本真体验、对童年的追怀的开头，即意味着对自我来处、生命存在的追寻。他将成年和童年分别付诸两个角色：小说中的"我"代表现在的成年时间，方枪枪或"他"代表的是过去的童年时间。二者似为一体（如小说中常常这样称呼"我和方枪枪一起……"），其实却相区别、相分离并相交流，下面几节文字颇具代表性：

> 我猜到了这其中的原因：我以为过去的日子每一天其实都真实存在，只是我不在场，方枪枪则一秒也没缺席。这是我们的区别。他身在自己的生活里，我只是他生活中的过客。我有一种神奇的能力，可以加快时间的流逝，遇到尴尬危险无聊便翩然离去，来年再说。他却无从逃

---

① 王安忆：《纪实和虚构》，《王安忆自选集之五》，第 379 页。
② 陈染：《私人生活》，第 57 页。

身，永远留在现实里，每一天都要一分一秒地度过，太阳不落山，他的一天就不能结束。从这点上说，他的生活远比我所知要多、丰富。很多事情我不知情。没有我的日子他独自面对的都是些什么？为什么他和别人的关系会有这样那样的变化？我想我错过了很多重要的时刻和机会，以至今天也不能说真正了解生活。

……

方枪枪知道自己眼睛后面还有一双眼睛。他十分信任住在自己身体里的那个叫"我"的孩子。他认为这孩子比自己大，因其来历不明显得神秘、见多识广。

方枪枪充满希望地问他身体内的大孩子：你是孙悟空变的吗？

我很想说是。我也非常乐意是。可我对这一点把握也没有。孙悟空有七十二变，我只是一变：变成方枪枪，而且再也变不回来了。①

附着于"他"即童年方枪枪身上的成年之"我"对过去生命的省察以及二者的对话，深刻地揭示出生命内在的秘密信息。这种发生在第一人称与第三人称的同一个体之间的对话，比起人称统一的叙事更多一些复杂的意味，显得冷静、真实、细腻而又尖锐，体现出一种富有理解力的同情心和时间造成的无奈感。这种童年生命诉说尽管依然保持着王朔一贯的幽默风格，但面对童年这一"本真"的生命开端，他一改玩世不恭之态而变得庄严与深情。

另一种颇为殊异的对话形式存在于刘震云的四卷本大部头小说《故乡面和花朵》的压轴卷之中。这一卷采用典型的童年视角来写作发生在过去的 1969 年的童年人事。卷四开篇处交代了本卷叙事者的角色变化及选择童年视角的原因，1969 年的故事叙述者少年白石头其实就是现在时间的"我"的过去。现在时间的成年之人与在过去时间的童年之人在小说中均以两种人称出现：一是作为现在和过去的叙事者的第一人称"我"，另一则是忽而指向此时、忽而指向彼时的第二人称"你"。尤其要关注的是第二人称的"你"，"你"的存在分明地表现了"对话"的存在，但无论是现在成年的

---

① 王朔：《看上去很美》，第 114—116 页。

"你"还是过去少年白石头的"你"，都是从现在的"我"的角度所言的。当以过去的"我"展开 1969 年的叙事时，现在的"我"仍然止不住地不断插进来"指手画脚"。在这种对话中，过去的"我"旋即成为了"你"。此外，现在的"我"在指点了过去的江山之后又会自我反省这种不应该的"多嘴多舌"，于是现在的"我"又分裂出一个"你"。如：

> 我们让你回到 1969 年，是因为你对 1996 年和 2996 年在前三卷里已经附加得够多了，现在让你用一个清明和真诚的现实作为一个铅铊（"铊"应为"砣"——引者注）和水桶来拉住它们，没想到你还是按下葫芦起了瓢地又原本照搬地回来和附加上了。你就不能老老实实地在 1969 年呆着吗？你非要把你现在和将来的成年人的苦恼和恐惧，生生地加在一个 11 岁的孩子头上吗？就不能让他们像花朵一样开放过一阵舒心的和无忧无虑的生活吗？就不能让他们清静一会儿单纯一些无目的一些吗？就不能忘怀释怀去他妈的一些吗？就不能抛弃现实主义一会儿让我们回到浪漫的因此也是更加现实的 1969 年一会儿吗？你现在需要做的不是合成而是剥离。你现在需要做的不是寻找而是抛弃。——请把 1969 年和 1996 年或是 2996 年给剥离开来吧，请暂时让 1969 年呆在 30 年前的水中沉稳不动吧，请暂时让 1996 和 2996 给孩子让开一条大路吧。①

关于"你"的叙述在中国现当代小说叙事中不多见，第二人称"你"的加入使得叙述具有了这样的功效："它集中表现了叙述（和叙述人）的能动性，叙述视点被强调到极端的地步。人物的活动和故事情节完全依照叙述的能动性来展开。叙述视点聚焦于人物的内心现实，在叙述的步步推进中，人物的内心现实被毫无保留地层层揭露。"② 而小说中前后两种时间中的"你"更是鲜明地揭示了人物在回忆中穿梭时空的心理流程。卷四中常以 30 年前和 30 年后的事件、心态来做对比，展开时间性对话，其对话不仅发生在现在与过去之间，而且还频繁地发生于现在时间的内部。不同矢向的时间

① 刘震云：《故乡面和花朵》卷四，第 1765 页。
② 陈晓明：《表意的焦虑：历史祛魅与当代文学变革》，中央编译出版社 2002 年版，第 155 页。

之流不断往来穿梭，显得错综复杂、意味深长。那些不时涌出的显得颇为啰唆的对话，同时也说明了一种时间和思想的真实存在状态：现在与过去总是难以"剥离"，想要"抛弃"却往往成了"寻找"与"合成"。多重对话的交叉进行，旨在对存在进行真实的多维度、多层面的深入揭示和剖析。诚如巴赫金对复调性艺术思维作用的论述："这种思维能够研究独白立场的艺术把握所无法企及的人的一些方面，首先是人的思考着的意识，和人们生活中的对话领域。"① 回溯性童年叙事中遍地开花的各类对话，在对话中对童年和成年人格进行交叉比照、反复审视，体现了创作主体试图去把握那种独白立场的艺术把握所无法企及的人的一些方面，即尽可能地把握人的全部真实的艺术努力。

回溯性童年叙事把当下的经验介入回忆的语境中，使得这种当下经验历史化，使回忆的语境充满现在的意向和对话的动力，这种时空的频繁转换，造成了文本时间的立体感。从表达方式来看，过去式的童年景观的想象性复现多用"描写"，是叙事者尽可能消泯现在与过去的时间距离或者说是一种"近距离"的表现。而对话中的成年告白则多用"概述"，且往往带有抒情或议论色彩。塞米利安（Leon Surmelian）在《现代小说美学》中谈到"概述"问题，认为概述是一种"远距离"的拍摄，可以产生距离感。"概述"不仅可以披露作品中的深层意蕴，而且"概述可赋予作品以简洁精炼的美感，它比场景具有更多的功用。概述赋予小说以深度和强度，使作品生动多姿，跌宕流转，富于变化"②。童年书写者安排现在时间对过去时间的这种"远距离"审视，在此距离感中诞生了一种求"真"的、表露智慧的、冷静的诗意。相较而言，想象则体现为一种求"美"的、表达情感的、热烈的诗意。

总之，回忆这一心理流程中两种主要演绎图式——偏重于情感的"想象"与偏重于反思的"对话"，给回忆内容带来了"诗"与"真"，通过回忆所重现的童年之真是诗化的真。回溯性童年叙事文本因"想象"与"对话"的共存而获得了充满弹性与张力的审美空间。

---

① ［俄］米·巴赫金：《巴赫金全集》第 5 卷，白春仁、顾亚铃译，河北教育出版社 1998 年版，第 361 页。

② ［美］利昂·塞米利安：《现代小说美学》，宋协立译，陕西人民出版社 1987 年版，第 19 页。

第三节 形式图景：意境化、意象化与散文化

"回忆"作为童年书写的创作心理，是生命和艺术的双重形式。作为一种生命形式，它负责对逝去时光的拯救，乃至于把回忆当成个体生命的现实形态，如在创作中不断回忆往昔的普鲁斯特，已经把"追忆似水年华"作为现实生存中自己的生命形态。而"回忆"作为审美心理机制进入艺术创作时，又生发了与之相应的某种艺术形式。作家感受和体验世界的心理图式是文体与风格生成的内在根源。本书对回忆性童年叙事文体生成的切入，以"回忆"这一心理形式为原点，并由此原点来测度童年书写在叙事诗学创造上独到的风景线。从内在的艺术思维入手的这个原点分析角度，将可能对此类小说的"诗化"、"散文化"美学特征作出新的阐释，甚或是更深层、更本质的生成原因揭示。

一、寂静与诗性

童年书写中鲜明的回忆意向决定了一种保持时间距离的书写方式，形成了"距离"修辞，而其修辞效果则是"诗化"。诗化小说的营建者汪曾祺曾把小说比作是回忆，"我以为小说是回忆，必须把热腾腾的生活熟悉得像童年往事一样。生活和作者的感情都经过反复沉淀，除净火气，特别是除净感伤主义，这样才能形成小说。"[①] 童年书写本身就是一种回忆，隔着漫长的人生时光，基本已经"除尽火气"。这就意味着，童年书写含蕴着接近"诗美"的极大可能。

保持"距离"的创作姿态由其创作心境来决定。童年如梦，梦入童年，诗性记忆的出现需要一种孕育它的心境——静，静有助于"除尽火气"，催发想象与深思并进而产生纯粹的审美。当心灵不是贴近或置身于现实，而是遁入远距离的沉静的观照，自然会因为这空阔的时间距离而变得虚廓澄澈。这种"静"的心境常常被作家们自称为"虚静"、"清静"、"寂静"甚或"寂寞"等情形，诗性就由此"静"中的沉思与冥想而来。沈从文创作童年

---

① 汪曾祺：《〈桥边小说三篇〉后记》，《汪曾祺自选集》，漓江出版社 1987 年版，第 551 页。

"抒情诗"《边城》时的心境即是典型一例。1939 年，他在《烛虚》一文中追忆写《边城》时的情形："二十三年（民国二十三年即 1934 年——引者按）写《边城》，也是在一小小院落中老槐树下，日影同样由树干枝叶间漏下，心若有所悟，若有所契，无滓渣，少凝滞。"① 1942 年，他又在《水云》一文中更为详细地记叙了这一写作境况："时间流过去了，带来了梅花、丁香、芍药和玉兰，一切北方色香悦人的花朵，在冰冻渐渐融解风光中逐次开放。另外一种温柔的幻影已成为实际生活。一个小小院落中，一株槐树和一株枣树，遮蔽了半个院子，从细碎树叶间筛下细碎的明净秋阳日影，铺在砖地，映照在素净纸窗间，给我对于生命或生活一种新的经验和启示。一切似乎都安排对了。"② 正是这种被沈从文反复描述、显露钟爱之情的虚静清明的心境，孕育出了《边城》这样一首"与生活不相黏附"的"纯粹的诗"③。20 世纪 80 年代的汪曾祺自称抒写童年生命情态的《受戒》是源于"四十三年前的一些旧梦"④，时间造成了心理距离，使他能平心静气地以一种审美静观的态度回顾过去。鲁迅的那些关及童年回忆的小说《故乡》、《社戏》等，也都是他在"寂寞"中"至今不能忘却的'梦'"。他在《朝花夕拾·小引》中这样描述自己写回忆性散文时的心态："目前是这么离奇，心里是这么芜杂。一个人做到只剩了回忆的时候，生涯大概总要算是无聊了罢，但有时竟会连回忆也没有。"⑤ 后又在《故事新编·序》中谈及："直到一九二六年的秋天，一个人住在厦门的石屋里，对着大海，翻着古书，四近无生人气，心里空空洞洞……这时我不愿意想到目前；于是回忆在心里出土了，写了十篇《朝花夕拾》。"⑥ 这种排除世事纷扰的"空空洞洞"正是滋生回忆之花的最好土壤，在此回忆花丛中，最芬芳的花朵无疑当属生命中最美好的童年回忆。又一典型如萧红，她在远离家乡且重病缠身

---

①　沈从文：《烛虚·烛虚》，《沈从文文集》第十一卷，第 268 页。
②　沈从文：《水云集·水云——我怎么创造故事，故事怎么创造我》，《沈从文文集》第十卷，第 279 页。
③　沈从文：《水云集·水云——我怎么创造故事，故事怎么创造我》，《沈从文文集》第十卷，第 279 页。
④　汪曾祺：《关于〈受戒〉》，《晚翠文谈》，第 3 页。
⑤　鲁迅：《朝花夕拾·小引》，《鲁迅全集》第二卷，第 235 页。
⑥　鲁迅：《故事新编·序言》，《鲁迅全集》第二卷，第 354 页。

的寂寞之中发出了"天鹅绝唱"，创作了回忆故土童年的《呼兰河传》、《小城三月》等小说佳作，前者批判国民性的愚劣本应充满"火气"，后者表现美丽生命的凄凉消逝本应洋溢感伤气息，然而隔着遥远距离——空间距离，也是时间距离——的回望，小说基本"除尽"了"火气"与"感伤主义"，以平静的调子来表现得如诗如歌。端木蕻良的《早春》、骆宾基的《混沌》等回忆童年情感之作也都是在寂寞之中开放的回忆花朵。迟子建创作《原始风景》是她身寓喧嚣都市而心创一个寂静之所，在寂静中搭上记忆的马车，驶向梦中的童年故土。

即便是非关乡土的那些集中回忆自我成长的童年叙事，其之所以对童年生命的体验那般真切灵动，也得归之于那份远离尘嚣的"静"。林白曾明确表白自己的艺术追求是"寂静与诗性"①。她分外钟爱"回望"的写作姿态："在我的写作中，回望是一个基本的姿势。我所凝望的事物都置身于一片广大的时间之中。时间使我感怀、咏唱、心里隐隐作痛。""只有眺望记忆的深处，才能看到弹性、柔软以及缝隙。个人记忆也是一种个人想象。"②"回望"是一种沉静的姿态，在回望中记忆呈现出一种幽深感，并且从时间之树上结出的回忆之果往往"饱含生命的汁液"。魏微的《流年》中也流淌着这种寂静而诗意的记忆之水，将一个关于"永恒"与"永逝"的时间主题表达得婉转流丽。陈染的回忆之作《私人生活》则明显是孤独中的怀想与沉思，因其思绪在时间距离中的飞翔而生出空灵之气。

关于"寂寞"与"诗"的关系，学者叶嘉莹曾论道："一个真正的诗人，其所思、所感必有常人所不能尽得着，而诗人之理想又极高远，一方面既对彼高远理想境界怀有热切追求之渴望，一方面对此丑陋罪恶，而且无常之现实怀有空虚不满之悲哀，而且渴望与悲哀更不复为一般常人所理解，所以真正的诗人，都有一种极深的寂寞感。"③ 寂寞感作为一种文化心理因素，形成了真正的艺术创作的内驱力，并使之直达审美的诗性目的地。如席勒在《新世纪的开始》一诗中云："你不得不逃避人生的煎逼/遁入你心中的静寂的圣所/只有在梦之园里才有自由/只有在诗中才有美的花朵。"就童年书写

---

① 林白：《置身于语言之中》，《一个人的战争》，第 253 页。
② 林白：《记忆与个人化写作》，《一个人的战争》，第 293—294 页。
③ 叶嘉莹：《迦陵论词丛稿》，上海古籍出版社 1980 年版，第 138 页。

而言，这种"寂寞感"往往因回忆的时间距离的存在、因童年梦想的濡染而会有所冲淡，而"在孤独的梦想深处经过沉思的童年，开始染上哲学诗的色调"①。当代沉醉于童年梦幻来写作生命之诗的顾城说："大诗人首先应该具备的条件是灵魂，一个永远醒着微笑而痛苦的灵魂，一个注视着酒杯、万物的反光和自身的灵魂，一个在河岸上注视着血液、思想和情感的灵魂，一个为爱驱动、光的灵魂，在一层又一层物象的幻影中前进。"② 这种"注视"是一种孤独、寂静中对生命的诗性注视，童年书写的作者虽不见得都能成为"大诗人"，但在寂静的回望中对童年生命的"注视"，往往在不知不觉中已悄然抵达诗意。这种诞生于童年回望中、由对"幻影"的"注视"而得来的"诗意"，在文本中往往具体表现为两种存在形态：一为"意境"（清晰的意念升华），一为"意象"（混沌的体验升华）。这是记忆与当下经验重叠融合而创造出的新的情感方式和审美方式。对意境、意象的强烈追求，在文体生成过程中，形成了"意境化"、"意象化"两种构思方法，其极端化的追求生成了两类相近而又有差异的诗性文体，即"意境小说"与"意象小说"。

二、记忆的"季节"与意境化

心理学家丹尼尔·夏克特（Daniel L. Schacter）指出："记忆活动的主观感受，几乎毫无例外地包含了对所记忆的事件的某种视觉重现。"③ 这一"视觉重现"在乡土童年书写中，往往呈现为童年时代人物活动的自然环境，尤其是"季节"这一时间性风景。正如巴什拉所描绘的那样："纯粹的回忆没有日期，却有季节。季节才是唯一的基本标志。……于是回忆成为巨大的形象，扩大的形象，不断扩大的形象。这种形象是与一个季节的天地、与一个不会欺骗的季节、停息在完美的静止中，可以称之为完整的季节相结合的。完整的季节，因为它的全部形象都表现出同一的价值准则，因为通过特有的形象，人就能拥有季节的本质……季节打开了世界，带来了某些在其中每个梦想者均看到他的存在葳蕤生辉的世界。这具有最初活力的季节是童

---

① ［法］加斯东·巴什拉：《梦想的诗学》，第 159 页。
② 顾城：《答记者》，顾工编《顾城诗全编》，第 917 页。
③ ［美］丹尼尔·夏克特：《找寻逝去的自我：大脑、心灵和往事的记忆》，第 11 页。

年的季节。"① 这一具有"最初活力"的"童年的季节"在乡土童年回忆中是"葳蕤生辉的世界"。乡土抒情小说的诗意性多为人所注意，但人们一般都从景物的空间特征来谈其意境表现，而没有注意到与童年相关的乡土小说中，回忆这一时间性心理因素对"意境"之生成所给予的内力影响。同样，也没有注意到这一"意境"所内含的作者的某种时间性文化心理。

在众多的乡土童年书写中，回忆性视线所及的童年风景不仅有自然景物，而且还有活动其间的童年之人，即童年之人也构成了这一风景的组成部分。二者相依相生，相融相合，因为二者都是"自然生命"。② 所谓"自然"，指事物存在的原始、本真的状态，从人的生命发展过程来看，童年之人是"自然之人"，乡间孩童主要生活于自然环境，又是"自然中人"。鲁迅回忆中、也是想象中的少年闰土在夏季海边月夜的看瓜刺猹图景，废名笔下的程小林与琴子、细竹在春日水边竹林的游玩图景，沈从文描绘翠翠在春天（端午节时分）青山绿水间的灵动身影，萧红追怀幼年的自己在后花园里孤独而忙碌的身影，端木蕻良难忘金枝在崖边摘采野花的早春风景，迟子建醉心于留在童年记忆中的北极村原始风景……童年这一自然之人与风景这一自然之物相映生辉，共同构成"意境"之图。"人要理解自己，首先要理解自然，同样，人要理解自然首先也要理解自己。人与自然互相理解、互动互爱、互相生成，才可能共同生存。其实，人本身就是理解性的自然。"③ 乡土童年书写的作者们正是由于对童年与自然的契合性领悟，才同时描绘与歌赞这融为一体的"自然风景"。乡土童年书写文本在回忆中映现的这种人与景相合的意境，就其思想倾向而言，除了流露出传统道家"天人合一"美学情趣的潜在影响，同时又增添了时代赋予的现代意识内涵：一是"立人"思想的投射，如鲁迅笔下的少年在自然中自由作为的生命热力；二是"反文明"（现代工业、都市文明）思想，如沈从文笔下养育翠翠们的青山

---

① ［法］加斯东·巴什拉：《梦想的诗学》，第147—148页。

② 对童年之"人"的发现是与对"自然"的发现同时而来的。郁达夫在总结新文学发展时说："统观中国新文学内容变革的历程，最初是沿着旧文学传统而下，不过从一新的角度而发见了自然，同时也就发见了个人；接着便是世界潮流的尽量吸收，结果又发见了社会。"（郁达夫：《中国新文学大系·散文二集·导言》，上海良友图书印刷公司1935年版，第10页）五四乡土小说派的崛起已经包含了走向田野、走向自然之地的审美倾向，而对童年生命的描摹则又添了走向自然之人的深层内涵。

③ 张志为：《是与在》，中国社会科学出版社2001年版，第173页。

绿水、迟子建笔下童话般的原始风景。就其美学风格来论，这种诞生于童年回忆中、活跃着童年生命的自然风景，在具体面貌上都呈现出鲜明的色彩感、季节感，是以童年的色彩图绘的天地，凸现着巴什拉所言的"回忆的基本标志"。无论是青山绿水、翠竹茂林，还是春草秋虫、夏月冬雪，无一不清新鲜亮或明净优美，而天真朝气的童年之人的"化入"，相比一般没有童年融入的自然之境，在恬淡超脱之外，更添了些自然率真之气、本色灵动之风以及清新活泼与生机盎然之趣。从维熙晚年创作长篇自传体童年回忆小说《裸雪》，自称"立意在于写童年的摇篮诗情"，由"摇篮诗情"营造的意境成为其叙事中熠熠生辉的抒情断片，如下面这段文字充分体现出回忆中呈现的意境性的"童年的季节"：

> 我常常把童年在大自然中的陶醉，比拟成一朵长睡不醒的睡莲。细长细长的枝蔓，支撑起我的骨架；圆圆的绿色叶子，编织成我一个个梦的摇篮。我在一条东流的春水中，起伏颤动，每一朵童腮般的粉艳的花蕾里，都藏着我幼小的精灵。我睡卧花丛，任风儿摇摆，任春水的颠簸；不管它流向哪里，都流不走我的精灵，我的梦境……待睡莲的花蕾睁开睡眼，则童年的岁月，已被流驮走，东去的春水，便再也回不了头了。①

《裸雪》结尾，对过往的回忆结束于小芹伫立冬野雪原的情景，这个点题性的"裸雪"意境映现出作者回忆时的伤感，抒情意味浓郁。

乡土童年书写中对童年生命的回忆一般都徜徉于美丽的景物之中，对景物的深情流连显示了内在于自然意境的回忆心理所具有的朝气与活力："没有在回忆的景物中足够停留的记忆，并不是充满活力的记忆。……人类的心灵在秀丽山川之外与世界结成有力的联系。那时，活跃在我们身心中的不是历史的记忆而是宇宙的记忆。"② 可以说，乡土童年书写中的"意境"展现出了超越历史的宇宙性品格。童年回忆中视觉重现的景象，映现的是回忆者

---

① 从维熙：《裸雪》，华艺出版社 1993 年版，第 197 页。
② ［法］加斯东·巴什拉：《梦想的诗学》，第 147—148 页。

心灵的价值准则，"回忆的季节是使万物美化的季节。当人梦想着深入这些季节的单纯性中，深入其价值准则的中心，童年的季节即成为诗人的季节"①。乡土童年世界的意境中带上了由回忆的时间距离而生的幻想与诗意。而这在寂静的回忆与梦想中再次体验到的童年生命风景，其实是心灵深处的一首对幻象的赞歌或挽歌，其意境都带有梦幻色彩的浪漫性，即意味着作家对世界的一种超验性的诗意化把握。浪漫派诗哲诺瓦利斯强调："世界必须浪漫化，这样，人们才能找到世界的本意。浪漫化不是别的，就是质的生成。低级的自我通过浪漫化与更高、更完美的自我同一起来。"② 乡土童年书写者在对童年与乡土相交融的时空回忆与意境化表现中，表达了他们对生命意念的"浪漫化"领悟。回忆中复现的自然意境就是其心造的有别于现实世界的"另一个更高的理想的超验的世界"，他们以此想象来重新设定现实世界，便获得了"诗意化的本质"。③

由此，可以解释，乡土童年小说诗化的文体特质之来由：以意境为重心，从而形成文体构思上的意境化。仍以上文的《裸雪》为例，作者对这部长篇童年回忆小说的结构安排有着明确的意境化思考。他在《自序》中说："思考再三，我选择了老树俯视树冠之下野花和小草的视角。我力避其他写童年生活小说的模式，而把镜头焦距对准四十年代初期自然与童心和童心与自然。在大人与大人之间脉络上，我力求淡化其中蛛网般的错综复杂结构，而采取近乎白描手法，以展示其实的平凡。"由于"立意在于写童年的摇篮诗情"，这种意境化构思自然就带来了"抒情色彩的散文体"。④ 这部长篇的章节充分体现了这一意境化构思特点。全篇共四章，分别为："丫头"的花季；"和尚"的年轮；血色的月亮；别了，银梦园。每一章也以散文的构思方法来展开，如第一章"'丫头'的花季"细分为五节，分别命名为：指甲草，古磨房，城隍庙，秫秸垛，雪的梦。从这些章节的标题就可以直观地了解其创作的意境化倾向，各章节之间的关系也是一种散文化的意境断片的连缀，即总体上呈现出意境化构思的表现方式。

---

① ［法］加斯东·巴什拉：《梦想的诗学》，第 148 页。
② ［德］诺瓦利斯：《夜颂中的革命和宗教》，刘小枫编、林克译，华夏出版社 2007 年版，第 134 页。
③ 刘小枫：《诗化哲学：德国浪漫美学传统》，第 33 页。
④ 从维熙：《我写〈裸雪〉》，《裸雪》，华艺出版社 1993 年版，第 1 页。

意境化构思的极端体现，则是以意境为核心来结构全篇，遂而形成"意境小说"。这类小说的意境统一并贯穿于全篇，在篇幅上一般都是中短篇，因为长篇中意境一般难以整合"化"一。以京派为代表的乡土人类童年书写文本就是具有纯粹性的"意境小说"。他们以内在的回忆性视线来展现人类童年时代的生命情形，天人合一的自然意境则是他们在寂静中领悟的"生命的具体和抽象"①。意境本就是具体和抽象的融合。乡土人类童年书写中的意境之含蕴在于回归自然，进入天人合一的神与物游、思与境谐的自由之境。沈从文称自己的《边城》"要表现的本是一种'人生的形式'"②，汪曾祺则说自己的创作"追求的不是深刻，而是和谐"③，把小说的人物、情节模糊化，唯求作品意境的酿造。废名在小说《莫须有先生坐飞机以后》中借莫须有先生的一个妙喻来道出自己的创作见解："照莫须有先生的心理解释，拣柴便是天才的表现，便是创作，清风明月，春华秋实，都在这些枯柴上面拾起来了。所以烧着便是美丽的火，象征着生命。"④ 如果说乡土童年回忆，是生命构筑意义上的"拣柴"，那么意境化构思，则是文体构建意义上的"拣柴"。如长篇小说《桥》上部写的是童年回忆，其章节标题有：万寿宫、闹学、芭茅、狮子的影子、习字、花等，虽说各章描绘的景物或人事不同，但都表现的是清新优美、天真质朴之意境，所以整体情调和谐一致，完成了一种通体透明的"整合"。对照其"拣柴"之喻，或可说，废名捡起散落的童年记忆的"枯柴"，一根根燃起"季节"的风景（包括"清风明月"、"春华秋实"），铺展开一派自然美丽的"人生的形式"。

乡土童年书写所普遍采用的意境化构思之法，乃是用纯净的"情调"来贯穿全篇，摒弃了传统小说重故事的"情节化"这种戏剧性形态，因而其散淡有致的文体形式也较真实地反映了人生本来的形式，即体现了"诗"中有"真"、"真"化为"诗"的美学追求。

① 沈从文：《沈从文别集 七色魇》，第135页。
② 沈从文：《序跋集·〈从文小说习作选〉代序》，《沈从文文集》第十一卷，第45页。
③ 汪曾祺：《汪曾祺自选集·自序》，《汪曾祺文集》（文论卷），第208页。
④ 废名：《莫须有先生坐飞机以后》，《莫须有先生传》，第342页。

三、记忆的"气息"与意象化

纵观中国现代童年书写的演变情形，可发现童年的"季节"风景并非一直被"视觉重现"，事实上它已呈现出衰颓的迹象。随着世纪末的来临，崇尚风景的浪漫主义已在现代主义的炮轰中溃不成军，在童年书写文本中，除了迟子建、曹文轩等个别作家依然坚守古典或浪漫之外，"季节"风景在作家们诉说成长的童年记忆中几乎已不复存在。一来，这与话语者的生活经验相关，六七十年代出生的作家大多在城市中长大，从小就没有在记忆中留下乡土风景的印象。二来，喧嚣浮躁的都市文化也难以使他们静下心来去遐想、瞩目都市之外的性灵化的自然风景。已经生活在失去"季节"风景的空间里，作家可能会对风景失去敏锐深刻的感受力，因而风景很少会进入其生命时间。风景的被关注与情调、情致甚至雅兴、雅趣紧密联系，当讲究情调的"抒情时代"逐渐淡出文学历史舞台，风景以及意境描写也随之日渐消逝。在世纪末崛起的"叙事时代"，细节的碎片代替了自足的风景、意境，浮起于童年记忆的水面。所幸的是，这些细节在童年书写中没有成为俗不可耐的"一地鸡毛"（如新写实小说的现实细节），在"回忆"这一蒸馏器里，这些细节往往也能被蒸馏出"诗意"，成为"深度瞬间"，表现为对生命感觉的体验性升华，即生成了"意象"。回忆中蒸馏出的意象相比意境，后者的意蕴更多空间内涵，而前者更多时间内涵。意境是对外界记忆最美处的纯化，意象是对内在记忆最深处的升华。童年书写中的意境构成精神后花园，值得永恒皈依，而意象则是内心的某星火花，在一霎间照亮生命的暗夜。

回忆的梦幻性，使回忆呈现出与纯粹梦境相似的某类特征，如弗洛伊德在《梦的解析》中解释的梦那样，记忆也是"完全受儿时最初印象所左右，而往往把那段日子的细节，那些在醒觉时绝对记不起来的事翻旧账般的搬出来"[①]。在童年记忆的诸多细节印象丛中，"气味"往往是最重要的一种细节。"回忆是保存在过去中的缭绕的炉香。"巴什拉对童年回忆中复现的

[①]　［奥］西格蒙德·弗洛伊德：《梦的解析：揭开人类心灵的奥秘》，丹宁译，国际文化出版公司1998年版，第69页。

"气味"充满深情地大加推崇，"谁要深入到那未定的童年区域，深入到既无名字又无历史的童年，无疑他将得助于那类隐隐约约的巨大回忆，如对过去气味的回忆。气味！这是我们与世界融合的第一见证。……在一次安宁的梦想中畅快地梦想，单纯地梦想，人会再找到对这些气味的回忆。令人喜爱的气味在过去和现在一样都是亲切感的中心。"① "气味在第一次的散发中是世界的根源，一种童年的真实。气味为我们提供正在扩张的童年的各种天地。"② "因为气味像音乐的声响，属于罕有的几种使记忆的精粹升华的纯化剂。"③ 全部童年被对某种芳香气味的回忆唤醒，所以，巴什拉才歌赞气味在童年中、在一生中可谓一个无限大的细节。从他对记忆中"气味"的精彩分析，可以发现"气味"这样的细节性感官印象在童年回忆中所具有的某种诗学意义，其美学功能主要是通过"意象化"的气味/味道或声息来充分表现的。

对气味/味道的领略最为著名的文学书写当属普鲁斯特的《追忆似水年华》，帮助普鲁斯特展开对似水年华的追忆并且达到高峰体验的是"小点心玛德林蛋糕的味道"。普鲁斯特认识到类似于小点心味道的感受性细节具有重要的诗学价值，他在《重现的时光》中论道："内心十分丰富的人们也很少考虑那些事件的重要性。对他们来说，深刻改变思想次序的，正是某种本身仿佛毫不重要的东西，这种东西使他们生活在另一个时代之中，从而颠倒了他们的时间次序……蒙布瓦西埃公园中的鸟鸣，或是带有木樨草气味的微风，显然没有法国大革命和法兰西第一帝国时期的重大事件影响大，但它们却启示了夏多布里昂，使他在《墓外回忆录》中写下价值要大无数倍的篇章。"④《在少女们身旁》一卷中普鲁斯特深情地描述了气味等细节印象之于打开记忆、直达生命的重要意义："最能唤起我们对一个人的记忆的，正是我们早已遗忘的事情（因为那是无足轻重的事，我们反而使它保留了自己的全部力量）。所以我们记忆最美好的部分乃在我们身外，存在于带雨点的一丝微风吹拂之中，存在于一间卧房发霉的味道之中，存在于第一个火苗的

---

① ［法］加斯东·巴什拉：《梦想的诗学》，第 173—174 页。
② ［法］加斯东·巴什拉：《梦想的诗学》，第 176 页。
③ ［法］加斯东·巴什拉：《梦想的诗学》，第 179 页。
④ ［法］普鲁斯特：《追忆似水年华Ⅶ》，徐和瑾等译，译林出版社 1991 年版，第 38 页。

气味之中，在凡是我们的头脑没有加以思考，不屑于加以记忆，可是我们自己追寻到了的地方。这是最后库存的往日，也是最美妙的部分，到了我们的泪水似乎已完全枯竭的时候，它仍能叫我们流下热泪。"① 对生命时间的追怀是普鲁斯特回忆的主题，在他心目中，时间的重要性取决于它是否通向能让追忆者"流下热泪"的生命的深层，即通向生命体验的"深度瞬间"。在他看来，能够复现全部往昔时间的，不是重要的事件，而是生命中点点滴滴的细小的事物、细微的感受，是存在于非意识记忆中的某些瞬间，通过这类感受性的瞬间细节记忆的重新体验，而重现并重新进入、也是开始真正理解往昔的生命时光与内心意识。所以，他在写作中自觉地端起了一架"望远镜"，他在生命的最后一年口授给卡米尔·维塔尔的信中说："在我看来，最适合于传达那种特殊感觉之本质的这一意象（尽管并不完善），恰似一架对时间聚焦的望远镜，因为望远镜使肉眼看不见的星体为我们所见，而这一意象使我看到了意识所看不到的潜意识现象。这些潜意识现象虽已被完全遗忘，却也位于过去的某一时间点之上。"②

普鲁斯特的"意识流"在 20 世纪 80 年代开始流入中国，尤其为注重个体内心表现的年轻一代作家所接受。林白在名为《记忆与个人化写作》的讲演中，某些言论颇显普鲁斯特的流风余韵："我领会到记忆真实有两大类，一类是关于某年某月某日某时某个事件的原因、过程与结尾，另一类则是往事的某一瞬间所携带的气味、颜色、空气的流动与声音的掠过……这种集体的记忆常常使我窒息，我希望将自己分离出来。将某种我自己感觉到的气味，某滴落在我手背上的水滴，某一片刺疼我眼睛的亮光从集体的眼光中分离出来，回到我个人的生活之中。只有当我找回了个人的记忆，才能辨认出往昔的体验，它们确实曾经那样紧紧贴着我的皮肤。"③ 时间感知的一个基本特征是感性化，所以记忆的感知，往往需要把过去纳入主体的深度体验中。林白在 1993 年 4 月到 9 月间写成她的第一部长篇小说《一个人的战争》，她在回忆自我童年生命时闪现的第一个记忆印象就是携带着"气味、颜色、空气的流动与声音的掠过"的一个充分感性化的意象，即构思该小

---

① ［法］普鲁斯特：《追忆似水年华 II》，桂裕芳等译，译林出版社 1990 年版，第 185 页。

② 转引自［美］丹尼尔·夏克特《找寻逝去的自我：大脑、心灵和往事的记忆》，第 17 页。

③ 林白：《一个人的战争》，第 241—242 页。

说时最初的开头句："女孩多米犹如一只青涩坚硬的番石榴，结缀在 B 镇岁月的枝头上，穿过我的记忆闪闪发光。"① 这个"饱含生命汁液"的意象在刹那间点亮了林白写作此部回忆性长篇的情思之灯，类似于普鲁斯特在小点心味道中因记忆被照亮而达到的高峰体验。这个意象凝聚着林白对往昔岁月生命体验的升华，它以隐喻的方式把存在于过去中的对象生命化、个性化、诗意化，从而使之焕发生命和艺术的光彩。林白说：写下这个开头"使我感到小说将会十分顺利地一气呵成。后来确是如此……我当时觉得它们就像是天上掉下来的水滴，圆润而天然。"② 在《一个人的战争》中，类似的记忆印象不断似"天上掉下来的水滴"，以意象这种被升华的审美形式在长篇中闪闪烁烁，形成了漂浮于时间暗夜长河中的一盏盏渔灯，生发着耀眼明亮的诗意。

当代追忆个人成长的童年叙事中写及普鲁斯特"小点心味道"式的记忆体验的，还有鲁羊的小说《银色老虎》，其童年回忆也迷恋于一种"食物的香味"。承担回忆叙事的成年之"我"在文中说："面对空的草屋，我心里不得安宁。我必须在这空的草屋中，填充一些没有形体的事物。我认为某些食物的香味是合适的。我想那就是白水猪肉和玉米饼的香味。"③ 童年记忆中复现的"气味"是所有形象中最微妙的嗅觉形象，作者对气味的描述中贯注了丰沛的情绪性体验。这里的食物香味，也类似于巴什拉所醉心并激发他产生了搜集冲动的"热面包香味"。他认为这种童年记忆中飘出的气味"可以赋予回忆以梦想的气氛，与气味的回忆相连的童年必然是悦人心性的"，当人们"咀嚼着回忆"，童年回忆中的气味是使人们"感激最初的幸福而再次开始的生活的气味"。④ 鲁羊也正是在由此亲切的气味而生发的梦想的气氛中，展开了意象化的童年记忆。小说的中心意象是题目揭示的"银色老虎"，在开篇便跳了出来："我要说的许多往事都与银色老虎有密不可分的联系。形象地讲，银色老虎的四只脚爪很灵敏地一伸一缩，行走在我

① 林白：《一个人的战争·后记》，第 293 页。
② 林白：《一个人的战争·后记》，第 293 页。
③ 鲁羊：《银色老虎》，新世界出版社 1994 年版，第 30 页。
④ ［法］加斯东·巴什拉：《梦想的诗学》，第 181 页。

幼年记忆的草丛里时隐时显，具有某种震慑人心的气派。"① 这个梦幻性质的意象，不是记忆中真实的事物，它出自于回忆中的"想象"，而"想象一个视觉意象可以导致我们相信是在回忆一个事件，即使这个事件从未发生过。"② 作者在叙事进程中对此意象作了解释："在见到银色老虎的日子里，我不知道那就是老虎，也不懂得那种颜色和光泽。所以'银色老虎'这个词组是我在长大后才发现并用来表达幼年经验的。银色老虎是日后十七年的文化教育带给我的恩惠之一。它是汉语中的一个偏正词组。它作为词组联络着其他单字和词组，使我的说话方式得以丰富。同时又作为一种景象，在我一生的经验领域内大放光芒。"③ 这个携带着气味、颜色、光芒等的"银色老虎"意象类同于林白记忆中升华的那只穿过记忆"闪闪发光"的"青涩坚硬的番石榴"，二者同为比喻性和象征性意象。无疑，这一虚幻色彩的意象，凝聚着过去的记忆和现在的想象相融合并"蒸馏"而出的"诗意"。普鲁斯特深刻地洞见到，记忆某事的感觉，产生于过去和现在之间的某种复杂的相互作用，对事件的知觉即记忆，依赖于我们对现在和过去这两种信息的复合。童年回忆中由"现在和过去这两种信息的复合"而成的"意象"，其实质是将记忆中的经验诗意化，从个人记忆、个人生命内在体验方面来重新想象过去，进行心灵创造，并力图去把握生活的意义和价值。体验本身具有一种穿透的能力，引导自己离开日常生活印象而进入更高的艺术真实。"银色老虎"之类的隐喻性意象带来了陌生化的审美效果，使小说在表现方式和力度上获得审美意义的提升，走向诗意化。

　　另外值得一提的是一个常被忽略的与童年回忆相关的文本：史铁生的《务虚笔记》。人们因其主体部分是成年故事而忽略其间反复出现的童年书写及其与全篇主旨密切相关的重要意象。作者别出心裁地给四个主要男性角色在回忆中想象了一个相同的童年经历：一个 9 岁或 10 岁的男孩进入一座"美丽的楼房"去见一个"可爱的女孩"O 或者 N，他们的不同个性及女孩家给予的不同待遇，使他们从同一个起点走向不同的心魂和历史。通过这样"由一化多"的写法，更好地呈现一个人、一个灵魂是怎样走到了今天的模

---

① 鲁羊：《银色老虎》，第 1 页。
② ［美］丹尼尔·夏克特：《找寻逝去的自我：大脑、心灵和往事的记忆》，第 11 页。
③ 鲁羊：《银色老虎》，第 18—19 页。

样，外在影响和内在心性起了怎样不可估量的浇铸作用。对生命来处的多重拷问，其实是全书中心旨意的重要构成部分。由于作者旨在"务虚"，所以叙事中不重情节的连贯和曲折，而更注重本身含蕴的内在诗意和生命体悟，他让多位角色的生命印象里反复出现同一具有象征性的意象，揭示了生命的殊途同归，生命的要义也就通过广泛的承认而得以体现。如童年追怀中那栋"美丽的楼房"、"可爱的女孩"都是提炼过后的意象性存在，再如那只始飞于童年时空的"白色的鸟"的意象，在幸福的时刻，每个人的眼中（其实是想象或记忆印象）都有一只白鸟在轻轻地自由飞翔。这只白色鸟在画家 Z 的童年记忆和之后的心灵里反复出现，而他最终成功地画出的却只是大鸟的白色羽毛，"像冰冷的火焰在燃烧"。这个盘旋于童年记忆中的"白色鸟"象征的是纯洁、温暖、自由、美好的生命理想，而那被画出的"掉落的羽毛"则意味着理想的坠落。这些在童年回忆中不断闪现的意象，营造了浓郁的诗意，也带来与时间、成长相关的深度的"思"。

　　放眼当代回忆性的个人成长童年书写园圃，几乎满目都是闪闪发光的意象之花，使文本流光溢彩、芬芳迷人。这种"遍地开花"而不是"一枝独秀"的文学现象，或许能说明一个问题：为什么在叙述儿童当下现实生活的文本中往往缺乏意象，因而也往往缺乏诗意？答案可能就在于距离，回忆性的心理时间距离。童年回忆中的意象都经由回忆的时间之火冶炼而成，因此具有了较为精粹的诗性品格。作家们纷纷借助诗歌的构成要素即意象来书写童年记忆，这些意象是作者回忆中情感、思想、生命体验的形象载体，当它在回忆文本中反复出现时，还构成了一种音乐的调子和图画的色彩，是某种发自作者主体内心且直指主题的音符和光芒，形成贯穿全篇的心绪基调（不是意境小说中的情调）。文本题目中涉及的意象一般就是全文中反复出现的核心意象。如苏童的"香椿街"少年成长系列短篇，几乎每一篇都有某个中心意象到处飞扬，如《乘滑轮车远行》、《被玷污的草》、《金鱼》、《沿铁路行走两公里》等，题目中就包含了小说的主要意象，这些日常性的意象表征着作者回忆童年时某种鲜明的生活感觉体验（如"金鱼"的形与色，"滑轮车"远去的呼啸声等），并且具有象征意蕴。余华的《在细雨中呼喊》、王刚的《英格力士》等，这些题目中揭示的中心意象还奠定了全篇的情感基调。前者在开篇回忆儿时在黑夜中听到无助的"哭喊"，这个始终无人出来应答的哭喊声让回忆中的孩子惊恐万分，也由此铺展开了这个孩子成长中独自"在细雨中呼喊"的悲凉和哀伤之基调。后者耿耿于怀的"英格力士"（English）那种优雅、纯美、宽厚之音调荡漾在童年和成年的主人公心中，所以无论是过去时间还是现在时间的叙事中，都舒展着类似的这种充满悲悯与体恤、温情脉脉的音调。这些意象化的内容表达方式，给童年书写文本带来了诗意朦胧的美感。善用意象的林白对语言的描述道出了这种美丽的意象化语言的艺术感觉与功能："我喜欢一切美丽的事物，我喜欢那样的语言，它们朴素、诗性、灵动、深情，它们以一种无法阻挡的脚步进入我的内心并在那里久久回响。同时我也喜欢语言的绚丽、繁复、热烈，它们火一样的闪动正如它们水一样的流淌。"① 这段描述本身就运用了许多美丽的意象。林白在其一系列童年书写文本（长篇之外还有众多短篇如《沙街》、《日午》、《墙上的眼睛》等童年书写）中，语言的意象化得到极致性表现，若以其意象化对照意境化小说的语言，可以发现二者的不同美质：尽管二者都讲究凝练的诗意，但后者更为散淡自然，而前者往往显得更为繁复绚丽。

此外，同乡土童年书写中的意境营构一样，表现个人成长的童年书写中对意象的"嗜好"也影响到了其叙事结构的方式。回忆中对生命体验升华而成的诗性意象，很多时候还担当着结构功能，即体现了童年书写主体在结构安排上的"意象化"构思特征，其极端性发展则是体现为纯粹的"意象小说"。在短篇小说中，篇名中所揭示的中心意象往往就是小说的题眼，作者以这个在回忆中被提炼升华出的充满诗意的意象为线索来结构全篇。这个意象忽明忽灭，暗合着回忆中的感觉体验过程，同时这一中心意象在不同时段的穿插切入，切断了叙事的连贯性。事实上，钟情于意象的许多作家往往不重视情节或故事的完整性，而更在乎这种意象在文中氤氲的气氛营造。因而，大多的意象小说在文体结构上都显得较为散漫。由于这种意象化构思中往往诗意流贯，从而能超越传统的写实情景而在回忆的叙事断片中达到对自由诗性的张扬。典型者如鲁羊的《银色老虎》，"银色老虎"在全篇中间隔性地出现三次，诗意化地表达了童年记忆中的三次死亡经验或感受，这一幻觉性的意象跳跃着，连缀起回忆中的两种时间话语，使结构相对统一并显得

① 林白：《置身于语言之中》，《一个人的战争》，第253页。

摇曳多姿。这类由意象的反复出现来形成叙述流程的小说，或可称为"意象小说"。

就中长篇而言，一般很难以一个意象来统摄全篇。林白、陈染、王安忆、魏微等的长篇童年回忆文本中，诸多的意象不时随回忆之境而生，尤其在前二者的私语性文本中，由于对自我生命感觉的丰富体验和自觉的诗性追求，意象之迭出更如繁花之盛开。林白如此自白："在我的写作中，我最喜欢做的就是让局部的光彩从整体中浮现出来，把整体淹没，最好有无数珍珠错落地升上海面，把大海照亮。……就是一根草吧，无数的草生长出来，也会有一片美丽的草地。"① 这些颗"珍珠"、这些根"草"，既是其回忆中升华出的意象化语言，又表明了回忆心理流程的特征：碎片化。"在我的写作中，记忆的碎片总是像雨后的云一样弥漫，它们聚集、分离、重复、层叠，像水一样流动，又像泡沫一样消灭，使我的作品缺乏严密的结构和公认的秩序。"② 以陈染的《私人生活》为例，各章标题几乎都是提炼过的意象，如"黑雨中的脚尖舞"、"剪刀和引力"、"里屋"③、"床的尖叫"、"阴阳洞"、"跳来跳去的苹果"、"火红的死神之舞"等。个人成长童年书写中，边缘性的个人记忆碎片纷纷浮出时间暗夜。大体来讲，这类中长篇童年书写的结构，一般由众多的感觉、体验性记忆凝成的意象并列编织而成（有时个别章节的表达非意象化），这些意象各自独立，就相当于凸现于往昔时间海洋中的一个个记忆岛屿，由这些散落各处的岛屿的非连续性拼接而连缀起各片生命海域，并最终在审美想象中完成对整个海洋的全面彻底的洞悉。这类意象化组合结构中，每章都是以某个意象为核心来辐射和提升，在各章之间没有连贯性情节，也不重视对人物形象的多方位塑造，贯穿全文的不再是意境小说中那种抒情性的情调，而是成年叙事者在回忆时产生的某种心理意绪。

---

① 林白：《语言与声音》，《一个人的战争》，第 250 页。

② 林白：《记忆与个人化写作》，《一个人的战争》，第 241 页。

③ "里屋"这个空间性事物，不同于乡土童年书写中的自然空间，后者构成广阔的意境，而前者只作为意象单独存在。它本身是个象征，而且作为第八章的中心意象还演绎出其他意象，该章标题下面的题记中说："里屋，对于女人有着另外的一个称呼，另外一个名字。它似乎是一道与生俱来的伤口。我们长大的过程，就是使它逐渐接受'进入'的过程，直到寻求'进入'。在这种寻求中，一个女孩而变成妇人。""里屋"这个空间场所展示的风景是内心隐秘的欲望风景。它是一个意象空间，不构成一般的抒情性意境。

但童年书写中的这类意象化小说不等于意识流小说：前者的意识流动、跳跃、转换没有后者繁复和模糊，回忆中情思内容的时空变化相对比较清晰；前者的思绪相比后者的绵密拥堵而更多一些空灵的诗意，也贴近回忆童年本身所带来的美学质地，即"诗与真"的美学追求。

如果说，意境化小说的回忆之歌是以"情调"来作曲，那么，意象化小说的回忆之歌乃是以"意念"来作曲，谱写了两种形式的"诗与真"的乐章。在旋律上，前者的情调性歌唱舒缓迂徐、平和宁静，后者的心曲则更显蜿蜒跌宕，但二者都因其内里诗意的荡漾而显得余韵悠悠、意味深长。

四、散文化：回忆体形式的"诗与真"

童年书写中，用来作曲的情思铺展出意境或意象，使曲的内容充满诗意，而曲的形式则露散文之势。这种"散"形，追根究底来自于童年回忆这一心理机制本身。关于文体形式的散文化现象，此处从回忆而且是具有一定特殊性的童年回忆角度来对此种"有意味的形式"之生成作一新的发掘和阐释。

无论是乡土童年书写还是个人成长童年书写，即前文所论的意境化小说和意象化小说，其文体形式大多呈现为散文化。文本的外部形式源于内部感性，法国著名现象学美学家杜夫海纳说得极其精辟："形式内在于感性，意义又内在于形式。"[1] 他认为形式"只是感性借以显现和付诸知觉的方式"，并进而指出："形式与其说是对象的形状，不如说是主体同客体构成的这种体系的形状，是不倦地在我们身上表示的并构成主体和客体的这种'与世界之关系'的形状。这里，我们已经可以看出，感知者和感知物的这种连带关系在审美经验中格外明显，因为对象的形式在审美经验中格外完整。"[2] 童年书写文本外显的散文化形式，体现的是其内在感性所具有的"诗与真"的本质，反映了书写者/回忆者对于过往童年和现时成年时空相互交感的审美经验。

（一）"散"与"真"

童年书写形式之"散"是回忆心理和回忆内容的"写真"。

---

① ［法］米·杜夫海纳：《美学与哲学》，孙菲译，中国社会科学出版社1985年版，第130页。

② ［法］米·杜夫海纳：《审美经验现象学》，韩树站译，文化艺术出版社1996年版，第267页。

　　其一，回忆心理图式本身之"散"。回忆的生理/心理活动特征主要表现为"记忆的无序性、联想的弥漫性、细节的杂陈"①等，因此，回忆文体的散文化形式是非逻辑的、本真的回忆心理形态在小说中的如实反映。再者，当回忆中往事再现时，能够打动人心或紧扣心弦的往往是某些过往生活的细节，"在我们同过去相逢时，通常有某些断片存在于其间，它们是过去同现在之间的媒介，是布满裂纹的透镜，既揭示所要观察的东西，也掩盖它们"，"这块断片所以打动我们，是因为它起了'方向标'的作用，起了把我们引向失去的东西所造成的空间的那种引路人的作用。"②美国汉学家斯蒂芬·欧文（Stephen Owen）指出中国古典文学中的诗歌意象、空白省略等现象形成的原因就与往事再现时的"断片"特征相关。童年书写中大量细节性意象的出现，就是记忆中这种重要"断片"的映现。由这些断片勾起一连串忽前忽后的事件与意念，当进入文学创作时，保持了这种断片"散聚"的美学特征。

　　另外，成年人隔着遥远的时空回望生命中的最初岁月，总会忍不住对照成年的现实而唏嘘感慨。安放于现在的"回忆"这架心理摄像机在拍摄遥远的过去童年时，由于某种怀旧情绪、心思的操纵，会形成一定程度的"情绪流"甚或"意识流"，镜头忽近忽远，在过去与现在两重时空中频频切换镜头，回溯性视角的童年叙事文本典型地体现这种不连贯的时空拼接组合特征。这类文本中的"复调"源于回忆童年时真实的心理进程。

　　其二，回忆的对象（童年生活）内容本身之"散"。童年回忆勾起的生活内容，往往是日常生活——因童年之人尚未接触或介入过多的社会生活，而日常生活本身就是琐碎纷繁、波澜不惊的。魏微在《流年》中开宗明义地道出了童年回忆的具体特征："现在，当我回忆起那段时光，当记忆的闸门开始打开的时候，一些断断续续的场景，一些不相干的小人物，一些名字，一些根本派不上用场的细节又重新回到了我的脑海里。……我将尽可能忠实地去记述它们，那些平行的、互不相干的人物、事件、场景，一些声

---

　　①　吴晓东：《从卡夫卡到昆德拉：20 世纪的小说和小说家》，生活·读书·新知三联书店 2003 年版，第 61 页。

　　②　［美］斯蒂芬·欧文：《追忆：中国古典文学中的往事再现》，上海古籍出版社 1990 年版，第 79—80 页。

音，某种气味，天气如何……也许它们过于琐屑，没有逻辑，它们就像午夜的收音机，各自打开了，各自有不同的声音和话语体系，各自喜悦着，悲伤着，控诉着，可是未见得有多大意义。……其实我想记述的是那些沉淀在时间深处的日常生活。它们是那样的生动活泼，它们具有某种强大的真实……"① 对童年记忆中日常生活之真实力量的深切体恤，给魏微带来了追求同样"真实"的文学表达，这支分外强调要忠实于对象的文学之笔写出的是同日常生活一样"散漫"的文学形式。于是，以"日常生活"与"生命时间"为主题的《流年》最终以断续的场景、不同的声音等这些日常生活的本真形式呈现在了我们面前，并以其散文般的"写真"而产生动人的魅力。关于个人成长的回溯性童年叙事中常用的"散点透视"，表现的就是未经结构的生命的本真形态，而以京派为代表的回忆性视线下的童年书写的散文化形式，表现的是沈从文所着意的"人生本来的形式"，他们的小说是一种对自然性或常态性的人生图式的思考和反映。总之，童年书写都呈现出了与真实的"人生形式"或"回忆形式"相吻合的散文化构型。

从艺术境界来看，童年书写的散文化形式其实是一种"潜藏着艺术的艺术"。塞米利安在《现代小说美学》里否定了强调情节、结构、人物的传统叙事模式："过分的有序，绝对的统一和对情节过多的雕琢，也会破坏故事。这将使读者感到故事凿痕太深而缺乏生活的真实感。""当故事中存在着某些无序状态，故事会显得更为真实，这种无序状态可以成为潜藏着艺术的艺术。"他进而指出："对情节的崇拜部分地是由于对生活的天真的和过于简单化的理解，以及回避内心世界这一现实的表现。主观主义、抒情主义是出现于小说创作领域并与传统创作手法相对抗的运动，这一运动有益于小说创作。"② 童年书写中普遍存在的主观性或抒情主义，具有了对情节性小说的超越性意义，使小说更接近生活与艺术的本真。

（二）"散"与"诗"

关于小说的形与质的问题，王安忆在《生活的形式》一文中如此阐释："小说这东西，难就难在它是现实生活的艺术，所以必须在现实中找寻它的

---

① 魏微：《流年》，第1—2页。

② ［美］利昂·塞米利安：《现代小说美学》，第134页。

审美性质，也就是寻找生活的形式。"① 其《流水三十章》、《纪实和虚构》、《忧伤的年代》中童年书写的形式都体现为这种与生活形式相契合的散文化纪实风格，把童年人生的内心世界表现得细致真实、曲尽其详。但是，她在提倡与"生活的形式"相一致的散文化时，又继而指出："真正的形式，则需要精神的价值。"② 正是因为有这样深刻的认识，在其对童年生命不厌其烦的散文化絮语中，又自觉地追求提炼"人性中的诗意"③。她透过话语形式之"散"，去表现其形式的"精神价值"即内质之"诗"。散文化这种"有意味的形式"，其形式意味乃指向"诗"，是散文的形式、诗的质地。

首先，童年书写在回忆心理中所表现的散淡的日常生活，虽然有着原本的面貌，但又融合了书写者在回忆之时所投注的感情。这些日常物象是作为"心象"而进入文本的，所以在《桥》、《流年》等童年日常性回忆中，由于回忆者对往昔岁月、对日常人生的了悟与爱，使得他们的笔尖对童年生活中的一切事物都充满爱抚。奥地利诗人里尔克（Rainer Maria Rilke）这样看待进入诗歌的日常意象："一幢'房屋'，一口'井'，一座熟悉的塔，甚至他们自己的衣服和他们的大衣，都还是无限宝贵、无限可亲的；几乎每一事物，都还是他们在其中发现人性的东西和加进人性的容器。"④ 前文所论的"季节"的意境和"气息"的意象，就是这种记忆加进人性的诗性升华。

再者，散文的精神是一种自由的精神，散文化的形式也暗含了童年书写者自由的旨趣与灵动的诗意。京派作家对乡土童年人生的散文化谱写，其散淡经营中分明流露着自由的诗性意趣。而在一些回溯个人成长的童年书写中，创作主体的回忆心理随意流动，在时空、语境的出入切换中，情感意蕴往往会随之自行"增殖"，这种跳跃、断裂在小说的叙事上可能产生一种空灵、不黏滞的效果，叙事时间由于成年与童年这两重时空的开启和交流而获得丰厚的诗意。

另外，散文化的形式反映出童年回忆者话语节奏的抒情性。回忆往事，

---

① 王安忆：《生活的形式》，《上海文学》1999 年第 5 期。
② 王安忆：《生活的形式》，《上海文学》1999 年第 5 期。
③ 王安忆、郑逸文：《作家的压力和创作冲动》，《文汇报》2002 年 7 月 20 日。
④ ［奥］里尔克：《慕佐书简》，转引自［德］马丁·海德格尔《诗人何为》，《林中路》，孙周兴译，上海译文出版社 2004 年版，第 305 页。

尤其是回忆童年这样一段在成年记忆中已显得有些模糊和久远的生命时光，言说的神情往往颇有些绵邈或沉醉，时而又有醒觉的释然，因而其叙述节奏整体而言是舒缓的，谱写出往昔年华留下的余味深长的生命节奏。童年回忆中两种时间话语的交叉，也形成了张弛有致的回忆节奏。"文艺的审美特性在于节律感应。审美必须通过节律感应把具有特殊生命意义的形式转化为主体的生命状态，使其在即使不为主体明确理解的情况下也能为主体生命所持有。"① 叙事随回忆行于所当行、止于所不可不止，由内里的情思流淌而成的散文化的节奏，具有抑扬流转的诗意美。童年回忆以其自然状态下的散文化形式生成了逼近"真"的"诗"。

本章小结："距离"的诗性修辞

沈从文说："创作不是描写'眼'见的状态，是当前'一切官能的感觉的回忆'。"② 卞之琳曾评价废名写小说"像蒸馏诗意，一清如水"③，而这种升华诗意的"蒸馏器"乃是废名所推崇的回忆，亦如九叶派诗人袁可嘉诗论中所言："把经验和事物推到一定的距离（时间的，同时是空间的）之外，诗人绕着它们思索而成诗。"④ 纵观中国现代文学中关于童年生命追怀的书写，多有或浓或淡的诗化倾向，不仅是童年诗情本身渗入了这一诗性酿造，而且追寻童年的回忆心理所保持的距离性修辞也参与了这一诗性构建。

距离的控制或者说距离感，是审美产生的一个重要因素。略萨说："我总觉得需要与现实保持一定的距离，无论是在时间上，或者确切地说，在时间和空间上，""距离可以净化这个如此复杂的东西：现实——一个令人晕眩的东西……因为距离可以很好地界定本质与纯粹表象之间的差异。"⑤ 美国学者丹尼尔·贝尔（Daniel Bell）注意到现代小说"距离销蚀"的现象并指出其严重后果——丧失了对过去的回忆能力及对未来的梦想和激情，造成

① 曾永成：《文艺的绿色之思：文艺的生态学引论》，人民文学出版社 2000 年版，第 109 页。
② 沈从文：《序跋集·〈秋之沦落〉序》，《沈从文文集》第十一卷，第 11—12 页。
③ 卞之琳：《冯文炳选集·序》，冯文炳：《冯文炳选集》，人民文学出版社 1985 年版，第 7 页。
④ 袁可嘉：《今日文学的方向》，天津《大公报》1948 年 11 月 14 日。
⑤ ［秘］巴尔加斯·略萨：《谎言中的真实》，赵德明译，云南人民出版社 1997 年版，第 55 页。

了现代人心灵、精神根基和归宿的丧失。从小说艺术效果来看，距离控制也举足轻重，"只有把自己与对象世界疏离开来，并在内在距离和外在距离之间维持适度的比例和均衡的关系，小说家才有望在距离控制上获得完满而和谐的修辞效果。"① 对照上述言论，可以发现，童年书写因为其话语姿态中本身就含有距离感，所以能很好地界定本质与纯粹表象之间的差异，在话语过程中，能够穿越现实和记忆表象而抵达生命的最本真处。童年书写保持距离的诉说，意味着获得了寻找信仰根基和精神归宿、克服现代危机的可能性。同时，在艺术表现上，因为这一超脱性的距离感的存在，激活着创作者对生命时间的感知和想象，从而获得了进行较为纯粹、和谐的诗性表达的可能性。

美国形式主义文论家苏珊·朗格（Susan Langer）认为，真正的艺术作品都有一种脱离尘寰的倾向——诗性，艺术是"虚的实体"，艺术家的使命在于"提供并维持这种基本的幻象，使其明显地脱离周围的现实世界，并且明晰地表达出它的形式，直至使它准确无误地与情感和生命的形式相一致。"② 与现实有着距离感的童年书写明显具有这种"脱离尘寰"的诗性倾向，作家们用从回忆童年生命的感悟中升华而出的情思来作"曲"，而此"曲"的艺术形式正与情感和生命的本真形态相一致。

总之，旨在追寻生命存在这一诗性问题的童年书写，以其回忆姿态所产生的距离表达而获得了艺术审美本体的诗性，形成了"诗与真"的话语意蕴和形式，它壮大了中国现代小说从五四时期即出现的诗化倾向的那一流脉。

---

① 李建军：《小说修辞研究》，中国人民大学出版社 2003 年版，第 149 页。
② ［美］苏珊·朗格：《情感与形式》，刘大基等译，中国社会科学出版社 1986 年版，第 80 页。

结语 童年寻根的"光"与"影"

卡西尔在其著名的《人论》中说:"人被宣称为应当是不断探究他自身的存在物——一个在他生存的每时每刻都必须查问和审视他的生存状况的存在物。人类生活的真正价值,恰恰就存在于这种审视中。"① 对"人"与"自我"的审视,成为"人的文学"的一种价值深度的标志。

从西方"人学"发展来看,"认识你自己"是自古希腊以来的西方哲学的经典命题,是哲学探究的最高目标,"它已被证明是阿基米德点,是一切思潮的牢固而不可动摇的中心。即使连最极端的怀疑论思想家也从不否认认识自我的可能性和必要性。"② 创立了人道主义的"人学"理论的现代美国心理学家和思想家弗洛姆提出,"人学"研究的对象是"人的存在和存在着的人类本性特征"。③ 然而,在以"仁"为核心的儒家思想所代表的中国传统文化中,尽管也有一定程度的人本思想,但却一直没有真正涉及这种"人的存在和存在着的人类本性特征",更多强调的是人的伦理道德价值。弗罗姆的"人学"表现的"贵己"思想,是人的个体价值的发现,而孔子的"仁学"更多是指人的类价值即群体价值。孔孟儒家从仁学(仁、义)中建立了"人学",而"道家在道大、天大、地大、人大'四大'的基础

---

① [德]恩斯特·卡西尔:《人论》,第 8 页。
② [德]恩斯特·卡西尔:《人论》,第 3 页。
③ [美]弗洛姆:《自为的人》,万俊人译,国际文化出版公司 1988 年版,第 17 页。

上，从道的自然中发现了人，人的本质不是'仁爱'，而是'利己'。"① 然而，这种"利己"仅仅是表明人的自我价值或个体地位意识的觉醒，对生命本体的内在探究还远未开始。大体而言，数千年来的中国传统文化中并没有出现专注而强烈的"探究人自身"的自觉意识，这也正是中国文化缺少哲学精神的一个原因。自五四新文化运动始，以"人的发现"为中心的文化思想形成了现代文学最初的精神基点，构成文学走向现代化的一个基本特征。随之而生的童年书写作为"人的文学"之一种，从对童年这一生命之"根"的追寻中深入拓展着"人的发现"这一关及"人"的解放的现代性命题，它所言说的是关于生命的本性、关于心灵的"失乐园"与"复乐园"、关于自我存在的认知与确证的意旨，而这正是几千年封建社会中的传统文学所极端匮乏的"人"与"自我"的启蒙命题。从这个意义来论，现代童年书写为中国文学提供了一个独特的诗性的思想题旨，推进了中国现代"人学"思想及"人的文学"的深度建构。

现代童年书写参与了五四以来的"人"的启蒙运动，而审美启蒙则成为其主导本质，对生命本体、对审美特性的执著使它即使在思想启蒙运动处于低潮的情况下，仍然从审美领域坚持这一运动的精神，始终追求着"人"与文学的主体性，为防止人性与文学性的迷失作出了重要贡献。现代童年书写在对人类或自我童年生命的潜心追寻中，给中国现代文学构筑了一道富有诗性意味（包括生命本体和艺术本体）的文学风景线，它拥有一个重要的现代品格即审美现代性。马尔库塞强调，审美是通向主体解放的道路。这种审美现代性是对人的生命的肯定，"关注被非人的力量压制了的种种潜在的想象、个性和情感的舒张和成长"，"不断地为生存的危机和意义的丧失提供某种精神的慰藉和解释，提醒他们本质性的丢失和寻找家的路径。"② 童年书写在沉思冥想中追寻童年生命，表达的是对"人"与"自我"的觉醒与解放的深层次关怀，体现出较为纯粹的生命理想与超越精神。刘小枫强调："自然人的生成，必然应是从伦理的人到审美的人，而不是从审美的人到伦理的人。伦理的人仍是社会的人，而不是超越的诗。未来的世界和人应

---

① 张立文:《新人学导论》，广东人民出版社 2000 年版，第 83 页。
② 周宪:《审美现代性批判》，商务印书馆 2005 年版，第 71 页。

如诗纬所言，乃是'诗者天地之心'。"① 童年"寻根"是一种对生命时间的审美性观照，一般不会纠缠于"伦理的人"的摸索，它寻找并建构着精神家园，显示出向着"审美的人"的一种努力。

在生命的历程中，童年的"花朵"里蕴藏着"不可见的东西之蜜"，钟情于童年的作家们像蜜蜂一样从人类和自我童年经验中寻找生命的诗情，把采集到的"蜜"铭刻在生命记忆的虚构与真实中，展现作为人的生命的美与伤痛，追寻人类与自我心灵的家园。童年书写之于写作者的重要意义，正如埃莱娜·西苏关于女性写作的意义之论："写作乃是一个生命与拯救的问题。写作像影子一样追随着生命，延伸着生命，倾听着生命，铭记着生命。"② 单纯而直接地联系着生命观照的童年追忆，典型地体现了关注生命体的"人的文学"应有的写作宗旨和意义。声言一切作品都是作者"童年生活的利用"，并且始终沉迷于"富有文学意味"的"少年血"的苏童，将写作喻为"寻找灯绳"。他说："我和所有同时代的作家一样小心翼翼地探索，所有的努力就是在黑暗中寻找一根灯绳，企望有灿烂的光明在刹那间照亮你的小说及整个生命。"③ 童年记忆正是一盏给寻找写作与生命方向之人带来光明的诗性之"灯"。

然而，童年回忆之"灯"照亮的这一条关于启蒙与救赎的生命和写作之路，在它迢递而行的光线中，有时也存在照不见的幻影或阴影。前文所论的启蒙视点下生发的各类童年书写，各自都出现了过犹不及的偏误。

其一，"理想"背后的虚妄。关于"人"的理想主旨的童年书写（新生童年书写和乡土人类童年书写）以集聚着"真、善、美"这三大价值系统于一身的童年生命形态来表达他们对理想之人的召唤。这固然是对以往被禁锢、被掩埋的生命意识的一种唤醒，然而这种建立在太过完美的童心基础上的理想设定，具有乌托邦的空想性。作家对这一"理想"的倾心，容易呈现出"有意低回，顾影自怜之态"④（鲁迅评废名），难以导向生命真正的发

---

① 刘小枫：《诗化哲学：德国浪漫美学传统》，第 270 页。

② ［法］埃莱娜·西苏：《从潜意识场景到历史场景》，张京媛主编《当代女性主义文学批评》，第218 页。

③ 苏童：《寻找灯绳》，江苏文艺出版社 1995 年版，第 149 页。

④ 鲁迅：《中国新文学大系·小说二集·导言》，上海良友图书印刷公司 1935 版，第 7 页。

扬与创造。对童心的皈依既表明了他们对性灵之美的追求，有时也表明他们没有信心和力量去直面不完美的现实人生。如沈从文自语："除了存心走一条从幻想中达到人与美与爱的接触的路，能使我到这个世界上有气力寂寞的活下来，真没有别的什么可作了。"① 汪曾祺过分追求和谐必然会忽略深刻与尖锐，而沉溺于童年梦幻的顾城则干脆拒绝长大，其梦幻性理想的最终破灭导致其自我的瓦解。这样的童年书写表达的生命理想与对现实人性的批判，或多或少都有其脆弱性。

其二，"感谢"底里的谵妄。在关于"人／自我"的危机这一题旨的"文化大革命"童年叙事中，60 年代生人大多表现了在"文化大革命"中成长的童年生命的迷乱形态，在一些表达激烈的怨愤（如刘恒的《逍遥颂》等）或冷静的谴责（如艾伟《回故乡之路》等）这样的声音之外，还有着一种别样的声音——感谢。王朔在《动物凶猛》中感激"文化大革命"动乱给孩子们带来了可以让他们为所欲为甚至胡作非为的"自由"，苏童则念念不忘奔涌在"文化大革命"岁月中的"少年血"。"从《桑园留念》开始，我记录了他们的故事以及他们摇晃不定的生存状态，如此创作使我津津有味并且心满意足。"② 这股"黏稠而富有文学意味"的热血，一直喷涌在他 20 多年来的文学创作之中，勾画着那个特殊年代童年成长中因迷乱而斑斓的生命图景。作家对这种生命形态更多流露的是痴迷之意，如《刺青时代》描绘少年人心的恶变让人震惊，而苏童则明确说其中没有"可供批判性"的东西。③ 从作家对童年记忆的充满感情的命名中可以窥见其创作心态："留念"（《桑园留念》）、"祭奠"（《祭奠红马》）、"阳光灿烂"（由《动物凶猛》改编、姜文执导的电影《阳光灿烂的日子》），主要表达的是一种对个人体验细加玩味甚至不无炫耀的趣味追求。对"黏稠和富有文学意味"的"少年血"的沉迷，显示了作家对这一艺术趣味有着坚定乃至于偏执的秉持。尽管他也声称"利用童年记录一些最成熟的思想"④，但是在

① 沈从文：《〈阿丽思中国游记〉后序》，《新月》1928 年 1 卷 1 号。
② 苏童：《少年血》，第 2 页。
③ 苏童、张学昕：《回忆·想象·叙述·写作的发生》，《当代作家评论》2005 年第 6 期。
④ 苏童：《童年生活的利用（代自序）》，《走向诺贝尔·苏童卷》，文化艺术出版社 2001 年版，第 3 页。

其大量的此类童年书写中似乎很难看到"最成熟的思想"的痕迹。这种"沉迷"会带来某种"偏废",即可能会使作家无视造成这一生命形态的苦难甚至愚昧。从其童年书写中,可以清楚地看到,那些在骚乱与迷惘中度过的内心荒芜的少年时光,并非是真正"阳光灿烂"的日子,他们有意无意地遮掩了与生命相关的历史记忆。而历史记忆对于人的发展路向具有重要意义,它"是时代遭遇苦难、直面苦难的内在禀赋,是个体不走向虚无、不游戏崇高、不误读意义、不造当代俗人神话的人性光辉"[1]。由于批判意识和救赎意识的退隐,使得这些作家的童年书写可能难以抵达生命与文学的厚重之境。

其三,"自恋"之中的迷妄。关于个体成长的私人化童年回忆多少带有自恋性,马尔库塞指出这种纳喀索斯式的"自恋癖"和幻想症寄寓感性的"伟大的解放"的厚望,称"自恋"是"某种对灵魂的内心来说富有诗意的东西"[2]。但是,纳喀索斯迷恋的是自己水中的影子,这个"镜像"并非其实体,所以不可避免地会对真正的自我认识形成一种障碍。这种"自恋"式的童年生命私语,甚至还会使私语者耽溺于梦呓般的倾诉和幻想而难以自拔,从而使得本来希图通过童年回望来寻求真实有力的主体建构的目的落空,反而导致主体的迷失。另外,这种私人化的童年记忆追寻由于故意回避集体记忆,因而往往也就回避了自我之外、其实也与自我主体生成密切相关的其他重要内容。若对照现代的自我童年书写如《呼兰河传》这样包含着文化批判的生命物语,可以发现,90 年代以来的自我童年书写明显呈现出对大众人文关怀的收缩之势,有的已从宽广的人性揭示退向单一狭隘的欲望展览。尽管在个人童年生命体验深度上可谓"钻"矣,但是对能激起共鸣的人类生命经验的反映则较少。苏童曾对"成长小说"提出质疑:"所谓成长小说,大多是变相的自恋的产物,抒发个人情怀来寻求呼应,它的局限在于个人的成长经验是否会引起回音。"[3] 当然,这种局限性并非完全来自于个人,它也折射着时代精神的某种困境。本雅明(Walter Benjamin)把"经

---

① 王岳川:《中国镜像:90 年代文化研究》,中央编译出版社 2001 年版,第 293 页。

② [美]赫伯特·马尔库塞:《爱欲与文明:对弗洛伊德思想的哲学探讨》,黄勇等译,上海译文出版社 1987 年版,第 120 页。

③ 苏童、王宏图:《苏童王宏图对话录》,第 88—89 页。

验"的多寡视为时代精神能力的标志，认为时代的贫乏就是经验的贫乏。
"这种经验贫乏不仅是个人的，而且是人类经验的贫乏，也就是说，是一种
新的无教养。"① 若能意识到这种"无教养"，则意味着有可能开始一条改变
窘境、重获"教养"的生命征途。童年书写发展中渐强的反思品格，推进
着对人性、对自我的深层次探索，照亮了在童年生命中已经隐伏的某些生存
困境。但是，"他们自以为看到了人类存在的巨大困境（真的吗?），却又无
力把人导向光辉灿烂的明天（自己也不知道）。在拒绝自甘沉落的同时，他
又嘶哑着难以表达自己（一种失语的痛苦）。"② 在当今这样一个具有普遍生
存困境的私语时代，童年书写已经踏上了一条关于生命救赎的"荆棘路"，
抑或是一条文学的"窄道"。

除了上述这些创作心态带来的偏误，在书写童年生命记忆的过程中，由
回忆心理而生的诗化性质的艺术思维，也于某种程度上给生命的真实洞悉投
下了一层迷蒙之影。综观整个文学园地，这些困境其实并非童年书写所独
有，只是这些往往因"矫枉过正"而致"妄"的问题，在童年书写这类相
对单纯的生命言说中表现得尤为鲜明。这里指出其困境，并以之为镜来
"映照"其他类型的文学书写中以不同程度存在的类似问题，以使整个文
学、也使现实生命的建构都能尽可能地摆脱各种"妄"，走向真正贴近本体
并向更高处超越的"诗"与"真"。

中国现代文学中的童年书写在对童年人生的回味与反思中，表达着作家
们对生命的深度体认和对文学艺术的本体探索。本书对近一个世纪的童年书
写中生命话语的研究，包含着对现代作家们来自静谧的激情深处的生命感受
和艺术感觉的一种考察。谭桂林指出："在现代文学研究中，现代作家对生
命的感受、现代文学对生命状态的展现，其深度和其意义还应得到更加深入
的重视和发掘。"他进而提出"生命感受与中国现代文学"的命题，认为此
命题的意义在于它"不仅是对中国现代文学史一种不被重视的文学现象的
发掘，也是对现代文学研究者自身生命状态的一种提醒，一种启示，同时也
是一种挑战"③。本书所论的核心问题正是对"生命感受与中国现代文学"

---

① ［德］本雅明：《经验与贫乏》，王炳钧等译，百花文艺出版社 1999 年版，第 253—254 页。
② 蔡翔：《日常生活的诗情消解》，第 219 页。
③ 谭桂林：《生命体验与中国现代文学》，《首都师范大学学报》2005 年第 3 期。

这一大命题的一个分支研究，是对中国现代文学史中一种不被重视的文学现象的发掘，同时，本论题的研究也是对论者自身生命状态的一种"提醒"、"启示"和"挑战"。

"人"与"自我"的探寻是中国现代文学的一个重要命题，如果说女性文学是立足于女性生命这一"人"的维度进行"性别"层面的探索，那么现代童年书写则从童年生命这一更容易被人遗忘的"最底层之人"的边缘性维度，对此命题作了"超性别"且带有形而上诗性意味的深入发掘。此外，对童年生命的追怀与感悟不仅形成了童年书写这一特殊的诗学时空，而且在更深层的意义上，它还决定着作家整个文学创作的境界。正如张炜在其关于"诗性的源流"一组文章中所论："没有一个作家不是在写自己的童年，无论他正写什么和他要写什么。……童年是人与神的结合部。人要自觉不自觉地在这个结合部上徘徊、寻觅。……我想，写作也无非是与丧失童年的力量作斗争，这也是人生斗争之一种。一个作家感悟到了这个，作家就拥有了一种自觉的力量。……作家在顽强地寻找今天与昨天的连接点，它们的奇特的关系。往往是这种努力才能有效地回避平庸和肤浅。"① 的确，除了笔墨相对集中于童年时空的"童年书写"，童年这一人生之初的"光源"还以或隐或显的姿态映射在作家各种类型的全部书写中，并在其生命与艺术的深层寻索中给予诗性的照耀。因此，关于"童年"与中国现代文学之关系研究是一片空邃而广远的天地。

---

① 张炜：《诗性的源流》，文汇出版社 2006 年版，第 236 页。

参考文献

一、文学作品

［俄］列夫·托尔斯泰：《童年 少年 青年》，谢素台译，人民文学出版社 1984 年版。

［法］普鲁斯特：《追忆似水年华》（Ⅰ—Ⅶ卷），李恒基等译，译林出版社 1989—1991 年版。

［苏］高尔基：《童年·在人间·我的大学》，刘辽逸等译，人民文学出版社 1994 年版。

［印］泰戈尔：《新月集》，郑振铎译，人民文学出版社 1954 年版。

《中国新文学大系》编辑委员会编：《中国新文学大系（1937—1949）》，上海文艺出版社 1990—1994 年版。

阿来：《空山：机村传说》，人民文学出版社 2005 年版。

艾伟：《水上的声音》，山东文艺出版社 2004 年版。

艾芜：《艾芜文集》，四川人民出版社 1984 年版。

冰心：《冰心文集》，上海文艺出版社 1982—1993 年版。

曹文轩：《草房子》，江苏少年儿童出版社 1997 年版。

曹文轩：《根鸟》，作家出版社 2003 年版。

曹文轩：《红瓦》，作家出版社 2003 年版。

曹文轩：《细米》，上海文艺出版社 2003 年版。

曹文轩：《青铜葵花》，江苏少年儿童出版社 2005 年版。

陈保平主编：《"七十年代以后"小说选》，上海文艺出版社 2000 年版。

陈丹燕：《女中学生三部曲》，河北少儿出版社 2012 年版。

陈丹燕：《一个女孩》，河北少儿出版社 2012 年版。

陈染：《私人生活》，经济日报出版社、陕西旅游出版社 2000 年版。

池莉：《池莉文集》，江苏文艺出版社 1995 年版。

迟子建：《北极村童话》，作家出版社 1989 年版。

迟子建：《原野上的羊群》，江苏文艺出版社 1997 年版。

迟子建：《迟子建》，人民文学出版社 2000 年版。

迟子建：《清水洗尘》，中国文联出版社 2001 年版。

迟子建：《日落碗窑》，作家出版社 2009 年版。

从维熙：《裸雪》，华艺出版社 1993 年版。

东西：《耳光响亮》，长春出版社 1998 年版。

端木蕻良：《端木蕻良文集》，北京出版社 1999 年版。

方方：《祖父在父亲心中》，江苏文艺出版社 2003 年版。

废名：《莫须有先生传》，广西师范大学出版社 2003 年版。

废名：《桥·桃园》，复旦大学出版社 2006 年版。

丰子恺：《缘缘堂随笔集》，浙江文艺出版社 1983 年版。

冯文炳：《竹林的故事》，北新书局 1925 年版。

冯文炳：《冯文炳选集》，人民文学出版社 1985 年版。

冯沅君自编：《沅君卅前选集》，女子书店民国二十二年（1933 年）版。

顾工编：《顾城诗全编》，上海三联书店 1995 年版。

郭沫若：《女神·我的童年》，长江文艺出版社 2011 年版。

郭平：《后来呢》，中国文联出版社 2005 年版。

韩东：《扎根》，人民文学出版社 2003 年版。

韩少功：《爸爸爸》，作家出版社 1993 年版。

虹影：《饥饿的女儿》，四川文艺出版社 2000 年版。

胡廷楣：《生逢 1966》，上海文艺出版社 2005 年版。

黄蓓佳：《没有名字的身体》，人民文学出版社 2003 年版。

黄蓓佳：《漂来的狗儿》，上海文艺出版社 2003 年版。

黄蓓佳：《星星索》，江苏人民出版社 2010 年版。

黄蓓佳：《草镯子》，江苏人民出版社 2010 年版。

蒋风主编：《中国儿童文学大系·诗歌》，希望出版社 1988 年版。

柯云路：《蒙昧》，花城出版社 2000 年版。

李冯：《碎爸爸》，长春出版社 1998 年版。

里程：《穿旗袍的姨妈》，人民文学出版社 2007 年版。

梁晓声：《一个红卫兵的自白》，四川文艺出版社 1988 年版。

梁晓声：《一个红卫兵的自白》，陕西人民出版社 1993 年版。

梁晓声：《年轮》，贵州人民出版社 1994 年版。

林白：《致命的飞翔》，长江文艺出版社 1996 年版。

林白：《空心岁月》，江苏文艺出版社 1997 年版。

林白：《瓶中之水》，江苏文艺出版社 1997 年版。

林白：《一个人的战争》，江苏文艺出版社 1997 年版。

林海音：《城南旧事》，浙江文艺出版社 1997 年版。

林希：《菊儿姐姐》，北岳文艺出版社 2000 年版。

刘恒：《刘恒自选集》，作家出版社 1993 年版。

刘庆邦：《梅妞放羊》，长江文艺出版社 2001 年版。

刘震云：《故乡面和花朵》，华艺出版社 1998 年。

鲁迅：《鲁迅全集》，人民文学出版社 1973 年版。

鲁羊：《银色老虎》，新世界出版社 1994 年版。

骆宾基：《混沌初开》，北京十月文艺出版社 1994 年版。

莫言：《透明的红萝卜》，作家出版社 1986 年版。

莫言：《红高粱家族》，海南出版公司 1999 年版。

莫言：《罪过》，山东文艺出版社 2002 年版。

莫言：《拇指铐》，江苏文艺出版社 2003 年版。

莫言：《四十一炮》，春风文艺出版社 2003 年版。

穆旦：《穆旦诗选》，人民文学出版社 1986 年版。

彭学军：《腰门》，21 世纪出版社 2008 年版。

浦漫汀主编：《中国儿童文学大系·小说》，希望出版社 1988 年版。

秦文君：《十六岁少女》，百花文艺出版社 1988 年版。

秦文君：《少女罗薇》，少年儿童出版社 1991 年版。

秦文君：《一个女孩的心灵史》，江苏文艺出版社 2000 年版。

秦文君：《调皮的日子：男孩三部曲》，文汇出版社 2002 年版。

沈从文：《沈从文文集》，花城出版社、生活·读书·新知三联书店香港分店 1982—1984 年版。

沈从文：《沈从文别集》，岳麓书社 1992 年版。

沈乔生：《狗在 1966 年咬谁》，江苏文艺出版社 2002 年版。

施蛰存：《上元灯及其他》，水沫书店 1929 年版。

史铁生：《务虚笔记》，上海文艺出版社 1996 年版。

苏童：《刺青时代》，长江文艺出版社 1993 年版

苏童：《少年血》，江苏文艺出版社 1995 年版。

苏童：《寻找灯绳》，江苏文艺出版社 1995 年版。

苏雪林：《苏雪林文集》，安徽文艺出版社 1996 年版。

孙犁：《孙犁文集》，百花文艺出版社 2002 年版。

铁凝：《大浴女》，春风文艺出版社 2000 年版。

铁凝：《午后悬崖》，人民文学出版社 2000 年版。

汪曾祺：《汪曾祺文集》，江苏文艺出版社 1993 年版。

王安忆：《父系和母系的神话》，浙江文艺出版社 1994 年版。

王安忆：《王安忆自选集》，作家出版社 1996 年版。

王安忆：《忧伤的年代》，新世界出版社 2002 年版。

王安忆：《流水三十章》，上海文艺出版社 2002 年版。

王安忆：《启蒙时代》，人民文学出版社 2007 年版。

王刚：《英格力士》，人民文学出版社 2004 年版。

王鲁彦：《鲁彦散文集》，上海文艺出版社 1984 年版。

王朔：《王朔文集》，华艺出版社 1992 年版。

王朔：《看上去很美》，华艺出版社 1999 年版。

王朔：《我是你爸爸》，云南人民出版社 2002 年版。

王统照：《王统照文集》，山东人民出版社 1980 年版。

魏微：《流年》，花山文艺出版社 2002 年版。

萧红：《萧红全集》，哈尔滨出版社 1991 年版。

徐小斌：《羽蛇》，人民文学出版社 2004 年版。

徐志摩：《徐志摩全集》，广西民族出版社 1991 年版。

许钦文：《许钦文散文集》，浙江文艺出版社 1984 年版。

许钦文：《许钦文小说集》，浙江文艺出版社 1984 年版。

严歌苓：《严歌苓文集·有个女孩叫穗子》，新星出版社 2009 年版。

阎月君等编选：《朦胧诗选》，春风文艺出版社 1985 年版。

殷健灵：《纸人》，少年儿童出版社 2000 年版。

余华：《在细雨中呼喊》，海南出版社 1999 年版。

郁达夫：《郁达夫散文集》，浙江文艺出版社 1985 年版。

张承志：《北方的河》，百花文艺出版社 1985 年版。

张承志：《金牧场》，作家出版社 1987 年版。

张洁：《敲门的女孩子》，上海世纪出版集团 2005 年版。

张炜：《童眸》，北京十月文艺出版社 1988 年版。

张炜：《诗性的源流》，文汇出版社 2006 年版。

赵家璧主编：《中国新文学大系（1917—1927）》，上海良友图书印刷公司 1935—1936 年版，上海文艺出版社 1980 年影印本。

郑振铎：《郑振铎文集》，人民文学出版社 1983 年版。

周洁茹：《你疼吗》，长江文艺出版社 2000 年版。

周作人：《知堂回想录》，河北教育出版社 2002 年版。

周作人：《自己的园地》，人民文学出版社 1988 年版。

朱晓平：《好男好女》，四川文艺出版社 1987 年版。

朱自清：《朱自清散文全集》，江苏教育出版社 1998 年版。

二、哲学、社会学、心理学论著

Erikson, Erik. *Childhood and Society*. New York：W. W. Norton, 1963.

Lesnik-Oberstein, Karín, ed. *Children in Culture：Approaches to Childhood*. New York：Palgrave Macmillan, 1998.

Natov, Roni. *The Poetics of Childhood*. London：Routledge, 2006.

［奥］路德维希·维特根斯坦：《哲学研究》，汤潮等译，生活·读书·

新知三联书店1992年版。

　　［奥］西格蒙德·弗洛伊德：《日常生活的心理奥秘》，林克明译，甘肃人民出版社1980年版。

　　［奥］西格蒙德·弗洛伊德：《梦的解析：揭开人类心灵的奥秘》，丹宁译，国际文化出版公司1998年版。

　　［奥］西格蒙德·弗洛伊德：《日常生活的精神病理学》，彭丽新译，国际文化出版公司2000年版。

　　［保］瓦西列夫：《情爱论》，赵永穆等译，生活·读书·新知三联书店1984年版。

　　［德］埃利希·诺伊曼：《大母神：原型分析》，李以洪译，东方出版社1998年版。

　　［德］恩斯特·卡西尔：《人论》，甘阳译，上海译文出版社1985年版。

　　［德］费迪南·费尔曼：《生命哲学》，李建鸣译，华夏出版社2000年版。

　　［德］费希特：《论学者的使命 人的使命》，梁志学等译，商务印书馆1997年版。

　　［德］霍恩海姆、阿尔多诺：《启蒙辩证法：哲学片断》，洪佩郁等译，重庆出版社1988年版。

　　［德］卡尔·亚斯贝尔斯：《悲剧的超越》，亦春译，工人出版社1988年版。

　　［德］马丁·海德格尔：《存在与时间》，陈嘉映等译，生活·读书·新知三联书店1999年版。

　　［德］马丁·海德格尔：《海德格尔选集》，孙周兴译，上海三联书店1996年版。

　　［德］曼弗雷德·弗兰克：《个体的不可消逝性》，先刚译，华夏出版社2001年版。

　　［德］瓦尔特·本雅明：《经验与贫乏》，王炳钧等译，百花文艺出版社1999年版。

　　［德］尤尔根·哈贝马斯：《现代性的地平线》，李安东等译，上海人民出版社1997年版。

〔俄〕列夫·舍斯托夫：《在约伯的天平上》，董友译，生活·读书·新知三联书店 1989 年版。

〔俄〕尼古拉·别尔嘉耶夫：《人的奴役与自由：人格主义哲学的体认》，徐黎明译，贵州人民出版社 1994 年版。

〔法〕亨利·路易·柏格森：《时间与自由意志》，吴士栋译，商务印书馆 1958 年版。

〔法〕米·杜夫海纳：《美学与哲学》，孙菲译，中国社会科学出版社 1985 年版。

〔法〕雅克·拉康：《拉康选集》，褚孝泉译，上海三联书店 2001 年版。

〔加〕查尔斯·泰勒：《自我的根源：现代认同的形成》，韩震等译，译林出版社 2001 年版。

〔美〕A. J. 赫舍尔：《人是谁》，隗仁莲译，贵州人民出版社 1994 年版。

〔美〕R. W. 爱默生：《自然沉思录》，博凡译，上海社会科学院出版社 1993 年版。

〔美〕埃里克·H. 埃里克森：《同一性：青少年与危机》，孙名之译，浙江教育出版社 1998 年版。

〔美〕埃里希·弗罗姆：《自为的人：伦理学的心理探究》，万俊人译，国际文化出版公司 1988 年版。

〔美〕埃里希·弗洛姆：《逃避自由》，刘林海译，国际文化出版公司 2000 年版。

〔美〕丹尼尔·夏克特：《找寻逝去的自我：大脑、心灵和往事的记忆》，高申春译，吉林人民出版社 1998 年版。

〔美〕弗莱德·R. 多尔迈：《主体性的黄昏》，万俊人等译，上海人民出版社 1992 年版。

〔美〕赫伯特·马尔库塞：《爱欲与文明：对弗洛伊德思想的哲学探讨》，黄勇等译，上海译文出版社 1987 年版。

〔美〕杰姆逊：《后现代主义与文化理论》，唐小兵译，北京大学出版社 1997 年版。

〔美〕尼尔·波茨曼：《童年的消逝》，吴燕莛译，广西师范大学出版社

2004 年版。

〔美〕诺尔曼·布朗：《生与死的对抗》，贵州人民出版社 1994 年版。

〔美〕威廉·巴雷特：《非理性的人》，杨照明等译，商务印书馆 1995 年版。

〔美〕亚伯拉罕·哈罗德·马斯洛：《人性能达的境界》，林方译，云南人民出版社 1987 年版。

〔美〕亚伯拉罕·哈罗德·马斯洛主编：《人类价值新论》，胡万福等译，河北人民出版社 1988 年版。

〔美〕詹姆斯·P. 卢格：《人生发展心理学》，陈德民等译，学林出版社 1996 年版。

〔瑞士〕卡尔·古斯塔夫·荣格：《荣格文集》，冯川等译，改革出版社 1997 年版。

〔瑞士〕卡尔·古斯塔夫·荣格：《未发现的自我：寻求灵魂的现代人》，张敦福等译，国际文化出版公司 2001 年版。

〔苏〕伊·谢·科恩：《自我论：个人与个人自我意识》，佟景韩译，生活·读书·新知三联书店 1986 年版。

〔意〕玛丽亚·蒙特梭利：《童年的秘密》，马荣根译，（台湾）五南图书出版公司 1992 年版。

〔英〕R. D. 莱恩：《分裂的自我：对健全与疯狂的生存论研究》，林和生等译，贵州人民出版社 1994 年版。

〔英〕安东尼·吉登斯：《现代性与自我认同：现代晚期的自我与社会》，赵旭东等译，生活·读书·新知三联书店 1998 年版。

陈仲庚、张雨新编著：《人格心理学》，辽宁人民出版社 1987 年版。

董德福：《生命哲学在中国》，广东人民出版社 2001 年版。

李建中、尹玉敏：《爱欲人格：弗洛伊德》，长江文艺出版社 1996 年版。

李为善、刘奔主编：《主体性和哲学基本问题》，中央文献出版社 2002 年版。

刘小枫：《这一代人的怕与爱》，生活·读书·新知三联书店 1996 年版。

刘晓东：《儿童精神哲学》，南京师范大学出版社 1999 年版。

罗广：《生命哲学再续编》，（台湾）学生书局有限公司 1994 年版。

莫伟民：《主体的命运》，上海三联书店 1996 年版。

祁志祥：《中国人学史》，上海大学出版社 2002 年版。

苏宁：《纯粹人格：黑格尔》，长江文艺出版社 1996 年版。

王晓华：《个体哲学》，上海三联书店 2002 年版。

王振宇：《儿童心理发展理论》，华东师范大学出版社 2000 年版。

肖巍：《女性主义关怀伦理学》，北京出版社 1999 年版。

熊秉真：《童年忆往：中国孩子的历史》，广西师范大学出版社 2008 年版。

杨适：《中西人论的冲突：文化比较的一种新探求》，中国人民大学出版社 1991 年版。

岳晓东：《少年我心：一个心理学者对自我成长的回顾与分析》，北京师范大学出版社 1997 年版。

张立文：《新人学导论》，广东人民出版社 2000 年版。

张志扬：《创伤记忆：中国现代哲学的门槛》，上海三联书店 1999 年版。

张志为：《是与在》，中国社会科学出版社 2001 年版。

三、文学、美学论著

Byrnes, Alice. *The Child: An Archetypal Symbol in Literature for Children and Adults*, New York: Peter Lang, 1995.

Crew, H. S. *It is really "Mommie Dearest"? Daughter-Mother Narratives in Young Adult Fiction.* Lanham, Md.: Scarecrow, 2000.

Kidd, Kenneth B. *Freud in OZ: At the Intersections of Psychoanalysis and Children's Literature*, Minneapolis: University of Minnesota Press, 2011.

Nodelman, P. *The Hidden Adult. Defining Children's Literature.* Baltimore: The Johns Hopkins University Press, 2008.

［奥］西格蒙德·弗洛伊德：《论文学与艺术》，常宏译，国际文化出版公司 2001 年版。

〔丹麦〕勃兰兑斯：《十九世纪文学主流》第二分册，刘半九译，人民文学出版社 1997 年版。

〔德〕汉斯·罗伯特·耀斯：《审美经验与文学解释学》，顾建光译，上海译文出版社 1997 年版。

〔德〕黑格尔：《美学》，朱光潜译，商务印书馆 1965 年版。

〔德〕瓦尔特·比梅尔：《当代艺术的哲学分析》，孙周兴等译，商务印书馆 1999 年版。

〔德〕席勒：《美育书简》，徐恒醇译，中国文联出版公司 1984 年版。

〔俄〕米·巴赫金：《巴赫金全集》，河北教育出版社 1998 年版。

〔法〕保罗·亚哲尔：《书·儿童·成人》，傅林统译，富春文化事业股份有限公司 1999 年版。

〔法〕狄德罗：《狄德罗哲学选集》，汪天骥、陈修斋、王太庆译，商务印书馆 1997 年版。

〔法〕加斯东·巴什拉：《梦想的诗学》，刘自强译，生活·读书·新知三联书店 1996 年版。

〔法〕梅洛-庞蒂：《眼与心：梅洛-庞蒂现象学美学文集》，刘韵涵译，中国社会科学出版社 1992 年版。

〔法〕米·杜夫海纳：《审美经验现象学》，韩树站译，文化艺术出版社 1996 年版。

〔加〕李利安·H. 史密斯：《欢欣岁月：李利安·H. 史密斯的儿童文学观》，傅林统编译，富春文化事业股份有限公司 1999 年版。

〔捷〕米兰·昆德拉：《小说的艺术》，孟湄译，生活·读书·新知三联书店 1992 年版。

〔美〕M. H. 艾布拉姆斯《镜与灯：浪漫主义文论及批评传统》，北京大学出版社 2004 年版。

〔美〕R. 玛格欧纳：《文艺现象学》，王岳川等译，文化艺术出版社 1992 年版。

〔美〕赫伯特·马尔库塞：《审美之维：马尔库塞美学论著集》，李小兵译，生活·读书·新知三联书店 1989 年版。

〔美〕利昂·塞米利安：《现代小说美学》，宋协立译，陕西人民出版社

1987 年版。

　　［美］斯蒂芬·欧文：《追忆：中国古典文学中的往事再现》，上海古籍出版社 1990 年版。

　　［美］苏珊·朗格：《情感与形式》，刘大基等译，中国社会科学出版社 1986 年版。

　　［美］约瑟夫·弗兰克等：《现代小说中的空间形式》，秦林芳编译，北京大学出版社 1991 年版。

　　［瑞士］C. G. 荣格：《人·艺术和文学中的精神》，卢晓晨译，工人出版社 1988 年版。

　　［苏］康·巴乌斯托夫斯基：《金蔷薇：关于作家劳动的札记》，李时译，上海译文出版社 1980 年版。

　　［苏］米·赫拉普钦科：《作家的创作个性和文学的发展》，满涛译，上海译文出版社 1982 年版。

　　［英］大卫·帕金翰：《童年之死：在电子媒体时代成长的儿童》，张建中译，华夏出版社 2005 年版。

　　［英］弗吉尼亚·伍尔夫：《论小说与小说家》，瞿世镜译，上海译文出版社 1986 年版。

　　《法国作家论文学》，王忠琪等译，生活·读书·新知三联书店 1984 年版。

　　班马：《前艺术思想：中国当代少年文学艺术论》，福建少年儿童出版社 1996 年版。

　　蔡翔：《日常生活的诗情消解》，学林出版社 1994 年版。

　　曹文轩：《中国八十年代文学现象研究》，北京大学出版社 1988 年版。

　　曹文轩：《20 世纪末中国文学现象研究》，北京大学出版社 2002 年版。

　　曾永成：《文艺的绿色之思：文艺的生态学引论》，人民文学出版社 2000 年版。

　　陈继会：《二十世纪中国小说文化精神》，东方出版社 2002 年版。

　　陈平原：《中国小说叙事模式的转变》，上海人民出版社 1988 年版。

　　陈晓明：《表意的焦虑：历史祛魅与当代文学变革》，中央编译出版社 2002 年版。

陈晓明：《无边的挑战：中国先锋文学的后现代性》，广西师范大学出版社 2004 年版。

陈旭光、谭伍昌：《秩序的生长："后朦胧诗"文化诗学研究》，陕西人民教育出版社 2002 年版。

崔文良：《审美人生论》，中国人民大学出版社 2002 年版。

丁帆、王世城：《十七年文学："人"与"自我"的失落》，河南大学出版社 1999 年版。

丁帆等：《中国乡土小说史》，北京大学出版社 2007 年版。

樊国宾：《主体的生成：50 年成长小说研究》，中国戏剧出版社 2003 年版。

范智红：《世变缘常：四十年代小说论》，人民文学出版社 2002 年版。

方卫平：《中国儿童文学理论批评史》，江苏少儿出版社 1993 年版。

方卫平：《儿童文学接受之维》，湖北少年儿童出版社 1995 年版。

方卫平：《儿童文学的审美走向》，中国文史出版社 2007 年版。

葛红兵：《"五四"文学审美精神与现代中国文学》，中国文联出版公司 1998 年版。

郭力：《二十世纪中国女性文学的生命意识》，黑龙江教育出版社 2002 年版。

何卫青：《小说儿童：1980—2000：中国小说的儿童视野》，中国海洋大学出版社 2005 年版。

贺仲明：《中国心像》，中央编译出版社 2002 年版。

胡从经：《晚清儿童文学钩沉》，少年儿童出版社 1982 年版。

姜义华：《理性缺位的启蒙》，上海三联书店 2000 年版。

蒋风主编：《中国儿童文学大系·理论》，希望出版社 1988 年版。

解志熙：《生的执著：存在主义与中国现代文学》，人民文学出版社 1999 年版。

雷达：《思潮与文体：20 世纪末小说观察》，人民文学出版社 2002 年版。

李建军：《小说修辞研究》，中国人民大学出版社 2003 年版。

李林荣：《疆域与维度：中国现当代文学的跨世纪转型》，文化艺术出版社 2010 年版。

李欧梵：《现代性的追求》，生活·读书·新知三联书店 2000 年版。

李学武：《蝶与蛹：中国当代小说成长主题的文化考察》，中国社会科学出版社 2003 年版。

凌宇：《从边城走向世界》，生活·读书·新知三联书店 1985 年版。

刘传霞：《被建构的女性：中国现代文学社会性别研究》，齐鲁书社 2007 年版。

刘纳：《嬗变：辛亥革命时期至五四时期的中国文学》，中国社会科学出版社 1998 年版。

刘士林：《中国诗性文化》，江苏文艺出版社 1999 年版。

刘西渭：《咀华集》，人民文学出版社 2001 年版。

刘小枫：《诗化哲学：德国浪漫美学传统》，山东文艺出版社 1986 年版。

刘小枫：《沉重的肉身：现代性伦理的叙事纬语》，上海人民出版社 1999 年版。

刘小枫：《拯救与逍遥》，上海三联书店 2001 年版。

刘小枫主编：《人类困境中的审美精神》，东方出版中心 1994 年版。

刘绪源：《儿童文学的三大母题》，少年儿童出版社 1995 年版。

刘绪源：《文心雕虎：儿童文学的奥秘》，少年儿童出版社 2004 年版。

刘增杰：《中国现代文学史料学》，中西书局 2012 年版。

马大康：《诗性语言研究》，中国社会科学出版社 2005 年版。

孟悦、戴锦华：《浮出历史地表：现代妇女文学研究》，中国人民大学出版社 2004 年版。

莫言：《小说的气味》，春风文艺出版社 2003 年版。

潘知常：《生命美学》，河南人民出版社 1991 年版。

逄增玉：《现代性与中国现代文学》，东北师范大学 2001 年版。

钱谷融：《艺术·人·真诚：钱谷融论文自选集》，华东师范大学出版社 1995 年版。

钱理群：《对话与漫游：四十年代小说研读》，上海文艺出版社 1999 年版。

钱理群：《心灵的探寻》，北京大学出版社 1999 年版。

芮渝萍：《美国成长小说研究》，中国社会科学出版社 2004 年版。

申丹：《叙述学与小说文体学研究》，北京大学出版社 1998 年版。

史成芳：《诗学中的时间概念》，湖南教育出版社 2001 年版。

苏童、王宏图：《苏童王宏图对话录》，苏州大学出版社 2003 年版。

孙建江：《二十世纪中国儿童文学导论》，江苏少年儿童出版社 1995 年版。

谭桂林：《转型期中国审美文化批判》，江苏文艺出版社 2001 年版。

谭桂林：《长篇小说与文化母题》，湖南师范大学出版社 2002 年版。

谭桂林：《转型与整合：现代中国小说精神现象史》，陕西人民教育出版社 2003 年版。

陶东风：《文体演变及其文化意味》，云南人民出版社 1994 年版。

王安忆：《一个故事的三种讲法》，明天出版社 1997 年版。

王轻鸿：《汉语语境中的原型阐释》，中国社会科学出版社 2005 年版。

王泉根：《现代中国儿童文学主潮》，重庆出版社 2000 年版。

王泉根主编：《新时期儿童文学研究》，河北少年儿童出版社 2004 年版。

王晓明：《潜流与漩涡：论二十世纪中国小说家的创作心理障碍》，中国社会科学出版社 1991 年版。

王晓明主编：《人文精神寻思录》，文汇出版社 1996 年版。

王晓明主编：《批评空间的开创》，东方出版中心 1998 年版。

王一川：《汉语形象美学引论》，广东人民出版社 1999 年版。

王义军：《审美现代性的追求》，上海文艺出版社 2003 年版。

王岳川：《中国镜像：90 年代文化研究》，中央编译出版社 2001 年版。

吴其南：《20 世纪中国儿童文学的文化阐释》，中国社会科学出版社 2012 年版。

吴其南：《守望明天》，宁夏人民出版社 2006 年版。

吴晓东：《从卡夫卡到昆德拉：20 世纪的小说和小说家》，生活·读书·新知三联书店 2003 年版。

伍蠡甫主编：《西方文论选》，上海译文出版社 1979 年版。

谢泳：《中国现代文学史研究法》，广西师范大学出版社 2010 年版。

谢有顺：《身体修辞》，花城出版社 2003 年版。

徐兰君、［美］安德鲁·琼斯主编：《儿童的发现：现代中国文学及文化中的儿童问题》，北京大学出版社 2011 年版。

许晖主编：《"六十年代"气质》，中央编译出版社 2001 年版。

许子东：《许子东讲稿》，人民文学出版社 2011 年版。

杨洪承：《现象与视阈：20 世纪中国文学研究纵横》，吉林教育出版社 2003 年版。

杨义：《中国叙事学》，人民出版社 1997 年版。

姚新勇：《主体的塑造与变迁：中国知青文学新论（1977—1995）》，暨南大学出版社 2000 年版。

叶嘉莹：《迦陵论词丛稿》，上海古籍出版社 1980 年版。

叶维廉：《中国诗学》，生活·读书·新知三联书店 1992 年版。

尹昌龙：《重返自身的文学：当代中国文学思潮中的话语类型考察》，广东人民出版社 1999 年版。

张光芒：《中国当代启蒙文学思潮论》，上海三联书店 2006 年版。

张光芒：《中国近现代启蒙文学思潮论》，山东文艺出版社 2002 年版。

张京媛主编：《当代女性主义文学批评》，北京大学出版社 1992 年版。

张清华：《中国当代先锋文学思潮论》，江苏文艺出版社 1997 年版。

张英编著：《文学的力量：当代著名作家访谈录》，民族出版社 2001 年版。

张英主编：《文学人生：作家访谈录》，上海教育出版社 2005 年版。

赵侣青、徐迥千：《儿童文学研究》，上海中华书局民国二十一年（1932）版。

赵一凡等主编：《西方文论关键词》，外语教学与研究出版社 2006 年版。

赵毅衡：《文学符号学》，中国文联出版公司 1990 年版。

郑家健：《中国文学现代性的起源语境》，上海三联书店 2002 年版。

周宪：《超越文学：文学的文化哲学思考》，上海三联书店 1997 年版。

周宪：《审美现代性批判》，商务印书馆 2005 年版。

周作人：《儿童文学小论·中国新文学的源流》，河北教育出版社 2002
年版。

朱存明：《情感与启蒙：20 世纪中国美学精神》，西苑出版社 2000 年
版。

朱寿桐：《中国现代浪漫主义文学史论》，文化艺术出版社 2002 年版。

朱晓进：《中国现代文学现象研究》，百花文艺出版社 1994 年版。

朱晓进等：《非文学的世纪》，南京师范大学出版社 2005 年版。

朱晓进：《政治文化与中国二十世纪三十年代文学》，人民出版社 2006
年版。

朱自强：《儿童文学的本质》，少年儿童出版社 1997 年版。

朱自强：《中国儿童文学与现代化进程》，浙江少年儿童出版社 2000 年
版。

朱自强：《儿童文学论》，中国海洋大学出版社 2005 年版。

人名索引

后　记

　　美国思想家爱默生说，有些人虽然在产权上拥有一片林地，可是并不代表他拥有这片风景。对于人生来路上经过的"林地"，世人大多忘了去悉心领略它的"风景"。朱湘在《废园》一诗中云："野花悄悄的发了，野花悄悄的谢了，悄悄外园里更没什么。"这一"废园"意象让人伤感，也让人惊心——我们或许已经遗忘了并且可能还在不断地错过着生命中美丽的风景。回望生命，成为接近并重新进入这片"风景"的一条幽谧小径。

　　生存形态和生命理想是我一直关心的问题，在选择博士学位论文题目之时，中国现代文学中的童年书写所及的生命风景跃入我的心湖。它携带着生命最初的新鲜气息，也洇染着回忆者现时的深沉感慨，诉说着一个世纪以来，人们经由对童年生命的追怀而寻绎的"人"与"自我"的生存情形以及"心和梦"的历史。怀着对童年的"亲"与"敬"，我审慎地踏上对近百年来文学史中童年书写的寻索之路，也是一条生命温习与文学思索之路。既然文学史是心灵史，那么且把这场文学研究当作一次深入腹地的心灵旅行和思想的洗礼与砥砺。对这些童年生命风景的考察，也时时激发着我对自身和人类生命存在和价值的思考。"这是一个伟大而高贵的生命的憧憬：在朝向真理的运动中忍受暧昧性并使之明白显现出来；在不确定中保持坚毅；证明它能够拥有一无止境的爱心和希望。"雅斯贝尔斯的这段富于精神力量的表白，曾在我写作的困顿之时鼓舞了我，它也将永远激励着我对那些真正具有生命价值的"风景"保持充满"爱心和希望"的追求。

本书是在博士论文的基础上拓展而成，写作中得到了众多师友的帮助。感谢导师朱晓进教授多年来的谆谆教导。他敏锐的思想光芒照亮了我在跋涉中的学问征途，并以其宽厚的关爱推进着我对自己倾心的学术领域的追求。感谢现代文学专业杨洪承教授、何言宏教授、贺仲明教授、高永年教授等在我论文开题时的建议；感谢丁帆教授、吴功正研究员、谢昭新教授等在我论文答辩中给予的肯定与进一步完善的意见。感谢外国文学专业的汪介之教授、杨莉馨教授以及哲学专业的张之沧教授给我的热情点拨，感谢文艺学专业的作家鲁羊、郭平老师（其作品也是我研究中涉及的对象）的交流探讨。感谢当时尚在湖南师范大学的谭桂林教授、南京大学的张光芒教授、中国海洋大学的何卫青老师等赠予力作，给我提供重要的启示。同时，要感谢儿童文学研究界前辈长期以来的关心和帮助，北京师范大学的王泉根教授、中国海洋大学的朱自强教授、浙江师范大学的方卫平教授、韦苇教授、彭懿教授以及台湾台东大学的林文宝教授等，诸位师长将其著作迢迢不断地寄来，对我的儿童文学教学和研究给予了大力的支持，给我以持续前行的鼓舞。虽然本书的论题范围主要是成人文学，但选此论题的出发点之一是为儿童文学对童年的书写与研究提供可观照的镜子。本书中的部分内容已经以论文的形式在国际学术期刊 *Bookbird：A Journal of International Children's Literature* 以及《当代作家评论》、《南京社会科学》、《江淮论坛》等重要期刊发表，感谢期刊编辑以及本书编辑王萍女士的支持。

最后，要深深感谢家人的关爱与帮助！感谢我日益年迈的父母，对我这个再长大也是他们小女儿的牵挂。感谢在我小学毕业那一年去世的祖母，给了我童年许多的疼爱。感谢如今已在天堂的婆婆，曾在我读博期间辛苦地帮我照料幼小的女儿。感谢先生孙书磊君，他治学的勤勉和严谨一直感召着我，在我学位论文写作和书稿修改的关键阶段，他承担起所有家务和照顾孩子的任务，让我全力以赴；在我倦怠和气馁之时，不断给予鞭策和鼓励。还要特别致谢的，是我亲爱的女儿孙清越。在我开始写作博士学位论文时她才两岁多，难以忘怀当年我"关"在仙林校区一间教师宿舍里没日没夜地写论文，先生带着女儿和一大包食品在周末来"探监"的情形。女儿见到我时的兴奋和临走时期盼我早日回家的叮咛，敦促我加倍努力去完成论文。从2007年论文答辩至今，转眼间女儿已经从无忧无虑的幼儿园时代踏入忙碌的小学生涯。这些年，我一直坚持写作我与女儿的《亲子成长日记》，这亦是一种"童年书写"，是女儿的童年和我过去的童年及现今成年生命的交融，是充满情与思的生命话语的流淌。我看着小小的她经历童年成长中的种种喜悦，也越来越多地承受这个时代环境中的童年生命普遍受到的压抑。多么希望，所有的孩子都能拥有一个真正被理解、被体谅、被尊重、被关爱的童年！在我把博士论文修改成书的过程中，这个愿望日益强烈。希望这份对于中国现代童年书写现象的文学研究，能给对中国当下童年生存的体察提供"镜"与"灯"，提醒人们看到童年应有的诗与真，也看到童年潜隐的哀伤与忧愁，须知童年的生命状态会深切地影响到未来的人生。衷心希望成人能够虔诚地帮助孩子"书写"现实中应有的美好童年，这成为本书论题之外的一个延伸性意旨。

在结束此论题的写作之时，忽然发现自己有了一种研究的"惯性"："童年"已经成为我打量人（也包括自我）的一个维度。看着成人，我会揣想其过往的童年生命形态；注视孩子现在的童年，又会遥想其未来成年的生命情形。这其中有无奈的哀叹，也有诚挚的希望。唯愿清新、朝气的童年之花能飘香于人生的漫漫长途！诗人云："生命醒来时发现自己像一束鲜花，在微风中摇着。"这是一种"诗意地栖居大地"的生命境界。"遥"想童年风景，会让我们沉睡的生命"醒"来，会让我们与生命很亲、很近——因为那里有天真，也有深邃，会让我们在看清生命来处后走向祥和与安宁。

我钟爱轻盈又深沉的哲学童话，法国飞行员作家圣埃克苏佩里的《小王子》中，小王子在沙漠里遇见的狐狸告诉他一种无比重要的关系——驯养，当我们和一种事物建立了亲密的联系，便为其驯养。德国作家米切尔·恩德的经典童话《永远讲不完的故事》中，小男孩巴斯蒂安历尽艰辛从幻想国捧回现实中来的生命泉并没有从指缝间流失，而是已潺潺地流进了孩子和大人的心田。童年本身就是"永远讲不完的故事"，这里，我想把这本研究童年书写的书，献给所有常常记得回望童年、珍视童年的人，献给所有被童年"驯养"的人。

谈凤霞

2012 年 12 月 3 日于扬子江畔

责任编辑:张　旭
封面设计:肖　辉

图书在版编目(CIP)数据

边缘的诗性追寻:中国现代童年书写现象研究/谈凤霞 著.
　-北京:人民出版社,2013.10
(青年学术丛书)
ISBN 978－7－01－011973－1

Ⅰ.①边…　Ⅱ.①谈…　Ⅲ.①中国文学-现代文学-文学研究　Ⅳ.①I206.6

中国版本图书馆 CIP 数据核字(2013)第 077439 号

边缘的诗性追寻
BIANYUAN DE SHIXING ZHUIXUN
——中国现代童年书写现象研究

谈凤霞　著

人 民 出 版 社　出版发行
(100706　北京市东城区隆福寺街 99 号)

北京市文林印务有限公司　新华书店经销

2013 年 10 月第 1 版　2013 年 10 月北京第 1 次印刷
开本:710 毫米×1000 毫米 1/16
字数:294 千字　印张:18

ISBN 978－7－01－011973－1　定价:42.00 元

邮购地址 100706　北京市东城区隆福寺街 99 号
人民东方图书销售中心　电话 (010)65250042　65289539